Cozinha à prova de ratos

SAIRA SHAH

Cozinha à prova de ratos

Tradução de Márcia Frazão

Rocco

Título original
THE MOUSE-PROOF KITCHEN
A Novel

EDITORA ROCCO LTDA.
Av. Presidente Wilson, 231 – 8º andar
20030-021 – Rio de Janeiro, RJ
Tel.: (21) 3525-2000 – Fax: (21) 3525-2001
rocco@rocco.com.br
www.rocco.com.br

Printed in Brazil/Impresso no Brasil

Preparação de originais
SÔNIA PEÇANHA

CIP-Brasil. Catalogação na fonte.
Sindicato Nacional dos Editores de Livros, RJ.

S537c Shah, Saira
Cozinha à prova de ratos / Saira Shah; tradução de Márcia Frazão. – 1ª ed. – Rio de Janeiro: Rocco, 2015.

Tradução de: The mouse-proof kitchen: a novel
ISBN 978-85-325-2986-2

1. Ficção inglesa. I. Frazão, Márcia. II. Título.

15-20296 CDD-823
CDU-821.111-3

A minha mãe, pela minha vida,
a Scott, pela minha felicidade,
e a Ailsa, pela lição de amor,
dedico este livro.

Dezembro

As contrações vêm e vão. Surfo em suas ondas. Embora não tenham nada a ver com a explosão orgástica descrita pelo instrutor holístico de parto, não são tão ruins quanto as histórias de mamãe a respeito de pélvis divididas em duas e de mulheres que perdem a razão de tanta agonia.

Inalo o gás e o ar, ansiando pela visão do rosto de Tobias, cujo charme malandro convida o mundo a compartilhar uma brincadeira secreta. Quando o conheceu, mamãe disse que ele parecia um cavalo amistoso. Ele detesta essa comparação, mas eu adoro.

E finalmente ele aparece, os cachos escuros ainda mais despenteados que o habitual e, como sempre, atrasado para o nascimento do seu primeiro filho. Claro, o olhar abatido simplesmente se deve a uma noitada na cidade. A preocupação não faz parte da natureza de Tobias.

Quando o vi pela primeira vez, ele sacolejava o corpo numa pista de dança, e por um instante fugaz tive a certeza de que seria o companheiro ideal e pai do meu filho. De repente, a parteira solta um grito: perderam o batimento cardíaco do bebê. Logo a sala se enche de luzes. Os médicos entram apressados, com máscaras e uniformes azuis; e Tobias, suado e com barba por fazer, lamenta-se aos prantos:

– Sim, sim, qualquer coisa, mas se assegure de que esteja tudo bem com eles, por favor!

Sou anestesiada com uma epidural e em seguida me preparam para uma cesariana de emergência.

Colocam uma tela e segue-se um movimento estranho, como se estivessem mudando os móveis de lugar nas minhas entranhas. Entro e saio do estado de vigília. E devem ser excelentes essas drogas – tanto as naturais do trabalho de parto como as poderosas que os médicos usam –, porque estou serena e zen depois de nove meses de frenética preocupação.

Empurrar mais.

– É uma menina! – grita alguém.

Soa um gemido alto: o meu bebê está ali, por trás da tela, e não me deixam vê-la. Os segundos parecem horas. Estou louca para vê-la.

Finalmente, eles a trazem para mim.

Ela tem olhos grandes acinzentados; um dos olhos parece menor que o outro. Penso em uma fração de segundo: ela não é bonita. Liga-se um interruptor dentro de minha cabeça e surge um rostinho lindo, o melhor possível, um pouco de lado, olhos acinzentados e ligeiramente irregulares. Junto a mim, Tobias chora incontrolavelmente de amor, orgulho e felicidade.

Um momento perfeito. Um daqueles raros momentos em que não se deseja estar em outro lugar nem fazer outra coisa. Onde passado e futuro se desvanecem e só há o agora.

Sou empurrada na maca e penso com o bebê colado ao meu corpo: isso é só o começo. Agora, ela é minha para sempre e será nutrida por mim. Temos a vida toda pela frente para nos conhecermos. Sinto um dilúvio de amor como nunca antes, isso se estende ao bebê e a Tobias, irradiando luz por todos os lados, até iluminar o mundo inteiro.

Testemunhei a chegada de alguns recém-nascidos antes, e todos tremiam como se admirados pelo esplendor deste mundo e pela imensidão que haviam percorrido. Mas não meu bebê. Minha pequena viajante do espaço parece perfeitamente serena.

Ela se contorce toda. Flagro de relance o agitar de um punho cerrado.

– Ela está tendo um ataque! – grita Tobias.

Logo sou envolvida por um medo primitivo e instintivo: oh, não, isso é o fim para o bebê. Acabou-se nossa vida normal.

De novo, um episódio de emergência no cenário, os médicos entram esbaforidos.

Se você quer que as coisas aconteçam, você tem de planejá-las. Sei disso: sou chef de cozinha. Para preparar um molho béchamel, por exemplo, são necessários ingredientes certos nas proporções certas e no tempo certo. Medição, tempo e cuidado. São aspectos que domino com naturalidade e maestria. Tobias não entende isso. Ele é músico e compõe para documentários de TV e curtas-metragens. Raramente se levanta antes do meio-dia e espalha por todos os lados papéis, roupas e pedaços da própria vida. Além de sempre estar crônica e terrivelmente atrasado. Alega que assim se abre para o destino, o que ele chama de criatividade. Também sou criativa. Mas não se pode ser desleixado com um molho. Isso simplesmente não funciona.

Planejei todos os detalhes desde que começamos as tentativas para ter um bebê.

Já sei, então:

Que nossa filha vai se chamar Freya (um nome à moda antiga interessante e com um significado levemente *New Age*: deusa nórdica do amor e do parto), mesmo que Tobias diga que antes terei de passar por cima do cadáver dele.

Que nossa filha terá ombros largos e pernas longas e encantadoras, como as dele, e cabelos castanho-claros e lisos e olhos curiosos e sérios, como os meus.

Que ela terá a *joie de vivre* dele e o meu talento para organizar as coisas.

Que assim que sairmos do hospital venderemos tudo e nos mudaremos para o Sul da França.

Por isso, mesmo deitada aqui, em meio a uma névoa induzida por morfina, não me amedronto com o movimento dos médicos paramentados que levam Tobias e o bebê para longe de mim. Já tenho os meus planos. Tudo ficará bem.

No Sul da França, o brilho do sol será gentil por cima de nós. As pessoas serão amigáveis. E nossa filhinha será educada de maneira sofisticada e bilíngue e a salvo dos pedófilos. Estará imune ao último modelo dos tênis Nike e não se alimentará de lixo.

Já vejo até a nossa casa: no campo da Provença, com rosas e malvas em volta da porta, um terreno de lavandas pontilhado de oliveiras, o azul profundo do mar a se fundir com o azul do céu.

Flutuo por sobre esse mar e esse campo e por sobre essa casa e algum outro lugar; mais abaixo, Tobias, o bebê e eu vivendo uma vida perfeita.

Acordo cedo. Quero estar com meu bebê. Não sei dizer se o efeito da morfina já passou. Ainda estou tonta e confusa, mas sinto uma dor terrível.

Faço um esforço enorme para me dar conta de onde estou: um pequeno quarto particular de hospital para casos chamados de especiais. Alguém ronca por perto, e isso me faz lembrar que Tobias recebeu permissão para dormir numa cama de campanha aqui dentro. O celular começa a tocar na mesa ao lado. Tateio e rejeito a chamada. Em seguida, uma mensagem de texto: *"Noovidades?"* Martha, minha melhor amiga. Arquiteta. Solteira. Ocupada demais para escrever direito. Não faço ideia do que dizer a ela. Afasto o celular.

Chega uma enfermeira para retirar o cateter. Nem me passava pela cabeça que estava com um cateter; sinto que me divorciei do meu corpo em algum ponto esquecido das últimas oito horas ou pouco mais. A retirada do cateter dói como um inferno. Vomito e não sei se pela dor ou pela morfina.

– Você está bem? – pergunta a enfermeira, e não sei como responder, só sei que preciso me erguer e minto dizendo que estou bem.

– Posso ver meu bebê agora? – pergunto.

Nossa filha está em uma sala escura com máquinas que emitem *tapocca, tapocca, tapocca* e com bebês do tamanho de um punho em incubadoras transparentes sob estranhas luzes coloridas. Reconheço-a de imediato: ela é duas vezes maior que qualquer outro bebê da sala. Está enrolada na posição fetal dentro de um berço aberto, com um tubo que entra no nariz e um fio colado no pé com esparadrapo. Acima da cabeça, monitores que exibem os sinais vitais: frequência cardíaca, saturação de oxigênio, respiração.

Uma enfermeira explica que estamos na UTIN, unidade de terapia intensiva neonatal, e nos mostra como pegá-la sem avariar os tubos.

Seguro o meu bebê pela primeira vez. Ela é perfeita: boquinha rosada, orelhas de elfo, olhos firmemente fechados. Conto os cílios – quatro na pálpebra direita e cinco na esquerda – e os imagino a se desenvolver no meu ventre, como sementes dentro da terra.

– Ela é linda – diz um médico.

Sou inundada de prazer e orgulho.

– Se não se importa, mamãe, usarei alguns instrumentos especiais para examinar o fundo dos olhos do bebê.

Ele a tira dos meus braços com delicadeza, e ela se mantém absolutamente absorvida em si mesma enquanto passa pelo exame. O médico comenta alguma coisa com o assistente. Tudo muito técnico. Aparentemente, encontram um monte de coisas que estão procurando. Fico feliz quando se dão por satisfeitos com o bebê.

Passado um longo tempo, ele se dirige a mim:

– Ela tem um coloboma no olho esquerdo. A retina não se desenvolveu de forma adequada, e a íris desse mesmo olho não se desenvolveu por inteiro.

Olho para ele sem entender nada, porque sem dúvida ninguém consegue enxergar que este pequeno ser é exatamente como deveria ser.

– Sua filha não ficará cega – ele explica. – Talvez fique um pouco estrábica.

De novo, liga-se um interruptor em minha cabeça e o rostinho torto se transforma: uma querida e esquisita menina de óculos enormes perscrutando ao longe na foto da escola. E esse rosto torna-se o mais doce e o melhor de todos os rostos possíveis.

– Faremos uma ressonância magnética para ter certeza – continua o médico –, porém, pelo visto, os problemas parecem estar enraizados no cérebro.

Mas não presto atenção. Ele me devolve o bebê, e os hormônios nutridores me envolvem toda de prazer. Isso não combina com as terríveis palavras que ouvi, além de ser muito mais poderoso.

– Parece que estou despencando pelo chão adentro – diz Tobias.

Seria tão bom se ele pudesse dividir comigo a certeza de que tudo ficará bem. Sorrio, ele bufa exasperado e se dirige ao médico:

– Tenho algumas perguntas. – Ele olha para mim de maneira significativa. – Seria melhor se pudéssemos conversar lá fora.

A porta se fecha atrás deles, e penso em como todos se comportam de maneira estranha. Só preciso segurá-lo nos braços para saber que meu bebê é perfeito.

Ela abre os olhos. A pupila do olho esquerdo é alongada como uma lágrima e parece pintada com tinta preta, borrada. Não conheço nenhum outro bebê com uma pupila igual. Pelo visto, especial. Olhamos solenemente uma para a outra e um segundo depois as pálpebras dela se fecham outra vez.

Levo-a ao meu peito. Ela franze o rosto e pega a ponta do meu mamilo entre os lábios com delicadeza. Sinto um puxão suave, como de um peixinho dourado.

– Assim ela não vai conseguir leite, mamãe – diz bruscamente uma enfermeira, especializada em amamentação. – Ela precisa abrir bem a boca, como um passarinho.

O bebê e eu estamos trabalhando nisso juntos. De vez em quando, a boquinha boceja e se afigura como a de um tubarão, e ela faz um cômico Benny Hill no picadeiro do meu peito. Mas alguma coisa continua dando errado; ela enrijece o corpo para trás, afastando-se de mim, e contorce o rostinho de fúria enquanto agita os punhos. Depois o corpinho quente se enrosca de volta em meu peito e de novo sou engolida pela nuvem de morfina.

– Cuidado, mamãe, você está caindo no sono – diz a enfermeira. – Assim, o bebê pode cair.

– Não estou cansada.

– É melhor voltar para a cama.

Mas por que estaria em outro lugar, a não ser aqui com ela?

Então, aqui estou eu, nesta sala com muitas luzes piscantes e berços de acrílico, segurando o bebê e pensando em como é estranho que nenhum dos outros bebês esteja chorando, como se as máquinas lhes tivessem roubado as vozes.

– E como foi o parto, querida? – soa a voz de mamãe no telefone, ao longe.

– Até que não foi ruim. Correu tudo bem na cesariana. O bebê...

– Levei quarenta e oito horas para ter você. Naquele tempo não faziam cesarianas, a menos que você estivesse praticamente morta.

– O bebê... – digo.

– Não sei como aguentei. Ainda bem que pelo menos naquele tempo deixavam você fumar entre as contrações.

Sei muito bem que um familiar e nebuloso sentimento de irritação rasteja por entre a neblina. Mamãe nunca faz ou diz uma só coisa do jeito que se espera que as mães façam ou digam.

Talvez não haja nada em comum entre nós porque mamãe já tinha passado da idade quando deu à luz (estou com trinta e oito anos de idade, e ela, com sessenta e nove). Ela se casou aos vinte e nunca trabalhou na vida, e eu deixei a família de lado em prol da carreira. Embora nem todos os mortais sejam obrigados a se adaptar ao nosso mundo em mudança, mamãe exige que todos se adaptem a ela. Fugiu da vida ao longo dos anos, abrigada em sua torre de marfim; ela própria a chama assim, uma espécie de paisagem idílica dos anos 1950, de onde emite ordens com ar glamouroso e indefeso. Ela sempre apaga as verdades inconvenientes. Durante os quarenta e seis anos de casamento com meu falecido santo pai, ele fez de tudo para preservar o pedestal de mamãe, suportando as mais caprichosas condutas e cumprindo os mais impossíveis comandos. Ela parou de fumar – abruptamente e sem comentar nada – quando ele morreu de câncer na garganta, nove meses atrás. Em todos os outros aspectos, ela está pior do que nunca.

– Preciso falar uma coisa importante, mãe – digo.

– Já sei, já sei. Tobias me ligou do hospital enquanto lhe davam pontos, querida. Uma menina! Adorável! Mas desgastante. No meu tempo, eles rapidamente tiravam os bebês das mães e os colocavam numa sala especial. Era muito melhor. Hoje em dia, parece que querem que você fique grudada no bebê o tempo todo.

Insisti:

– O bebê...

– Será que poderá trazê-la aqui no Natal?

– Acho que não, mamãe.

– Talvez seja melhor que eu fique aí com você no Natal.

– Não sei se isso é uma boa ideia. Mãe, o que preciso dizer sobre o bebê...

– Na verdade, terei que ficar aqui de qualquer maneira.

Percebo pelo tom da voz que mamãe se magoou com alguma coisa que eu disse, mas minha concentração já desvanece.

– Não posso ignorar o comedouro dos pássaros. Querida, sinto muito falar disso agora, mas você poderia telefonar para a Sociedade Real de Proteção aos Pássaros e pedir que tirem os estorninhos do meu jardim? Desde que seu pai morreu não tenho mais ninguém a quem recorrer e temo que as pobres aves acabem morrendo de fome.

Ela não para de falar e, à medida que adormeço, me pergunto se minha personalidade não passa de uma reação à dela. Será que sou disciplinada, educada, convencional e mandona simplesmente porque ela não é assim?

– Chegarei amanhã e só ficarei um dia. – Ouço-a dizer. – Só para dar uma olhada nela, nada mais. Não se preocupe... não vou me intrometer. Fique no hospital o tempo que precisar e descanse bem. Não levante um dedo. Deixe que façam tudo para você.

O tempo na unidade de terapia intensiva passa como um borrão de suaves sonoridades à medida que as dóceis e coloridas luzes dos monitores piscam. Silêncio absoluto, como se estivéssemos em um aquário. Fico aconchegada ao bebê enquanto o tempo flui.

Chega uma enfermeira, que nos diz que estamos esperando. Estamos na fila da ressonância magnética.

O bebê ainda não consegue sugar de maneira adequada. E ainda não tenho leite, apenas uma quantidade de colostro que dura um minuto. Eu me viro para administrar uma única e grossa gota desse alimento. Parece leite condensado.

Coloco um pouco no meu dedo e o pressiono nos lábios do bebê. Seu rostinho assume um ar de êxtase epicurista. Isso é seu direito de nascença, o alimento que deveria estar recebendo, e não a solução de glicose por meio de um tubo no nariz.

Tobias não gosta da UTI. Cada vez mais ausente, evita responder a mensagens de voz e texto, perguntas que começam a pingar do mundo exterior. Os amigos começam a se perguntar por que ainda não aparecemos com um bebê saudável a tiracolo.

– Martha continua ligando para o meu celular – ele diz. – Quer falar com ela?

– Diga que telefono mais tarde.

Não quero falar com ninguém. Nem mesmo com Tobias. Mas ele insiste que precisamos de um pouco de tempo para nós dois e me empurra na cadeira de rodas até o saguão do hospital.

O bebê me chama do berço de acrílico três andares acima.

– Vamos subir logo para vê-la – digo.

– Tudo bem. Um minuto. Só preciso comprar um jornal. – Tobias é um mestre de adiamentos. Conversa com a mulher do caixa na WH Smith por uma eternidade.

O bebê chama novamente. *Onde está você?*

Tobias me empurra pelo corredor em velocidade glacial.

A cada minuto, ou algo assim, deixa a cadeira de lado para olhar os cartazes de saúde nas paredes. "Se você fuma, seu bebê também fuma." "Diabetes mata. Faça um teste hoje mesmo com o médico." Envelhecidos e desbotados, os cartazes o fascinam.

Venha pra mim. Preciso de você.

Tobias observa uma mesa de cavalete decorada com itens de bebês e entupida de brinquedos artesanais. Lê-se no estandarte: "Amigos do bazar de Natal da São Ethel. Por favor, faça uma doação generosa."

Duas senhoras de idade estão à mesa. Meu coração afunda; ele ama as senhoras de idade, e elas o amam.

Elas rapidamente cacarejam em cima dele:

– Seu bebê está na terapia intensiva? Oh, não se preocupe, querido. Este hospital é excelente. Dizem que tem o melhor departamento neonatal do país. Chegam bebês de toda a Inglaterra aqui.

– Essas coisas que vocês vendem são muito bonitas – diz Tobias.

– Fazemos todos os cobertores para os bebês que estão sob cuidados especiais. E sapatinhos para os pequenininhos, os prematuros. E touquinhas. Eles não regulam a própria temperatura, você sabe.

– O que você acha que nosso bebê prefere? Um coelhinho ou um tigre?

O bebê chama outra vez, com mais urgência:

Não quero nada disso. Só quero você.

– Por favor, Tobias, nós temos que ir agora.

Seu rosto habitualmente aberto se amarra de tensão.

– Preciso de um café. Não quer ir comigo? Poderemos ficar um pouco mais juntos.

Mas o campo gravitacional do meu bebê me atrai em sua direção.

– Não estou a fim de café – digo. – Preciso ir até o bebê. Tenho certeza de que consigo andar se for devagarinho.

Ele me olha como se quisesse dizer alguma coisa e empurra um coelhinho de tricô na minha mão.

– Leve este pra ela. Encontro você mais tarde.

Saio me arrastando pelo corredor. Esperar pelo elevador é uma verdadeira agonia.

A porta se abre com um rangido. Elevador lotado. Fico espremida em um pequeno espaço para proteger meus pontos. A porta se fecha. Sinto que meu bebê me puxa com toda segurança até lá em cima.

– Houve uma desistência na ressonância magnética – diz uma enfermeira. – Vocês podem ir fazer o exame daqui a quarenta minutos.

– Apresse-se, Anna – diz Tobias. – Se perdermos essa chance, nunca descobriremos o que há de errado com ela.

Mas primeiro o bebê tem de trocar de roupas, sem prendedores de metal, porque a ressonância produz um gigantesco campo magnético. Depois, há quinze páginas de formulário a serem preenchidas. Por fim, tubos e monitores têm de ser transferidos para um hospital móvel que parece um carrinho de bebê.

Enquanto uma enfermeira novata empurra o carrinho do bebê no seu primeiro dia de trabalho, Tobias empurra minha cadeira de rodas. Em alta velocidade. Grito de dor cada vez que a cadeira encontra algum desnível no piso, um lembrete de uma considerável cirurgia abdominal feita menos de vinte e quatro horas antes.

Em algum lugar dos intermináveis corredores, um tanto perdido e sem direção, Tobias se volta para mim.

– Estive pensando. No fim das contas, talvez Freya seja um bom nome. Ela *é* como uma pequena deusa e talvez também seja um triunfo do nascimento contra todas as probabilidades.

Só então me dou conta de como ele está preocupado e de que aceita um nome sugerido por mim que antes detestava apenas para apaziguar os deuses e de alguma forma fazer com que tudo dê certo.

Já superamos obstáculos suficientes para ter esse bebê.

Eu a queria para o último março. Isso significava concebê-la em junho, então agendei a parada das atividades na data certa (trabalho seis noites por semana no Cri de la Fourchette, um restaurante com estrela Michelin, no West End), planejei um jantar idílico (*bisque* de lagosta e uma garrafa de Mersault) e aguardei os resultados.

Nada.

Já que não sou do tipo que se intimida com pequenos contratempos, simplesmente remarquei as datas. Mas os meses se passaram sem que me apercebesse. Até que finalmente sucumbi no ombro de Tobias:

– Não quero morrer sem filhos e, claro, tudo isso é culpa sua, porque você ficou vacilando tanto tempo em ter filhos, mas talvez mamãe esteja certa quando diz que troquei um útero por uma carreira.

Tobias então me abraçou, dizendo todas as coisas certas, e fizemos amor. E o milagre aconteceu quando eu estava prestes a cair em desespero.

Nem por isso a vida ficou mais fácil. Meu patrão, Nicolas Chevalier, um famoso chef, deixou bem claro que gravidez e maternidade não eram compatíveis com as catorze horas diárias e os seis dias semanais de trabalho exigidos dos subordinados. Felizmente, Tobias entrou numa boa maré de criatividade e pude então pedir demissão. Chutei meus inquilinos e vendi o apartamento de solteiro comprado alguns anos antes. Isso significa que paguei a hipoteca e que agora disponho de uma boa soma em dinheiro para depositar em algum banco na França.

Levei meses para convencer Tobias a desistir de uma confortável vida em Londres e mudar para a Provença. Quanto menos se falar no processo traumático, melhor. Mas o lado bom dos compositores é que eles podem trabalhar em qualquer lugar. Quanto a mim, estudei no Instituto Lecomte de Artes Culinárias, em Aix-en-Provence, onde me tornei uma espécie de menina de ouro. Estou bastante confiante de que acabarei convencendo René Lecomte a me aceitar na equipe dele. Ainda estou tentando convencê-lo.

Nesse meio-tempo, percorro sites de imobiliárias e assisto a episódios de *A Place in the Sun,* a ponto de quase enlouquecer Tobias. Cheguei até a contratar uma corretora de imóveis. Chama-se Sandrine. Embora seja tranquilamente eficiente, até agora só indicou residências muito caras. Mas um dia, muito em breve, sinto isso, encontrará uma casa perfeita e dentro do nosso orçamento.

Saímos para tomar uma sopa no café enquanto Freya é escaneada. Ainda não estou totalmente consciente do que estamos vivenciando. É como se estivéssemos assistindo a um filme de nós mesmos na tela.

Com certeza, em poucas horas, tudo estará mais claro. Daremos um grande suspiro de alívio e informaremos pelo telefone o nascimento do nosso primeiro bebê para todo mundo. Mais tarde, em meio a risadas, contaremos para os amigos a barulheira ridícula que se fez nos primeiros dias de vida de nossa filhinha. "Foi um baita choque, é o mínimo que posso dizer." E depois teremos tempo para nos lembrar das pobres crianças e dos pais que não tiveram tanta sorte.

À mesa ao lado, uma menina com paralisia cerebral. Embora bonita, é magra e estranha com seu colar cervical e seus movimentos espasmódicos e rígidos. Faz um jogo com o pai: ela se arremessa e cada vez que faz isso ele estica os braços e a beija na testa.

Qual será a sensação de cuidar de crianças assim? Nenhum dos dois aparenta infelicidade. Apenas seguem a sequência de um dia normal que agora se desenrola no café do hospital.

Tobias acompanha meus olhos.

– Eu me preparei para uma criança, mas não acho que esteja preparado para isso – diz.

– Oh, não – concordo. – Mas Freya é tão encantadora. Tenho um bom pressentimento. Não acredito que haja nada de errado com ela. Certamente a ressonância magnética mostrará que tudo não passou de um engano.

– Sua filha sofre de... bem, ela tem muitas coisas erradas no cérebro, mas a principal se chama polimicrogiria. – O médico nos apresenta os resultados da ressonância magnética. Ele acaba de chegar à unidade, ladeado de duas enfermeiras. Um mau sinal. – Os giros são sulcos no cérebro. Poli, ou seja, muitos. Embora a presença de muitos sulcos no cérebro seja positiva, no caso do bebê de vocês os sulcos são muito rasos.

Ele se apressa, como se já tivesse dito o suficiente para nos deixar de lado e dar o fora daqui:

– Como bebê, ela ainda não é requisitada a fazer muitas coisas. Não se espera então que a coordenação motora seja muito boa. Mas, à medida que crescer, terá outras exigências. E o mais provável é que tenha algum grau de deficiência mental e física.

Os últimos sedimentos de morfina escoam por um ralo invisível, junto aos hormônios do meu parto feliz, e uma onda de adrenalina os substitui.

– O que quer dizer com deficiência mental e física? – pergunto.

– Nesta fase, é impossível precisar. Algumas crianças com resultados ruins na ressonância magnética depois se saem muito bem, ao passo que outras com resultados melhores acabam não se saindo tão bem assim.

– O que isso significa exatamente?

– Há um espectro.

– Tudo bem, mas onde esse espectro começa e onde acaba?

– É muito difícil de prever.

– O que causou isso? – pergunta Tobias.

– Faremos alguns testes genéticos... e talvez apareça algum gene defeituoso. Uma mutação espontânea ou um gene recessivo provavelmente de ambos. Assim como pode ter sido uma infecção não detectada no início da gravidez.

– Mas passei por exames regulares – digo.

– É difícil detectar esse tipo de coisa no ultrassom. Entendam, nada disso significa que ela não possa ter uma vida longa ou feliz. Talvez até seja muito feliz. Não tentem fazer muitas previsões.

Uma das enfermeiras aperta meu braço.

– Há uma sala tranquila aqui ao lado. Gostariam de passar um tempo a sós com o bebê lá?

Eles nos mostram um pequeno espaço com aparência de sala de estar – duas poltronas e uma mesa com uma proeminente caixa de lenços de papel. No canto, uma árvore de Natal um tanto desgastada.

Sento aos prantos com o bebê e Tobias. Olho para o rostinho torto de minha filha e me pergunto que tortuoso e terrível caminho ela percorreu para chegar tão danificada, tão incompleta. Ela desvia seus grandes olhos, que em seguida se inclinam para baixo, ao contrário do que ocorre com os meus. Parece mais um monge tibetano.

Talvez ela tenha sido um monge muito idoso que assistia a um pôr do sol se esparramar por sobre as montanhas tibetanas quando se viu chamada ao Nirvana. Talvez tenha reivindicado uma outra vida aqui na Terra e, enquanto uma parte da alma seguia em minha direção, uma parte do cérebro era deixada para trás, alquebrada e fragmentada como o pôr do sol em meio às nuvens.

Tobias insiste que me alimente no jantar:

– Sei que está cuidando do bebê, mas estou cuidando de você. – Ele me lança um olhar firme e protetor ao qual não estou acostumada. Mas do que ele me protege? De mim mesma? Dela?

Sentamos na cantina do hospital e nos distraímos com um ensopado marrom não identificável. A adrenalina se dissipou e estamos abalados e enfraquecidos. Ouço um barulho nos ouvidos, como se tivesse ouvido as marteladas de um prédio em obras ao longo de horas e dias, e isso ainda ecoasse dentro de mim.

Ficamos em silêncio e, enquanto a comida esfria, continuamos de mãos dadas e de olhos fixos um no outro. Sempre fazíamos isso no apogeu de nossa paixão.

Meu celular vibra contra o tampo de plástico da mesa. O toque estava desligado. Seis chamadas de Martha não atendidas e uma mensagem de texto: "*NOVIDADEES???*" Nem sequer tento responder.

Retornamos aos trancos e barrancos até o quarto.

– Ofereço-lhe uma cama sensual de campanha, se quiser – diz Tobias.

Voltamos ao quarto e subimos juntos na cama dele. Ficamos abraçados por algum tempo, como se prestes a explodir e voar para longe. Soluço em seu ombro e deixo que a força dele se infiltre por dentro de mim. As marteladas na cabeça se aquietam aos poucos.

– Não podemos deixar que isso acabe com a gente – sussurro.

Ele me aperta nos braços.

– Você precisa entender uma coisa – diz. – Não serei capaz de amar esse bebê.

– Pelo amor de Deus, que coisa horrível de se dizer! – Embora o repreenda com toda a convicção, também me sinto culpada e agradecida por ele expressar temores que não me atrevo a admitir nem para mim mesma. – Ainda não sabemos o nível do dano – retruco. – Talvez seja... suave. Lembra-se da mulher que morava em frente a nós? O menino dela tinha síndrome de Down. Ela batalhou muito, mas ele se saiu de forma brilhante. Chegou até a conseguir um emprego na Tesco's.

– Não quero sacrificar minha vida para que minha filha consiga um emprego na Tesco's.

– Mas ela é tão linda.

– Muito linda – diz Tobias, com firmeza. – Mas também uma prisão perpétua.

Nas primeiras horas do dia, algumas batidas à porta e duas ou três pessoas entram com uniformes cirúrgicos. Acendem a luz e gritam:

– Seu bebê teve outro ataque!

Sou tomada por um súbito temor de que ela esteja morta – ou será esperança?

– Podemos dar o remédio ao bebê?

Aturdidos, respondemos que sim e pergunto se devo ir junto. Fico aliviada quando respondem que não.

Caímos no sono rapidamente. Sonho que estou gritando a plenos pulmões: "Não quero ser mãe de uma criança deficiente!"

Mas ninguém escuta.

Freya está muito sonolenta esta manhã. Sento-me e abraço-a. Ela se enrosca em mim, e a sucção desses lábios de peixinho dourado no meu peito me deixa feliz. Parece que nossos corpos continuam unidos, como se ainda não tivessem quebrado o hábito de ser uma só carne. Meu corpo responde ao dela: minha respiração se altera, meus hormônios de felicidade retornam, e a unidade hospitalar se desvanece. De repente, o melhor lugar do mundo é aqui e agora, isso porque estamos bem juntinhas.

Fujo com o bebê para a França.

Nossa casa é linda e arrumada. Preparo uma salada de tomates e alface crespa de nossa horta enquanto ela aprende a engatinhar no límpido piso de lajotas sob os raios de sol que entram pela porta. Tobias chega do jardim, e ela engatinha até ele. Ele a pega no colo e a beija. Ela olha para as feições sorridentes dos pais e grunhe de prazer. Coloco-a com o babador na cadeirinha alta e alimento-a com uma papa de legumes preparada por mim. Um belo dia, ela sai andando com suas pernas gordinhas e, antes que a gente perceba, já está mexendo em tudo. Depois de celebrarmos com vinho branco, oferecemos almoços aos amigos e rimos das coisas engraçadas que ela diz. De repente, ela está saindo para o primeiro dia na escola e só então nos damos conta de que o destino sombrio vaticinado pelos médicos estava espetacularmente errado.

– Você está bem?

Uma mulher gorda e maternal me observa.

– Mamãe... Você está bem?

– Sei lá se estou bem – respondo. – O que mais tenho ouvido é que minha filha será deficiente... mas os médicos não explicam a extensão da deficiência e não falam abertamente de nada. Só ficam de blá-blá-blá e só me chamam de mamãe.

A mulher sorri.

– Bem, sou um desses médicos, a dra. Fernandez. Não a chamarei mais de mamãe e vou parar com o blá-blá-blá.

Meneio a cabeça. Ela parece gentil e sensata, um tipo em quem se pode confiar os segredos. A mãe que eu gostaria de ter, e não a mãe estranha e carente de atenção que tenho.

– Como já sabem, Freya teve um outro ataque esta manhã. Administramos uma dose forte de uma droga chamada fenobarbital. Esses ataques são como tempestades elétricas no cérebro. E por isso fazemos o paciente dormir para reiniciar o sistema, digamos assim.

– Já ouvi falar de fenobarbital – diz Tobias, entrando na conversa. – Marilyn Monroe não teve uma overdose com essa droga?

– Sim, teve. Fenol é um barbitúrico dos anos 1950. Lamento não dispormos de medicamentos adequados para os bebês. As indústrias farmacêuticas não fazem testes com recém-nascidos por questões éticas. Mas o fenol funciona e faz muitos anos que o tenho usado com segurança. Isso é o que deixa Freya sonolenta.

– Estamos planejando nos mudar para a França – digo de chofre. Tobias me olha surpreendido, porque não conversamos a respeito da França.

Se a dra. Fernandez também se surpreendeu, não deixa transparecer.

– Levaremos isso em conta porque podemos trabalhar junto com o sistema francês, se é o que quer fazer – diz como se tivesse ouvido o pedido mais razoável do mundo. Faz uma breve pausa. – E também podemos arranjar um psicólogo para vocês, caso necessitem.

– Não, obrigado – apressa-se Tobias em retrucar, e balanço a cabeça em assentimento.

A essa altura, a conversa sobre os nossos sentimentos é horrível demais para ser enfrentada.

– Se ao menos soubéssemos o nível de deficiência de nossa filha – digo. – Ninguém parece disposto a se comprometer.

– Vocês terão assistência de diferentes especialistas com diferentes jargões – diz a médica. – E todos farão de tudo para não se comprometerem. Mas prometo que descobrirei o que eles realmente pensam e darei um relatório absolutamente honesto a vocês.

– Obrigada.

– Mais alguma coisa, por ora?

– Nós não sabemos se seremos capazes de enfrentar isso – diz Tobias corajosamente, olhando de soslaio para mim.

– Isso é perfeitamente normal. Nenhuma lei os obriga a enfrentar isso.

Não sou do tipo emocionalmente carente, mas agarro-me à dra. Fernandez como as pessoas se agarram a uma tábua de salvação quando estão prestes a se afogar em mares turbulentos.

Até agora eu presumia que éramos obrigados a enfrentar.

– Que tal – sugere Tobias – irmos direto para o aeroporto e pegarmos um voo para o Brasil, sem deixarmos endereço para correspondência? – O puro conforto que essa ideia nos traz nos faz rir.

– Mas, se fizermos isso – retruco –, acabaremos como os personagens de Graham Greene, encostados em bares no Taiti ou em outro lugar assim.

– Isso me soa como uma boa opção – diz Tobias.

– Mas não podemos fazer isso. Mamãe está chegando a qualquer momento.

– Era só o que me faltava, sua mãe.

– O problema é que eu quero que tudo corra bem nesse encontro, mas sei que ela vai acabar dizendo alguma grosseria que vai me tirar do sério.

– Anna – diz Tobias –, Deus sabe que não sou fã de sua mãe, mas vocês duas são farinha do mesmo saco. Você tem que entender que ela está muito excitada com a primeira neta e que dirá ou fará qualquer coisa para chamar sua atenção.

Bufo:

– Muito excitada? Ela não dá a mínima para Freya. Está mais preocupada com o comedouro de pássaros.

– Não ouça uma única palavra que sua mãe *diz* – adverte Tobias –, pense no que ela *quer dizer*.

Mamãe aparece no hospital com um longo casaco verde, cuja gola de pele morde a própria cauda, e um chapéu de pele de raposa. Ela sabe que me oponho às matanças para o comércio de peles. Às vezes acho que faz isso só para me envergonhar.

– Pelo amor de Deus, hoje em dia já não se pode mais usar esse tipo de coisa em Londres!

– Bobagem. O que há de errado com um chapéu de pele? E fique sabendo que foi um presente do seu amado pai, a quem você sempre preferiu.

E cá estamos nos apunhalando outra vez. Fácil assim.

Faço um grande esforço.

– Estou feliz por ter vindo.

– Bem, claro que vim. O que a fez pensar que eu não viria? Afinal, é minha primeira neta. Olhe só, trouxe um presente para ela. – Rajadas de Chanel nº 19 exalam pelo corredor afora enquanto mamãe remexe uma bolsa da Harrods e puxa um ursinho maltratado. – Reconhece?

– Meu ursinho.

– Sim, querida, e o conservei todos esses anos para quando você tivesse uma filha.

– Preciso lhe dizer uma coisa, mamãe.

– O que é, querida? Quando poderei ver a filhotinha?

– Mamãe, ao menos uma vez na vida me *escute*. O cérebro dela não se desenvolveu bem. Isso é muito raro, pelo que disseram. Não conseguem explicar por que aconteceu. Não detectaram o problema em nenhum dos exames. Ela é deficiente física e mentalmente.

Mamãe fica de queixo caído apenas por uma fração de segundo. Logo recompõe o rosto na implacável máscara do não-quero-saber-de-notícias-ruins que estou cansada de conhecer.

– Querida, os médicos sempre exageram – diz. – Tenho certeza de que acabarão descobrindo que tudo não passou de um errinho bobo.

Por que estou tão irritada com ela e seu Chanel, e sua bolsa da Harrods, e sua vida confortável e jamais desafiada?

– Não houve erro algum. Já fizeram uma série de exames. – Minha voz soa com uma brutalidade inesperada até para mim.

E acontece então o impossível, a minha forte e indomável mãe começa a chorar. Embora habituada com as lágrimas que ela utiliza como armas, nunca a vi tomada por uma tristeza tão genuína e descontrolada como essa, nem mesmo quando papai morreu. Por alguma razão, sua tristeza me choca mais do que qualquer coisa, como se agora tivéssemos uma prova definitiva de que acabamos de ser atingidos por uma tragédia. Tento abraçá-la, mas ela se afasta. Ela me odeia por eu pensar que está vulnerável.

Só então me dou conta de que talvez Tobias esteja certo. Talvez a maquiagem, o Chanel nº 19, o chapéu de raposa e a gola de pele não sejam pelo hospital nem pela filha, mas pela neta. E quem sabe até aquela conversa sobre o comedouro não tenha passado de puro nervosismo; mesmo porque, se nosso relacionamento está irrevogavelmente rompido, agora ela tem uma chance de iniciar um novo relacionamento com Freya.

– Vamos vê-la – digo suavemente.

Mamãe funga:

– Tudo bem. Claro que não me incomodo em vê-la. – Enxuga os olhos e rapidamente enfia o urso de pelúcia na bolsa da Harrods.

Freya enrola os dedos como brotos de samambaia contra o rosto. Faz uns adoráveis barulhinhos de protesto quando a pego. Amolda-se no meu ombro, sem acordar.

– Aqui, pegue-a. – Puxá-la do meu ombro é como puxar um musgo.

Mamãe olha fascinada para um ponto invisível acima do meu ombro. Não sei se para desviar os olhos do bebê ou simplesmente porque não sabe para onde ou como deveria olhar.

– Eu queria que você ficasse aqui comigo enquanto dou o primeiro banho em Freya – digo.

– Bem, bem. – Mamãe lança um olhar rápido e quase faminto para a neta, mas logo desvia os olhos. – Esta enfermaria é muito moderna. Muito avançada.

Aparentemente, o banho na unidade envolve um ritual complexo e com muitas regras. Uma auxiliar de enfermagem traz a banheira. Ela também traz dois recipientes, um amarelo para água residual e outro branco, para água limpa. Recebemos permissão para encher a banheira, mas mamãe apenas observa enquanto faço isso.

– Nunca dei banho em bebês – murmuro. – Pode me mostrar como se faz isso, por favor?

Só então ela começa a se mover bem devagarzinho em direção a Freya. E, quando se aproxima, aparece uma enfermeira.

– Não é assim, mamãe – diz a enfermeira, ignorando minha mãe. – É dessa maneira que banhamos o bebê.

Claro que devia ter passado pela minha cabeça que o serviço de saúde também se meteria nisso. Mas agora apenas olho encantada. Obviamente, Freya está interessada no que acontece e extasiada com a nova sensação. Estica as perninhas de sapo e ergue a cabeça. Está quase calma. Jogo água morna em cima dela, e ela dá dois chutes solenes.

– Já é o suficiente por agora, mamãe. O bebê não pode ficar na água fria – diz a enfermeira.

Envolvo-a na toalha e pergunto à mamãe se gostaria de segurá-la.

– Claro que não me incomodo em segurá-la – ela diz, acrescentando com uma voz penetrante: – Mesmo que seja da maneira que é.

Entrego-lhe Freya.

– Não é uma coisinha linda? – digo.

Mamãe ainda não está preparada para ir tão longe.

– Então, o cérebro dela está morto? – pergunta para mim.

– Não é morte cerebral. A verdade é que ainda não sabemos como será afetada pelas anomalias do cérebro. Será examinada por todo tipo de especialistas e depois teremos outra reunião para entender o quadro inteiro.

– Mas ela será deficiente?

– Eles acham que sim.

– E mesmo assim pretende cuidar dela?

– Não sei ao certo se temos outra escolha.

– E Tobias?

– Ele não quer levá-la para casa.

Faz-se uma longa pausa.

– Outro dia, li nos jornais que uma mãe solteira se jogou da ponte de Vauxhall com o filho deficiente – diz mamãe lentamente. – Ela não conseguiu suportar a pressão.

– Bem, ainda estamos muito longe disso.

Ela se volta para Freya, com olhos e lábios apertados.

– Será melhor que a bebê descubra que as coisas não sairão da forma que ela espera – comenta.

Médicos não param de vir examinar Freya. Pelo visto, já espalharam a notícia de um caso interessante nessa enfermaria, e todas as disciplinas possíveis querem entrar em ação.

Colocaram eletrodos no couro cabeludo e mediram as ondas cerebrais da minha filha. Examinaram-lhe os olhos. Auscultaram o coração. Coletaram sangue dos pés e, quando esgotaram as veias, também coletaram das pernas.

"... Sua filha tem o que chamamos de uma lista de compras de malformações cerebrais. Além da polimicrogiria, o corpo caloso que liga as duas metades do cérebro está inteiramente ausente, e o cerebelo é muito pequeno..."

"... São casos geralmente associados com uma desordem genética ou um acidente no primeiro trimestre. Existe algum histórico de morte de bebês entre seus familiares?"

"... A fissura silviana esquerda é profundamente anômala e há uma falta pronunciada de massa cinzenta e branca..."

"... Ela apresenta sintomas que não correspondem às desordens genéticas conhecidas. Mas sempre existe a possibilidade de um gene recessivo – alguma codificação errada que os pais carregam..."

"... Faz dezessete anos que estudo esses casos em particular, e o de sua filha é o exemplo mais extenso de desordem de migração neuronal que já vi..."

Claro que não festejamos a cada má notícia, apenas deixamos de nos horrorizar. Como se o mais profundo instinto de sobrevivência estivesse nos dizendo: "Essa neném já está mesmo fodida. Então, que fique fodida de uma vez por todas para que ninguém, sem exceção, nos culpe por não nos envolvermos com ela."

– Ela deixou de ser um bebê precioso para ser um bebê especial – brinca Tobias com amargura, e dividimos um riso culpado quando os médicos não podem ouvir.

Dias e noites rolam um por dentro do outro. Perdi a noção do tempo que estamos aqui. Não saio do perímetro do hospital desde que Freya nasceu. Eles me liberaram, mas nos autorizaram a continuar no quarto próprio para os pais ao lado da unidade. Sei que estamos perto do Natal, mas isso não significa nada para mim. Parece que o mundo encolheu, como se família, amigos, casa, emprego e até Tobias tivessem sido sugados por um aspirador de pó gigante. Só restou isso.

E, em meio a isso, Martha aparece sem ser convidada. Chega assustada e furiosa.

– Por que diabos você não responde às minhas chamadas? Por que não quer que a veja? Não pode fazer esse tipo de coisa sozinha.

– Eu não sabia o que dizer para você. Ainda não sabemos a extensão da gravidade do problema.

Somos inseparáveis desde a escola primária. Martha sempre cuidou de mim, e sempre fala o que pensa.

– Você está um bagaço – diz. – E a cesariana, como foi?

– Foi tudo bem. – Surpreendo-me com a lembrança.

– Sério? Não doeu nada?

– No início, doeu como o inferno. Mas agora está tudo entorpecido. Ou talvez seja apenas como me sinto.

– Hum.

Faço uma piada idiota:

– Todas essas mulheres que se queixam da cirurgia deviam tentar o programa de recuperação meu-bebê-não-tem-cérebro.

Martha não acha graça. Lança-me um olhar penetrante.

Ela traz alguns presentes práticos – um pacote de cinco macacõezinhos de dormir e um cobertor de lã acrílica. Fáceis de lavar. Coloco-os em uso na mesma hora. Tobias abre a meia garrafa de champanhe que estava escondida na bolsa do bebê. Pensei que beberíamos o champanhe juntos e reservadamente logo após o parto, e que transbordaríamos de alegria e amor. Ele serve a bebida em três copos de plástico do bebedor de água.

– Deixe-me segurá-la – diz Martha.

Retiro Freya bêbada de sono para fora do berço. Ela aconchega-se ao peito de Martha e sinto uma ridícula pontada de ciúme porque minha filha está nos braços de outra mulher.

Soa o celular. Ainda não respondi às chamadas. Não quero dar informações sobre Freya e não faço ideia do que dizer aos outros. Mas quem liga é Sandrine e certamente não é para saber como estamos. Atendo de imediato e ao mesmo tempo aceno para Tobias e coloco o aparelho no viva-voz.

– Já encontrou alguma coisa? Alguma propriedade? – digo em seguida, para evitar possíveis perguntas.

– Bem, sim... bem maior do que vocês queriam, mas acho que vale a pena considerar... uma chácara, no alto de uma colina. E está dentro do orçamento de vocês.

Que bom falar de coisas normais outra vez. De qualquer coisa que não tenha a ver com o bebê.

– Não é exatamente onde você queria – ela acrescenta.

– Mas é muito longe de Aix?

Ela parece nervosa.

– Ahnn... não é na Provença. É no Languedoc. Na região próxima à Espanha. Olhe só, Anna, o que você quer na Provença não cabe no orçamento de vocês. O Languedoc é muito melhor. Acho que vale a pena conhecê-lo. Vocês podem visitá-lo no Ano-Novo.

– Precisamos ficar perto de Aix-en-Provence. Estou na expectativa de um emprego de professora nessa região. Sem falar que já nem sei se podemos sair daqui por agora.

– O bebê? – pergunta Sandrine.

– Sim.

– Chegou! Oh, a princesinha!

Faz seis meses que conheço Sandrine, mas até agora só a tinha visto em trajes de executiva e armada de uma prancheta. Não reconheço essa pessoa suave e carinhosa. Os bebês são porteiros de um clube secreto. Revelam aspectos da personalidade que costumamos manter escondidos.

– Ainda estamos no hospital – digo.

– Está tudo bem?

– Sandrine, ela não está... muito bem. A verdade é que será deficiente.

Faz-se uma longa pausa no outro lado da linha. Segue-se a fala de uma Sandrine eficiente e não mais carinhosa:

– Claro que não podem visitar a França agora. E essa propriedade não seria adequada.

Deixo de ouvir. Penso que terei de encontrar palavras simples que expliquem Freya porque esse é o tipo de conversa que vai surgir a toda hora. Desligo o telefone.

– Não importa – diz Martha, que antes fez uma forte campanha contra os meus planos de mudança para a França.

Ela me leva até a cantina, onde insiste em pagar os sanduíches e o café. Seu sentimento de desamparo e sua impotência para agir de maneira compatível com o horror da situação são visíveis. Apesar de nossa longa amizade, não dispomos de um modelo para isso. Isso nos pega de surpresa. Agora temos de reescrever as regras para uma nova amizade entre nós.

– O que planeja fazer? – ela pergunta.

– Oh, Martha, o que posso fazer? Amor de mãe é supostamente incondicional, mas quantos pais são testados para isso? Três semanas atrás, havia um leque aberto para minha vida. E agora... eu largaria tudo por ela. Largaria até o Tobias. Mas se eu desistir de tudo e depois ela morrer... aonde isso me levaria? Sei que isso soa terrivelmente egoísta...

– Nem um pouco – ela retruca de um jeito que me faz supor que fui longe demais. Cruzei alguma linha proibida. E de repente é como se houvesse uma disputa não revelada entre nós, e eu a tivesse deixado sem chão.

– Martha, nem sei se poderei amar esse bebê. Por enquanto ainda estamos meio unidas fisicamente, mas será que poderei *amá-la*? Será que posso me dar ao luxo de amá-la, se terei que desistir dela?

– A mim não cabe interferir. – Ela assume uma postura que jamais assumiu. Até porque já me orientava no meu quinto ano de escola, quando Tommy McMahon tentou me beijar, e depois a cada namorado, a cada passo na carreira e a cada decisão importante de minha vida... e cuidava de minhas mágoas quando eu não lhe dava ouvidos. Mas esse jeito não combina com ela. – Preciso ir – acrescenta subitamente sombria e com uma rigidez que me faz acreditar que minha melhor amiga está caindo fora.

A dra. Fernandez chega atrasada para nosso encontro decisivo. Finalmente, conheceremos a real extensão das sequelas de Freya.

Lembro que inúmeras vezes ela me disse que os médicos não querem se comprometer. Tal como mamãe, um lado meu ainda acredita na possibilidade de algum tipo de erro... ou pelo menos algum exagero. E assim deixo de lado um juízo definitivo até receber o veredicto honesto a mim prometido.

Enquanto espero junto com Tobias em meio a uma tensão silenciosa, sou tomada por uma recordação: depois da escola, debulhada em lágrimas, aguardo no hospital notícias do nosso querido vizinho Fred, de noventa e três anos de idade. Quando, afinal, me deixam vê-lo, ele me conta a vaga história de uma filha que nunca mencionara, desaparecida durante um passeio de canoa da escola. Nunca encontraram o corpo, apesar das buscas exaustivas. Ele começou a chorar e isso me deixou infantilmente chocada, porque no mundo ainda havia tristezas capazes de fazerem chorar um homem de noventa e três anos de idade.

Finalmente, aparece a dra. Fernandez, seguida por uma enfermeira. Somos conduzidos de volta à falsa sala de estar e nos acomodamos em confortáveis cadeiras. A médica empoleira-se à beira da mesa, e a enfermeira senta-se na cadeira dura ao lado. A caixa de lenços de papel continua no mesmo lugar.

– Há muita coisa que ainda não sabemos a respeito do cérebro – ela começa –, e a tentação dos profissionais da medicina é de limitar as apostas.

Ela se detém, coloca os óculos que pendem de uma corrente em volta do pescoço e continua pausadamente:

– Mas sei que vocês precisam ter uma perspectiva honesta sobre o que esperar e solicitei uma opinião pessoal e não meramente profissional de diversos especialistas. Concordo com o quadro que apresentaram. – Ela segue em frente. – Acreditamos que Freya terá severas dificuldades nas mais simples atividades. Como, por exemplo, sentar, andar e falar.

Um breve silêncio. As palavras da médica pairam no ar.

– Ela é flexível e isso é reflexo da função cerebral. Talvez continue flexível no futuro, mas o mais provável é que enrijeça. Isso poderá trazer problemas físicos. Se os pulmões não se expandirem, isso poderá resultar em complicações, como infecções respiratórias e pneumonia.

Talvez ela tenha severas contrações musculares, mesmo com ajuda da fisioterapia. E talvez também tenha que passar por uma cirurgia para liberar os tendões entre cinco e dez anos de idade, se chegar até lá.

– E que expectativa de vida ela tem? – pergunta Tobias.

– É difícil dizer. Antes de tudo, vocês precisam ter em mente que com esses danos na fiação do cérebro, às vezes é uma questão de pouco tempo. Além do mais, muitas crianças iguais a ela contraem infecções pulmonares quase sempre fatais nos primeiros dois ou três anos de vida. Mas Freya tem um bom reflexo faríngeo e, por enquanto, não apresenta complicações respiratórias. Enfim, se ela passar pela infância, poderá sobreviver a você.

– Será que ela vai piorar?

– Teoricamente, não. Está em condição estável devido à estrutura do cérebro. Mas a relativa inatividade poderá acarretar uma perda de massa muscular.

– Acha que ela continuará tendo convulsões?

– Segundo o neurologista, provavelmente sim.

– O que podemos fazer para que ela melhore?

– No meu ponto de vista, talvez nada possa ajudá-la.

– Ela terá algum nível de interação ou de consciência em relação ao ambiente circundante?

– É difícil dizer. Ela sente conforto e dor.

– Será que ela vai nos reconhecer? – pergunto abruptamente.

– Provavelmente, não – diz a médica. – Mas precisa de alguém que reconheça as necessidades dela, se bem que não importa que seja você ou outra pessoa.

E de repente me dou conta de que isso sempre terá o poder de me fazer chorar, mesmo que viva até os noventa e três anos.

Então uma janela se fecha e os pensamentos se atolam, como se não houvesse espaço para o cérebro processar emoções. Ouço a mim mesma enquanto faço perguntas práticas que a dra. Fernandez responde em tom compadecido, porém decidido e firme:

– Ela vai precisar de equipamentos?

– Bem, talvez precise usar uma cadeira de rodas, mas provavelmente terá que permanecer na cama. E, à medida que ganhar peso, será preciso um guincho hospitalar para levantá-la. Talvez precise de ventilação e alimentação artificiais. E vai precisar de vinte e quatro horas de cuidados pelo resto da vida.

– Quais são nossas opções para esses cuidados?

– O sistema propicia algum apoio na própria casa do paciente.

– Cuidadores?

– Bem, não, acho que não... os recursos são limitados. Mas coisas como ajuda para descanso e fisioterapia.

– E quanto à França? – pergunto.

– As pessoas sempre dizem que querem levar o filho deficiente para a Bolívia e outros lugares – diz a dra. Fernandez, lentamente. – Como médica, naturalmente fico horrorizada. Mas como ser humano... penso e concluo que isso faz muito pouca diferença. Podem ir para a França, se quiserem. Fornecerei um estoque de fenobarbital para o caso de outras convulsões. Ninguém os obriga a jogar suas próprias vidas fora. Ela nunca será mais transportável do que é agora. Se ela tiver uma vida curta, tomara que seja mais feliz. Se ela pegar uma infecção no peito e não puderem levá-la rapidamente para um hospital, bem...

Outra pausa.

– O que temos nos perguntado é o que aconteceria se não a levássemos para casa – diz Tobias.

– Se não a tirarem do hospital, o serviço social terá de encaminhá-la para algum abrigo.

Começo a chorar, soluçando como uma criança.

A dra. Fernandez põe um braço em volta de mim.

– Não tomem nenhuma atitude precipitada. Vocês precisam de um tempo para clarear as ideias. E Freya precisa ficar conosco umas duas semanas mais. Façam de conta que isso é uma creche grátis e tirem alguns dias de folga. Façam uma viagem e aproveitem. Fiquem bem longe do hospital.

Quando estamos saindo, a dra. Fernandez acrescenta:

– Sei que é um pouco demais para vocês absorverem, mas realmente precisamos discutir o procedimento de ressuscitação. A lei é bem clara a respeito do que podemos e não podemos fazer. Só temos margem de manobra em alguns procedimentos. Como, por exemplo, o que fazer se ela tiver uma crise clínica. Até onde vocês permitiriam uma ressuscitação?

A enfermeira se intromete:

– Pode soar meio tenebroso, mas esse tipo de morte pode ser bem agradável. Calma, digna e pacífica.

De novo, liga-se um interruptor na minha cabeça. Entrevejo um corpo abandonado, deitado na cama. De olhos fixos no teto, não vê nada. Com um tubo no estômago e um cilindro de oxigênio ao lado, ela respira com auxílio de um ventilador, uma respiração pesada e mecânica.

Eu e Tobias deitamos juntinhos na cama do hospital. Fico de rosto molhado com as lágrimas dele.

– Você precisa entender – ele diz. – Se esse bebê ficar conosco, nunca mais poderei me dar ao luxo de ser freelancer. Serei obrigado a encontrar um emprego fixo em algum lugar. E teremos que desistir da ideia de mudar para a França, a despeito do que a dra. Fernandez possa dizer. Todos os nossos sonhos. Toda a nossa vida. Tudo pelo qual trabalhamos.

Passo a mão no rosto dele.

– Não terá que desistir de sua liberdade – retruco. – Teremos uma vida na França, um estúdio de gravação e tudo que sonhamos. Somos um time. Um pequeno time. Não deixarei que uma parte da equipe esgote os recursos das outras duas. Não deixarei que ela nos destrua. – Ficamos agarrados um ao outro, como solitários sobreviventes de um naufrágio. – Foi tão bom quando Sandrine telefonou hoje e me tratou como uma pessoa normal – continuo. – Não quero que a gente pense apenas em deficiência e doença e... compromisso. Não suportaria isso. E não deixarei que aconteça. Lembra-se de quando contei uma experiência que tive aos dezesseis anos de idade?

O rosto dele está enterrado no meu cabelo.

– Hum, acho que sim. Conte de novo.

– Fui com a Martha para um intercâmbio escolar. Quase nunca saíamos de Sevenoaks, e de repente lá estávamos nós em Paris. Como não tínhamos recursos para comer em certos lugares, dividimos uma xícara de café em uma cafeteria chique no sexto *arrondissement* e os *éclairs* de chocolate que tirávamos de sacos de papel escondidos em nosso colo. Um jovem aparentemente sofisticado sorriu para mim e comentei com a Marta: "Um dia falarei francês, viverei aqui e também serei sofisticada."

– Bem, você fez tudo isso – diz Tobias. – Lembra que até conseguiu estudar por três anos em Aix-en-Provence?

– E quero ir para lá com você – digo. – Com você e Freya, os dois – acrescento enquanto ele se enrijece nos meus braços. – Não precisamos decidir agora. Freya pode permanecer no hospital por enquanto. A dra. Fernandez nos recomendou que ficássemos longe por alguns dias. Tenho pensado nessa propriedade no Languedoc que Sandrine encontrou. Sei que não é o lugar ideal, mas podemos dar uma olhada. Uma boa desculpa para uma viagem. Só para clarear a cabeça. Posso levar uma bombinha de mama.

– Não sei se amo esse bebê, mas amo você – ele sussurra. – E não quero perdê-la.

– Prometo que você sempre estará antes dela. Prometo.

As palavras soam como uma traição.

– Prometo – repito.

Não consigo dormir. Fico deitada, ouvindo o ronco de Tobias. Às três da madrugada, desisto e saio da cama. A unidade de terapia intensiva neonatal é tão quente e reconfortante quanto um útero.

Caminho direto até o berço de Freya. Sem poder rolar ou talvez até sem poder se mover, ela aconchega a bochecha nos macios sapatinhos de tricô com carinhas de coelho. Uma cena que me deixa arrasada. Completamente arrasada. Sento ao lado do berço e não consigo parar de chorar.

Preciso salvar essa criança. Preciso levá-la para casa. Se ela encontra conforto nos sapatinhos de coelho, será que não vale a pena me esforçar? Ela não deveria estar recebendo conforto de mim? Já não lhe faltei por algumas semanas de vida?

Curvo-me timidamente culpada e beijo-a no alto da cabecinha. Que sensação maravilhosa.

Inspiro o cheirinho de bebê recém-nascido, sentindo seu cabelo macio. E lhe dou um beijinho e outro beijinho, inspirando profundamente seu perfume refrescante, como se pudesse bebê-la. Curvo-me como um drogado, só para mais um beijinho e para outro mais.

Janeiro

Les Rajons fica no alto de uma colina, exposta aos ventos de todos os lados. Agora nos aproximamos através de uma estrada que se eleva a partir do vale em seguidas curvas fechadas por entre um estreito corredor de pedra. A estrada atravessa a aldeia de Rieu, que se agarra à vida em um dos lados da colina, e depois parece perder a segurança quando se converte em mera pista de pedra e poeira.

Não consigo acreditar que estávamos no hospital vinte e quatro horas atrás. Durante o voo para Montpellier, era possível, até mesmo fácil, olhar para as nuvens e fingir que uma viagem para a França era o melhor que tínhamos a fazer. Mas, à medida que nos afastávamos de Londres, a saudade de Freya apertava. Saudade do rostinho levemente maltratado, dos olhos vagos e do estranho movimento que ela faz quando estica a cabeça.

Com o carro alugado, fazemos uma última curva dessa trilha impossível e de repente surge diante de nós o milagre de uma casa. Já dá para ver que a propriedade em si é um conjunto de edificações agrícolas, com uma parte em ruínas e pilhas de pedras acinzentadas à espera da construção das outras partes. O lugar inteiro parece se espraiar e retornar à pedra em perpétuo estado de crescimento e decadência. Dá a sensação de se estar a céu aberto, quase podendo tocá-lo.

– Incrível – diz Tobias.

– Assustador – replico. – E enorme.

– Que portão! – ele diz. – Olhe só aquele frontão de pedra.

– Sem nenhuma parede. – Aponto. – Um portão de pé em meio ao nada.

– O muro deve ter caído. Parecem ruínas romanas.

Já estamos de pé por dentro do portão e de frente para um pátio formado por uma ferradura de construções de pedra. Somos observados fixamente pela casa.

– Ah, acho que não – digo.

– Uau! – ele exclama.

– Metade da porta está sem dobradiças. E as janelas estão quebradas.

– Imagine possuir tudo isso!

– Existe alguma coisa estranha aqui. E não consigo identificar. Parece que as construções mudam de lugar quando desvio os olhos.

– Ora, você está fantasiando – diz Tobias. – É tudo muito simples. A casa está bem à nossa frente. Adapta-se ao estilo de uma casa de campo francesa com uma porta no meio. As duas alas laterais são dependências. Note que toda a ala à direita é um grande celeiro ligado à casa por aquela ponte de madeira. Olhe a outra ala, uma sequência de edificações menores e um outro pátio... ou melhor, não é um pátio, é uma ruína coberta de mato que parece um jardim murado... – Faz uma pausa, franzindo a testa. – Ou talvez eu esteja errado e seja um...

Olhamos fixamente para o lugar, incapazes de processá-lo.

Em uma das extremidades do grande pátio, avistamos um contêiner enferrujado de navio, mal se equilibrando sobre alguns blocos. Enquanto o observamos, uma figura franzina irrompe de dentro. Acena e vem caminhando em nossa direção. Seus cabelos lisos e negros se agitam felizes. Surpresa, penso: é uma criança, não tem mais que dezenove ou vinte anos.

À medida que se aproxima, entrevejo um rosto cuja aspereza indica que ela passou a vida inteira exposta ao ar livre. Mas o que mais se destaca nesse rosto moreno é o verde intenso dos olhos.

– Olá, sou Lizzy. A *gardienne*. Sandrine me avisou que viriam. Vou mostrar a propriedade para vocês. – Ela tem um francês fluente, mas com um sotaque bem acentuado.

– Você é americana?

– Da Califórnia – ela diz em inglês.

– Mora nesse contêiner de navio?

– Sim.

– Não na casa?

Ela estremece.

– De jeito nenhum. Definitivamente, na casa, não.

– Faz muito tempo que está aqui?

– Quase um ano. No verão, o contêiner esquenta muito e durmo numa rede debaixo das árvores.

– Como veio parar aqui? – pergunta Tobias.

– Juntei o suficiente para uma passagem de avião até Paris.

– E de Paris?

– Andei.

– Andou? Desde Paris?

– Sim. Não tinha uma passagem de trem. Isso levou alguns meses. Cheguei aqui muito magra.

– Mas como se alimentou?

– Ora, às vezes as pessoas me davam alguma comida, outras vezes de frutinhas silvestres que encontrava. E também de algumas folhas deliciosas.

– Mas... sua família não se preocupa com você?

– Só tenho uma família adotiva. Eles não sentem minha falta.

– Isso é absolutamente incrível – diz Tobias.

– Gosto de ser livre.

– Obviamente, você é uma mulher incrível.

Ela me faz lembrar uma criatura, mas não consigo descobrir qual. Uma foca? A mesma energia fluida, mas muito magra. Um gato? Mais vivaz que felina.

– Começaremos pelo celeiro – diz Lizzy. – Um lugar adorável, o meu preferido.

– Que telhado maravilhoso!

– Feito com as tradicionais telhas curvas do Languedoc. Parece que nos velhos tempos eram moldadas nas coxas das garotas.

Atravessamos uma espécie de oficina e escalamos uma frágil escada que nos leva a uma pequena sala com piso forrado de palha. Ao chegarmos, sinto um bater de asas e só dá tempo de ver uma branca e majestosa coruja sair voando por uma janela aberta.

Tobias engasga.

– Fantástico! Ficou nos observando por um tempo. Notou isso? Parecia um fantasma furioso.

– Na realidade, é um casal. Fizeram um ninho aqui – diz Lizzy. – Procuro não perturbá-las. Observem por ali. – Aponta para uma abertura do tamanho de uma janelinha e nos revezamos para espiar o celeiro.

– É enorme – diz Tobias.

– O piso precisa ser consertado – comento.

– Isto aqui daria um grande estúdio de gravação. – Ele acrescenta com ar astuto: – Anna, você pode montar seu próprio restaurante aqui.

– Não seja bobo. São quilômetros de distância de qualquer outro lugar. Como poderia ter um restaurante aqui? Além do mais, não há portas.

– É onde se estoca feno – explica Lizzy. – Podem subir até lá por um alçapão no teto dos estábulos embaixo.

Ela nos conduz por uma entrada até a ponte de madeira, com uma vala embaixo.

– Parece o leito de um rio seco – digo.

– E se torna mesmo um grande rio durante o período das chuvas – diz Lizzy casualmente. – Temos muitas tempestades. Fico nesta ponte para assistir aos relâmpagos. É incrível... bolas relampejantes sobre a casa, como punhais nas colinas.

– Bárbaro – exclama Tobias.

Olho para baixo da ponte e me pergunto como será a sensação de se estar aqui durante uma tempestade com águas revoltas embaixo. A ponte por si só é sólida e bonita. E ainda com a vantagem de ter proporções razoáveis neste lugar onde as grandes edificações parecem competir com a grandeza da força dos elementos.

– Ficará bacana com alguns vasos de gerânios – comento. Nem Tobias nem Lizzy me dão ouvidos.

– Vamos agora para a casa principal – ela diz.

Atravessamos a ponte e estamos em um grande espaço no andar superior. As janelas francesas do andar inferior apoiam-se em uma sacada Julieta de ferro fundido.

– O quarto principal – diz Tobias, feliz da vida. – Que vista!

No mesmo andar, dois outros quartos, um com um piso quase apodrecido e com um banheiro rudimentar.

– E agora, o sótão – diz Lizzy. – Cuidado... caíram algumas telhas lá dentro.

Fazemos um revezamento para subir uma escada no patamar do primeiro andar. Fico empoleirada no degrau mais alto para olhar o céu por entre as telhas quebradas. O grande número de recipientes no piso do sótão indica vazamentos no teto ao longo de anos até um colapso final.

Tobias sobe e permanece na escada por um longo tempo. Sua voz entusiástica flutua por cima de mim.

– Uma banheira de ferro fundido! Isto é uma antiguidade genuína! Olhe... são morcegos lá no alto?

Descemos um lance da escada de carvalho – escada grandiosa, segundo Tobias – e chegamos à sala através de um corredor. Aprecio as vigas de carvalho, o gesso ornamental, inclusive o nicho de uma madona pintada, as lajotas irregulares, uma lareira e um fogão art déco amassado.

– Isto aqui era um convento no passado – diz Lizzy. – Foram as freiras que fizeram o trabalho de arte em gesso.

Tobias desaparece nos fundos da casa.

– Olhe só a cozinha! Um forno de pão! Uma pia mordomo! – ele grita de lá. – Piso com placas de pedra. Nossa... gigantesca! Um arco de pedra no meio. Sabe, talvez não seja muito trabalhoso transformar isto aqui em uma casa habitável.

Já estou cansada e mal-humorada. E com o temor grudado em mim.

– Você está louco? A casa nem sequer tem teto.

– O proprietário vai reformar o telhado depois que assinarem o *compromis de vente* – diz Lizzy. – E também as janelas e a porta de entrada.

– Imagine crescer aqui – diz Tobias. – Que aventura!

– Bobagem. É um lugar perigoso para crianças... – Engulo o resto da frase. Faz dois dias que assinei um documento que autoriza o hospital a registrar "não ressuscitar" no prontuário do meu bebê. O que poderia haver de pior à espreita neste lugar?

Lizzy nos conduz para fora de casa e seguimos até as edificações do outro lado da estrebaria. Inspecionamos uma prensa de vinho flanqueada por dois barris de vinho feitos de carvalho, ambos do tamanho de uma sala de estar da maioria das casas.

Tobias sobe um conjunto de degraus rudimentares e espia o interior de um barril.

– Cheira a uvas. E ainda está coberto de suco seco e pedaços de frutas.

– Isto aqui era uma adega no passado. E mantiveram a prensa de vinho e os barris. Os vinhedos estão na encosta sul da colina mais abaixo. Já pertenceram a Les Rajons. Mas não pertencem mais. Existem poucas videiras aqui e a terra restante é muito alta para vinhedos.

– E quanta terra restou?

– Cerca de dez hectares. Não muito. A maior parte *maquis*, matagal.

– Não acredito que se leve tudo isso por esse valor. Talvez pudéssemos organizar um festival de música – diz Tobias.

Lizzy nos conduz ao longo de uma faixa rochosa que atravessa um aglomerado de ruínas e segue até um pomar de árvores baixas e uma horta impecavelmente cultivada.

– O *potager* – ela diz. – Um arrendatário adquiriu o direito de cultivar metade da terra até o final do ano. Vocês podem plantar verduras e legumes na outra metade.

– Verduras e legumes – diz Tobias. – Claro que verduras e legumes.

– Querem conhecer uma vista maravilhosa?

Mesmo nesta época do ano, a colina cheira a tomilho e lavanda. Subimos por uma trilha estreita e somos forçados a escalar uma encosta rochosa. Finalmente, chegamos ao topo de uma rocha com vista panorâmica das colinas. A sensação é de que se está no topo do mundo.

– Vocês podem ver os Pireneus de um lado e do outro todo o caminho até o Mediterrâneo – diz Lizzy. – Não é lindo? Lindo, selvagem e livre. Gostaria tanto de morrer aqui.

Freya não poderá desfrutar de tudo isso. Não poderá chegar até aqui de cadeira de rodas nem quando crescer. Caso possa usar uma cadeira de rodas.

– Que incrível – diz Tobias. – Absolutamente mágico. Os Pireneus! O Mediterrâneo! Você é uma mulher de sorte por viver aqui.

– Este lugar é conhecido como o *col* dos treze ventos. Às vezes, surgem de um lado, e outras vezes, do outro. É difícil prever. Segundo os habitantes da região, fazem música quando sopram à direita e batem nas pedras, mas nunca ouvi.

Lizzy gira o rosto em direção ao vento e inclina-se de braços estendidos.

– Já estão sentindo? As vibrações espirituais daqui? São muito fortes.

Tobias sorri de bom humor e faz o mesmo gesto. O vento forte o faz se inclinar um pouco mais para a frente. Ele e Lizzy dão risadas enquanto competem para ver quem se atreve a se inclinar ainda mais para a frente. Emana um ar selvagem dos olhos verdes e dos cabelos negros que se agitam atrás dela.

Lontra. Eis o animal que ela me lembra. Poder físico; ágil e brincalhona.

Ela oscila tentando se equilibrar e desiste. Tobias é o vencedor. Claro que fica feliz da vida.

– Acho que entendi o que você quis dizer com vibrações espirituais – diz.

– E então... vão comprar o imóvel? Está barato.

– Pois é, por que tão barato? – pergunto.

Lizzy encolhe os ombros.

– O *propriétaire* levou anos tentando recuperá-lo. Agora está ficando velho e perdeu a esperança. Ele precisa de algum dinheiro para a aposentadoria. É hora de pessoas mais jovens assumirem a propriedade. E então, serão vocês?

– Bem – respondo –, claro que precisamos discutir isso, mas ainda não estou certa de que seja a propriedade adequada para nós.

Lizzy se dá por satisfeita.

– Os casais que deram uma olhada disseram o mesmo. Grande demais, assustadora demais. Mas um dia um homem chegará aqui sozinho e se apaixonará pela propriedade. E se casará comigo.

Garota inestimável. Reviro os olhos para Tobias. Mas ele olha ao longe. Engulo o divertimento e respiro fundo o odor de lavanda e tomilho. Talvez seja a última vez que respire livremente.

– Anna, dê uma olhada, uma olhada *de verdade* nesta vista – implora Tobias.

De fato, é uma vista espetacular. Colinas arroxeadas rolam ao longe em todas as direções. À esquerda, uma linha de picos dos Pireneus cobertos de neve, tão distantes que parecem flutuar no horizonte e se derreter e se fundir com as nuvens. À direita, o brilho longínquo do mar Mediterrâneo.

Talvez pudéssemos desistir do bebê. Talvez pudéssemos nos afastar de tudo aquilo e voltar para nossa antiga vida. Em poucos anos, me tornaria chef de cozinha em algum restaurante de Londres. Tobias poderia compor jingles publicitários. Teríamos uma vida confortável. A dor não arderia para sempre com essa intensidade. Tudo que restaria de Freya seria uma dor surda.

Mas de repente vislumbro uma alternativa: uma casa na França, junto a um bebê com deficiência física e mental, um futuro que se insinua em meio a uma névoa de incerteza enquanto as montanhas deslizam até o céu.

– Eu queria me mudar para a Provença. – Até para mim minha voz soa petulante.

– Mas a Provença é muito cara – diz Tobias. – Não temos recursos nem para um armário de vassouras na Provença. Esta casa é grande e tem muito potencial, além de ser barata.

Já estamos de volta ao carro alugado e descemos pela autoestrada em direção a Aix-en-Provence, a França que conheço. França de mar azul e de gente bonita. França de delicadas plantações de oliveiras.

Retornando a Londres, me pareceu uma boa ideia aproveitar a viagem para fazer uma visita a René. Mas agora estou ansiosa para estar com meu bebê. Só sobreviverei a esse dia distante porque sei que poderei vê-la amanhã à noite.

– Qual é o problema? – pergunta Tobias. – Nervosa por reencontrar René?

– Bem, um pouco – respondo o que parece mais fácil.

– Isso é natural. Você tem pensado muito a respeito. – Uma pausa. – Mas ele ainda não lhe ofereceu um emprego de professora, não é? – Uma sondagem de Tobias.

– Pois é, e não fará isso se comprarmos uma casa a mais de três horas de distância.

Ele parece mal-humorado.

– Só estou querendo que considere outras opções. Você está fazendo muitos planos baseados em algo que talvez não aconteça...

– Vai acontecer. René é como se fosse da família. Claro que me atormentou impiedosamente na escola de gastronomia durante três anos, mas sempre me viu com bons olhos. Nicolas pode ser bem-sucedido, mas não passa de uma máquina e tem uma vida insípida fora do trabalho. Já René encontrou um jeito de ser um chef de nível internacional e um ser humano totalmente equilibrado. Ele vai conseguir algo para mim.

Retornar ao Instituto Lecomte é como voltar no tempo. Regrido à insegurança dos meus dezessete anos, quando subi pela primeira vez os imaculados degraus de pedra da escada que levava a uma imponente entrada.

Hoje, já não preciso tocar a campainha. A porta se abre e sou recebida por René. Envelheceu desde que o vi da última vez, a calvície invade grande parte da cabeça. Está mais pálido e parece ofegante quando me dá três beijinhos.

– Onde está Freya? – pergunta.

– Ainda no hospital. Você sabe, aquilo que escrevi no e-mail...

– Bem, os médicos não sabem de tudo. – René me parece por um momento desconcertado. Logo ele, que nunca perde uma chance de dizer alguma palavra impactante. – Me dê outro beijo. Anna, que bom vê-la.

– René, você engordou de novo – digo em tom severo. – Deixou de fazer aquela dieta? Você sabe o que os médicos disseram, mesmo que eles *não* saibam de tudo.

– Papai morreu de insuficiência cardíaca, e vovô também. Por que romper com uma tradição de família? O que conta é como você vive *antes*. – Ele faz menção de beijar Tobias, mas muda de ideia e lhe aperta as mãos, uma paródia elaborada da boa educação inglesa. – Entrem... preparei algo especial para o jantar. Mas primeiro vamos ver o quarto de vocês.

Seguimos pelo corredor.

– Anna, você não mudou nada desde que a conheci – ele diz.

– René, como consegue dizer essa mentira? Eu só tinha dezessete anos quando me conheceu.

– Isso mesmo. – Ele se volta para Tobias. – Acredita que esta colegial inglesa me escreveu uma carta exigindo uma bolsa de estudos no meu instituto? Achei que seria melhor dar uma olhada nela.

Mais tarde, sentamos para tomar a lendária sopa de peixe de René, que inicia uma palestra principalmente em proveito de Tobias. Já ouvi tudo isso quando era aluna de gastronomia.

– É preciso paciência para fazer a *bouillabaisse*, a sopa de peixe. Antes de tudo, lembre-se de que não se deve ferver o caldo... o colágeno da espinha do peixe e a casca do caranguejo precisam de tempo para dissolver suavemente. Se começar a cozinhá-las pela manhã, obterá um caldo perfeito para o jantar. – René saboreia do próprio prato, cheio até a borda. – Você deve suar um pouco ao ingerir este prato – comenta. – Você deve imaginar as esposas dos pescadores da antiga Marselha, que, enquanto esperavam pelo retorno dos maridos, aqueciam grandes caldeirões com cabeças de peixe e cascas de caranguejo na praia. Quando eles chegavam, despejavam a pesca direto no caldo. Naquele tempo se podia dar ao mar a responsabilidade pelos ingredientes do prato...

– É... demais – murmura Tobias, mas René faz um aceno para indicar que não terminou.

– Claro que hoje em dia impomos algumas regras à natureza para fazer uma *bouillabaisse de qualité*. Uma *bouillabaisse* de excelência contém pelo menos quatro de uma lista de seis tipos de peixes: peixe-escorpião, peixe-escorpião branco, salmonete, arraia, congro e peixe-galo. A *cigale de mer* e a lagosta são toleradas, mas apenas como ingredientes extras. Os peixes devem ser adicionados um a um, em ordem de espessura, para que fiquem perfeitamente cozidos.

René aponta para uma deslumbrante travessa de peixes do Mediterrâneo.

– E eis o resultado. Exemplo perfeito de um prato camponês aprimorado até alcançar o status de *haute cuisine*. Imaginava que um prato sublime como este teria uma origem tão humilde?

Ele coloca seus talheres sobre a mesa e, enquanto toma um generoso gole de vinho, me dou conta de que é o momento perfeito para entrar no meu assunto.

– Então, você já teve tempo para pensar sobre minha vinda para dar aulas aqui?

– Não digo que seja impossível – diz René, pausadamente –, se você realmente precisar.

– Eu poderia ensinar aos britânicos que não dominam o francês – prossigo.

– Os britânicos... Lamento dizer, Anna, mas seus compatriotas não se interessam pelo que ofereço. Só se interessam por férias e comida pronta, e não por suar horas a fio numa cozinha comercial. Além disso, é realmente o que você quer fazer agora que se tornou mãe?

– Claro que a maternidade não vai interferir no meu trabalho – afirmo.

– Anna, tomara que *interfira* – diz René. – Ser mãe é muito importante, e você deve dar o tempo que isso merece.

– Encontramos uma propriedade que nos interessa – diz Tobias, abruptamente. – Mas é no Languedoc, e estou tentando convencê-la a abrir um restaurante lá.

Tenho a impressão de que o rosto de René se ilumina.

– Uma ideia absurdamente louca – retruco apressada. – O lugar é totalmente agreste e fica no topo de uma montanha. Não há nada por perto. Nem mesmo o mar está próximo.

– Considere isso, Anna. Porque vale a pena. Concordo com Tobias. Você precisa de mais espaço, uma mudança adequada. – Sinto a mão paterna de René no meu ombro. – Fiquei impressionado com sua determinação quando você me escreveu aquela carta alguns anos atrás. Foi por isso que lhe dei a bolsa de estudos. Anna, você pode fazer qualquer coisa que tiver em mente.

Chegamos de volta a Londres muito tarde. Muito tarde, insiste Tobias, para telefonar para o hospital. Estou tão cansada e dolorida que me deixo convencer. Faz quase três semanas que Freya nasceu e desde então não passamos uma noite em casa – só estivemos aqui uma ou duas vezes para pegar roupas limpas.

Parecemos astronautas de volta de uma viagem ao espaço. Causa estranheza o tráfego em nossa rua, as pessoas fazendo compras na loja da esquina pela noite adentro e o fato de que a vida permaneceu a mesma enquanto estivemos em outro planeta. Compramos legumes frescos, pão e queijo e seguimos para casa.

No capacho da porta, uma pilha de presentes e cartões em camadas sedimentadas. Na base, os mais apressados, os que primeiro responderam ao receberem a notícia do nascimento. São cartões num rosa virulento com desenhos de cegonhas e mensagens alegres: "Parabéns – uma menina!" Mais acima na pilha, uma vez que nosso silêncio deve ter sugerido que algo estava errado, um tom menos seguro, porém ainda otimista: "Confiamos que tudo esteja bem neste momento de alegria..." No topo da pirâmide, felicitações se misturam com confusas condolências: "Pensando em vocês", "Estou tão feliz que...", "Sinto muito por isso...", "Um presente especial..."

A tarefa de responder a todos é demais para mim. Como posso escrever esses bilhetes?

"Muito obrigada pela atenciosa lembrança. Infelizmente, nossa filha Freya nunca saberá quem somos nós. Portanto, devolvo-lhe o presente."

O apartamento continua como antes, limpo e arrumado. Se não fosse pelo moisés vazio ao lado da cama e o trocador de fraldas no banheiro, poderíamos fingir que nem sonhamos em ter um bebê. A vida que levávamos antes continua aqui.

– Vou ver se consigo arrumar alguma coisa pra gente comer – digo. Uma desculpa, claro. Os tupperwares arrumados no freezer estão repletos de nutritivas refeições caseiras preparadas nas semanas que antecederam a fase final de minha gravidez. Fiz isso pelo medo de me tornar incapaz de realizar as menores tarefas depois do bebê.

Mas agora preciso do familiar e reconfortante ritual da cozinha, e não de descansar o corpo. Não farei nada extravagante... apenas alguma coisa simples com ingredientes frescos.

No mundo autossuficiente de minha cozinha, tudo funciona exatamente como deve funcionar. O coração daqui é um resplandecente fogão Lacanche francês genuíno, feito com amor por artesãos da Borgonha. Juntei dinheiro por dois anos para comprá-lo. Os ganchos de açougue ao redor do fogão sustentam a minha *batterie de cuisine*. Cada panela e cada utensílio têm o seu próprio lugar. Na área de trabalho ao lado do fogão encontram-se as tábuas e as facas. As especiarias estão alinhadas sobre um suporte. Se me vendassem, ainda assim seria capaz de encontrar qualquer uma que quisesse.

Pego a faca de aço de cozinha que papai me deu quando iniciei o treinamento para ser chef. O cabo de madeira encaixa-se facilmente em minha mão. Os anos de afiação desgastaram a lâmina e lhe deram a forma de um crescente, perfeitamente moldada ao meu próprio estilo de corte.

Enquanto corto uma beterraba, aprecio o movimento preciso da faca ao atravessar a polpa do vegetal, o fugaz cintilar da prata e o odor de terra do sumo que se infiltra nos cortes da tábua de madeira. Adoro admirar uma refeição que toma forma e assume personalidade própria. Essa é minha meditação.

Esfrego a beterraba em azeite da Ligúria, alecrim fresco e sal grosso e coloco-a no forno para assar. Em seguida, passo para a batata-doce e a manipulo da mesma maneira, mas a disponho numa assadeira separada para que as cores não se misturem.

Um delicado aroma inunda a cozinha. Preparo uma travessa de agrião, um sabor picante que combina bem com a doçura terrosa da beterraba e da batata-doce. Para completar o prato, adiciono pedaços de queijo Camembert. Faz meses que não saboreio um queijo macio e ansiava muito por isso.

Faço um arranjo atrativo por cima do agrião, com pedaços de beterraba, batata-doce e queijo Camembert. Admiro o contraste das cores. Então corto um pão integral em fatias grossas, ponho tudo no carrinho de chá e me dirijo à sala de estar. Quem disse que é complicado preparar um jantar rápido? Não consigo entender por que as pessoas compram comida congelada.

Encontro Tobias sentado no sofá. Pesquisa serviços sociais e bebês deficientes no Google, com o rosto assustado e pálido.

– Os sites de serviços sociais só explicam como se deve lidar com ela em casa – ele diz. – Mas não quero *trazê-la* para casa.

– Talvez haja alguns sites de cuidadores. Ou grupos de apoio.

– Dê uma olhada.

Aparentemente, abundam na internet sites assustadores de pessoas que abandonaram os empregos para chegar primeiro na fila por uma cadeira de rodas. Sites de pais que ventilam os filhos a cada vinte minutos e que trabalham em turnos, dia e noite. Para eles, a punitiva escala de cuidados não deixa tempo nem energia para qualquer outra atividade. Dessa maneira, tanto o resto da família como os outros filhos e as diversas formas de prazer são deixados de lado.

A despeito do que faremos agora, a verdade é que nosso estilo de vida anterior se foi para sempre.

– Não perca as esperanças – diz Tobias. – Ainda não encontrei o site que ensina como deixar o bebê na porta das Irmãs da Anunciação à meia-noite.

Ambos sorrimos. Essas piadas se tornaram segredos compartilhados. É difícil entender por que precisamos de humor negro. Os poucos para quem nos abrimos a respeito de Freya se mostraram cerimoniosos e desconfortáveis, da mesma forma que agem com os recém-enlutados.

– Se a deixarmos no hospital, os serviços sociais entrarão em cena e encontrarão uma família adotiva que realmente poderá oferecer os cuidados de que ela necessita. Eles são pagos para isso.

– E se forem malvadas com ela?

– Não serão malvadas com ela. As pessoas que adotam crianças com deficiências são seres humanos maravilhosos, sem exceção. Poderemos vê-la sempre que quisermos.

Sento no sofá com a bomba de leite emprestada pelo hospital. Isso aspira como uma boca artificial, de modo regular e faminto, sem nunca ficar saciada.

– Olhe este site, Anna. Residência para bebês e crianças. Parece fantástica.

É uma casa com piscina de hidroterapia e jardim sensorial com odores e texturas. Os quartos têm equipamentos de última geração. Nas fotos, os residentes estão sentados em volta da piscina em cadeiras de rodas elétricas com encostos de cabeça altos, para sustentar o pescoço.

– Tobias, isso é uma casa particular. – Custa mais de cem mil libras por ano manter uma criança em lugares assim.

Olho para a bomba de leite. Na garrafa, uma grande surpresa: em vez da pequena quantidade habitual, leite até a borda.

Fico feliz, orgulhosa, grata e aterrorizada. Outra prova de que sou mãe; outra algema com esse bebê.

Chegamos ao hospital e o berço de Freya na UTI Neonatal está vazio. Entramos em pânico. Será que aconteceu alguma coisa terrível com ela enquanto estivemos fora?

O que aconteceu é que ela acaba de ser removida pelo corredor até a UCE, unidade de cuidados especiais para bebês. Ou seja, já está se fortalecendo e se afastando do perigo. Em termos de cuidado, um passo mais próximo do momento em que estará pronta para receber alta.

Linda, uma das enfermeiras, diz que a alimentou ontem à noite e que "ela comeu e comeu", o equivalente a uma xícara cheia em um minuto.

Alice, a fisioterapeuta, mostra alguns exercícios que podem ser feitos para ajudar o desenvolvimento muscular de Freya.

– Geralmente os bebês com paralisia cerebral têm músculos muito frouxos – ela diz. Os pelos na minha nuca se arrepiam; é a primeira vez que alguém menciona paralisia cerebral.

– Não gostamos do termo paralisia cerebral – diz a dra. Fernandez quando a enfrento mais tarde. – Não expressa propriamente uma condição médica; é mais um termo guarda-chuva para um conjunto de sintomas. – Mas é um termo inteligível que projeta um futuro. E talvez por isso os médicos não gostem.

Imagino uma vida inteira de exercícios inúteis que nunca levarão minha pobre filhinha a fazer um movimento voluntário.

Martha tem telefonado todo dia, a fim de oferecer amor e apoio. Às vezes, sinto vontade de retornar as ligações, outras vezes não.

Seguro o corpinho mole e dopado de Freya. Quanto mais penso em abandoná-la, mais difícil e triste se torna olhá-la e passar o tempo com ela. E cada momento junto dela se torna mais precioso.

Eu e Tobias temos tirado fotos dela – sem palavras, mas conscientes de que só assim teremos uma lembrança se tivermos de dizer adeus. Pegamos as pulseirinhas e cada pedaço de papel referente a ela e arquivamos tudo.

Segundo a dra. Fernandez, em uma semana Freya estará pronta para receber alta.

– Podemos mantê-la aqui por mais uns quinze dias, caso precisem de mais tempo para tomar uma decisão. Mas por que não levá-la para casa e desfrutar de uns momentos com ela? Ela nunca será mais normal do que é agora. Se não tivessem recebido o diagnóstico neste momento, não desconfiariam de nada de errado com ela.

Em poucas palavras, esse é o problema. É fácil falar em abandoná-la quando não estamos perto dela. Só então ela se torna a Freya dos relatórios médicos – uma aposta ruim, por qualquer critério. Amá-la, investir nela, é uma rota segura de dor e angústia.

Então, lá vamos nós – recém-saídos de outra terrível reunião médica. E lá está nossa filhinha, bela e perfeita, com cheirinho de bebê, pele clara e faces coradas, deitada no berço da UCE. Conciliar os prognósticos catastróficos, a política de não ressuscitação com essa visão de normalidade não é emocionalmente possível.

Sinto a força gravitacional da maternidade cada vez que estou com ela. O leite jorra dos seios, o estômago se agita. Amo este serzinho com um amor puramente físico. Quero colhê-la, tirá-la do berço de acrílico. Alimentá-la e cuidar dela, integrá-la em todas as coisas e esquecer os prognósticos médicos. Viver aqui e agora e fingir.

Isto é o que aterroriza Tobias. Perderei a sanidade e insistirei na vida de martírio a dois para cuidar de uma filha que nunca se desenvolverá? Mesmo porque, tanto para mim como para ele, torna-se cada vez mais claro que um dia teremos de deixar que ela se vá – se não morrer, ela terá necessidades físicas descomunais e não seremos capazes de cuidar dela sem sacrificar o resto de nossa existência, a esperança de outros filhos, a felicidade e o sucesso profissional. Talvez nunca fique claro o momento em que fracassamos em lidar com ela, mas aos poucos ela enredará o alicerce de nossas vidas.

Tento explicar isso para a dra. Fernandez, e ela parece horrorizada.

– Claro que você só deve ficar com Freya se amá-la, e não porque ela é um grande fardo.

Acho incrível que ela acredite que exista um mundo onde Freya *não* seria um grande fardo.

– E se ela morrer? Como poderei suportar isso?

– Não falo agora como profissional, mas você não poderia pelo menos ficar um tempo com o seu bebê? – Uma chantagem da dra. Fernandez. – Não poderia amá-la, mas se mantendo um pouco afastada, para deixá-la partir, se chegar a hora?

Eu e Tobias estamos deitados em nossa cama. Sem sequer pensar em fazer sexo, mas carentes de proximidade física. Apesar das nossas diferenças, ambos nos sentimos apaixonados outra vez. Talvez seja o amor pelo nosso bebê se espalhando por não ter para onde ir.

Tobias inevitavelmente retoma o assunto Les Rajons:

– Há alguma coisa mágica naquele lugar. Não consigo tirá-lo da cabeça. É o tipo de lugar no qual se pode investir uma vida inteira.

– O proprietário envelheceu tentando colocá-lo em ordem – retruco. – Isso não lhe diz nada? Sem falar que você não consegue pregar um prego em linha reta.

Mas Tobias segue em frente, como se não tivesse me ouvido.

– Se vendêssemos este lugar e usássemos a poupança da venda do seu apartamento, a hipoteca de Les Rajons seria irrisória. Uma pechincha.

– Mas como pagaremos, mesmo uma hipoteca pequena, se René não me der um emprego?

– Ei, no momento minhas composições estão se saindo de forma brilhante. Meu agente disse que os diretores estão começando a se interessar pelo meu nome. Pense no volume de trabalho que serei capaz de fazer na paz e tranquilidade daquele lugar. Sem distrações. De qualquer maneira, isso até que você coloque o restaurante para funcionar. Você é uma cozinheira fantástica. Sei que será um sucesso.

Pela primeira vez, desde o nascimento de Freya, irrompe o eu vibrante do homem por quem me apaixonei. Entusiástico e cheio de ideias. O único capaz de varrer minha natureza cautelosa e me fazer sentir tão selvagem e livre quanto ele.

– Sei lá – digo. – O bebê...

– Precisamos encarar a verdade, o bebê é um fracasso. Não se engane... ela não chegará a lugar nenhum. Mesmo que mudar fraldas seja um prazer agora, como será daqui a cinco ou dez anos? Se vivermos naquele lugar, pelo menos não sentiremos que mudar fraldas é tudo que temos a fazer pelo resto da vida.

Não digo nada. Penso: *preciso* tê-la em casa. Preciso. Mas estou consciente do perigo que isso representa e tenho medo de continuar perdida e nadando em amor, mesmo que Tobias se afaste dela. Como conseguirei deixá-la partir?

Ele continua falando:

– Se eu entrar nessa de bebê... Bem, preste atenção, não estou prometendo nada... Se eu entrar, faremos um trato e iremos para Les

Rajons? Como já fizemos com algumas outras coisas? Você sempre quis ser dona do seu trabalho. E eu sempre quis expandir meus horizontes criativos como compositor. Que tal? Encaramos o máximo da loucura e vemos aonde isso nos leva?

Freya pode ouvir. A refinada residência para crianças que não podemos pagar faz um grande alarde sobre o seu jardim sensorial de muitos odores e sons. O que é Les Rajons, por si só, senão um gigantesco jardim sensorial?

– Tudo bem – digo lentamente. – Faço um trato com você: eu a trago para casa e você nos leva para aquela casa de loucos.

– Anna! Você é demais! A decisão certa, você verá!

Ainda estou de luto pela casa elegante na Provença, pelos campos de lavandas e pelo mar azul. No geral, a outra casa é uma alternativa completamente tosca: erma vastidão, ventos, rochas cobertas de arbustos e terra pedregosa.

Acontece que alguns dias atrás Tobias se recusava veementemente a trazer Freya do hospital para casa. De alguma forma, aquele lugar começa a transformá-lo.

Ritual da manhã: preparar a bolsa hospitalar – bombinha manual, barrinhas de cereais, analgésicos, compressas de pano para a mama. Colocar o leite materno no gelo. Tirar os macacões do bebê da máquina de lavar e pendurá-los para secar. Fazer uma ou duas tarefas extras – lavar louça, lavar roupa, arrumar a sala de estar, preparar alguma coisa para o jantar. Isso apenas para ter a sensação de que estou no comando das coisas. Depois, corro até o hospital para estar com minha filha.

Para tornar as coisas ainda mais estressantes, já não podemos manter afastados amigos e familiares. Cada dia traz uma nova visita ao hospital.

Existem duas reações-padrão em relação a Freya. A primeira é: "Ela não será tão ruim como dizem os médicos." A segunda: "Ela é adorável do jeito que é." Não tenho estômago para nenhuma das duas.

Às vezes me perguntam como me sinto. Isso é o que temo acima de tudo.

Gostaria tanto de poder responder:

– Neste exato momento, não sinto nada. Se sentisse, estaria prostrada de sofrimento, e não conversando com você aqui.

Mas, no geral, cumpro uma obrigação:

– Não acreditamos que Freya terá uma vida longa e até achamos que será melhor se for assim. Enfim, estamos bem serenos a esse respeito – digo despreocupadamente, enquanto dou a mamadeira ao meu bebê. Às vezes, o horror se estampa no rosto alheio e me sinto totalmente só.

A mãe de Tobias vive na África do Sul, com o padrasto e uma tribo de meios-irmãos dele. Chegam de avião, instalam-se no hotel mais próximo e insistem em nos arrastar para jantarmos todos juntos.

De qualquer maneira, mal os conheço e agora não é o momento ideal para estabelecer vínculos. Seus rostos bronzeados denotam exaustão pelas horas de voo e excesso de preocupação. Antes que dê por mim, o assunto Freya vem à baila e de novo me sinto perdida.

– Dispor de uns bons seis meses para amá-la, antes que ela parta em paz, talvez seja o melhor que pode acontecer para nós. – Ouço-me dizendo, e os sábios acenos de compreensão à frente me fazem perceber que para mim esse seria o cenário mais devastador e terrível de todos.

Meu emocional é como um dispositivo de medição delicadamente calibrado que recebeu uma carga maior que sua capacidade e teve, assim, um fusível vital queimado. Não me resta outra maneira de navegar senão por intermédio de um voo cego e sem instrumentos. Isso me deixa aberta a situações que normalmente rejeitaria, como, por exemplo, mudar para uma casa totalmente inadequada na França.

Anseio secretamente que a venda do apartamento e a compra de Les Rajons não deem certo. Mas Tobias tornou-se um dínamo humano cujas rodas giram com eficácia a uma velocidade de tirar o fôlego. Colocou nosso apartamento à venda e conseguiu reduzir o preço já ridiculamente baixo de Les Rajons. Por uma dessas peculiaridades do mercado imobiliário de Londres, Newington Green, que era uma área marginal quando compramos o apartamento dez anos atrás, agora é atrativa e desejável.

Mamãe me liga todo dia. Embora não mencione abertamente a mudança, no fim a conversa sempre descamba para isso.

– Querida, você acha que Tobias anda feliz?

– Bem, nós dois estamos melhores. E ele está tão bem quanto é possível, se levarmos em conta as circunstâncias.

– Só que... você mesma diz que ele é que quer ir para esse lugar estranho na França. Bem, estive pensando, os homens têm certas *necessidades*, e depois de um parto a mulher não quer necessariamente...

– Sinceramente, mamãe, garanto que a mudança para a França não tem nada a ver com meu fracasso sexual como esposa.

– Querida, se ele se sentisse *realizado*, tenho certeza de que ficaria aqui. Lembro que seu pai sempre aparecia com algumas ideias estranhas quando se sentia negligenciado. O ego do homem precisa ser massageado.

– Vamos ao bar – diz Tobias.

– Por Deus, não, estou muito cansada.

– Ora, vamos lá, faz tempo que não saímos para beber com os amigos.

Sem saber bem por que, obrigo-me a acompanhá-lo até o bar. Logo que entramos, um silêncio atordoado se espalha entre os amigos, que logo iniciam uma conversa fiada inconsequente. Aquele tipo de papo que se tem quando se está ansioso para que você caia fora para poderem falar de você pelas costas.

Tobias parece despreocupado enquanto conversa com Sally, uma diretora amiga e entusiasta do trabalho dele. Suspeito que tenha uma queda por ele. Tobias criou algumas músicas para curtas-metragens de Sally que agora está fazendo um longa-metragem, uma grande dramatização de *Madame Bovary*.

Sally parece encantada com a notícia de nossa mudança para *"la France profonde"*, como ela própria diz, e promete fazer de tudo para que os chefões o contratem para compor a trilha sonora, caso Tobias deixe o agente dele tomar a frente nas negociações. A essa altura, ele se mostra tão fascinado pelas aventuras de Emma Bovary na França do século XIX que me pergunto se nunca mais iremos para a cama.

– Estou com um bom pressentimento em relação a esse filme – ele diz mais tarde. – Um longa-metragem e tanto. Claro que não receberei nada nos primeiros meses... mas depois renderá uma boa grana. E o mais importante é que pode me fazer deslanchar artisticamente. – Sorri. – Isso vai mostrar que Les Rajons não será ruim para minha carreira.

– Já não tenho tanta certeza quanto à minha – digo sem graça.

– Também será ótimo para a sua, você verá. Tudo está se encaixando. Parece coisa do destino.

Chamadas do agente imobiliário: uma excelente oferta para o nosso apartamento. Compra em dinheiro, nada de financiamento. É pegar ou largar, querem se mudar no próximo mês.

– Isso significa mudar em fevereiro para a França. Oh, Tobias, teremos que recusar a oferta. Não podemos administrar isso.

– Está tudo bem. Falei com o proprietário de Les Rajons. Sem problema, ele próprio disse. Já começou os reparos. Podemos assinar a escritura e mudar duas semanas depois de pagar um sinal. Esta semana vou à França para assinar o *compromis de vente* e entregar os dez por cento. Mamão com açúcar.

Nem posso argumentar. Fui eu que tive a ideia de mudar para a França, e agora parece que o destino nos empurra para lá.

Tobias se recusa a fazer a revisão de segurança do carro. Acho que sei por quê: ele associa a revisão a levar Freya para casa.

Assumo as rédeas e telefono para Ed, amigo e dono de uma oficina mecânica. Sou capaz de jurar que ele já sabe das notícias. Não pergunta sobre o bebê e nada é problema para ele.

– É claro – diz. – Vou agendar para amanhã.

– Não sei se consigo continuar com isso – diz Tobias ao sair, referindo-se a Freya.

– Não precisamos decidir até que a gente saia pela porta do hospital – digo. – Antes disso, podemos mudar de ideia a qualquer momento.

Algumas horas depois, toca o celular.

– Tenho uma notícia boa e outra ruim – diz Tobias.

Aguardo. No momento, bom e ruim são termos relativos.

– O carro está em péssimas condições. Serão no mínimo umas oitocentas libras para fazer a revisão.

– Oh, não!

– Mas a boa notícia é que por oitocentas libras acabei comprando um conversível.

– Ai, meu Deus! Que tipo de conversível se compra com oitocentas libras?

– Bem, olhe pela janela e verá.

Satisfeito consigo mesmo, Tobias faz uma pose em cima do capô verde-garrafa de um Astra Vauxhall, com aparência ligeiramente *vintage* e muito amassado.

– Ed tentou me fazer comprar um Golf de um dono cuidadoso, bem honesto. Mas que carro sem graça. Me senti derrotado e morto. Ele ficava dizendo: "O Astra *talvez* seja um bom carro, mas não conheço o histórico dele. Prefiro vendê-lo para um desconhecido."

Isso é típico de Tobias. Solto uma risada feliz e profunda que pipoca na barriga e borbulha na garganta.

– Você é uma figura.

– Pegue o casaco. Vamos dar uma volta.

Passeamos pelas cercanias de capota arriada. O ar frio dói e revigora, como um mergulho em água gelada.

– O máximo da loucura? – A interrogativa de Tobias parece uma proposição. A voz soa grave, mas o velho brilho está de volta aos olhos.

– O máximo da loucura – repito.

No hospital, esperamos por uma carta de alta que define o que há de errado com o cérebro de Freya.

– A carta mais longa que já digitei – comenta a secretária.

Tocante, uma fila de enfermeiras dizendo a mesma versão de adeus.

– Esperamos que tenham uma vida encantadora na França.

– Freya é muito amada aqui – diz a dra. Fernandez. – Às vezes, os bebês mais... complicados são os que mais nos pegam pelo coração.

Sorri para mim.

– Você sabe que não deve subestimar as conquistas que ela teve aqui.

Que conquistas? Freya já está ficando para trás dos bebês normais. Os olhos não acompanham como deveriam, o pescoço é muito frouxo e ela não reage aos rostos. Mas a dra. Fernandez se refere às coisas simples: sugar a mamadeira e respirar sem ventilador.

Levamos Freya na cadeirinha de carro até o maltratado conversível. Tobias insiste em manter a capota arriada.

– Está gelado. Ela vai pegar um resfriado.

– Bobagem, o dia está ensolarado.

Agasalho Freya como um bebê esquimó, com macacão de lã, gorro e camadas de cobertores. E lá vamos nós. Um vento gelado atravessa meu cabelo, enquanto um débil sol se derrama como vida líquida sobre mim.

Fevereiro

Quando eu era menina, fingia que a cama era um barco no qual eu navegava. E agora me flagro jogando o jogo outra vez, como mãe de primeira viagem. Pela manhã, Tobias pula da cama apressado e retiro Freya do moisés. Coloco-a debaixo do edredom ao meu lado e partimos para a viagem. Cruzamos diferentes continentes e mares cor de vinho escuro. Ela é meu mundo; nosso caminho é o da descoberta.

Freya faz pequenos movimentos de mão, delicados como raras orquídeas em nebulosas florestas de altitude. Suas feições se transformam como mudanças climáticas. Amo o jeito sério como ela suga o leite da mamadeira, os olhos azul-acinzentados fitando o longe. Depois de saciada, desaba embriagada. Inclino-a para fazê-la arrotar, e ela balança os braços reflexivamente para a frente, um bebê macaco agarrado à mãe. À medida que nos pomos à deriva para dormir, ela nada em minha direção. Não a vejo, nem a sinto se mover, mas sempre acordo com ela aconchegada à minha axila e o lençol encharcado pela chuva dos meus seios sobre ela.

Ela é minha, ela é meu bebê, ela é perfeita. Estou imensamente feliz.

Liga-se então o interruptor de minha cabeça, e os diagnósticos dos médicos tornam-se abruptamente reais. Eu a abraço e choro, por alguns minutos, por horas a fio.

O interruptor pode tanto ligar como desligar. Quando me sinto feliz, não consigo imaginar por que não me sentiria assim. Quando me sinto perturbada, não há jeito de sair desse sofrimento.

Caio em prantos e depois me acalmo. Nessas ocasiões, tento entrar na mente de Freya, imaginar seu mundo interior. Mas é tão difícil.

Que coisa é essa de não ter as duas metades do cérebro conectadas? Os olhos de Freya não fazem contato com nada. São como piscinas insondáveis.

Escuto a aspereza de sua respiração. O que farei se essa respiração parar? Por um lado, isso facilitaria tudo. Mas, por outro lado, seria insuportável. Ela e eu ficamos deitadas no ventre desta cama e nos escondemos do mundo exterior.

Tobias continua fazendo viagens à França. Nunca se queixa de ir sozinho. Parece que gosta de escapar de nós. Assinou a escritura definitiva, supervisiona a reforma feita pelo proprietário e me assegura de que tudo corre sem sobressaltos. Praticamente, não me interesso por nada disso, exceto por ser o meio de manter meu bebê.

Os homens da mudança entram e saem, tirando quase todos os nossos pertences para fora do apartamento. Já estão com as chaves de Les Rajons. A mudança será feita na véspera de nossa chegada.

Tobias quer levar o equipamento de música no Astra, mas não há espaço dentro do carro. Reclama como uma galinha enquanto embala o iMac, o teclado Midi, os preciosos alto-falantes e uma interminável parafernália de cabos e gabinetes de computadores.

– Equipamento bom – diz um dos homens.

– Ei, cuidado aí, você está segurando um Fireface RME – geme Tobias. – Isso vale uma fortuna. E nesses drives têm de tudo. É meu ganha-pão.

Observo enquanto minha vida anterior é arrancada debaixo do meu nariz, mas não posso fazer nada. O *Larousse Gastronomique* e o livro *A History of Food*, de Maguelonne Toussaint-Samat, presentes de Tobias, acabam em caixas diferentes e não marcadas. O fogão Lacanche, orgulho e alegria de minha vida, não vai conosco: tivemos de deixá-lo para o comprador da casa. Em qualquer outro mundo, isso teria sido um grande trauma. Agora, quase não me incomodo.

Claro que devia estar fazendo uma lista de coisas a serem levadas. Claro que devia estar traçando planos para uma nova vida e uma nova carreira. Pelo menos devia estar me preparando para uma longa viagem com um bebê frágil – antecipando suas necessidades e conferindo os números de emergência e os endereços de hospitais ao longo da rota. Em vez disso, entrego-me a uma esmagadora fadiga. Fico mal-humorada a cada minuto que passo longe de Freya e com cada coisa desconectada da corporeidade imediata do meu bebê. Minhas emoções estão embotadas, como se também meu mundo interior estivesse envolto em algodão. Essa mudança não me preocupa, porque não acredito que ela vá acontecer, ainda mais que emocionalmente não consigo acreditar que há algo errado com nosso bebê.

Ao romper da aurora de amanhã, estaremos partindo para a França. Cochilo junto a Freya, que tenta alcançar o meu peito, quando sinto um leve puxão. Abro os olhos, e ela está agarrada ao meu corpo, sugando com ar de felicidade.

Que sensação maravilhosa. Quando nossa cadela teve filhotes, ela costumava ficar deitada para eles mamarem, e dava para perceber que ela não desejaria estar em nenhum outro lugar. Agora, uma situação parecida: nada mais importa, senão essa boquinha pulsante. Seus olhos se fecham de satisfação, enquanto ela suga o leite de meu peito em goles gulosos.

Tobias nos encontra nesse estado de felicidade e mostra-se inexplicavelmente furioso.

– Não quero acabar como o sr. e a sra. Pardal cuidando de um filhote de cuco – vocifera. – É hora de levá-la de volta.

– Levá-la de volta? Levá-la *de volta*? Para quem?

Acordamos cedo e arrumamos o pouco que os homens da mudança deixaram no apartamento. No Astra, não cabe muita coisa: o moisés de Freya, macacõezinhos, fraldas, bomba de leite, equipamento de esterilização de mamadeiras e mala com as minhas roupas e as de Tobias. Tudo que restou da minha cozinha são dois pratos, duas xícaras, dois copos, duas panelas, alguns talheres e a faca que papai me deu. Embrulho-os em uma toalha de mesa, como nos piqueniques. Só agora me dou conta de que me esqueci de esvaziar o congelador. Empilho os tupperwares com comida caseira congelada embaixo da cadeirinha de carro de Freya. Em Dover, entramos em pânico e providenciamos uma carga tranquilizadora de mantimentos britânicos: sacos de chá, bacon, leite fresco, queijo Cheddar, Marmite, Nutella e pão integral. Algum tempo depois, estamos fora, do outro lado do Canal, seguindo em direção à vida que eu sempre disse que desejava.

Chegamos muito tarde a Les Rajons. Cai uma tempestade; um coro grego de folhas verdes de carvalho chicoteia e verga os galhos por cima de nós, e os rugidos do vento são como dragões que passam lá no alto.

Deixamos ligados o motor e o aquecimento do carro enquanto Freya dorme no banco de trás, onde parece mais seguro.

A porta da frente já está mais ou menos consertada e fixada com um grande cadeado. Nossas coisas estão empilhadas em caixas na sala de estar. A chuva tamborila na chapa corrugada que o antigo proprietário usou para consertar o telhado. Faz frio na casa, como se não houvesse paredes de pedra de um metro de espessura. Cruzamos o limiar da porta e o frio nos agarra pela garganta e nos abraça com braços gelados, exalando umidade até os ossos. Parece que estamos enterrados vivos em uma cova fria.

– Não consertaram o telhado direito – reclamo para Tobias. – Pensei que tivesse verificado isso. Que gelo!

– Só está fazendo frio porque a casa está desabitada – diz Tobias. – Ficará quentinha quando acendermos a lareira.

Acendemos o encantador fogão art déco – autêntico, segundo Tobias –, que emperra com a umidade da madeira e chacoalha por um tempo até se apagar. Tentamos acender a lareira de estatura baronial na outra extremidade da sala, mas a chaminé só produz nuvens de fumaça escura, uma cachoeira de fuligem e algo parecido com um ninho de pássaro.

– Não podemos deixar Freya no carro por mais tempo – digo. – Vou trazê-la aqui para dentro.

Carrego-a ainda na cadeirinha de carro até a sala. Olho ao redor em busca de um lugar para ela, mas não encontro nada em meio à sujeira e às caixas. Frustrada, deixo-a na cadeirinha de carro ao lado do fogão frio. Ela pende a cabeça para um lado, como um pardal atacado por um gato. Logo começa a espirrar numa sequência ordenada de quatro espirros regulares a cada dois minutos. Coloco-a no moisés e cubro-a com cobertores, mas os espirros continuam. Lá do seu nicho, a madona de gesso vela por Freya com olhos tristes e sombrios.

– Olhe só, ela pegou um resfriado nessa droga de casa!

– Ora, que bobagem, não deu tempo para isso. Deve ter se resfriado no carro.

– Tudo bem, então naquele carro horroroso que você estupidamente comprou e onde recebemos respingos de chuva durante as catorze horas do percurso da estrada. Graças a Deus que pelo menos não quebrou.

Encaramos um ao outro, como boxeadores.

– Desculpa – acabo dizendo, mas na verdade sem sentir coisa nenhuma. – Vou pegar alguma coisa para comer.

Tudo que preciso é aquecer duas refeições prontas para um jantar quente, civilizado e a sós em nossa nova casa.

Chego à cozinha.

Ela evoca umidade e gordura. A fraca luminosidade insinua criaturas escondidas na sombra. Encostada à parede, há uma geladeira enferrujada e desligada do interruptor. Quando abro a porta metálica e mal ajustada, um fedor de morcego e lixo entra pelo meu nariz. Há uma nojenta pia mordomo verde debaixo de uma janela quebrada, um forno de pão engordurado, uma mesa de madeira frágil e prateleiras artesanais. Nenhum fogareiro elétrico, nenhum fogão, nem sequer uma única superfície digna de abrigar a comida. O tampo da mesa, a prateleira, a pia, tudo está coberto de pequenas bolotas pretas.

– Tobias! Que nojo! Há ratos aqui! Olhe só... cocô por todos os lados!

Tobias olha de testa franzida para as bolotas.

– Sei lá se isso é de ratos. Talvez sejam apenas pequenas bolotas de terra. Limpamos tudo amanhã de manhã.

Ao longo de uma parede, as sombras convergem em escuridão.

– Tem uma abertura ali – digo.

– Já lhe disse que há uma passagem em arco que leva a uma outra parte muito bacana – explica Tobias. – Vou lhe mostrar... talvez haja um interruptor de luz por aqui. – Enquanto ele se atrapalha na procura em meio ao escuro, procuro não me sentir ameaçada por esse espaço sem limites definidos, sem começo nem fim, afundando em trevas.

Então, uma outra lâmpada de baixa potência pisca para a vida. Esquadrinhamos um espaço triangular estreito que termina em uma janela de pedra de quatro vidraças, com um perigoso gancho de açougueiro pendurado em frente a uma pia de pedra.

– Isto aqui deve ser uma cozinha de caça – digo. – Um lugar para pendurar a carne.

Tobias examina o arco.

– Há ganchos para dobradiças nas laterais... já teve uma porta neste espaço.

– O piso está coberto de neve.

– Não seja boba. Não faz frio para tanto.

Olho novamente.

– Não, são bolotas brancas. Poliestireno. Reveste o teto e as paredes. O que o fez cair desse jeito? – Quando olho à penumbra, tentando descobrir, as sombras revelam uma forma distendida.

– Argh! Tobias! Venha depressa!

– O que foi?

– Olhe... lá no alto. Entalado naquele buraco no teto. Um rato morto!

– Está com a boca cheia de poliestireno – comenta Tobias, interessado. – Deve ter tentado comer para abrir caminho... e engordou demais para sair.

– Pouco me importa o que ele fez. A primeira coisa que faremos amanhã de manhã será uma boa faxina nesta droga de casa imunda.

– Tudo bem, tudo bem, contanto que primeiro me deixe dormir um pouco. Vamos sair daqui, não quero comer nada. Vamos direto para a cama.

Freya ainda está dormindo no moisés e levo-a para o nosso quarto no segundo andar. Nós nos deitamos num colchão de ar ao lado dela, ouvindo rangidos e arranhaduras, como se prisioneiros em correntes estivessem arrastando troncos de ferro por cima de nós.

– É uma casa velha. É muito comum estalar assim – diz Tobias.

A casa geme a noite toda, como um galeão velejando. Acordamos três ou quatro vezes com um assobio estridente.

– Vá ver o que é – sussurro para Tobias.

– Nem pensar – ele sussurra de volta. – Claro que é um fantasma assobiando. Vá você e olhe, já que está tão interessada.

Freya nos acorda muito antes do amanhecer. Tobias desce as escadas e começa a desembalar as caixas na sala de estar. Continuo deitada na cama. Freya me puxa pelo peito. Observo a suave curva da bochecha e como minha filhinha respira. Conto quantos cílios ela tem. Juntinhas, embarcamos num delicioso sono furtivo enquanto a casa desperta.

Às dez horas, sou acordada pelo cheiro de café. Abro a porta para a ponte de madeira coberta. Um raio de sol se insinua pelo quarto mofado junto com o canto dos pássaros.

É um dia bonito, claro e brilhante, sem o sopro do vento. No pátio, há pés de galantos e de açafrão de inverno. Atravesso a porta até a ponte que propicia a vista de colinas azuis e arroxeadas. Nunca a natureza pareceu mais terna e amorosa. Sempre virei a essa ponte-varanda com Tobias, penso, para partilhar o café da manhã e olhar a vista.

Passo a mão ao longo do corrimão de madeira lisa e sinto uma protuberância sob os dedos. Há um nome esculpido ali: Rose. É algo singularmente íntimo. Sinal de que outra pessoa também esteve aqui e apreciou a beleza deste recanto, talvez enredada nos próprios pensamentos e preocupações em uma manhã como esta.

Acomodo Freya no moisés e levo-a para o térreo. Encontro um canto da sala livre das caixas de embalagem. Um café fumega apetitoso no bule de estanho azul sobre o fogão art déco agora polido e reluzente.

– Tobias. Você é demais! Como conseguiu acender o fogão?

Ele assume um ar modestamente presunçoso, quando Lizzy entra com uma braçada de madeira. Fico tão surpresa ao vê-la que por instantes não consigo dizer nada.

– Oh, sejam bem-vindos. Peço desculpas por não estar aqui para recebê-los ontem à noite – ela diz. – Já era muito tarde... e desisti de esperar por vocês. Limpei o fogão. A chaminé estava bloqueada com *tantas* tralhas.

– Lizzy. Eu... não esperava. Pelo menos presumi...

Tobias me afasta para o lado.

– Ela ainda está procurando outro lugar para ficar – sussurra.

Olho fixamente para ele.

– Tudo bem – diz Lizzy. – Posso sair agora, se quiserem. Posso morar com algumas pessoas no vale. Mas Tobias me deu a entender que eu poderia ser útil se ficasse uma ou duas semanas para ajudá-los a se instalar. Foi ele que *pediu isso*.

Agora é a vez de Tobias me encarar.

– *Por favor,* Lizzy, não se apresse em se mudar – diz. – Você tem ajudado muito... não sei como conseguiria resolver tantas coisas e com tanta rapidez sem sua ajuda. Afinal, Anna *deixou* grande parte do serviço para mim.

Faz-se um momento de silêncio, durante o qual mal consigo abrir a boca. Tobias rapidamente aponta para algumas garrafas de vinho sem rótulos e empoeiradas sobre a mesa da sala de estar.

– Olhe só. Durante toda a manhã, vieram vizinhos das fazendas ao redor. Deixaram garrafas da sua produção caseira em cima da mesa e não quiseram ficar. Não faço ideia de como souberam que já tínhamos chegado.

– Todo mundo já sabe que vocês chegaram – diz Lizzy. – E hoje é dia de *chasse*. Os moradores daqui são caçadores. Estão estacionados do lado de fora com seus *quatre quatre*. – Ao perceber que Tobias não entendeu, explica: – Carros com tração nas quatro rodas.

Uma batida na porta.

– Outro – diz Tobias.

Freya acorda assustada e começa a uivar.

– Eu atendo – digo. – E, pelo amor de Deus, pegue sua filha no colo de vez em quando.

À frente da porta, está um homem baixinho. O enorme chapéu de couro de caçador o deixa ainda mais atarracado, como se estivesse usando uma panela de cozinha na cabeça.

– *Bonjour*, sou seu vizinho. – Enquanto diz isso, endireita as costas e os ombros, como um soldado numa parada militar. Sua mão parece entalhada em madeira, mas os olhos guardam um certo brilho. – Também sou inquilino de vocês – acrescenta. – Fui eu que arrendei o *potager*. Meu nome é Ludovic Donnadieu.

Ele tira o chapéu com um floreio e estende duas garrafas de vinho sem rótulos e empoeiradas.

– Por favor, entre – digo.

Ele entra e se volta para Freya, precariamente equilibrada no joelho de Tobias. Seu olhar tem o mesmo fulgor dos olhos de um animal da mata.

– Primeiro filho de vocês? Lembro que um dia segurei um bebê desse mesmo jeito, não sabia como fazer isso. Fiquei orgulhoso quando também o descansei no colo assim... seguro e sem chance de cair.

– Quer um café? – pergunto.

– Café? Ah...

– Talvez um *petit apéro*? – Tobias sugere, misturando idiomas.

– *Mais oui, un apéro, volontiers!*

Sirvo o vinho de uma das garrafas nos copos. Ludovic acomoda-se à mesa e saboreia a própria bebida. Um vinho viscoso e doce.

– Onde você mora? – pergunto, puxando conversa.

– Em Rieu, a vila no meio da encosta. No último bangalô. Se precisarem de alguma coisa, passem lá sem hesitar.

O sotaque acentuado torna o que ele diz quase ininteligível.

– Muito gentil de sua parte.

– Você fala bem o francês – ele comenta, mas acrescenta: – Como o pessoal do Norte. – Faz um esgar com a boca e as sobrancelhas.

– Bem, é tudo o mesmo país, suponho.

– Aqui é o Pays d'Oc. Nossa língua de origem é o occitano, não o francês. Temos nossos próprios costumes.

– Você é um construtor? Ou um fazendeiro?

– Sou um *paysan*, trabalho a terra. Seu marido não fala francês? Traduz então para ele.

– Tudo bem – digo. – Vou tentar. Tobias... ele me pediu que traduzisse a conversa. Eis o que diz: *"Meu tio é dono de Les Rajons. Há séculos que a propriedade está nas mãos de nossa família. Temos as vinhas nas encostas e fazemos vinho na prensa..."* Tobias, claro que isso não está certo, não é? Ninguém mencionou isso... ah... *"até a década de 1980..."* Acho que ele escorregou no tempo. Deus, esse patoá é difícil de entender. *"Mas a UE paga para... desenterrar as vinhas. O vinho daqui não é de alta qualidade, o solo é muito..."* Não entendi direito, muito alguma coisa... "Difícil"? "Pesado"? *"O solo é uma amante cruel. É preciso aprender a lidar com ela. Caso contrário, ela o quebra como quebrou a todos por incontáveis gerações."*

– As pessoas realmente falam assim? – pergunta Tobias. – Quer dizer, quando não estão nos romances agrícolas?

– *"Ninguém quis comprar esta casa. Sua história tem uma energia pesada. Este vinho é bom. Faço-o a partir das minhas próprias uvas. Mantive algumas vinhas na parte baixa das encostas. São boas videiras, com mais de cem anos de idade. Serviram ao meu avô. São de uvas-tintas. Descasco-as com as mãos para fazer vinho branco. Adiciono bastante açúcar. Recomendo que o beba com um... sirop de fraise..."* xarope de framboesa, quer dizer, de morango. Deve ser repugnante. *"Isso dá uma cor bonita."* Tobias... não sou boa em tradução simultânea. Já posso parar?

– Não, não... está se saindo muito bem. Isso é muito importante. Pergunte sobre a história da casa.

Mas prefiro não saber sobre a história sombria da casa.

– Oh, ele recomeçou. *"O que vocês vão fazer com a água?"*

– A água que sai da torneira? – pergunta Tobias. – Algum problema?

– *"Vocês não têm rede de água. Só têm água da chuva. Como vão irrigar as terras?"* Não acho que teremos necessidade de irrigar a terra, não é, querido? Digo isso a ele?

Digo, e Ludovic engasga.

– Ele está soltando os bichos. *"Os estrangeiros estão comprando todas as propriedades daqui. Nossos jovens estão indo embora. Agora só os velhos sabem como trabalhar a terra. Os jovens não podem mais se dar ao luxo de voltar e viver aqui."*

– Diga-lhe que isso é muito triste – diz Tobias. – Mas os próprios habitantes da região são os primeiros a vender as propriedades.

– Oh, querido, ele agora está mal-humorado. *"O proprietário anterior de Les Rajons recusou-se a vendê-la para um nativo a um preço razoável. Claro, ele sabia que poderia vendê-la para estrangeiros que não conhecem o preço real das coisas e que não iriam cuidar da terra. Obviamente não estou me referindo a vocês. E então, quais são seus planos?"*

– Bem, tentaremos consertar a casa aos poucos.

– *"Não me refiro à casa."* Ele está se referindo à terra! *"Vocês possuem dez hectares aqui. O que farão com esses campos abaixo da casa?"*

– Campos? Esses pedaços de cerrado? Eu não sabia que eram campos. E com certeza não sabia que pertenciam a nós – diz Tobias. – Acho melhor olharmos de novo a escritura.

Ludovic Donnadieu termina o copo com um único trago raivoso.

– Nossos ancestrais ergueram terraços com as próprias mãos ao longo das gerações. Conheciam cada pedra da sua propriedade. E agora ninguém mantém a terra. Daqui a vinte anos, todo esse trabalho terá desaparecido.

Eu e Tobias trabalhamos o resto da manhã na cozinha. Colocamos abaixo o poliestireno do teto. ("A madeira de cima é muito boa", ele comentou a respeito das tábuas de madeira com revestimento polido que o trabalho revelou.) Juntos, levamos a geladeira velha para fora da casa. ("Vamos comprar uma geladeira nova e um fogareiro a gás pra gente se virar até conseguirmos um fogão mais adequado", disse Tobias.) Ele faz uma fogueira e queima as pilhas de detritos enquanto esfrego a superfície da cozinha com sabão e água sanitária.

O telefone me interrompe.

– Querida, me escute com atenção, é uma emergência.

– Estou um pouco ocupada agora. Tenho tido algum trabalho com os ratos na cozinha.

– Ah, eu também, querida. Por isso que estou ligando pra você. Veja só, o gato encurralou um rato, eu o persegui com uma vassoura, o coitadinho correu para baixo do armário embutido e ficou preso lá.

– Ele provavelmente vai sair por conta própria. Ou por um buraco na parede.

– Foi isso que seu pai disse, mas não acredito nele. Não há buracos na parede e o gato passa o dia inteiro sentado à espera dele.

– Meu *pai*? O papai morreu há quase um ano. Quando isso aconteceu?

– Pouco mais de um ano atrás, querida. Tenho passado pedaços de comida por baixo do armário dia sim, dia não, para mantê-lo vivo.

– Bem, se ele ainda estiver lá, deve ter acabado de morrer desidratado.

– Tenho colocado água também, querida. Não sou boba, você sabe.

Dou um suspiro.

– Então, o que torna isso uma emergência assim de repente?

– Os pedreiros estão vindo amanhã para a obra da minha nova cozinha. Estou absurdamente preocupada com o ratinho. Fiquei muito compadecida por ele estar sozinho lá embaixo. O bichano continua pronto para pegá-lo, e você sabe como felinos são sensitivos. Ele tem um sexto sentido. Está lá andando de um lado pro outro na cozinha, com um olhar malicioso. Você não tem como deixar o bebê com Tobias e pegar um avião para passar uns dias aqui e resolver isso?

– Mãe, irei vê-la em breve, prometo. Só Deus sabe o quanto quero fugir desse lugar. Mas agora, não posso. Estou ocupada demais.

– Bom, está tudo bem então, querida. *Eu* com certeza não preciso vê-la agora, e você tem coisas mais importantes a fazer do que salvar uma vida.

Um espaço interessante e rústico irrompe por baixo da sujeira da cozinha. As paredes ainda conservam a aspereza do salitre, mas pelo menos a pia está limpa, e as prateleiras são de carvalho. Fiz uma varredura nas caixas em busca dos ingredientes essenciais para o armário da cozinha: pacotes de farinha de milho e gelatina, arroz arbóreo, açúcar mascavo, amêndoas laminadas e descascadas, lentilhas de Puy, chocolate Valrhona, farinha de trigo 00 italiana. Deixo os itens expostos.

O espaço do outro lado do arco é mais desafiador, porque está impregnado de salitre e com poliestireno fixado por uma resina irremovível. Pior é o emaranhado de fios soltos, provavelmente restante de algum antigo maquinário de fazenda, no qual estamos com medo de tocar.

– Vou colar um pedaço de papelão com fita isolante por cima do arco e deixamos isso de lado – diz Tobias, com firmeza.

Enquanto fazemos a operação de limpeza, Freya parece satisfeita dentro do moisés, ao lado do fogão na sala de estar. Às vezes, interrompo o trabalho e a vejo dormindo docemente com os braços gorduchos esticados e as perninhas de sapo esparramadas. Ela raramente chora, apenas soluça quando está com fome.

Agora que já começou a mamar no peito, passo a alimentá-la com mais frequência. São momentos que pontuam o dia e propiciam um oásis de intimidade entre nós duas. Ontem pela manhã, quando acabou de mamar, ela mergulhou a cabeça no meu peito. Passou a fazer isso depois de cada mamada, o que me toca fundo. Tenho certeza de que isso significa que ela quer ser abraçada.

Após o nascimento de Freya, eu não tinha dúvida de que não a queria ressuscitada caso, por exemplo, houvesse uma infecção pulmonar. Isso tornava mais fácil tomar certas decisões ousadas, como arriscar a vida de minha filha ao trazê-la para cá. E agora me horrorizo só de pensar em ficar sem ela. Embora diga para mim mesma que tais sentimentos são tão egoístas quanto minha primeira reação, quero-a comigo por mais tempo.

O que me passava pela cabeça quando a trouxe para esta casa congelada e imunda? E se ela pegar um resfriado e outras doenças devido à sujeira?

Mas agora que vendemos o apartamento, esta é nossa única casa. Já não temos outro lugar para ir.

Já estamos entrando na rotina. Pela manhã, Lizzy nos ajuda a limpar a casa e a desempacotar as coisas. Parece determinada a se tornar o mais útil possível. Apesar de tudo, a cada dia me afeiçoo mais a ela. Ela é terrivelmente jovem e completamente sozinha. Apesar de nunca tocar no assunto, teve uma infância provavelmente sombria, mas nota-se uma bravura em sua recusa em se deixar derrubar pelo passado. Vez por outra, imagino a pequena figura de Lizzy caminhando a pé por toda a França, sem nenhum susto além das plantas silvestres e da bondade dos estranhos.

Na hora do almoço, eu, Freya e Tobias saímos de carro até Aigues e lanchamos no café da praça – um hábito caro, mas ainda não temos um bom fogão. Não faz sentido comprar um fogão antes de deixar a cozinha pronta.

Por mais que eu insista, ainda não consigo encarar a cozinha. A natureza continua a se insinuar. Lagartixas espionam por trás das prateleiras. Aranhas escondem-se pelos cantos. Centopeias peludas rastejam para cima e para baixo. O forno de pão chora fuligem por sobre as telhas de ardósia, e o salitre fresco cintila nas paredes. Cresce um estranho bolor escuro sobre a mesa bamboleante e a bancada. O papelão que Tobias colou sobre o arco que dá para a cozinha de caça se deteriora como um curativo velho sobre um ferimento aberto. Por todos os lados estão as sinistras bolotas de cocô de rato e paira no ar o odor forte e doce da sua urina.

À tarde, colocamos Freya no canguru e saímos para caminhar. Equipados com o mapa que veio junto com a escritura, nos divertimos com a exploração do nosso terreno.

O clima é esplêndido. É fevereiro, mas, se as folhas já tivessem brotado nas árvores, se diria que é maio.

O sol brilhou durante toda a semana, persuadindo as plantas a vir à vida e os pássaros a cantar. Durante os passeios, Freya dorme no canguru contra o meu peito. Somos tomados pela magia circundante e nos rejubilamos enquanto exploramos o lugar como crianças.

Os dez hectares se mostram bastante extensos e abrangem um pomar de pequenas árvores frutíferas, ainda no sono de inverno, e uma horta vazia e arada de maneira ordenada. Seguimos colina abaixo, atravessando os campos que achávamos que não passavam de um cerrado, e acabamos por descobrir que também somos donos de um rio e de um insólito canal de pedra que talvez já tenha servido para a irrigação.

A cada dia nos tornamos mais aventureiros, deixando nossas terras para trás em caminhadas onde mapeamos e nomeamos este novo mundo. Encontramos um cume estreito de rocha que se estende como uma ponte por sobre o vale até a encosta mais próxima, uma confusão de pedras que se precipita por ambos os lados. Na colina seguinte, bem maior que a nossa, um rio desce em cascata pela montanha, até uma piscina secreta, cuja borda infinita dá a sensação de que ela não tem fim. Atravessamos desertos de castanheiras que um dia foram podadas e agora crescem desordenadamente, com seus galhos retorcidos, o que me faz lembrar a terra de ninguém por entre as trincheiras da Primeira Guerra Mundial.

– Olhe só isso, Anna. Uma civilização desaparecida – diz Tobias, avançando em meio ao bosque de castanheiras.

Ele acaba de descobrir terraços e pequenas casas de pedra com telhados desabados, uma aldeia inteira perdida no matagal.

– É bem provável que muita gente tenha vivido nesta vila – diz. – O que será que aconteceu com eles?

Pelas fendas na pedra, espreitamos o interior das casas destruídas.

– Foram queimadas – digo. – Todas elas. Talvez por um grande incêndio. Gostaria de saber quando. Oh, Tobias, por favor, não faça isso... é muito perigoso.

Depois de pular para dentro de uma casa, ele agora remexe um amontoado de placas de pedra quebradas e vigas carbonizadas.

De repente me ocorre a imagem vívida de uma parede desabando. Apesar das tentativas, não consigo tirá-lo debaixo dos escombros. O celular não funciona. Deixo-o para trás e saio correndo em busca de ajuda. E ele então acaba morrendo sozinho neste lugar.

Fico surpresa comigo mesma. Meu coração bate forte, a respiração está irregular, as palmas das mãos suadas. Nunca fui de entrar em pânico dessa maneira. Tudo se resume ao seguinte: não posso me dar ao luxo de também perdê-lo.

– Olhe só – Tobias fala, distraidamente. – Um fogão de ferro. Modelo de 1940. Estas casas não são tão antigas como parecem.

– Saia daí, Tobias. – Não quero que ele perceba como estou assustada. – Não gosto daqui. Vamos voltar para a trilha principal.

A trilha serpenteia por entre um bosque de pinheiros, passando por uma cabana de pedra e um memorial dos mortos da Segunda Guerra Mundial. Avistamos uma coluna de veículos 4x4. Uma linha de homens em estranha combinação de roupas de camuflagem e coletes fluorescentes observa o bosque de armas em punho.

– Deve ser a tal caçada – digo. – Vamos falar com eles?

Uma figura destaca-se do grupo. Ludovic caminha em nossa direção, um olhar raivoso sob o enorme chapéu de caçador.

– O que vocês têm na cabeça para passar tão perto das armas? É muito perigoso. A caça está ao redor de vocês. E nem estão usando coletes fluorescentes. Poderiam ser alvejados pelos nossos homens.

Tobias, o pacificador de sempre, registra o tom da voz, mas não o significado.

– Sem problema – diz. – Está tudo bem.

Ludovic toma fôlego para continuar falando, mas olha para Freya, que está dormindo no canguru, e diz:

– Vou levá-los para casa. Sei onde estão os esconderijos.

Voltamos sobre nossos próprios passos em ritmo acelerado. Ludovic segue um ou dois passos à frente. O canguru de Freya oscila para cima e para baixo.

– O que estão caçando? – pergunto.

– Javalis. As florestas estão cheias de javalis e veados. São uma ameaça. Precisam ser exterminados.

– Claro – digo suavemente.

Ele me olha com desconfiança.

– Os estrangeiros detestam a caça.

– Não eu – minto. Parece que terei de comprometer um pouco os meus princípios humanitários. – Sou chef de cozinha. Gosto de cozinhar caça.

Enfim, ele parece interessado.

– Chef de cozinha? Você tem algum restaurante na Inglaterra?

– Eu trabalhava no restaurante de outra pessoa. Tobias quer que eu abra um restaurante em Les Rajons. Talvez os caçadores possam me fornecer carne de caça.

– Humm. Talvez. Sou louco por ensopado de javali selvagem...

– Bem, então um dia terei que prepará-lo para você.

– Humm.

Ludovic esmorece levemente e nos conduz pelo caminho, com o corpo menos enrijecido.

A certa altura, até sugere uma pausa para apreciarmos o vale.

– Se eu dissesse como era esse vale no passado, vocês não acreditariam. Terraços desciam até o rio... Oliveiras, videiras, pomares de cerejeiras. Canais de irrigação. Bosques de castanheiras. A terra inteira limpinha. A guerra acabou com tudo. As pessoas saíram daqui em busca de emprego. Nunca mais voltaram. E os que ficaram não conseguem lutar contra os pés de urzes e silvas. E agora o maqui, o matagal, ocupa quase toda a terra, o que não é bom para nada, só para os javalis.

Ele olha para as colinas e os vales com olhos que veem algo bem diferente da beleza intocada que percebo.

– A natureza voltou – diz por fim. – A natureza é forte. Precisa ser controlada. Mas nós... nós estamos envelhecendo e enfraquecendo.

Quando o vento sopra aqui, também sopra o céu azul para longe. Chuta areia nos olhos. Esmurra a cara. Nunca vivi isso antes.

Estamos indo a Aigues para nos apresentar ao prefeito. Durante o percurso, o vento espanca as laterais do carro como um punho e sopra areia na gente. Impossível dizer de onde isso vem, mas quase sempre vem em círculos.

Fazemos curvas fechadas e, depois de Rieu, a paisagem se abre e logo se descortina o vale, uma ampla linha prateada e um fértil corredor ao longo das margens do rio Aigues. Uma terra ainda carinhosamente cultivada. Um paraíso de simetrias após o deserto em que vivemos.

A estrada retorna seguidamente para a mesma vista de campos, vinhas, pomares e hortas, um pouco mais próximos a cada curva. Penso em Ludovic e no seu mundo extinto. Aqui, a inclinação de suas terras, o modo como estão protegidas do vento, a profundidade do solo determinam sua capacidade de sobreviver. Os agricultores já foram expulsos da montanha. Este vale, por sua vez, tornou-se uma terra marginal.

Tenho dias bons e dias ruins. Hoje é um dia ruim.

Na aldeia, vejo crianças por todos os lados, como se sopradas pelo vento até este lugar. Menores que arrastam perninhas gorduchas, bebês em carrinhos, crianças fazendo birra nas ruas. Repreensões de mães vexadas e desgastadas. Convictas de que os filhos são normais.

– A prefeitura deve ficar na praça – diz Tobias. Nas proximidades, crianças varridas pelo vento brincam do lado de fora de uma escola.

Penso: Freya nunca irá para essa escola, nunca brincará nesse pátio, nunca aprenderá francês.

As mães estão chegando para pegar os filhos. Uma menina corre para os braços da mãe e tagarela sobre o dia. Apago a expectativa de que Freya poderá fazer o mesmo.

Quando vê minha filha no canguru, a mãe atrai meu olhar e sorri, do jeito que as mulheres com filhos sorriem. A deficiência de Freya ainda não se evidenciou. Acho muito embaraçoso fornecer informações voluntariamente para os outros. Se puder evitar, não direi nada, se bem que não serei capaz de fugir disso por muito tempo.

– Foi prematura? – pergunta a mulher, pressentindo alguma coisa não muito certa. Assinto com a cabeça, parece melhor que mentir, mais fácil que explicar.

– Aproveite agora. Isso passa muito depressa. Logo ela estará em outra fase.

Balanço novamente a cabeça, com uma pontada de tristeza porque não é uma fase passageira e, sim, como ela será para sempre.

O prefeito está no gabinete. Ao entrarmos, ele nos cumprimenta e diz:

– Les Rajons, vocês compraram Les Rajons. Não dispomos de meios para fornecer água da rede a vocês. É melhor cavar um poço. Isso é o melhor a fazer. Água da aldeia, impossível!

– Bem, na verdade só viemos aqui para dizer oi.

– Estou encantado por conhecê-los. E os aconselho a cavar um poço sem demora.

Dez minutos depois, estamos de volta à praça dos ventos. E nos entreolhamos desanimados.

– Bem, um encontro um tanto *Jean de Florette* – diz Tobias.

Ficamos algum tempo no memorial de guerra, que apresenta uma impressionante lista de mortos nas duas guerras mundiais. Então, somos apanhados por uma rajada particularmente violenta de vento. Tobias me pega pela mão e me puxa até o café.

– Olá, Yvonne – diz para a proprietária. Ele tem o dom de descobrir o nome de todos. Faz parte do seu charme. Já descobriu que Yvonne tem vinte e dois anos e que o pai dela, o açougueiro, ajudou-a a abrir o café. O rosto gorducho de Yvonne abre um sorriso cheio de covinhas para ele.

Já tive toda a semana passada para me acostumar com o extraordinário gosto de Yvonne na decoração de interiores: um teto de pedra abobadado, uma floresta monumental de pilares de arenito, rendas francesas nas cortinas das janelas, jarras de estanho e porta-guardanapos de plástico em cima de mesas de carvalho encerado, e ainda um enorme bar de nogueira coberto em cada centímetro por uma vasta coleção de risonhos porquinhos de porcelana. Na primeira visita, ela sugeriu que tocássemos no teto abobadado e nos pilares de arenito para provar que eram todos feitos de gesso.

Há algo de cativante em Yvonne. Ela é excepcionalmente bonita, de um modo que transcende seu senso de moda e sua forma curvilínea. Olhos, pele e temperamento são pura transparência: o que ela sente irradia para o mundo. Com o cabelo louro e a boca de querubim, parece uma madona renascentista, uma deusa que veste uma jaqueta de poliéster juvenil.

– Está ventando muito hoje – diz Tobias.

– É o *tramontane* – diz Yvonne. – Um vento que sopra por três, seis ou nove dias.

– Hum... o quê?

– Quando sopra por um dia, vai soprar por três... e quando continua no quarto dia, sopra por seis e assim por diante.

Eu e Tobias nos entreolhamos.

– É muito vento.

– Ah, sim, o Languedoc é a região onde mais venta na França. O *tramontane* é um deles. Também temos *le mistral,* um vento quente, *le vent marin,* um vento que sopra do mar e traz umidade... e muitos outros. Em breve, poderão conhecer todos eles em Les Rajons.

Olho para Tobias. Yvonne o socorre:

– Hoje temos algo especial. Querem experimentar? – Ela puxa uma linguiça seca e comprida de debaixo do balcão e a corta em fatias grossas. – Fui eu mesma que fiz, de porco preto da montanha. São porcos que só comem bolotas e castanhas da floresta.

Uma excelente linguiça, não muito salgada nem gordurosa, e impregnada do sabor das ervas da montanha.

– Eu não sabia que você era uma *charcutière* – digo.

– Ah, sim, ganhei muitos prêmios com minhas linguiças. Já me inscrevi no Concours National du Jeune Espoir deste ano.

– Você merece ganhar – comento. – É a melhor *saucisse* que já provei. O que acha de fornecer para o meu restaurante? – Se eu conseguir abri-lo, acrescento mentalmente para mim.

– Seria um prazer. Andei pensando em lhe pedir uma coisa; sei que você tem uma cozinha de caça em Les Rajons. O que acha de alugá-la para mim? Sempre trabalho nos fundos do açougue do meu pai. Não é um lugar adequado.

– Que ótima ideia – diz Tobias. – Realmente, seria uma fonte de renda útil para nós. Estou esperando um trabalho para um longa-metragem, mas eles demoram demais para pagar. Claro que a cozinha de caça precisa de alguns reparos. Apareça para dar uma olhada antes de decidir.

Mas Yvonne já não está ouvindo.

– Oh... acho que Julien está atravessando a praça. Será que vai entrar aqui? – Ela mergulha para fora do balcão e acena com um braço branco da porta.

– Julien! Venha conhecer algumas pessoas!

A figura que caminha em passos determinados pela praça se vira ao ouvir a voz de Yvonne e, sem parar, caminha com os mesmos passos determinados em nossa direção. Lembro que nos tempos de escola um dia a professora mostrou partículas em movimento pelo microscópio e explicou que a impressão de movimento consciente era uma ilusão; na realidade, as partículas eram impelidas por forças imperceptíveis aos nossos olhos.

– Yvonne, quem são seus novos amigos? – ele diz num francês com forte sotaque local.

Não é um rapaz bonito – seu rosto é muito fino. Seus traços também são desconjuntados – nariz muito longo, maçãs do rosto proeminentes e olhos e boca muito grandes –, e o fazem parecer um elfo, algo à parte do nosso mundo. Tento calcular sua idade: talvez tenha vinte e nove ou trinta anos.

– Julien, esses são os novos *propriétaires* de Les Rajons – diz Yvonne. – São ingleses.

Julien nos observa com olhos tranquilos e cinzentos, e depois aperta nossas mãos, um cumprimento firme e seguro.

– Prazer em conhecê-los – diz em inglês. Gosto do seu tom cadenciado. Fala com fluência, mas também com cuidado, como se estranhando a sensação da língua na boca. – São corajosos por assumir Les Rajons.

– Julien, quer se juntar a nós para uma bebida? – pergunta Yvonne.

Julien olha para ela e sorri.

– O que você sugere?

– Ainda tenho um pouco de xarope de pêssego. É muito bom no moscatel. Posso preparar um coquetel para nós. Como nos bares de Nova York. – Ela derrama um xarope açucarado e espesso em quatro copos. – Adoraria conhecer Nova York. Um dia ganharei a *médaille d'or* no Concours National du Meilleur Saucisson. Então irei aos Estados Unidos e conhecerei Las Vegas, Nova York, Hollywood, Dallas e Texas. E vencerei todas as grandes competições de charcutaria da América. Este vale ainda vai se orgulhar de mim.

Julien e Yvonne começam a falar juntos em um francês rápido e mesclado de patoá que mal acompanho.

– Você é uma garota festeira – brinca Julien.

Yvonne sacode os cabelos.

– Este vale é tão chato no inverno. É bom ter pessoas novas aqui. Talvez façam as coisas acontecerem.

– Então, saia do vale e suba as colinas comigo.

– Você sabe que não posso. Você não é... adequado.

– Ora, adequado. Isso de novo, não!

– Ei – exclama Tobias em inglês. – Qual é o problema com a água de Les Rajons? Fomos cumprimentar o prefeito e ele se limitou a dizer que não poderia nos fornecer água.

Yvonne e Julien entreolham-se.

– Todo mundo sabe que não tem água em Les Rajons – diz Yvonne.

– Isso não é verdade – diz Julien.

– Mas é o que todos dizem por aqui. Por isso ninguém quis comprar a casa.

Olho fixamente para Tobias.

– Por isso pagamos tão barato – digo.

Ele também me encara.

– Fomos nós dois que decidimos comprar essa casa. Já estou farto de ser responsabilizado por isso – diz.

Julien ergue a mão.

– A coisa não é tão ruim. Vocês têm água da chuva na cisterna. É que o prefeito não quer aprovar *l'eau communale*. Fica muito longe. Então, para água, vocês dependem da natureza, e não do conselho da cidade.

– Ele sugeriu que cavássemos um poço.

– Posso poupar o trabalho de vocês – diz Julien. – A terra está sobre o *schiste*... para água boa, teria que estar sobre o *calcaire*. – Ele nota a minha perplexidade. – São diferentes tipos de rochas... xisto é uma rocha impermeável, ao passo que o calcário é poroso.

– Que ótimo saber – digo. – Muito obrigada, Tobias, por não ter verificado isso.

Ele ruboriza e, por um segundo, estampa dor no rosto, a dor de quem fez tudo para acertar e que agora se sente perdido e humilhado. Retira-se em seguida, batendo a porta do café atrás de si.

– Ora – exclama Yvonne. – Nem provamos os coquetéis de pêssego. Vou atrás dele e tentar trazê-lo de volta.

A porta bate novamente. Eu e Freya ficamos sozinhas com Julien. Sinto-me subitamente acanhada. Ele se abaixa e olha para minha filha.

– É encantadora – diz. – Tranquila.

Não é preciso falar sobre Freya. Abro a boca pensando em dizer alguma coisa sem compromisso e comedida, mas as palavras jorram loucamente, aos borbotões:

– Ela parece em paz, mas tem um cérebro que parece ovo mexido. Eu queria tanto um bebê, e agora chego a duvidar se ela é mesmo um bebê. Já ouviu a história das fadas que pegam bebês bonitos e deixam monstrinhos no lugar? Será que isso começa assim? Com bebês que aparentam alguma coisa errada e pessoas que fazem disso uma desculpa para se livrar deles? E o triste é que depois que isso aconteceu, no início Tobias e eu nos apaixonamos novamente um pelo outro, mas agora brigamos o tempo todo por qualquer bobagem. E a casa é aterradora... ainda bem que ele gosta de lá, mas me sinto ameaçada pela casa. Parece ter personalidade própria. Não fazemos a menor ideia de como viemos parar aqui. Acho que só estávamos fugindo... mas quando se foge, claro que se chega a algum lugar com o qual é preciso saber lidar.

Eu me detenho horrorizada.

– Sinto muito. Mal o conheço e acabei dizendo mais do que seria bem-educado dizer.

– Não dou a mínima pras coisas bem-educadas. Muita gente aqui se preocupa demais com o que é educado, com o que deve ou não deve ser feito. Por favor... continue.

– Bem... a natureza daqui é tão imprevisível. O vento uiva por dias a fio, e a cozinha está infestada de ratos. Francamente, isso me assusta. São... tantos ratos. Em tudo quanto é canto. Até dentro de casa. Especialmente dentro de casa. Nosso vizinho Ludovic acha que a natureza precisa ser controlada.

Julien sorri.

– Aqui, você precisa fazer as pazes com a natureza. Viver em harmonia com ela. Se tentar combatê-la, isso vai acabar com você.

– Bem, seja como for, você e Ludovic concordam em relação a isso.

O sinete da porta do café soa, e Yvonne e Tobias estão de volta. Ele raramente se zanga por muito tempo e, pelo visto, Yvonne o amansou.

– Vamos brindar à chegada de vocês ao vale com os coquetéis de pêssego – diz Yvonne. – Cometi uma gafe. Les Rajons é um lugar maravilhoso. Não foi a falta de água que espantou os habitantes locais.

– Claro que não – diz Julien. – Foram os fantasmas.

Ao sairmos, Julien põe a mão no meu ombro.

– Apareça uma hora dessas no meu recanto. Moro na floresta, na montanha próxima à sua. Lá no cume de pedra, na beira da piscina de borda infinita... você sabe, a da cachoeira. Logo depois da vila queimada, no bosque das castanheiras.

Quando chegamos em casa, o telefone está tocando novamente.

– Bem, espero que esteja feliz, querida. Os pedreiros finalizaram minha cozinha.

– Deixa eu adivinhar. Não havia nenhum sinal de rato.

– Pelo contrário – a voz de minha mãe soa um tanto ofendida. – Tranquei o gato e fiz os pedreiros esperarem até que eu estivesse com uma pá de lixo na mão para recolher o rapazinho. Eles afastaram a bancada. O bicho fez um baita de um ninho com os fios de lã que eu empurrei pra lá ao longo dos meses e tinha nada menos que uma *enorme* despensa de comida acumulada. Bem devagar, o maior rato que eu já vi na vida se arrastou para fora da toca.

– Bom, então ficou tudo certo. Você o salvou.

– Infelizmente, não. Ele deu alguns passos e "pá!", o gato apareceu de sei lá onde. Eu não devo ter passado a tranca direito, e você sabe como ele é esperto com portas. Me fez refletir: aquele pobre ratinho foi parar na boca do gatão depois de tudo o que passou. Não estou lhe culpando, querida, mas isso me deixou bastante magoada, confesso. Mas imagino que isso aconteceu para mostrar – conclui minha mãe – que não podemos escapar de nosso destino.

Sento-me com Freya no quarto do segundo andar. Sinto uma suave sucção no meu peito e curto a paz do momento. Respiramos juntas. Ela enrosca o corpinho em volta de mim. Olha extasiada por cima de minha cabeça. Então, revira os olhos para cima, e seus lábios estalam.

O braço esquerdo se ergue, cerra o punho e começa a tremer e a azular. Alguns segundos depois, ela enrijece como um cadáver. Já não posso alcançá-la. Já não é mais minha filhinha. Estupidamente, custo a me dar conta de que ela está tendo uma convulsão.

Isso parece durar para sempre, embora só dure uns dois minutos no relógio. Então ela resfolega, sua cor volta tão abruptamente como se fora, e ela volta a ser meu bebezinho.

Telefono para a dra. Fernandez.

– Dois ou três minutos? Passe a dar cinco miligramas de fenobarbital por dia e vamos ver como ela vai reagir. Se a convulsão durar mais de cinco minutos, aplique o supositório de Valium que lhe dei. Como você está na França, não é preciso trazê-la aqui para eu vê-la. Se ela piorar ainda mais, leve-a para o hospital.

O hospital mais próximo fica a duas horas de distância. *Se você não conseguir chegar ao hospital a tempo...* reprimo o pensamento.

Por que confidenciei para Julien a história dos bebês trocados pelas fadas, das pessoas tentando se livrar de bebês indesejados? Atraí uma maldição contra nós. Ou talvez esta casa nos lançou um feitiço maligno.

Sigo até a cozinha para apanhar o remédio. Entrevejo distraída uma forma escura que irrompe rente ao chão. Há um buraco no rodapé do tamanho de uma bola de golfe até então despercebido, e um rastro de fezes de rato na mesma bancada que limpei recentemente. Quando pego uma caixa de farinha de milho caída ao chão, escorre um fluxo abundante de farinha de um canto mordiscado.

Faço a esterilização da seringa na água fervida da chaleira e ponho a dose do fenobarbital.

Freya parece calma e normal. Engole o remédio viscoso misturado a açúcar que esguicho em sua boca. Aconchego-a junto ao peito, acariciando sua cabecinha até ela dormir.

Mais tarde, fico observando-a no moisés. Está em sua posição predileta: deitada de costas, com um braço largado no próprio rosto. A respiração está suave e regular, e a pele, cor-de-rosa. Tão serena e tão frágil.

Amo-a mais do que quando nasceu, mas não posso protegê-la.

O tempo esfriou sem avisar. Hoje à noite, claro, haverá geada e o açafrão morrerá.

É hora de dar um jeito na cozinha de uma vez por todas.

Parto para o ataque. Lavo o forno de pão. Raspo o salitre com cinzel. Faço uma investida nas paredes e nos cantos com uma vassoura e varro as teias de aranha. Esfrego o teto e derrubo os flocos de gesso no chão. Em seguida, ponho uma máscara no rosto e de novo esfrego a merda de camundongo em toda a superfície com água sanitária e detergente.

Rendição total e inequívoca. As aranhas serpenteiam pela vassoura. O pó de gesso desaparece nas mandíbulas do aspirador. As pelotas de cocô de rato se dissolvem na água sanitária.

Depois, deixo Freya com Tobias e sigo de carro até a casa de Ludovic, um bangalô alaranjado com uma impecável balaustrada de concreto e um imponente portão de metal. Cada centímetro do jardim à frente da casa foi cimentado.

Ludovic parece feliz por me ver.

– Eu mesmo construí esta casa – diz com orgulho. – Já me aposentei, mas gosto de me manter ativo. – Lança-me um olhar penetrante. – Adivinhe quantos anos tenho.

– Não tenho certeza – digo, mas ele não aceita a resposta e me olha com expectativa. Faço então um elogio sutil: – Talvez uns sessenta e cinco anos.

– Já estou com setenta e nove – ele anuncia, visivelmente encantado.

– Não pode ser – digo.

– Pode sim – diz muito satisfeito. – Fachada enfeitada e prédio a desmoronar.

Uma mulher masculinizada de uns sessenta e tantos anos pendura roupa no varal de náilon.

– É a Thérèse, minha concubina – diz Ludovic. Não faz menção de me convidar a entrar na casa, nem interrompe o trabalho de Thérèse para uma apresentação.

– Estamos com a cozinha infestada de ratos – digo. – E temo que possam ser um perigo para a saúde. Para a *petite*. Preciso saber o que fazer.

– Use veneno – ele aconselha.

– Oh, não estou segura sobre isso. Não gosto de venenos.

Ele encolhe os ombros e desaparece na casa. Fico observando o jardim de concreto e o trabalho de Thérèse. Cinco minutos depois, ele retorna com quatro pequenas armadilhas de madeira.

– Fique com isso pelo tempo que precisar.

– Obrigada, é muita gentileza sua.

– *C'est normal*. Somos vizinhos.

Retorno de carro até a colina. A paleta de inverno compõe-se de tons enegrecidos e cinzentos: solo escuro, madeira morta, pedra fria. As vinhas desfolhadas parecem mãos enrugadas de cadáveres que brotam da terra. O humor sombrio me impede de apreciar a paisagem ordenada e contida.

Antes de ir para a cama, preparo a isca das armadilhas com bastante queijo e bacon. Posiciono-as em pontos estratégicos ao redor da cozinha.

A primeira coisa que me aparece pela manhã é uma lagartixa que me espreita por trás das prateleiras da cozinha. As aranhas ocuparam-se a noite toda na reconstrução das teias. Há uma nova película de pó de gesso e trilhas de cocô de rato por todo lado. Até o bolor negro já rasteja de volta.

As quatro ratoeiras estão arqueadas e as iscas se foram. Mas os réus escaparam.

Março

A primavera está chegando ao vale. Nos pomares de pessegueiros que ladeiam o rio Aigues, distingo botões fechados brotando de ramos escuros. Parecem lágrimas, obstinadamente contidas por pestanas cerradas.

– Agora, ouça-me, querida, só por um segundo. Quero que pegue um daqueles órfãos para mim.

– Mãe, do que está falando?

– Ora, você sabe que me refiro aos órfãos chineses. Assisti a um documentário sobre eles. Acho que você deve adotar um deles para mim, e eu darei a ele um bom começo de vida.

Paro e me pergunto se mamãe está solitária, mas simplesmente não tenho tempo para também me preocupar com ela.

– Por que não pega você mesma o seu órfão? – É só o que lhe pergunto.

– Ora, não seja boba, querida, ninguém me deixaria adotar... você sabe muito bem que sou viúva e que já passei dos sessenta. Mas você e Tobias podem fazer isso facilmente. Ou então uma vietnamita. Mas acho que as chinesas são mais carentes.

– Mamãe, você está sendo ridícula! Não posso pegar um órfão para você.

– Você pode adotar um também e se livrar desse outro bebê.

– Um órfão é um ser humano – retruco. – É uma criança. Não é um dos seus gatos.

Uma pausa irritada no outro lado da linha.

– Se é isso que você pensa – ela diz por fim –, então não deixarei que você cuide dos *meus* gatos.

De repente, o mundo se habita de todo tipo de coisas de bebê. E no furioso conhecimento simultaneamente sábio e idiota de mamãe a meu respeito, uma verdade. No fundo do meu peito, uma dor crescente anseia por um filhote de cachorro ou de gato ou de qualquer outra coisa que seja meu.

Quando anoitece, uma enorme fêmea de javali selvagem ronda a nossa casa. Fuça o solo com um nariz absurdamente longo e peludo. Em volta dela, os filhotes, seis ao todo, avermelhados e com listras bege. São brincalhões e se envolvem com o próprio mundo como qualquer criança. Contenho-me para não pegá-los e levá-los para dentro de casa.

Yvonne aparece para olhar a cozinha de caça e tira Freya do moisés ao lado do fogão. Carrega-a pela cozinha como uma boneca.

– Excelente *laboratoire* – comenta. – Com essa espessura, essa pedra vai permanecer fria o ano todo. Isso é muito bom para os *saucissons*. Mas nesse momento o local não está adequado. Está sujo demais e preciso de água corrente. Além disso, a fiação não atende às normas.

– Não se preocupe – diz Tobias alegremente. – Anna já está tratando de deixar a cozinha adequada para o restaurante. E também vai ajeitar esse lugar. Isso não deve demorar muito.

Lanço um olhar de pânico para ele. Pois a verdade é que a temporada de caça terminou e agora um desfile de homens em caminhonetes bate à nossa porta.

Eles olham horrorizados para a fiação obsoleta, o gesso a desmoronar, o vazamento no teto e ausência de encanamento. Um dos mais compassivos me leva aos fundos da casa para mostrar onde os resíduos do banheiro são despejados sem tratamento pela encosta da montanha.

Quando disse que pretendo reformar a cozinha de caça para alugar a uma *charcutière* profissional, eles deram de ombros e emitiram algumas palavras em gaulês que me pareceram de escárnio. Aqui em Les Rajons, segundo eles, tudo é "*mal fait*". Malfeito, acabei descobrindo, o insulto final, o equivalente francês ao "isso vai custar muito" dos construtores ingleses.

Apresentaram preços que não podemos pagar e depois disseram que, de qualquer maneira, dispensavam o trabalho.

De manhãzinha, logo após o amanhecer, um momento especial para mim. Escorrego para fora da cama e retiro Freya do berço. Levanto-a e ela guincha como um gerbo, em protesto por ter sido retirada do calor. Em seguida, curva a coluna vertebral para a frente, enrola os punhos diante do rosto e, sem acordar, molda o corpinho na cavidade do meu peito.

Deito-a no *baby gym* ao lado de uma caixa de música e observo-a enquanto dá chutes com as perninhas. Ela não sorri, mas posso dizer que está satisfeita. Sei que tudo é perigoso. Ela gosta de carinho e aprecia música. Começo a conhecê-la.

O telefone toca bem antes do café da manhã.

– Alô, querida, como está se virando nesse lugar terrível? E como está... esse bebê?

– Não é tão ruim assim, mãe. Ela dorme muito.

– Oh, querida, gostaria de poder ajudar. Fico pensando sobre o que *meu* pai teria feito. Acho que sei, é claro. Mas naquele tempo se *podia fazer* sem correr o risco de ser jogado na prisão, e afinal de contas ele *era* médico.

Quanto mais tempo passo com Freya, mais Tobias se envolve com a demo para o trabalho de *Madame Bovary*. Como ele nunca compôs para um longa-metragem, os executivos de Sally insistem que primeiro passe por um teste. Ele tem de preparar a trilha para a cena final do filme na qual Emma Bovary comete suicídio. Isso envolve substituir a música temporária, a Quinta Sinfonia de Mahler.

– É uma tarefa difícil, Anna – ele se justifica. – Até hoje nunca compus nada clássico ou orquestral.

Já estou habituada a vê-lo compor sem muito esforço. No passado, às vezes até suspeitava de como ele se entregava à sua natureza ociosa e de como isso limitava seus dons, levando-o a compor de modo mecânico. Mas não desta vez. Ele colocou o equipamento na sala de estar e passa horas na frente do iMac, com os fones grudados nos ouvidos, enquanto experimenta as ideias no teclado Midi. Fluem pela tela imagens sem som do desespero de uma Madame Bovary em dívida e na França provinciana. Tobias repete as cenas de testa franzida.

Sinto que se desliga de Freya e, quando estou com ela nos braços, também de mim. Fico na sala de estar, na tentativa de me aproximar dele, enquanto Tobias se distrai diante do computador e do teclado. Olho pela janela e lá fora a *petite* figura de Lizzy caminha em torno do pátio, em sentido horário.

– Você não acha Lizzy um pouco estranha? – pergunto. – Quer dizer, ela sempre pareceu um pouco feérica, mas acho que a primavera virou a cabeça dela de vez.

– Humm.

– Tobias, ouviu alguma palavra do que lhe disse? Ela está se curvando na frente de cada árvore.

– Humm. Quem?

– Lizzy.

Ele tira os fones de ouvido e chega à janela.

– Ela é muito legal, pobrezinha – diz.

– Mas o que ela está *fazendo*?

– Outro dia ela me disse que era parte de um ritual para a primavera – ele explica. – Ela tem de cumprimentar os espíritos de todas as árvores e lembrá-los de acordar.

– Mas vão acordar de qualquer maneira.

– Precisamos persuadir essa pobre garota a ficar com a gente – ele diz. – Podemos lhe dar algum trabalho. Talvez ela possa cuidar do bebê e fazer trabalhos domésticos ou algo assim. Ela não tem dinheiro.

– Tobias, nós não sabemos se é *permitido* deixar uma criança com acessos de convulsão aos cuidados de um adulto não qualificado.

– Não seja boba – ele diz. – *Nós* também não *estamos* qualificados. Deixe isso comigo. Falarei com ela a respeito.

Lá embaixo, no vale, as árvores frutíferas florescem alternadamente: amêndoas, pêssegos, ameixas. Nuvens de botões pairam por sobre o vale, como fumaça da artilharia de uma batalha em câmera lenta.

Como um velho artilheiro, Tobias desenvolveu uma surdez seletiva. Só escuta as frequências que lhe aprazem. Entre elas não se inclui o choro de Freya. E já começo a aceitar que nem mesmo o som da minha voz.

Na tentativa de criar um cronograma para nós, acabo me frustrando com Tobias e Freya. Ela cochila durante os períodos de alimentação cuidadosamente planejados. Quando acorda, tenho de deixar tudo de lado, pois, do contrário, ela cai no sono de novo.

Quando a alimento, ela se dobra para trás, enrijecendo o corpo. Quase sempre vomita e tenho de começar tudo de novo. Todas as minhas roupas estão manchadas de vômito de bebê. Com isso me identifico com os frenéticos pais de passarinhos zanzando lá fora. Minha vida também se tornou um longo programa de alimentação.

Já estou tentando ensinar para Lizzy as tarefas domésticas e os cuidados com o bebê. Ela entra em pânico com isso. Os vestígios de sua autossuficiência desaparecem quando explico como esterilizar os recipientes e como aquecer o leite em banho-maria. Embora tente dar o melhor de si, derrama com dedos desastrados os preciosos recipientes com leite materno. Seus olhos assustados me refletem como uma mulher repressora mais velha e obcecada com detalhes sem importância. Após essas sessões, geralmente Lizzy sai de mansinho para se esconder em seu contêiner.

– Tobias, por favor, ensine a Lizzy como cuidar de Freya – falo quando estamos sozinhos. – Acho que ela se intimida comigo, nunca entende minhas instruções.

– Lizzy é *ótima* com Freya – ele retruca. – Sempre pronta para ajudar.

– Ela está sempre pronta quando é solicitada por *você*... Isso só mostra quanto preciso que você se envolva com os aspectos práticos da nossa vida.

Mas Tobias parou de ouvir. Encontrou um canto ao lado do fogão da sala que simplesmente adora. Ora está compondo, ora está consultando Sally via e-mail ou Skype. Para o meu desgosto, a banda larga de alta velocidade é o único equipamento da vida moderna que conseguimos instalar.

– Telefone para o Departamento de Trânsito, querida, e diga que eles têm de devolver minha carteira de motorista.

– Carteira de motorista? Você perdeu sua carteira de motorista?

– Sim, isso é muito inconveniente. Já foi ruim quando seu pai morreu e me deixou a tarefa de tirar a carteira sozinha. Preciso dela de volta urgentemente.

– Como diabos você a perdeu?

A voz de mamãe soa evasiva ao telefone:

– Deixa pra lá, querida. Enviaram uma carta tão rude. Eles alegaram que não estou enxergando bem para dirigir. Isso é um total absurdo. Posso não ser capaz de enxergar um *rato* na estrada, mas claro que posso enxergar uma *criança*.

A vida progride na lateral da montanha a nossa frente. No pomar da casa, os galhos das macieiras rompem em folhas, e os tons amarronzados se convertem em verde berrante. O pátio está repleto de narcisos. Os arbustos de alecrim desabrocham em flores roxas, e as abelhas estão por toda parte.

Sinto que com a primavera vem a oportunidade de um novo começo. Preciso que Tobias se empenhe nisso. Só ele pode entender o que significa para mim viver aqui, cuidando de Freya. Já não consigo enviar e-mails para meus amigos. Até minhas trocas com Martha parecem forçadas e artificiais. Uma intimidade verdadeira terá de esperar até que ela nos visite no mês de agosto. E não é porque eu possa conversar com minha mãe.

Tenho de fazer com que ele entenda isso.

– Tobias.

– Humm.

– O dia está lindo. Eu te amo. Que tal deixar isso de lado e sair para uma caminhada?

– Amor – ele diz, mergulhado em sua música silenciosa. – Amor... ótima ideia.

Espero alguns minutos, observando seu rosto tingido pela cintilação azulada da tela.

– Acha que isso estará concluído a tempo de darmos uma caminhada? Acho que seria uma coisa deliciosa de se fazer.

– Ah, sim, uma coisa deliciosa. Só preciso enviar um mp3 por e-mail para Sally. Que tal daqui a dez minutos?

– Estarei lá em cima e espero que isso dê certo.

Ele já se voltou para o teclado. Até parece que não estou mais aqui.

Então, espero. E espero. Uma hora depois, o sangue sobe à cabeça e me imagino descendo esbaforida e sem conter os gritos: "Apenas preste atenção em mim... e pelo menos me responda quando falo com você!" E como ele não presta a menor atenção no que digo, puxo as roupas dele do armário e atiro-as no chão. Mas ele continua digitando no teclado e puxo todas as gavetas para fora. Isso me gratifica porque a barulheira das coisas no chão é ensurdecedora. Acontece que ainda não quebrei nada e trato então de quebrar as vidraças das janelas da sala de estar, e nem assim sou notada. Corto os pulsos com o vidro e picho todas as paredes com meu próprio sangue: "Só me responda, seu filho da puta!" Então, afinal, ele tem de me afastar, e isso é tudo.

À noite, é declarada a vitória total. Irrompe a lua cheia em meio ao calor do sul e ao enjoativo perfume da mimosa. Encontro uma mariposa do tamanho de uma bolsa descansando sobre a porta do celeiro, os olhos falsos e estranhos de suas asas se voltam cegos para mim.

No amanhecer seguinte, Ludovic aparece lá fora e cava a metade do seu *potager*. Quando me vê com Freya dentro do canguru contra o meu peito, apoia-se na enxada e levanta o chapéu.

– Como está *la petite*?

– Muito bem, obrigada. Você levantou cedo.

– Claro – ele diz. – Jardinagem é meu *métier*.

Sorrio perante a singular expressão que ele usa, referindo-se à jardinagem como emprego ou comércio. Mas ele acrescenta com ar sério:

– Do meu pai também. Ele conseguia cultivar qualquer coisa. Durante a guerra, plantava batatas debaixo dos tomateiros. Os alemães requisitavam os tomates... mas não sabiam o que tinha debaixo da terra. Graças a ele, nunca passamos fome.

Para decifrar esta frase, tive de lutar com o patoá, mas já estou me acostumando com esse jeito de falar.

– O que sua mãe fazia?

– Rose? Era professora.

– Rose? – repito. – Há um nome Rose entalhado no corrimão da minha varanda.

– Ela mesma. Rose Donnadieu. Vivíamos aqui quando o irmão dela, o meu tio, era proprietário de Les Rajons.

– Fiquei me perguntando e tentando imaginar quem era e como era.

Ele me lança um olhar astuto.

– Linda. Pequenina como um pardal. Mas também sagaz. Rose era uma tirana. Sempre gritava: "Sou professora e irmã de professor, mas você não passa de um *paysan* de mãos sujas!" E meu pai, impassível, olhando-a e pensando que era mesmo um sortudo porque ela o tinha aceitado como marido.

Esquadrinho a figura amarrotada de Ludovic, na tentativa de discernir o romance de um pai e de uma linda mãe de fogo nas ventas. Mas só enxergo um chapéu maltratado e umas roupas de trabalho empoeiradas.

– Se precisar de alguém para cuidar de *la petite* – ele diz rispidamente –, posso tomar conta dela enquanto cavo aqui. Já tenho muita experiência.

– Você tem filhos? – pergunto disfarçando a surpresa perante a oferta.

Ele encolhe os ombros.

– Não mais. – O tom silencia qualquer outra pergunta.

É a vez de Julien chamar.

– É a lua minguante de março, Anna – diz. – É melhor plantar as sementes hoje.

– É preciso sempre plantar na lua minguante?

– Claro que sim. Não tenha dúvida.

O olhar geralmente gozador de Julien não me deixa saber se o que diz é sério ou não.

Ele costuma passar por aqui. Ou melhor, Julien nos inclui em sua ronda matinal. Passa pela nossa porta no caminho até a cidade, para sua peregrinação diária ao café de Yvonne, em Aigues.

– Você acha loucura tentar transformar este lugar em restaurante?

– No verão, os turistas invadem o vale durante oito semanas – diz Julien. – E nada os impediria de subir a colina para uma refeição aqui. É um belo local.

– Não sei se o dinheiro de uma temporada de oito semanas é suficiente para viver.

Julien dá de ombros.

– Isso depende de quanto se precisa. Olhe para mim. Faço tudo certo e não acredito na economia financeira. Não consto do sistema fiscal nem do auxílio desemprego. Não consto da agenda de ninguém. Não ganho nada. Logo, não existo. E mesmo assim estou aqui.

– Só que um restaurante é um investimento muito grande.

– Então, use os ingredientes da região. Pode obtê-los gratuitamente. Deixe Freya aqui com Tobias por um momento. Posso lhe ensinar a forragear.

– Sério? Você tem tempo?

– Anna, a única coisa que realmente possuímos é o tempo. Só nos resta aprender o que fazer com ele. Pegue uma cesta.

Tento entregar Freya para Tobias, mas ele balança a cabeça distraidamente e aponta para Lizzy. Sinto uma fisgada de nervosismo ao ver minha filha com uma companhia tão desatenta. Mas Tobias é o pai dela. Precisa assumir alguma responsabilidade, se é que não seria melhor se estivesse em Londres.

Cinco minutos depois, estamos sob o sol. Julien me leva até a beira da floresta.

– Bom momento para procurar cogumelos. Tempo quente e solo ainda molhado. *Morilles, cèpes, girolles*. E se souber olhar, também pode encontrar trufas. – Ele joga alguns na cesta. – Mas cuidado. Você precisa saber identificar os venenosos. Existem os *fausse girolle* e os *fausse cèpe*... ambos podem adoecê-la. E o boleto diabólico, ou chapéu-da-morte, pode matá-la.

– Julien... talvez os cogumelos sejam muito avançados para mim.

– Vai acabar aprendendo. Examine um ou dois de cada vez, até conhecê-los bem. Depois poderá expandir o conhecimento. E que tal isso? – Ele remexe uma cerca viva e deixa à vista uma planta eriçada. – O que isso lembra?

Olho para a planta, em dúvida.

– Nem imagino como se come isso. Parece espinhento.

– Olhe novamente. Para os brotos.

Olho e só então percebo.

– Um aspargo em miniatura!

– Isso mesmo... aspargos selvagens. Proliferam nesta época do ano. Absolutamente deliciosos. Provavelmente você não teria condição de comprá-los.

– Seriam perfeitos para o meu restaurante. Tão exóticos! Poderia servi-los com um *sauce mousseline*.

Ele puxa de maneira aparentemente aleatória um punhado de vegetação para fora da cerca viva.

– Com alho e alho-poró selvagens... aqui. Ou sobre uma cama de dentes-de-leão.

– Isso é fantástico! Pode ser um tema de minha cozinha.

– E que tal algumas urtigas? Fazem uma sopa deliciosa.

Meu cesto está quase cheio.

– Bem, acho que é hora de ir – ele diz.

– Julien... como posso agradecer? Isso foi maravilhoso.

Ele sorri.

– Não há de quê. Fico fora da economia financeira para ser livre e passar a vida fazendo coisas de que gosto. O que, pelo que sei, me torna mais rico que qualquer milionário.

– Bem, na verdade... me pergunto se poderíamos contratá-lo para nos ajudar com a terra – digo. – As coisas estão ficando fora de controle com a chegada da primavera.

– Humm. – Os olhos cinzentos de Julien me dizem que dei um *faux pas* e brilham em seguida. – Claro que ficarei feliz por ajudar Tobias como amigo quando ele sair para cortar o mato.

– Não por dinheiro?

– Se você quer fazer de mim um escravo do seu salário, alguém que trabalha regularmente para você por dinheiro, então... bem, você também teria que ter alguma coisa que eu *realmente* quisesse.

Ele sorri para mitigar o que poderia ter sido um fora por parte de qualquer outra pessoa. Enquanto suas costas eretas e magras descem pela encosta abaixo, penso: o que ele tentou dizer é que é livre e que é isso que importa para ele.

Começou a chover. Chuva implacável e quente da primavera. Acabei não ouvindo Julien – não plantei as sementes ontem e talvez só seja possível sair lá fora daqui a algumas semanas. Em vez de sementes, ervas daninhas se ocupam em brotar.

Julien aparece e o convido para almoçar conosco. Sirvo aspargos selvagens grelhados, *omelette aux cèpes* e *salade d'orties*. Sentamos na varanda coberta, na parte externa da casa, e observamos a chuva em lençóis verticais sobre a vegetação, como as monções tropicais.

– Delicioso – diz Julien.

– Anna – diz Tobias com algo de censura em seus olhos azuis –, a salada picou minha língua.

Um trovão ecoa, e a chuva aumenta.

– Verifiquem se sua cisterna é impermeável – diz Julien. – Vocês precisam dessa chuva. E terão que armazenar água potável para a temporada de seca.

A ideia de uma seca neste lugar soa inconcebível.

Continua chovendo. O rio borbulha de salamandras e girinos. Para onde quer que se olhe, uma vida nova, desordenada e incontrolável alastra-se por todo o espaço disponível. Chego à horta e encontro rúculas e nabo japonês. Isso me faz pensar que é hora de cortar as silvas e coletar o mato, e de arar o solo, e comprar adubo, e cavar, e podar as árvores frutíferas, e plantar as primeiras sementes, e bolar um sistema de irrigação, e comprar telas de proteção para o frio, e cultivar mudas no espaço interior, e cortar, e cortar, e cortar... Passados vinte minutos, estou tão cansada que tenho de voltar para casa e me deitar.

A cozinha está mais úmida que nunca. O bolor negro cedeu lugar a um virulento musgo verde. Encontro Tobias observando um elegante par de lesmas rajadas de preto que balançam entrelaçadas no teto.

– Olhe só aquilo – ele diz, extasiado. – Parece que estão se beijando. – Uma pálida névoa azulada de mucosas envolve as lesmas como um véu. Certamente estão no auge da paixão.

Num ataque de fúria, pego-as com uma pá e jogo-as para fora da janela. Espero pelo protesto de Tobias, mas ele se limita a estalar a língua como uma criança decepcionada. De alguma forma, isso me deixa de pé atrás.

– Não tenho tempo para manter este lugar limpo – digo. – Estou atolada na burocracia. Já enviei vinte requisições para transformar o celeiro em restaurante e vinte homens chuparam os dentes e disseram "*C'est impossible*". O fato é que não podemos ter um restaurante se não tivermos água da rede. O celeiro não se adapta às normas, seja lá quais forem. Na verdade, nada, absolutamente nada neste lugar se adapta a qualquer tipo de norma, muito menos às normas da França.

– Ora, querida. – Tobias se mostra despreocupado. – Posso fazer uns dois documentários para cobrir a hipoteca este mês. Mas será difícil conseguir outros, se eu não estiver em Londres. – Ele prepara um café para si.

– Não podemos ficar contando com esses documentários avulsos. Não se trata apenas da hipoteca; este lugar é enorme. O que você ganha não cobre as despesas da casa. Acho que tenho condições de fazer um empréstimo de sete mil euros... por meio desse tal *Prêt à la Création d'Entreprise*. Se bem que só Deus sabe como conseguiremos pagá-lo. Com isso e a renda do documentário, seremos capazes de nos aguentar por uns nove meses. A essa altura, se eu não começar a ganhar algum dinheiro, teremos que vender a propriedade e voltar para casa.

– Bem, não sei se conseguiremos vender. Lembre-se de que só conseguimos comprar esta propriedade barato porque ninguém mais queria comprá-la.

– Você não está entendendo. A questão é que tenho trabalhado por horas e horas para endireitar este lugar e ele está caindo sobre nossas cabeças. Pagamos a Lizzy para fazer o trabalho doméstico. Por que então essa bagunça toda?

– Bem, trabalho doméstico aqui neste lugar é um tanto... esmagador – diz Tobias, andando pela sala com o café na mão. – Por onde ela começaria?

Tenho vontade de trucidá-lo. Tenho vontade de chorar e de obrigá-lo a me consolar. Agarro uma tigela e despejo um saco de nozes dentro dela. As cascas fazem um barulho agradável ao se chocarem com a madeira de oliveira.

– Quero ter uma vida como a das pessoas das revistas! – Meus olhos pinicam de lágrimas contidas. – Quero uma casa com tigelas de nozes sobre minha bancada de carvalho encerado junto com meus... meus sachês de lavanda. É por isso que estou aqui. Não quero uma cabana infestada de ratos no meio do nada e um bebê sem cérebro. Queria que nossas vidas fossem normais e... sem surpresas e... sob controle.

Paro por um minuto para apreciar meu trabalho. As nozes estão lindas sob a bancada, mas o resto da sala de estar reluz de tanta decadência.

– Vou agora pedir a Lizzy para vir aqui dar um jeito nessa bagunça.

Saio em plena chuva. Lizzy não está no contêiner. Encontro-a girando o corpo esguio debaixo de uma nogueira na beira do pátio. Está encharcada, com os cabelos pretos escorridos, parecendo mais do que nunca com o pelo de uma lontra com a água pingando deles. Aparentemente, está dançando. Faço um enorme esforço para me conter e não lhe perguntar que raio de coisa ela está fazendo.

– Lizzy – digo –, por favor, poderia trabalhar um pouco na casa?

Ela me lança um olhar magoado.

– Daqui a pouco eu vou – diz. – O impulso espiritual está muito forte agora e não quero perdê-lo.

Escrevi uma lista:

Para fazer – casa:
Telhado
Fiação
Drenos
Encanamento
Água! (conexão/filtragem/estocagem)
Fossa séptica
Reboco (paredes)
Idem (teto)
Pisos
Janelas e portas
Aquecimento central
Cozinha de caça
Cozinha e banheiro

Parece difícil. Simplesmente não sei por onde e como começar. Eu me debruço sobre o papel e escrevo outra lista:

Para comprar:
Fungicida

Deixo Freya com Tobias e dirijo até o vale à procura de um produto que extermine o líquen na cozinha. O Astra celebrou a chegada da primavera com um defeito que nos impede de fechar a capota. A chuva na testa e nos olhos me deixa quase cega. Mesmo com os faróis acesos, não enxergaria um caroneiro no meio da estrada. Aperto o freio, o carro derrapa para a frente, e o tempo entra em câmera lenta. Fica um flash em minhas retinas do rapaz que quase acabei de matar: alto, jovem, magro, rosto pálido e olhos escuros. Sorri com confiança para mim.

O carro guincha ao parar. E então, antes mesmo que eu tenha tempo para me recuperar, ele entra no carro.

– Placa britânica – diz em inglês, uma voz melodiosa com uma pitada de sotaque. – E um carro aberto. Que bom, mesmo na chuva.

Que coisa mais ridícula de se dizer. Fico pasma com isso. De repente, ele parece abalado, como se pego em um lapso de *politesse*.

– Quer dizer, *especialmente* na chuva. Gosto da sensação da chuva no rosto. E especialmente do vento.

– Não se incomoda quando escorre por trás do pescoço?

– Ah, não, gosto particularmente disso.

– Seu inglês é perfeito.

– Estudei na bela Ilha de Wight. Gosto de tudo que é inglês. Até do leite no chá.

– Para onde está indo? – pergunto.

Ele dá uma risada nervosa e surpreendentemente alta.

– Sei lá. Sou de uma rigorosa família argelina que não me aprova... nós tivemos um desentendimento. Para dizer a verdade, me expulsaram de casa. Não tenho onde ficar. Faço *bricolage*, biscates. Também entendo um pouco de mecânica.

– Pode consertar a capota do meu carro? Ficou arriada desde que a chuva começou.

– Capota? Chuva? – Ele parece totalmente confuso. – Bem, talvez possa.

Freio bruscamente e estaciono no acostamento. Ele me olha fixamente.

– Agora? – pergunto.

– Ah, claro.

Ele tira uma chave inglesa e uma chave de fenda da mochila e começa a trabalhar. Parece que estou assistindo a um ato mágico. Cinco minutos depois, a capota está perfeitamente fechada. As janelas começam a embaçar.

Ele abre um sorriso extraordinariamente doce.

– Talvez seja difícil arriá-la outra vez – diz. – Vou ter que botar um pouco de graxa.

– Obrigada – digo. – Quer um emprego?

Conforme dirijo de volta a Les Rajons, o irregular corredor de pedra serpenteia ao redor e os pneus carecas do Astra guincham em cada curva.

Ele solta um grito de medo e já o conheço o bastante para saber como vai se recuperar.

– Quer dizer... é de tirar o fôlego – diz. – É tão... tão *mineral.*

Tobias continua sentado no mesmo lugar da sala de estar. Felizmente, Freya está dormindo no moisés ao lado. Ele está com outra caneca de café, sem os fones de ouvido e resolvendo um *sudoku* de um jornal britânico de dois dias atrás.

– Este é Kerim – digo. – Ele vai nos ajudar em diversos serviços.

– Que sala maravilhosa – diz Kerim. – Só precisam lixar um pouco as tábuas e aplicar um pouco de óleo de linhaça. E corrigir as paredes. Que lindo aparador. Oh... o que houve com as nozes?

A tigela de nozes da Homes and Gardens ainda está no aparador, mas provavelmente devido às pequenas bocas famintas para alimentar, os ratos iniciaram uma operação, perfurando buracos perfeitos em nozes selecionadas e removendo os conteúdos. No aparador, apenas uma pequena trilha de fragmentos de cascas; no piso, evidências do crime.

– Tobias! – grito. – Já viu o que houve com as nozes?

– Hein... nozes? – ele repete.

– Esses pequenos larápios devem ter passado correndo por você. Na última *hora.*

Kerim se mostra curioso.

– Ratos – diz Tobias.

– Adoro ratos – diz Kerim, entusiástico.

– Eles chegaram aqui. – Entro como um raio na cozinha. Lizzy ainda não fez a limpeza. Enquanto estive fora, o líquen nas paredes parecia ter ganhado volume e espessura e um verde mais vibrante.

– Kerim! Tenho um trabalho para você. Preciso de uma cozinha à prova de ratos.

– Oh – exclama Kerim. – Você quer mesmo afugentar os ratos daqui? Bem, claro que é possível bloquear os buracos da cozinha, mas talvez isso não os impeça completamente de entrar. Posso fazer alguns armários com telas de proteção. É um trabalhão, muito trabalho para poucos ratos.

– Você pode mesmo fazer armários que os impeçam de entrar?

– Bem, com toda certeza.

– Ei, cara – diz Tobias, animado. – Será que... você pode me ajudar a construir um estúdio?

– Um estúdio?

– Bem, sim, um estúdio de gravação. O único problema... – Tobias olha para mim – é o pouco orçamento para fazer agora. Mas estive olhando o celeiro. Encontrei um lugar que pode abrigar o meu equipamento e se tornar à prova de som com caixas de ovos. – Olha para mim com ar triunfante. – Anna... os executivos da Sally gostaram demais da faixa. Você está olhando para o compositor de *Madame Bovary*. Claro, só poderão pagar durante as gravações, e como ainda estão resolvendo alguns detalhes do financiamento, isso deve demorar um pouco. Mas no final renderá um bom dinheiro e será um impulso fantástico para minha carreira.

Kerim fez seu ninho no quarto ao lado da adega.

– Não se preocupem comigo... estou vivendo como um príncipe.

Apesar da afirmação, o tal quarto é uma espécie de garagem deteriorada. Quando apareço para ver a instalação, me surpreendo ao ver como ele o tornou confortável.

– Ora, só religuei o aquecedor e consertei uma velha cama de ferro e o colchão que encontrei entre as ruínas – ele diz. – Espero que não se importe por ter apanhado essas coisas emprestadas. Claro que varri e poli. Sabe, é um quarto encantador... olhe só as vidraças das janelas. Para mim seria fácil transformar este lugar em um apartamento. E você poderia alugá-lo e ganhar algum dinheiro.

– Até que isso viria a calhar. Seria tão bom se tivéssemos um pouco mais de renda. Tobias está ganhando uns trocados com alguns documentários, mas pelo que parece o trabalho maior não vai pagar tão cedo. Estou pensando em abrir um restaurante, mas a temporada de turistas só dura oito semanas, e de qualquer maneira eles se hospedam no vale. Na verdade, essa ideia é de Tobias.

– O que *você* gosta de fazer?

– Adoro cozinhar. É o que faço. É o que realmente *sou*. Só preciso encontrar um jeito de fazer isso aqui.

– Anna... por que não tenta trabalhar com o que este lugar oferece? Belas paisagens, tranquilidade, no meio do nada.

– Não muito bom para um restaurante.

– Que tal algum tipo de coisa residencial? Ligada ao ensino, talvez?

– Uma escola de culinária – digo pausadamente. – Eu poderia escrever para pedir conselhos a René, um chef amigo meu da Provença.

– E eu poderia transformar este quarto em um alojamento. Você só precisaria de algumas salas adequadas na casa.

– Só que... há tanta coisa a fazer. Preciso de uma cozinha. Tobias precisa de um estúdio. Yvonne precisa de um *laboratoire* para as salsichas. E agora um alojamento.

– Vamos cuidar de uma coisa de cada vez. Não sei quanto tempo ficarei aqui, mas poderia colocá-la no caminho certo. Você só precisa determinar suas prioridades.

Contratei Lizzy para um serviço de babá por três horas, entre nove e meio-dia, a partir de hoje.

Levei muito tempo explicando meticulosamente como mudar a fralda e como dar a mamadeira para Freya. E ainda como colocá-la para arrotar e como apoiar o polegar atrás do seu pescoço ao pegá-la no colo porque ela não consegue sustentar o próprio pescoço. Enquanto explicava, Lizzy me olhava com olhos grandes e redondos, como os de uma lontra.

– Vou sair para uma caminhada – digo em tom severo. – Chame Tobias, se Freya tiver uma convulsão.

Faço uma caminhada de meia hora pela colina. Retorno e nenhum sinal de Lizzy ou de Freya. O carrinho e o canguru ainda estão na sala de estar, mas o moisés, não.

Tobias continua no mesmo canto da sala. Arranco os fones de ouvido dele, arriscando-me a despertar sua ira.

– Onde está Freya?

– Ahnn, achei que ainda estava aqui com Lizzy – ele responde.

Corro até o contêiner. Lizzy não está lá. Reprimo o pranto. Corro até o celeiro. Kerim está, trabalhando na construção do estúdio de Tobias. Ao seu lado está Freya no moisés, enrolada em cobertores com a firmeza que recomendei. Apesar da barulheira, ela parece contente.

Ainda não consigo falar. Só consigo apontar para o moisés.

– Anna... espero que não se importe. Achei que Freya não poderia ficar sozinha na sala de estar enquanto Tobias estava trabalhando e, como não queria perturbá-lo, trouxe-a para cá.

– E onde estava Lizzy?

– Ela disse que precisava sair. – Ele abre um sorriso. – A dança especial que ela faz todo dia para incrementar a energia do corpo. Você sabe, é importante para ela. Então, concordei em cuidar de Freya. De qualquer forma, não acho que ela realmente saiba o que fazer com o bebê.

Kerim é exemplarmente alegre e atencioso. Com todos. A ponto de ser ridículo. Ele desaparece por horas a fio e se justifica quando reaparece:

"Aquela velha e doce senhora de Rieu precisava de algumas coisas do armazém. Corri até Aigues e as trouxe para ela. Ela me lembra a minha mãe..."

"A moça do correio se atrasou na ronda. Pedalei pela colina para entregar as últimas cartas..."

"Jean-Luc, aquele da fazenda abaixo da estrada, está com lumbago. Fui ordenhar as cabras dele..."

Kerim já conhece todos os vizinhos, pelo menos os que conhecemos.

Mas, apesar de toda a sua afabilidade, ele mantém um certo mistério em relação à sua vida. Ele não comenta por que brigou com os pais, apenas diz que sente que é irreconciliável. E ainda se recusa terminantemente a receber dinheiro pelo trabalho.

– Afinal – diz quando Tobias o aborda –, vocês estão me ajudando e... talvez eu tenha que sair às pressas. Não quero decepcioná-los.

Será que alguém pode ser mesmo bom assim? Se ele fosse político, a essa altura já seria presidente. E o ponto crucial é o seguinte: se realmente é tão bom quanto parece, por que diabos ele está vivendo de troca de favores aqui com a gente?

Tobias comentou que não será possível fazer os armários com tela. Kerim agora concentra todas as suas energias na construção do estúdio de gravação.

Então, decidi selar hermeticamente os gêneros alimentícios para tirá-los do alcance dos ratos. Os tupperwares que guardam as refeições prontas são perfeitos para isso. Suas tampas travam e se fecham com um gratificante estalo. Examinei as prateleiras e fiz um registro do volume de cada item vulnerável. Levei três horas para acomodar cada pacote de açúcar, farinha, nozes e grãos em sólidas caixas de plástico.

Um trabalho que me deu uma profunda satisfação.

O telefone toca. A voz de minha mãe é chorosa.

– É tão complicado tentar... entender... o que aconteceu com Freya.

– Eu sei. É difícil para mim também.

– Já fiz inúmeras tentativas de descobrir se pode ter sido alguma coisa relacionada a mim. Repassei tudo o que eu pensei ou disse...

– Mas, mãe, como poderia ter sido qualquer coisa relacionada a você?

– Eu sei... eu sei. Por que tem que ser culpa de alguém? Não podemos apenas admitir que a mão do escultor resvalou?

– Claro – digo. – É claro.

– Eu recorri até mesmo ao seu ursinho de pelúcia – ela prossegue –, mas não parece ter surtido nenhum efeito.

Ela começa a chorar tanto que não compreendo mais nenhuma palavra. Não que elas estivessem fazendo sentido, de qualquer forma; me pergunto se ela está bêbada. Se pelo menos eu gostasse mais dela. Ou a entendesse. Se ao menos conseguíssemos conversar sem descambar sempre para uma briga, ou para alguma maluquice surreal como agora.

– Quem dera – ela diz –, quem dera ter certeza de que pelo menos você está bem.

Nem eu nem Tobias estamos dormindo. Temos um ritual noturno.

Eu me deito primeiro e tento levar Freya escondido para nossa cama. Ela quase não ocupa espaço. Enlaço-a com o braço, e ela aninha o rosto na minha axila. Enrosca-se no meu corpo e logo está pronta para dormir. Parece tão pura, tão doce, tão autossuficiente.

Tobias nunca vem para a cama na hora de dormir. Apago a luz e finjo que estou sozinha.

Quando chega ao quarto, ele acende a luz e ruge:

– Tire-a daí! Não consigo dormir com ela na cama!

– Ela não faz barulho algum. É um anjo de bebê.

– Você sabe muito bem que ela se contrai toda no meio da noite, justamente quando estou quase dormindo. Isso quando não está fazendo manha ou roncando. Não a quero aqui.

Às vezes, ele recorre à ternura e suplica:

– Quero ir para a cama com *você*. A velha Anna. O que aconteceu com o romance?

Geralmente ele ganha, e Freya acaba no berço, no outro lado do quarto.

Mas o fio invisível que me une a ela me faz levantar umas doze vezes por noite. Acordo ao mais leve ruído e corro até ela.

Em muitas noites, pelo menos uma vez, ouço um chorinho quase inaudível e sufocado. Uma chamada? Um aviso? Um pressentimento? Nunca saberei. Isso acontece quando ela entra em convulsão.

Fico neste quarto frio e carrego-a no colo. A princípio, o que mais me aterroriza é quando a vejo aparentemente sem respirar e azulada ao redor da boca. Reparto o cabelo dela para observar a marca de nascença semelhante a uma framboesa que tem na cabeça. A marca se transforma de vermelho em preto à medida que o sangue desoxigena. Ao meu lado, o supositório de Valium para emergências. Estou com medo de usá-lo. Felizmente, quando me preparo para tirá-lo de uma assustadora embalagem, ela emite um pequeno sopro, um meio suspiro silencioso e quase inaudível. Logo a mancha preta na cabeça se converte em cor de vinho escuro. Isso me diz que ela acabou de ganhar a batalha pela vida.

O corpo de Freya é como um cabo de guerra. Em uma das extremidades, a respiração; na outra, a morte puxando-a pelos membros de maneira provocadora.

Conto o ritmo da respiração e dos espasmos. A princípio, três ou quatro duplas de espasmos para a metade de uma respiração ofegante. Uma luta sem trégua, um par de respirações. Ela solta um débil grito. E depois, uma orgia culpada de espasmos.

A média de respirações e espasmos melhora aos poucos – três respirações seguidas de dois espasmos. Quatro respirações seguidas de um espasmo. E depois um retrocesso: seis espasmos sucessivos. Garras invisíveis agarram a garganta de Freya, a fim de lhe tirar a vida. Por fim, os espasmos regridem a um espasmo ocasional. Ela soluça debilmente sem cor e de olhos fixos no vazio.

E agora de novo um choro longo e inconsolável. Enquanto a abraço, me pergunto se ela chora porque está perdida, confusa e assustada ou simplesmente porque engoliu ar.

O sono de Tobias é leve como de um gato. Geralmente ele está acordado enquanto tudo acontece.

– Venha para a cama. Pelo amor de Deus, deixe-a. Não fará nenhuma diferença.

Acontece que não posso suportar a ideia de um bebezinho contorcendo-se solitário numa convulsão em seu berço, ou dos gritos e gemidos inconsoláveis quando ela se recupera.

Geralmente acordo com tremores de fúria às quatro da manhã. Fico deitada, pensando nas pessoas de maneira aleatória, imaginando-as com piedade de mim, tentando evitar Freya, zombando do meu bebê. Eu idealizo suas provocações, erguendo minha cabeça, indignada. Pego-as imaginariamente e jogo-as no chão, colocando-as no seu devido lugar.

Segue-se um choque frio, uma lembrança: nada disso é verdadeiro. Fiz tudo isso. Não há a quem culpar.

Abril

Café da manhã à moda Les Rajons. Freya acaba de jogar o leite em cima de mim. E agora escorrega no bebê-conforto, soluçando e dando pontapés. Absorta na papelada francesa, brinco distraidamente com as perninhas de minha filha, faço cócegas na carne firme, seguro as mãozinhas e os pequenos braços perfeitos. Nesses momentos, ela parece fofa e real. Tobias está terminando o café; ele leva horas no café da manhã. Kerim está no alto da escada e puxa um emaranhado de fios para baixo. Lizzy tenta raspar o salitre da parede de uma forma ridícula.

A uma batida na porta da frente segue-se uma lufada de ar perfumado de lilás. E depois um outro perfume familiar, incongruente: Chanel.

– Olá, querida. Não é um pouco tarde para estar de pijama? Meu Deus, como esse bebê a deixou abatida!

– O que está fazendo aqui, mamãe?

– Peguei um táxi na estação. Não queria incomodá-los.

Na verdade, ela não queria que a impedisse de vir para cá.

– Mas por que está aqui?

– Bem, já não preciso mais ficar em casa depois que seu pai morreu. E sei que você está atolada de trabalho com esse bebê e esse lugar terrível. Então, só vim para ajudar.

– Ajudar. Quer dizer ficar aqui? Por quanto tempo?

– Pelo tempo que for preciso, querida. Você nunca teve um pingo de bom senso, e Tobias é bem pior. E quem é esse jovem encantador?

Kerim desce da escada e abre um sorriso deslumbrante.

– A senhora é a mãe de Anna? – pergunta. – Permita-me agradecer pela maravilhosa filha.

Isso é demais, até mesmo para Kerim. Mas mamãe se torna uma adolescente excitada diante de meus olhos. E não há nada de errado com a visão dela, a despeito da opinião do departamento de trânsito sobre o assunto. Observo seu olhar atento examinar os dentes brancos e perfeitos de Kerim, os olhos grandes e escuros, os cílios delicados.

– Bem, ela *teve* uma boa educação – ela se gaba.

Kerim se curva em reverência.

– Eu já não tinha mais para onde ir quando recebi abrigo e trabalho de sua filha e Tobias.

– Ora, Kerim é que é maravilhoso – digo. – Maravilhoso em todos os biscates que arrumamos para ele.

– Todos os biscates? – diz mamãe. – Vocês têm *muita* sorte.

Persuadi Tobias a dar banho em Freya. Observo do fogão junto a mamãe. Calma e extasiada, Freya chuta a água com muita concentração. Ele curva a cabeça com o cabelo castanho e encaracolado sobre ela e os acho bem parecidos. Também sinto o compartilhamento entre ele e ela como um amor sensualmente físico.

– Ela sente calor e frio?

– É claro, mamãe.

– E o que mais ela sente?

– Bem, sente-se feliz e confortável, e também sente raiva e fome...

– Hum.

– O que quer dizer esse "hum"?

Mamãe se mostra nervosa.

– Isso não é nada para se vangloriar. Suponho que até mesmo uma planta pode sentir *essas* coisas.

Mamãe é animista; inventou a própria religião, baseada no culto dos antepassados e na superstição. Construiu um pequeno santuário no seu quarto em Les Rajons. Debaixo da imagem da própria mãe, que morreu quando ela era menina, colocou imagens votivas: retratos antigos retirados do álbum de fotografias da família.

Claro que estou lá. E também os gatos favoritos. Freya está mais acima. E mais abaixo, uma foto de papai. Ao fundo, uma minúscula foto de Tobias. Na mesinha sob o santuário, uma espécie de animal totêmico, o meu ursinho de infância que ela levou para o hospital e que evidentemente não passou para Freya. A julgar pelo tom de sua voz em nossa última conversa telefônica, ele se tornou algum tipo de divindade de um culto xamânico. Mas não reclamo. Fico agradavelmente surpresa pelo fato de Freya ter alcançado o posto mais alto dos postulantes.

– Este lugar está uma verdadeira bagunça, querida. Quem é essa garota hippie estranha? Ela não deveria estar fazendo as tarefas domésticas?

– Lizzy é um espírito livre. Veio com o pacote da casa.

– Bem, imagino que não seja boa na limpeza. Talvez até pior que você. As garotas não são mais treinadas. E todas se apressam com a carreira e prejudicam o ventre. Não é de espantar que o bebê... – Uma pausa exagerada. Mão à boca. A sutileza de mamãe poderia quebrar um vidro em mil cacos. – De qualquer forma, querida, é melhor me deixar assumir a responsabilidade no front doméstico.

Isso não me passava pela cabeça, até que ela enunciou, mas são exatamente as palavras que eu queria ouvir. Soaram como quando eu era criança e ficava doente, e sentia uma impetuosa onda de alívio sobre mim: a percepção de que, se eu quisesse, poderia ir para a cama agora mesmo, isso porque ela se agitaria em torno de mim a transbordar eficiência, pondo a mão fria na minha testa, enfiando-me debaixo de impecáveis lençóis de linho e trazendo canja e limonada em uma bandeja decorada com flores recém-colhidas.

Mamãe não é uma dona de casa qualquer. É uma pós-graduada do London College of Domestic Science, um estabelecimento rigoroso onde aprendeu a cozinhar, a limpar e a ser escrava do homem ainda na flor da juventude. Foi treinada numa época em que nada era desperdiçado, tudo era reparado ou reciclado.

– Eu era a melhor aluna da turma, querida – ela sempre diz –, e posso garantir que naqueles dias a competição era muito dura.

Minhas memórias da infância são recheadas com a disciplina regimental das tarefas domésticas de mamãe: lavagem da roupa, uso do aspirador de pó, o polimento metódico dos objetos de latão. As roupas escolares eram sempre muito bem dobradas nas gavetas, tudo era passado a ferro, até as meias. Ela conhece a maneira certa de esfregar, cozinhar e passar. E tenho certeza de que também conhece um ou dois ótimos truques para lidar com o líquen que brota nas paredes.

– E então – ela diz –, onde está o armário de roupas? É geralmente por onde se começa. Imagino que esteja uma terrível bagunça.

Mamãe arrumou os armários, invadiu a cozinha e se apossou da lavanderia.

– Com você e seus tupperwares, e sua mãe e a tábua de passar, poderíamos erguer um santuário para os obsessivo-compulsivos.

– Tobias, você está esquecendo como era isto aqui antes da chegada da mamãe.

– Estou cansado da maneira grotesca como ela flerta com Kerim.

– Ela não flerta. Só cresceu em uma época diferente.

Mas Tobias tem razão. Mamãe passa roupa usando perfume Chanel e echarpes Hermès. Finalmente, encontrou um homem que não se cansa de fazer tudo para ela. Melhor ainda, Kerim trata o cargo de Mãe com uma reverência que nem mesmo ela imaginava ser possível.

– Ora, não carregue isso – ele diz. – Deixe-me ajudar. Você é a Mãe. – Isso a deixa embevecida.

Ela tem teorias próprias a respeito do que é e do que não é prejudicial para o útero. Coloca-se de joelhos para esfregar um chão de pedra, mas é incapaz de martelar um prego na parede.

– Isso é trabalho de homem. Kerim, querido, se importa?

Ele nunca se importa. Já terminou o estúdio de Tobias e nas últimas duas semanas tem trabalhado na despensa e na cozinha de caça. Mas dedica grande parte do tempo a cumprir as ordens de mamãe.

– Sua sogra é muito glamourosa – diz para Tobias.

– Cuidado, ela já matou um homem por excesso de trabalho.

– Ah, você está brincando. Ela é uma senhora amável. Como minha mãe.

– Como é que um cara como você caiu em desgraça com a própria mãe? – pergunta Tobias, incrédulo.

Kerim aparenta tristeza.

– Não sei, mas sinto falta dela. Não há nada mais precioso que mãe.

À noite, depois que todos já foram para a cama, Kerim e mamãe sentam-se e passam horas juntos.

– Ele é um jovem simplesmente encantador. Engraçado, posso dizer qualquer coisa para ele, qualquer coisa. Nós realmente *conversamos*. Isso me faz lembrar de quando seu pai era jovem. Antes de nos casarmos, é claro. Não se conversa mais depois que se casa e se tem filhos. Tomara que você tenha isso com Tobias. Kerim é bem mais jovem que eu, mas há uma conexão verdadeira entre nós. Acho que ele valoriza a minha companhia. E companhia é o que há de mais importante em qualquer relacionamento.

– Relacionamento? Sempre achei que você odiava essa palavra. Já me disse que era uma palavra desagradável e ultramoderna.

Mamãe parece perturbada.

– Bem, quando conversamos, Kerim não a usa muito, suponho. Mas de qualquer maneira não soa muito ruim quando vem dele.

– Que diabos você conversa com ele? Nunca considerei Kerim exatamente um conversador. Prestativo, sim, conversador, não.

– Temos conversas maravilhosas, querida. De muitas maneiras, ele é mais velho que os anos que tem de vida. Compreende todo tipo de coisa.

– Que tipo de coisa?

– Já contei tudo sobre o seu pai.

– E o que ele diz sobre isso?

– Bem. – Mamãe parece nebulosa por um momento. – Bem, querida, em essência ele concorda com tudo que digo.

Kerim nos tem ajudado muito mais que mamãe.

Ele gentilmente retirou Freya de Lizzy, a quem por sinal ainda pagamos para cuidar de nossa filha. Antes de martelar, ele com toda solicitude põe o moisés de lado e a cobre com um lençol, como um canário que não pode respirar poeira.

Kerim também me fez cumprir a promessa de escrever a René, perguntando se poderia me ajudar a estabelecer uma escola residencial de cozinha aqui em Les Rajons.

Melhor que tudo, me deu de volta o meu santuário: a nova cozinha agora toma forma diante dos meus olhos.

Ele bloqueou os buracos na parede da cozinha de maneira que os ratos não possam entrar. Repeliu o salitre com um *doublage*, uma parede dupla. Limpou as lajotas com ácido clorídrico, o que deixou à vista uma bonita cor terracota. Removeu os resíduos da antiga fuligem do forno de pão, que milagrosamente voltou a funcionar. E ainda instalou modernas pias de aço inoxidável, um fogão e uma impressionante variedade de superfícies de trabalho e de prateleiras.

As melhorias feitas na cozinha de caça são ainda mais fantásticas. Ele ajustou o arco com uma porta de carvalho maciço que encontrou no celeiro, restabelecendo um ambiente separado. Revestiu as paredes com reboco e arrancou o falso teto de poliestireno, onde encontramos um rato morto. Lixou as vigas de carvalho, limpou o piso de pedra e trouxe o lugar para o século XXI, com fiação e encanamento discretos.

Seu trabalho revelou um pequeno e impressionante quarto, certamente construído antes do resto da casa. O extenso e estreito ambiente de aparência medieval afina ligeiramente em ambos os lados. No ponto mais estreito, uma janela de pedra quadrada com quatro vidraças acima de uma pia de pedra rasa. O formato do espaço enfatiza a janela e a pia: todas as linhas inclinam-se em direção a elas. Acima da pia, um gancho de açougueiro grosso e enferrujado. O teto alto permite que se pendure uma pesada carcaça no gancho que está posicionado de maneira a fazer o sangue escorrer para a pia.

– Argh... olhem só esse gancho – diz Lizzy. – O que é isso?

– Para pendurar caça – explica Ludovic, que usa o trabalho no *potager* como desculpa para aparecer na casa quando lhe dá na telha. – Muitas vezes penduravam um veado inteiro nesse gancho. Eu ainda era menino.

Além de ser caçador, Ludovic é um pássaro velho e difícil, mas os olhos marejados mostram uma doçura escondida sabe-se lá onde.

Recebi uma carta de René, onde ele diz que ficará encantado em encaminhar os estudantes para mim. Evidentemente, ele quer dizer que os estudantes que estão abaixo da apreciação feita por ele: os britânicos insignificantes que desejam aprender algumas receitas durante as férias, e não uma *formação* adequada de uma cozinha profissional.

Pela primeira vez, não me importo em ser insignificante. De repente, parece mais divertido e mais interessante propiciar experiência e educação: buscar os ingredientes, cozinhá-los no forno de pão e no fogão, e comê-los em grupo em mesas rústicas no pátio externo.

– Kerim, você é um anjo. O que faríamos sem você?

– Não diga isso, Anna, eu não mereço.

– Você restaura a nossa casa e se recusa a receber qualquer dinheiro, e também constrói o estúdio do Tobias, organiza a minha carreira e cuida de nossa filha. Do que mais posso chamá-lo, se não de anjo?

Ele baixa os olhos com ar tristonho.

– Sou um mentiroso – diz. – Não sou o que pareço.

E por mais que tente aprofundar o assunto, não consigo extrair nada mais dele.

Kerim convidou mamãe para almoçar no restaurante de Yvonne.

– Ele fez o convite de maneira tão formal. Foi muito tímido – diz mamãe. – Uma coisa inocente, mas você acha que isso é um *encontro*? Não quero que ele cultive *ideias*. Seria muito errado encorajá-lo. O que os jovens fazem hoje em dia? Um homem pode convidar uma mulher para um almoço sem segundas intenções? Querida, talvez seja melhor que você e Tobias nos acompanhem. Só como acompanhantes. Além do mais, não acho que ele tenha dinheiro. Claro, acho que Tobias deve pagar a conta.

Cresce dentro de mim uma familiar onda de raiva irracional. Ultimamente, Tobias tem andado muito difícil. Como poderia lhe sugerir um almoço na Yvonne junto com mamãe?

Procuro então refúgio na covardia.

– Oh, pelo amor de Deus, mãe, em que século você vive? Não seja ridícula, como isso poderia ser um encontro? Você é três vezes mais velha que ele. Além do mais, não lhe passou pela cabeça que você mesma pode pagar a sua parte?

– Vocês, jovens, que paguem pelas refeições, se quiserem. *Nós* sempre ficávamos bonitas e tínhamos um bom rapaz para pagar a conta.

O ar coquete de mamãe evaporou. Penso: "Bem, Anna, tomara que esteja orgulhosa. Você fez isso." Mas, uma vez iniciado, meu sarcasmo é um trem a vapor que rola ladeira abaixo. Não posso saltar desse trem.

– Está querendo dizer que vocês trocavam sexo por comida? – retruco abruptamente.

– Meu Deus, nada disso, os rapazes nunca esperavam por nada parecido. Só queriam ser vistos com uma garota bonita nos braços.

De um jeito ou de outro, ela parece ferida.

– *Eu ficaria* orgulhoso de ser visto com você nos meus braços, Amelia.

Kerim entrou sem que eu notasse. Ruborizo lentamente, mas ele abre um sorriso educado e desliza para um resgate.

– Anna... eu e Amelia vamos almoçar na Yvonne. Você e Tobias gostariam de ir conosco? Como convidados, é claro. Já fiz o convite a Tobias, e ele disse que por ele tudo bem, caso você aceite. Vamos lá, Anna, por favor, o almoço não seria o mesmo sem você.

Durante um almoço substancial à base de embutidos, mamãe consome meia garrafa de Faugères e desanda a falar:

– Eu era considerada bastante ousada na faculdade pelas calças capri que usava. Grace Kelly as vestia com elegância e não descansei até que também as tive. Não me olhe assim, querida... isso foi em

1957, quando a sociedade permissiva ainda não tinha sido inventada. Naquele tempo, todo dia era dia de vestido e saia tirolesa. Claro que as outras garotas usavam meias de náilon. Mas nos meus dezoito anos essas meias eram *tão* sem graça.

Observo como ela está atraente para uma mulher de idade. Os olhos negros de Kerim estão repletos de admiração. Ela está florescendo.

– Sim, eu era cheia de vida antes de me casar com seu pai. Você sabe como é; você se casa e no final da lua de mel aparecem pilhas de roupas sujas em vez de flores. E de repente o homem que parecia um cavaleiro em brilhante armadura vira um bebê descomunal. Nunca lhe disse isso, Anna, mas seu pai era um hipocondríaco de marca maior. Eu sempre dizia que não havia nada de errado com ele... mas ele acabou morrendo. Ele nunca me ouviu.

Reviro os olhos; afinal, ela já me contou isso, muitas vezes. Por lealdade a papai, sempre considerei um dever bloquear as confidências de mamãe. Mas Kerim a enlaça com um braço e murmura suavemente:

– Querida Amelia, talvez ele não pudesse evitar.

– Eu o aguentei por anos porque achava que pelo menos teria alguém com quem envelhecer. Ele roubou minha velhice. Uma... injustiça da parte dele. Acho realmente. Uma indelicadeza.

– Ora, Amelia, não chore – diz Kerim.

Os olhos de mamãe marejam.

– Aquele homem estúpido. – Ela soluça. – Não podia simplesmente me dar ouvidos quando eu *dizia* que não havia nada de errado com ele?

– Acho que sua mãe tem uma quedinha por Kerim – diz Tobias.

– Não seja bobo. Claro que mamãe está solitária... não estaria aqui se não estivesse assim. Mas ela não se interessa seriamente por Kerim. Ele tem quarenta anos menos que ela.

– Bem – diz Tobias –, não tenho tanta certeza de que Kerim não esteja interessado nela. É uma mulher bem-conservada, claro que era um partidão na sua época. Já está com uns sessenta e poucos anos? Nos dias de hoje, não é tanto assim. Viúva e confortavelmente disponível. Por que não?

– Nunca! Não Kerim.

– Sabemos pouco a respeito de Kerim. Ele é charmoso, mas por que nunca menciona a família ou os amigos? Talvez esteja interessado no dinheiro dela.

– Ele não quer nem mesmo receber pagamento pelo trabalho que faz para nós.

– Talvez esteja atrás de uma caça maior. O certo é que ele gasta muito tempo com sua mãe. Agora mesmo está na sala de estar com ela.

– Que conversa boba.

– Desça discretamente e veja o que eles estão fazendo. Você sabe fazer isso quando quer.

– Não vou não.

– Tudo bem, desligue a luz e vamos dormir.

Sento na cama.

– Bem, posso dar uma descidinha discretamente para ver se eles estão bem...

É mais de meia-noite. Desço a escada de carvalho com todo cuidado, evitando o rangido dos degraus.

Pela porta aberta, observo mamãe e Kerim no sofá à frente do fogão. Ouço a risadinha sedutora de mamãe. Uma risadinha infalível em 1957.

– Oh, você me deixou um pouco bêbada. Assim perderei o fio da meada. Não costumava beber quando meu marido estava vivo, mas é bem agradável. Onde é que eu estava mesmo? Ah, sim, sexo.

Congelo na escada. Sexo? Mamãe falando de sexo? Recebi um carão dela quando tinha dez anos apenas porque disse alto e bom som a palavra.

– O problema com a sociedade permissiva – ela continua – é que isso trouxe tanta... tanta *maldade* para fora.

Kerim faz um ruído que ela interpreta como incentivo.

– Sexo na adolescência, por exemplo, e sexo fora do casamento. Claro, na minha época sabíamos que isso acontecia, mas não precisávamos *ouvir* a respeito o tempo todo. Ninguém se vangloriava por isso. E homossexuais. Gays, como eles se chamam agora. Uma palavra tão interessante e que já não se pode mais usar pelo medo de ser mal interpretado. Claro que eu conhecia alguns homossexuais, mas eles nem sonhavam em fazer o alarde que fazem agora. Não quero ser obrigada a pensar no que os homossexuais fazem na cama. Hoje em dia não se pode mais ligar a televisão sem que estejam comentando o assunto. Um vigário, isso aconteceu outro dia, declarou que está tudo bem com o que eles fazem. Bem, não está nada bem. Não na hora do chá. Não na televisão. Ainda bem que eles não estão aqui nesta casa horrível. É muito embaraçoso.

Volto para Tobias na ponta dos pés.

– Não precisamos nos preocupar – sussurro. – Ela está expondo alguns pontos de vista para ele. Até o mais dedicado caçador de tesouros cairia fora.

Compramos um balão prateado de hélio em forma de peixe para Freya. Tobias o amarrou no cercadinho, perto da cabeça dela. Ela gira o rosto. Acredito que esteja olhando para o balão. Enrolo o barbante no punho dela e parece que ela o agarra. Move o punho e o balão se agita para cima e para baixo.

– Por acaso – diz Tobias.

– Bem, talvez ela esteja fazendo isso intencionalmente.

– Ora, que absurdo! Você está projetando. Quer que ela se desenvolva e acaba por ver o desenvolvimento.

– Julien, o que você acha? – Ultimamente, apelo cada vez mais para o juízo de Julien. Ele não responde de imediato. Observamos por um momento o punho se movendo e o balão descendo e subindo.

– Não tenho certeza se ela sabe que a mão está ligada ao barbante – ele diz por fim. – Mas acredito que ela percebe que quando se move, o balão também se move.

– Viu só, Tobias, é isso!

Julien sorri.

– Vim aqui para convidá-los para uma festa – diz. – Na minha casa. Acho que ainda não estiveram lá. Uma celebração da primavera. E levem Freya, por favor. Afinal, ela agora também faz parte da comunidade, vocês sabem.

Sinto-me absurdamente tocada. Curvo-me e pego Freya no colo, seu punho ainda amarrado ao barbante. Ela levanta o braço, e o fio nos enlaça.

– Desculpe-me – diz Tobias. – Preciso desembaraçar minha família.

Por um momento, enquanto ele tenta soltar o barbante, ficamos os três entrelaçados, presos num círculo fechado. Penso nisso com admiração: *somos uma família*.

À noite, em vez de deitar sozinha na cama, sento ao lado de Tobias no estúdio. Observo-o concentrado enquanto escuta um som silencioso pelos fones de ouvido. Ele deixou escapar algumas complicações com o filme *Madame Bovary*. É uma coprodução e já estão ficando sem financiamento. Terminaram a filmagem, mas precisam de mais dinheiro para a pós-produção. Sally quer Tobias – o mais barato possível – para escrever algumas partituras para que possam exibir umas cenas aos potenciais financiadores.

– O que está fazendo aqui? – ele pergunta.

– Esperando você – digo. – Quer tocar algo para mim?

Ele tira os fones de ouvido.

– Ainda não está pronto. Não agora. Mais tarde.

Mas ele não parece na defensiva. Pelo menos uma vez. Então, vou mais fundo:

– Por que nesses últimos dias não consigo chegar a você? Nunca o vi debruçado dessa maneira em nenhuma peça musical.

– Desta vez é algo realmente grande. Algo realmente importante para mim.

– Não é só isso, não é?

– Não posso explicar. Você não entenderia.

– Tente.

– Nesses últimos dias, quando entro no estúdio, tenho a sensação de que estou compondo para minha vida. Literalmente, minha vida. E que estou sendo engolido e devorado e que só se conseguir persistir e trabalhar nisso, até terminar, terei alguma chance. Mas não vem facilmente. Passo metade do tempo compondo para a mesma cena, só para receber um e-mail de Sally me dizendo que fizeram mais cortes para atender algum eventual cliente. É como se eu estivesse tentando nadar em melado. Como se eu fosse... um navio atingido abaixo da linha de flutuação e tivesse que lutar para chegar a terra. Só que estou afundando o tempo todo e ainda não sei disso.

Ele passa o braço em volta de mim e continua baixinho contra o meu cabelo. A respiração dele roça na minha testa.

– Você sabe, Emma Bovary acabou totalmente encurralada. Não importava quem ela era, se era talentosa ou bonita ou cheia de defeitos, se tinha esperanças e sonhos ou se era rebelde. Foi condenada em um ambiente sufocante. Também me sinto sufocado. Isso está passando para minha música.

Não consigo entendê-lo, mas aceno solidária.

– Anna, estamos caminhando sozinhos na escuridão, tentando lidar com Freya do nosso jeito. Sei que ando inacessível, mas preciso fazer isso. Preciso encontrar uma forma de escapar, mesmo que apenas na minha cabeça. Sinto tanto medo... sinto medo o tempo todo.

– Medo de quê?

– De um monte de coisas. De que você esteja se apaixonando por ela... E não me atrevo a segui-la porque quanto mais a amarmos, mais ela vai nos machucar. Sinto medo do futuro. De visitar Freya coberta de ferimentos na meia-idade em alguma instituição. Sinto medo de que nossas vidas se precipitem em... em um vórtice de miséria, por uma criança que nunca nos reconhecerá. Sinto-me cada vez mais sozinho. Enquanto você corre de um lado para outro fazendo isso e aquilo, fico aqui sentado, pelejando com essa música que não vem, e com o sentimento crescente de que, a menos que consiga compô-la, acabarei desaparecendo sem deixar vestígio.

– Shhh – exclamo. Aperto-o nos braços e nos abraçamos por um longo tempo. – Oh, Tobias, eu te amo – sussurro. – Não sei se poderei viver sem você. Se corro de um lado para outro é porque o meu método de lidar com a crise é resolvê-la. Passo o tempo todo tentando resolver... Freya. Tentando o impossível... descobrir como preservar meu bebê, meu marido, minha sanidade. E uma forma de recupera o controle da minha vida. Também sinto medo o tempo todo. E se não a amarmos?

– Oh, Anna, você ainda não entendeu. – Tobias me aperta nos braços e arregala os olhos azuis com sinceridade. – E se *a amarmos*?

O balão diminui a cada dia; o peixe se tornou vacilante. Pouco a pouco, ele vai submergindo. Logo, logo terei de jogá-lo fora. Mas ainda não posso fazer isso.

Acordei cedo e o nascer do sol me puxa para fora da casa. Deixo Freya dormindo no berço e Tobias roncando na cama. Lá fora, tudo está dourado e molhado de orvalho, e as aves parecem cantar de felicidade, como se pressentindo os meses de bom tempo à frente.

De vez em quando, sinto que devo voltar para casa. Mas logo surge alguma coisa nova e excitante ao longo da trilha: um narciso selvagem, uma salamandra preta e amarela, uma poupa com a crista absurdamente exótica e o bico recurvado como uma cimitarra.

À medida que me aproximo do memorial de guerra na floresta, ouço vozes a distância. Fico intrigada. Parece ridiculamente cedo para encontrar alguém por aqui.

Diante de mim, vejo um grupo de idosos vestindo uniformes de gala. Ludovic encontra-se entre eles, com o peito coberto de medalhas. Parece desrespeitoso passar sem dizer nada, embora sinta que não tenho o direito de me intrometer. Permaceço afastada, observando-os. Os homens parecem frágeis, as medalhas, fúteis, perante a história.

Quando o grupo se dispersa, Ludovic me avista.

– Ah, *bonjour, la parisienne*.

– O que estão fazendo? – pergunto.

– Recordando. Ocorreu uma batalha aqui neste mesmo dia, no ano de 1944. Contra os alemães.

– Você não tem idade para ter lutado nessa guerra.

Coisa mais estúpida de se dizer. Soa arrogante.

– Em 1944, eu tinha quinze anos. Com treze, era garoto de recados dos Maquis, a Resistência Francesa.

– Era perigoso?

Outra pergunta estúpida. Ludovic ignora.

– Está indo para casa? – pergunta. – Eu também. – Andamos por algum tempo, e ele acrescenta: – Esta região aqui foi muito importante para os Maquis.

– Você estava nessa batalha? A que vocês estavam comemorando?

Ele apenas balança a cabeça.

– Olhe só como é densa esta floresta – diz. – Em 1944, havia homens acampados aqui, entre os pinheiros, escondidos como animais. Sem conforto, sem saneamento. Ah, aquele cheiro... de lenha queimada e merda. Cada animal tem seu próprio cheiro. E nós também. Eu assoprava um apito com apenas duas notas, e os homens apareciam do nada. Era eu que trazia o alimento da aldeia... não muito, um pouco de manteiga, pão, um pouco de queijo.

Saímos da trilha e agora viramos para os pinheiros. Tobias e eu sempre evitamos esta floresta. É muito escura, muito estéril. As árvores crescem muito próximas, bloqueando a luz solar nos galhos mais baixos. Nada brota por aqui. Que lugar sombrio.

– Bem aqui, debaixo desta árvore, há um grande saco de explosivos – diz Ludovic. – Era para este lugar que Benedict trazia um espelho com moldura de mogno. Sempre o provocamos porque ele faz a barba todos os dias. Não se pode culpá-lo... ele tem uma esposa jovem e bonita.

– O que houve? – pergunto.

– Algum bastardo informou a posição do acampamento para os alemães. Seguiu-se uma operação. Sobrevivi porque não estava lá naquele dia.

Ele balança a cabeça e olho com ar estúpido para as medalhas que brilham ao sol como se recém-cunhadas. Não sei o que dizer.

– Pensei muito no seu problema com os ratos – ele diz por fim. – Talvez não sejam ratos. Talvez sejam *loirs*. – Simula a corrida de um animal com as mãos. – Pequenos animais com olhos grandes e cauda grossa. Já tive *loirs* no meu sótão. Até que fui obrigado a produzir um jato de concreto e pulverizá-los contra as paredes e o teto. É o único jeito.

– Oh, não acho que queremos fazer isso.

– Se forem *loirs*, esse é o único jeito – repete Ludovic.

– Arganaz – diz Tobias, pesquisando.

– O quê?

– O *loir*. Arganaz. Olhe só a foto.

Talvez seja a única parte da história de Ludovic que interessa a ele.

Apesar dos melhores esforços de Kerim, cada vez que vou à cozinha as bolotas frescas de merda zombam de mim. Claro que os roedores ainda estão encontrando um jeito de entrar.

– Parecem tão fofos.

O arganaz é quase um esquilo. Melhor tê-los na cozinha do que ratos propriamente ditos.

– Chegam a medir vinte centímetros de comprimento. Isso explica por que as fezes são maiores que as dos ratos – diz Tobias. – Ahn, olhe, o arganaz era considerado uma iguaria. Os romanos os conservavam em grandes potes de barro chamados *dolia*. Eram engordados com uma dieta rica em nozes e servidos como sobremesa, mergulhados em sementes de papoula e mel.

– Bem, já tenho uma receita para ensinar aos meus alunos de culinária.

Rimos juntos, talvez pela primeira vez em muitos anos. Nos meus dias bons e ociosos, sou generosa com Tobias e o deixo mergulhar na banheira enquanto alimento Freya. Nos meus bons dias, espero-o sair do estúdio e nos deitamos na cama ao mesmo tempo. Nos meus bons dias, ele se sente grato e, por consequência, também é bom para mim. Ambos estamos sobre o fio da navalha, equilibrados no limite do que podemos suportar.

Yvonne já começou a trabalhar na cozinha de caça. Ela vem e vai nesse negócio misterioso. Sem fazer alarde. De tempos em tempos, emanam aromas tentadores, mas os procedimentos continuam envoltos em segredo.

Já estamos nos tornando amigas. Ao contrário das personalidades flutuantes e temperamentais da casa, ela é um dado constante: confiável e previsível. Está sempre pronta para ajudar a cuidar de crianças. Geralmente, Freya acaba aninhada alegremente nos voluptuosos seios de Yvonne.

– Você não falou que queria uma ajuda na horta? – diz Julien logo após a primeira visita dela. – Acho que posso fazer isso por algum dinheiro. No entanto, minha situação específica me obriga a não ter nenhum vínculo formal.

Ele anuncia um preço que demonstra um conhecimento surpreendentemente preciso das taxas de trabalho no mundo moderno.

Não se engane, penso, ele só aceitou porque Yvonne está trabalhando em nossa cozinha de caça. Finalmente, tenho alguma coisa que ele quer.

Pela manhã, há uma carta na caixa de correio para Kerim. Com o endereço escrito à mão. Mamãe não tira os olhos do envelope enquanto o esperamos para o café da manhã.

– Talvez seja da mãe dele – diz.

Passam-se os minutos. Eis que ele aparece.

– Oh, Kerim, querido, até que enfim – diz mamãe, excitada. – Chegou uma carta para você. Abra! Não aguentamos mais o suspense.

Kerim olha para o envelope. Um rubor intenso se inicia no pescoço e sobe até o couro cabeludo. Ele então abre o envelope e devora o conteúdo.

– Minha noiva está chegando. E talvez um amigo de escola também. Ah, *putain*. Hoje, agora. Isso é a cara deles. Preciso chegar rápido à estação. Pode me emprestar o Astra?

O rosto dele se ilumina. Já estávamos acostumados ao sorriso de mil watts de Kerim, mas esse é diferente, como se uma lâmpada tivesse se acendido atrás de seus olhos.

– Claro, vá! – digo.

– Apresento-os a vocês na festa de Julien esta tarde.

Atordoados, sentamos à mesa, ouvindo o estrondo da porta da frente e o arranque do carro. Mamãe quebra o silêncio:

– Bem, como sempre. O diabo. Eu sabia que ele era bom demais para ser verdade.

Mamãe está ansiosa. Ela se arruma com um cuidado todo especial.

– Querida, pode me ajudar a dar um jeito no meu cabelo? Talvez eu também possa arrumar o seu. Acho que devemos fazer um esforço pela jovem de Kerim. Para que ela não pense que ele caiu nas mãos de um bando de marginais.

Tobias se enganou redondamente a respeito de mamãe. Claro, ela gosta de flertar, mas isso é o mais longe que ela chega. Está sinceramente animada como uma menina para conhecer a noiva de Kerim.

– Espero que seja uma boa moça. Odiaria vê-lo atirar-se nos braços de qualquer uma. De todo jeito, teremos que deixá-la ficar aqui por um tempo. Portanto, precisamos causar boa impressão. O que me pergunto é por que ele nunca a mencionou. Só menciona a mãe, um aspecto que adoro nele... fala muito da mãe.

Logo após o meio-dia, colocamos Freya no canguru e subimos até o alto do rochedo que liga a nossa colina à outra.

– Sempre achei que isso parece a espinha dorsal de um dragão – diz Lizzy.

– Não seja ridícula – diz mamãe.

Mas Lizzy está certa – é exatamente o que parece. Fingimos que estamos caminhando ao longo da espinha de uma criatura adormecida.

– Que cheiro incrível é esse? – pergunto no meio do caminho.

Paramos, tentando localizar o perfume, familiar e evocativo: velhas senhoras e memórias da infância. Mas nada se vê, a não ser pedras irregulares.

– Lá embaixo. – Lizzy aponta para o abismo.

Da última vez que olhei, os flancos do dragão eram castanhos e verde-musgo. Agora, exibem um roxo surpreendente.

– Violetas!

São incrivelmente frágeis. Crescem aparentemente de dentro da pedra, um perfume delicado e avassalador.

Na piscina de borda infinita, Lizzy nos guia até uma trilha íngreme. Chegamos a um grande carvalho-branco, com uma laje de pedra em cima de duas placas que lhe servem de base. Sentado na laje, um grande gato cinzento com olhos cor de âmbar nos observa como uma coruja.

– É um dólmen! – diz Tobias enquanto examina a laje de pedra. – Vejam: formam padrões circulares típicos. Incrível... pensar que esta pedra está aqui há milhares de anos.

– Um lugar sagrado – murmura Lizzy.

– É um fogão – digo. – Uma cozinha. Há panelas e frigideiras, e mais abaixo, um lugar para o fogo.

Avisto uma escada de madeira em espiral subindo pelo carvalho com um grosso tronco de videira servindo de corrimão. Coloco a mão em concha e olho para cima.

– Tem uma casa lá no alto. Não as casas habituais de árvore. Uma casa de verdade. Com janelas. E telhas de madeira, em vez de telhas de barro. E uma varanda.

– Não, não, queridos – diz mamãe. – Nós estamos no lugar errado. A festa é *lá*.

Ela aponta para um pomar de cerejeiras do outro lado do carvalho, com vista para as montanhas. Há mesas e bancos rústicos espalhados sob as árvores.

O pomar está repleto: cães se enfrentando, crianças correndo como foguetes, pessoas fumando maconha. Uma dança pagã com orquestra de flautas de bambu e outros instrumentos insólitos. Muitas panelas de cobre com guisado, ovelhas que assam em fogueiras e baldes de plástico de hidromel. Cheio até a borda de vida.

No centro dos acontecimentos, onde adensa a biomassa de seres humanos e animais, avistamos Julien. Está claro que ele passara a manhã provando hidromel e adora nos ver.

– Não achei que vocês fariam toda essa caminhada – ele acrescenta.

– Julien, como diabos você veio parar aqui? – pergunta Tobias.

– Nasci aqui. Em uma tenda. Fui eu que construí a casa da árvore. Vou mostrá-la para vocês.

Ele caminha até o carvalho. Pergunto-me se conseguirá subir a escada em sua condição ébria, mas ele é hábil como um cabrito montês. Um gato o segue como um cachorro e, logo atrás, agarrados ao corrimão de videira, nós arfamos aos tropeções nos degraus irregulares de madeira. Enquanto subo, o canguru de Freya repica no meu peito.

– Bem-vindos à minha casa. É a melhor vista das montanhas... talvez só comparável à da casa de vocês.

– Uau! – exclamo. – Espetacular. – Aponto para a videira.

– É *glycine* – explica Julien. – Glicínia.

Ainda está desfolhada. Somente o espectro fantasmagórico das flores que estão por brotar se enrolando para fora da madeira escura como fumaça. Parece a mão de um gigante segurando a cabana com garras retorcidas e negras.

– Que casa! – diz Tobias.

Uma cabana sem linhas retas e com paredes curvas situada entre um tronco e um galho. As janelas também se arredondam em ramos bifurcados que dividem as vidraças. O telhado de telhas de madeira se curva para baixo e se junta ao pórtico de glicínias.

– Aqui temos todos os confortos modernos. Uma genuína porta de carvalho. Não há necessidade de chave, nunca a trancamos.

Ele abre a porta. Lá dentro, um único ambiente, com um fogão a lenha. Sem móveis, a não ser uma cama de madeira pendurada em um galho e de alguma forma incorporada à estrutura. Paredes, piso, teto, tudo feito de madeira.

– É difícil ver onde termina a cabana e começa a árvore.

– Foi construída *na* árvore e *da* árvore – diz Julien.

– E a cozinha? – pergunta mamãe, em tom firme.

– Lá embaixo – responde Julien, guiando-nos de volta ao dólmen.

– Eu sabia – digo.

– Muito prático – continua Julien. – Posso cozinhar qualquer prato que quiser sem danificar as pedras.

– Banheiro? – pergunta mamãe.

Julien aponta a esmo para o caminho.

– A piscina de borda infinita é meu banheiro. Frio no inverno, mas hão de concordar que a vista compensa.

– Você é um verdadeiro montanhês – comenta Tobias. – Vá a nossa casa sempre que quiser um chuveiro quente.

– Você nasceu nesta região? – pergunto.

Ele balança a cabeça.

– Meus pais se mudaram de Paris para o Languedoc após 1968. Acho que vocês os chamariam de hippies. Naquele tempo, um monte de gente voltou para o campo. No início, os velhos camponeses desconfiaram.

– Isso deve ter sido difícil – diz Tobias.

– Muita gente não conseguiu e retornou. Meus pais trabalharam duro e ficaram. Não acreditavam na propriedade privada. Um velho arrendou-lhes este pedaço de terra e em troca eles catavam cerejas. Ergueram uma tenda e, por fim, acabei chegando. Sem certidão de nascimento, sem registro, sem tributação. Meus pais morreram e o velho também, mas o filho dele me deixou ficar aqui nos mesmos termos.

Por cima do ombro dele, vejo Yvonne seguir pela lama, com cabelos louros presos a uma bandana estampada em tons de rosa, sapatos altos cor-de-rosa, saia lápis branca e um top que lhe acentua as curvas. Usa como acessórios brincos brilhantes de plástico, colar de plástico, batom e uma bolsa em tom rosa-chiclete que combina com os sapatos.

Eu a vejo antes de Julien. Ele já está absorvido em outra história.

– A escola daqui era um inferno. As crianças... bem, não era nada fácil. Lembro que um dia estava pastoreando as ovelhas dos meus pais, ali pelos meus onze anos. Um aldeão das antigas me notou. O filho cursava alguns anos à frente de mim na escola... um dos meus piores algozes. Ele tinha acabado de partir para um emprego na cidade. Nesse dia, o pai dele disse: "Julien, bom-dia, como está você?" Só isso, nada mais. E nunca mais esqueci do que senti. Era a primeira vez em onze anos que um nativo me reconhecia. Eu me senti acolhido.

Julien dá uma risada. É difícil resistir quando ele está relaxado e permeável a tudo. De repente, a bandana estampada e a saia lápis de Yvonne entram no seu campo de visão, e ele perde o fio da meada. Perto dela, ele perde a fala, se empertiga, perde todo o charme e confiança.

Apesar da roupa ridícula, Yvonne está mais bonita que nunca. Uma perfeita boneca de porcelana pintada. E se esforça bastante. Com certeza, isso significa que ela também o ama.

Julien se mete na agitação a volta de Yvonne. O feitiço é quebrado.

Um hippie barbudo se aproxima cambaleando e fumando um baseado.

– Estão indo ou vindo? – pergunta.

– Vou ler a mão de todo mundo – anuncia Lizzy. Um pequeno grupo de pretensos clientes aglomera-se ao redor, com as palmas das mãos estendidas para ela.

De repente, me dou conta de que tenho oprimido a pobre Lizzy com minhas exigências para o trabalho doméstico. Estava tão envolvida com meus próprios projetos e frustrações que me esqueci de como ela é livre e alegre.

– Não posso ler todas as mãos ao mesmo tempo. – Ela solta uma risada.

– Sou o próximo – diz Tobias, embora não acredite em horóscopos.

Ela pega a mão dele ainda rindo e vira ao contrário.

– Primeiro preciso olhar as unhas, para ver se você é temperamental – diz.

Ele sorri.

– A essa altura você já devia saber.

– Nunca prejulgo. Só leio o que vejo na mão.

– E então, eu sou?

– O quê?

– Temperamental?

– Olhe... aqui é o monte de Vênus. Você é apaixonado. E criativo. E gentil.

– E irresistivelmente atraente? – ele brinca.

Ela examina a mão dele.

– Isso é uma questão de opinião. Não está na mão. Aqui é a linha da cabeça.

– Inteligente?

– Preguiçoso.

Embora apenas uma adolescente, Lizzy é equilibrada e segura. Qualquer homem pode se apaixonar por ela. Tobias parece ter uma quedinha por ela. E se Lizzy tiver um fraco por ele... bem, o meu mau humor deve estar lhe facilitando as coisas.

De repente, estou louca para escapar da adivinhação. Pego um copo de hidromel e atravesso o pomar.

Yvonne está sentada sobre um tronco, encurvada, com a saia lápis branca nas coxas para evitar a lama que já salpicou os sapatos rosa de verniz. Julien lhe oferece um copo de hidromel, mas ela o dispensa com ar raivoso. Ao seu lado, a bolsa rosa que combina com os sapatos, obviamente a melhor que possui. A bandana estampada de rosa pende-lhe da nuca como a bandeira de um exército derrotado. Ela parece se conter para não chorar.

Sento-me ao seu lado.

– Você está linda – digo.

Ela esquadrinha o cenário orgiástico.

– Essas não são... as pessoas certas. Julien não é... Cheguei a pensar... mas ele nunca será *bem-ajustado*. Foi educado assim.

– Eu o tenho observado – retruco. – Quando você está por perto, ele não consegue se concentrar em outra coisa.

Por um momento, acho que fui longe demais. Afinal, não é da minha conta. Ela então explode:

– Papai poderia tê-lo como aprendiz. Poderíamos resolver a papelada. Em dez anos, ele seria o açougueiro da vila. Ele teria status.

Poderíamos comprar um lote de terra e construir uma boa casa na periferia da vila. Com cozinha equipada e talvez até uma piscina.

– Ora, Yvonne, ele nunca seria feliz numa casa assim.

Ela emite um rugido sentido que começa com um soluço e termina com um lamento.

– Bem, como *eu* poderia ser feliz com ele aqui, vivendo numa *árvore*?

O sol se põe, as lamparinas se acendem, o bando selvagem está a pleno vapor, o hidromel flui, os cães e as crianças uivam, e a lama derrete em uma confusão de espuma. Mamãe dança com os melhores entre eles. Primeiro Julien a faz girar diversas vezes, depois um velho de barba longa e grisalha e, por fim, um neocelta com uma túnica comprida e uma trompa de caça pendurada numa corrente ao redor da cintura.

– Querida! É como dançar o twist! – ela grita, e se deixa ver no seu irresistível e mais novo eu repleto de *joie de vivre*.

E continua aos gritos:

– Kerim! Kerim! Oh, querida, ele está aqui! Não consigo *vê-la*, mas vejo o seu amigo de escola. Kerim! Cadê a boa educação, querido? Apresente-nos o seu amigo. E *onde* está a sua noiva?

– Apresento-lhe Gustav.

– Olá, Gustav. Fico feliz por conhecer um amigo de Kerim.

– Meu noivo.

De repente é como se a música parasse, os pés dos dançarinos paralisassem e toda a clareira silenciasse. Isso não pode ser verdade, mas sem dúvida as palavras seguintes de mamãe ressoam claramente para todo mundo ouvir.

– Ai, meu Deus! – ela grita. – Que coisa terrível! Seus *nojentos*!

Maio

No vale não se aprova comprar legumes durante o verão. Até aqui na montanha, onde o solo é menos rico, mantém-se a regra.

– Um euro por uma alface no supermercado! – diz Ludovic. – Que extravagância. Você pode cultivar umas cem alfaces com um pacotinho de sementes.

No *potager*, os vegetais de Ludovic são plantados em canteiros bem demarcados. As vagens são presas em armações de bambu. Os tomates são tratados desde muito tenros. Ludovic é a favor de pesticidas, matança de lesmas e armadilhas para insetos. Na parte baixa da encosta, as garrafas de plástico nas árvores frutíferas anunciam espalhafatosamente que foram pulverizadas com diversos venenos. Sob as imaculadas vinhas, nada de ervas daninhas, apenas o plissado marrom do mato seco.

– O quê? Você arranca as ervas daninhas com a mão? – ele pergunta. – Uso um excelente produto: Roundup, da Monsanto. Coloque o produto nas folhas das ervas daninhas à medida que brotarem e serão exterminadas.

Kerim e Tobias têm trabalhado para colocar o *béal* – o canal de irrigação – em funcionamento, um feito extraordinário de engenhosidade camponesa, um aqueduto rudimentar de mais de um quilômetro de comprimento moldado na rocha e com uma comporta de madeira no topo. Isso para desviar um braço de água do rio e canalizá-lo até a horta.

– Ludovic – pergunto –, alguém se importará se tirarmos água do rio?

– Não mais. Sessenta anos atrás, havia um revezamento; só se podia usar o *béal* em determinados dias. Mas não restou ninguém. Era bem diferente quando meu tio era dono de Les Rajons.

– O que seu tio fazia?

– Ele? *Maître d'école*, professor, como mamãe. E *chef de résistance* dos Maquis nesta região durante a guerra.

– E como era ele?

– Um sujeito de personalidade forte, corajoso. O que se pode imaginar, já que permitiu que o sobrinho e a irmã também assumissem riscos.

– Rose também era da Resistência?

– Ah, sim. Não como combatente. Como *agent de liaison*. Trabalho perigoso, mas ninguém conseguia deter Rose. Nem papai.

– Ele tentou?

– Ah, sim. Ele odiava a guerra. Perdeu um braço nas trincheiras, na Primeira Guerra. "Alemães, Maquis, são todos criminosos", ele costumava dizer. Mas Rose não quis ouvir. Ela é que tinha aquele véu com rosas. Um presente do meu pai. Sempre o usava. Ele nem desconfiava de que ela havia costurado uma bainha dupla para levar mensagens codificadas.

– Ele nunca descobriu?

Ludovic pisca os olhos e foge do assunto.

– Rose tinha o disfarce perfeito... uma professora na aldeia que precisava subir a *piste*, no alto da floresta de castanheiras, ao lado do acampamento.

– Encontramos essa aldeia – digo. – Em ruínas e praticamente encoberta pela floresta.

Ele faz um meneio de cabeça afirmativo.

– Os alemães a queimaram junto com o acampamento dos Maquis. Os moradores eram suspeitos de ajudar a Resistência.

Ele faz uma pausa e depois continua:

– Nas sextas-feiras, papai pegava Rose para o fim de semana. Foi ele que teve o primeiro carro da região, um *gazogène*, movido a gás de madeira. Ainda o vejo dirigindo em alta velocidade ao longo da *piste*, nas curvas, buzinando com o único braço ao volante. As ovelhas disparavam na frente dele. Uma visão impressionante.

Ele se curva sobre o ancinho e sorri com a lembrança.

– Bons tempos aqueles em que meu tio era dono de Les Rajons.

– Quando ele perdeu a fazenda?

– Depois da guerra. Só tinha uma escolha: manter a casa e perder as vinhas ou vender a casa. Escolha simples. Manteve as vinhas que agora me pertencem. Vendeu a casa para um desconhecido e construiu um bangalô para ele na vila. Meu tio era um homem sensato.

Estou tentando plantar na nossa metade do *potager*. Julien me ajuda. Enquanto luto com o ancinho, ele habilmente cava a terra com a pá, tira torrões escuros e densos como chocolate, depois os revira e cava novamente. Às vezes, vejo gotas de suor nos seus ombros, outras vezes o escuto grunhir de exaustão, mas isso é o máximo que consegue comunicar.

Um casal de hippies instigado por ele chegou de carroça com uma carga de estrume de cavalo que acabou se tornando uma pilha fétida ao lado dos canteiros.

– Está um pouco fresco – diz Julien. – Precisamos trabalhar isso melhor.

– Precisamos mesmo?

– Quanto mais estrume trabalharmos, mais vegetais teremos. Não há nada mais simples.

Enquanto cavamos, Freya permanece no moisés envolto por um mosquiteiro na extremidade do terreno. Ela está quase que completamente estática, mas é um ponto de convergência da família: todos se reúnem ao seu redor, observando-nos trabalhar.

Sei que ela ama isto aqui, mas não sei como sei disso. Ela não sorri e não olha fixamente para nada. Só sei que fica extasiada e serena quando coloco o cesto debaixo da macieira próxima ao terreno, como se estivesse no banho.

Julien interrompe o trabalho por um momento para olhá-la.

– Ela está olhando para o céu – diz.

– Acha mesmo?

– Sei que está. Alguns anos atrás, ingeri um cogumelo ruim. Fiquei deitado no chão, debaixo de uma árvore, sem conseguir mover um músculo, exatamente como ela. Olhava para o vívido azul do céu através do dossel das folhas novas e só conseguia pensar que era um belo dia para morrer.

Às vezes, Gustav nos ajuda a cavar. Raramente fala; não pelo seu inglês, que não é lá essas coisas, porque não solta a língua nem mesmo em francês. Tudo o que sei sobre ele é por intermédio de Kerim: terminou o estágio com um cabeleireiro em Toulouse e agora Kerim o convenceu a se inscrever na mesma escola de língua inglesa que ele frequentou, na Ilha de Wight.

– Seria ótimo se vocês o deixassem ficar por umas duas semanas – diz Kerim. – Só até o curso começar, no início do próximo mês. Ele não vai causar problema.

– Claro que ele pode ficar.

As belas feições de Kerim se contraem de preocupação.

– Outra coisa, Anna. Já devia ter contado pra você. Prometi ir logo me juntar a ele. Preciso tomar conta dele e trabalhar para pagar seus estudos. Só posso ficar com você até o final de julho.

Não consigo imaginar o que vamos fazer sem Kerim; ele se tornou parte da família. E também me apeguei a Gustav, embora seja taciturno. Sinto que há uma alma gentil debaixo daquele corte de cabelo militar e daquelas camisas cáqui.

Lizzy se entusiasma com o estilo de vida ao ar livre.

– A primavera é incrível! – Ela não para de tagarelar. – É quando me sinto mais viva.

– E você não poderia ajudar um pouco com as ervas daninhas?

– *Claro* que não. Estava lendo um livro incrível que dizia que as ervas daninhas são boas. Vocês não deviam arrancá-las. Confiem na natureza.

Julien solta um grunhido.

– Vou lhe mostrar como capinar, Lizzy.

– De acordo com meu horóscopo – diz Lizzy, em tom solene –, hoje é um dia de sonhos, não de ação.

– Ela tem razão – diz Tobias. – É uma pena desperdiçar um tempo fabuloso com essa escavação. Além do mais, um euro por uma alface não me parece tanto assim.

Ele senta ao lado de Lizzy na grama e, algum tempo depois, o som de suas risadas chega a nós. Amarro a cara e enfio o ancinho na terra com toda a força.

Julien me observa.

– Guardei algumas mudas para você – diz. – Já vou para casa. Por que não faz uma pausa para conhecer o meu *potager*? Se não se importar em subir o morro.

Balanço a cabeça.

– Tobias, você pode tomar conta de Freya?

– Ah, querida...

– Só ficarei fora uma hora. Ela nem precisa se alimentar.

– Não se preocupe – diz Lizzy, com vivacidade. – Cantarei para ela.

Caminhamos ao longo da coluna de rocha até a encosta seguinte. Na primavera, nada permanece igual, tudo surpreende. Hoje, os flancos do dragão estão pontilhados de rosa, branco e roxo. E o perfume também é diferente.

– Estevas – diz Julien. – E lavanda selvagem.

Os pés de lavanda são pequenos e raquíticos, mas as flores são de um azul intenso como nunca vi. Seu poderoso aroma é quase medicinal, como se a cor e a fragrância tivessem se intensificado na privação. Sorrio de felicidade.

– O que foi? – pergunta Julien.

– Bem, simplesmente este lugar. Sempre que me sinto abatida, vejo algo surpreendente que me distrai.

Subimos em silêncio, até chegarmos ao imenso carvalho com a casa de Julien.

– Oh! – exclamo. – As glicínias se abriram.

Alguns dias antes, as flores eram apenas botões, e agora floresciam vívidas e abundantes, como cachos de uvas.

– São convidativas – digo. – Como entradas para outro mundo. – Calo-me para não parecer estúpida.

Ele sorri.

– *É* um outro mundo. Meu mundo.

Fico admirando o emaranhado de flores ao redor da base da árvore, um misto de mata selvagem e jardim de casa inglesa.

– Seu jardim é encantador. Onde está o *potager*?

– Olhe de novo.

Em meio ao emaranhado de flores, percebo ervilhas e feijões, e ainda delicadas ramas verdes de cenoura junto a resistentes rebentos de cebola. Nada estaria mais distante da visão de ordem de Ludovic.

– Completa confusão – comento. – Quer dizer, no bom sentido. Eu não sabia que podia ser feito assim. Não sabia que isso era *permitido*.

– Não é aleatório. Algumas plantas crescem melhor quando colocadas ao lado de outras. Por exemplo, coloquei as cebolas ao lado das cenouras porque as cenouras repelem as moscas das cebolas, e as cebolas repelem as moscas das cenouras. Plante hortelã entre ervilhas; isso repele a mosca-branca, e é sempre bom ter hortelã à mão para comer com ervilhas. E não é preciso cultivar plantas em linhas retas.

– Mas você cultiva flores e legumes no mesmo jardim.

– As flores também são úteis. Estes cravos, por exemplo... contêm um inseticida natural. O forte odor da lavanda afasta as pragas dos tomates. A cinco-chagas é uma excelente armadilha para o mosquito borrachudo. O gerânio expulsa os vermes do repolho. A borragem ajuda os morangos. A camomila tonifica o solo... é bom para quase tudo. Crisântemos e dálias repelem nematoides.

Quero saborear a magia, não aprender como se faz. Mas Julien pode ser implacável quando quer. Quando admiro a beleza das rosas que sobem pelas macieiras, ele revida:

– As rosas precisam de apoio e em troca atraem as abelhas, que polinizam as flores da macieira.

Quando exclamo diante dos brotos brilhantes que irrompem da terra escura, ele explica o preparo do solo e a escavação.

– Oh, não estrague tudo, Julien!

– Acha que isso acontece por acaso. – Ele parece quase zangado. – Acha que é fácil? Pois lhe digo que não é. São *anos* de esforço. Você planta batatas, e os besouros aparecem e me obrigam a colher as larvas com a mão para não perder a colheita. No ano seguinte, você passa o tempo todo à procura de besouros e, enquanto isso, as hérnias acabam com todas as brassicáceas. Ou então aparece um javali e pisoteia os pés de framboesa. Você precisa estar um passo à frente da natureza e nunca consegue isso, não completamente. Você precisa da natureza e, ao mesmo tempo, a teme; você trabalha com isso e se envolve com isso. Acima de tudo, você respeita a natureza. Você observa. São necessárias estrutura e disciplina para fazer as coisas se desenvolverem.

Caminhando sozinha de volta a casa, me detenho na trilha da floresta de pinheiros a fim de decifrar melhor a inscrição no memorial dos combatentes que ali morreram:

> Passant pour que tu vives libre dans cette forêt le 17 avril 1944
> dix-sept maquisards ont été tués au combat.

"Dando a própria vida para que vocês pudessem ser livres, em 17 de abril de 1944, nesta floresta, dezessete combatentes da resistência foram mortos em combate."

Abaixo, os nomes dos que morreram no dia em que os alemães atacaram o acampamento *maquisard*. Por último, está um que reconheço: Rose Donnadieu.

Mamãe está evitando Kerim. Ela tem olheiras escuras. Na verdade, não posso deixar de notar que está muito mais devastada pelo que soube na festa de Julien do que pelo meu bebê, cujo cérebro parece uma omelete malfeita.

Para começar, parou de se arrumar. Movimenta-se com indiferença pela casa, polindo, lavando e passando.

Kerim faz esforços inúteis para reconquistar a amizade dela.

– Posso fazer alguma coisa para você?

– Não, obrigada.

– Talvez uma boa xícara de chá?

– Não, melhor não.

Quanto mais ela o rejeita, mais ele a corteja. Lamentável de se ver.

Sem Kerim para desviar a atenção, mamãe voltou a me atazanar:

– Oh, querida, você não está dando tudo de si. Já está parecendo *velha*. E seus *dedos*.

– Meus dedos? Meus *dedos*? De tudo o que você tinha para escolher, o que há de errado com meus dedos?

– Bem, o esmalte de suas unhas está lascado, querida. Você não quer passar sinais errados. No meu tempo, apenas *certo* tipo de garotas andava com o esmalte lascado nas unhas.

Para a minha irritação, Kerim ainda vem defendê-la.

– Você não deve ser muito dura com sua mãe – diz quando me pega contando até dez na cozinha. – Ela é realmente uma mulher extraordinária. E a ama muito.

– Sei tudo isso. Mas acontece que ela vive dizendo coisas que me dão nos nervos. Pior ainda, coisas desagradáveis. Não apenas sobre você e Gustav. Ela é definitivamente ofensiva em relação a Freya.

– Ela não fala por mal – ele retruca. – Passou por um momento difícil. O marido morreu e ela ainda está tentando entender o que aconteceu com Freya.

– *Eu* estou tentando entender o que aconteceu com Freya. Mas isso não me torna uma criptofascista. Sinto muito, Kerim, pela forma como ela está se comportando com você.

– Não... é tudo culpa minha. Eu é que deveria ter sido honesto com ela desde o início. Sou uma decepção para ela.

– Não seja bobo, Kerim. Está sendo terrivelmente duro consigo mesmo. Qualquer um vê que você é uma pessoa adorável.

– Adorável. – A voz dele soa amarga. – Não sou *adorável*.

– Sim, é adorável com mamãe... e também com sua mãe, se é que quer saber.

– Minha mãe? – Ele cai num silêncio, emocionado. Inclina-se para a frente e brinca com o botão da chaleira. Pressiona-o, até que a chaleira começa a chiar. Desliga-a. Repete isso algumas vezes, como se para ver se pode reagir rapidamente ao chiado. Esse ligar e desligar da chaleira começa a me dar nos nervos.

– Mamãe se matou – ele diz, sem olhar para mim. – Eu tinha nove anos.

– Oh, meu Deus.

– O engraçado é que não consegui chorar. Nem no funeral. As pessoas diziam que eu estava encarando o fato muito bem. Mas me senti péssimo o tempo todo.

Lembro que as lágrimas eram o que me libertava quando Freya nasceu; traziam calma.

– Até hoje sinto vontade de gritar de tanto que sou *bom* com as pessoas. – Ele continua sem olhar para mim. Seus lábios perfeitos se crispam, como se ele estivesse vendo um lado de si mesmo que detesta. – Isso não é nada *adorável*. Eu sou um covarde. Não me atrevo a confrontar ninguém. Não posso correr o risco de ser rejeitado novamente. Jamais.

– Esse bebê reage à sua voz quando você entra na sala, querida – diz mamãe, segurando Freya enquanto apanho as coisas para o café.

– Ora, bobagem.

– Bobagem sua. Claro que ela reage. Não precisa de um cérebro para isso, sua boba. Você é a mãe dela.

Acho que faz parte do contrato de nosso relacionamento não aceitar o que ela diz, e ela me paga com a mesma moeda. Então, quando retiro Freya do colo dela e a equilibro no meu ombro, não menciono que às vezes também me pergunto se minha filha não está começando a se conectar comigo.

Quando se deita comigo na cama, Freya estende o braço, desleixada, e me toca. Nunca posso dizer: "Agora, pôs a mão de propósito em cima de mim." Mas o fato é que ela sempre se encosta ao meu corpo.

Também olha nos meus olhos quando a alimento. Hoje de manhã, arremedei a cara que ela faz ao inclinar a cabeça para cima, como uma pequena Mussolini. Só depois de algumas mamadas é que ela parou de sugar a mamadeira e me olhou, paralisada. Claro que a ficha tinha caído. E sei muito bem que passou a mexer a cabeça quando eu mexia a minha: me arremedando, arremedando a si mesma.

O meu amor por Freya se transformou. É menos físico, menos automático, porém mais profundo.

Kerim estica a cabeça pela porta da sala de estar e quebra a linha do meu pensamento.

– Já estamos tomando café – digo. – Sente-se aqui conosco.

Ele lança um olhar suplicante para a cadeira vazia ao lado de Amelia, mas ela vira a cabeça e se afasta ostensivamente da cadeira.

– Estou bem, obrigado – ele diz, e sai da sala.

– Mãe, não aja assim com Kerim. Isso está doendo muito nele.

– Em *mim* dói muito mais. Ele ouviu os meus pontos de vista e parecia concordar com eles. Eu confiava nele e fui traída.

Pergunto-me se tenho o direito de repetir a confidência sobre a mãe que ele fez para mim. Isso certamente provocaria a simpatia de mamãe. Mas penso que ela poderia fazer uma tentativa desastrada de contato e não me arrisco. Simplesmente digo:

– Se olhar por outro ângulo, se dará conta de que ele nos confiou sua vida privada e que nós o estamos deixando pra baixo. Ele continua sendo o mesmo Kerim. Não vê isso?

– Não consigo. Não é a mesma coisa. Ele se foi. – A voz dela soa visivelmente decepcionada. E de repente percebo que ela está de luto por ele. Perdeu a pessoa que ela pensava que conhecia.

Nesse exato momento, a suave carícia dos braços de Freya ondula ao redor do meu pescoço. Não há nada de intencional no modo como faz isso. Coincidência? Contato? Ela está realmente tentando chegar a mim?

Marteladas retumbam pela casa a tarde inteira. Sem camisa e com o magnífico torso à vista, Kerim desconta as frustrações nas tábuas podres do quarto dos fundos. Parece um deus nórdico do trovão. Obviamente, espera reconquistar a afeição de Amelia com atos heroicos de trabalho braçal.

De vez em quando, ela acha que ele não está olhando e gira a cabeça de relance, com olhos fascinados. Chego a ler seu pensamento numa bolha acima de sua cabeça: um rapaz atraente com martelo à mão às suas ordens não é mercadoria fácil de encontrar.

Ludovic começou a invadir nossa terra. Colocou ovelhas aqui dentro e maliciosamente instalou cercas elétricas por toda parte. Pôs correntes com cadeados nas baterias da cerca para que não pudéssemos desfazê-las.

– Este lugar está cheio de *voleurs*. Hoje em dia há ladrões por toda parte. É melhor proteger os bens de vocês.

– Tobias, você permitiu que Ludovic colocasse cercas em nossa terra?

Tobias parece vago.

– Bem, conversamos alguma coisa a respeito. Talvez seja melhor deixá-lo seguir adiante. Precisamos manter uma política da boa vizinhança com nossos vizinhos.

O francês de Tobias está melhorando. Ou melhor, ele está aprendendo o patoá occitano sem qualquer referência ao francês formal escrito. Ele mantém longas conversas com Ludovic e outros *paysans* incompreensíveis. Sempre entende mais que eu o que eles dizem. Mas ainda não aprendeu a dizer "não" em nenhum idioma.

Assim, Ludovic dirige o trator pelos nossos campos, bufando à frente do nosso sistema de irrigação e balançando a cabeça em negativa diante da metade do nosso *potager*. Para piorar, ontem fui ver nossas vinhas e descobri que o mato florido que as cercava está totalmente ressecado.

– Pulverizei tudo com o Roundup da Monsanto. Ainda tinha um pouco no meu *pulvérisateur*.

– Oh, Ludovic, ainda não estou segura...

– Bobagem. Se suas ervas daninhas semearem, todos os vizinhos sofrerão. Você precisa ser rigoroso com a natureza antes que ela seja rigorosa com você. *Il faut empoisonner*.

A encosta está coberta de flores.

Fazemos caminhadas com cestas para colher os tesouros escondidos do campo: rosas selvagens e delicadas framboesas silvestres no alto das montanhas, sabugueiros ao longo da pista, mirtilos na floresta e pequenos morangos silvestres aqui e ali. No meu *potager*, o ruibarbo desenrola delgadas folhas. Os primeiros morangos estão brotando, e os ramos de framboesa e groselha estouram de vida. Já não importa se somos jardineiros amadores e ocasionais. O labor das gerações anteriores frutifica, literalmente.

– Trouxe uma coisa para você – diz Ludovic quando o vejo no *potager*. Estende um caderno. – O livro de receitas de Rose. Você é chef de cozinha... talvez seja útil.

– Ludovic, que preciosidade! Não sei como lhe agradecer.

– *C'est normal*. Além disso, ainda estou esperando aquele guisado de javali.

Logo que tenho um momento a sós, me sento para olhar o caderno. Na capa de papel azul rasgada, o nome com impecável caligrafia: "Rose Donnadieu." O papel dos tempos da guerra é frágil e quadriculado.

Nas páginas cuidadosamente cobertas pela caligrafia de professora de Rose, receitas para conservas de acordo com as estações e os produtos regionais.

Há algumas páginas de observações sobre a vida na remota vila da montanha onde Rose ensinava, talvez rascunhos de cartas. Posso até ouvir a voz vívida de Rose, desaprovando o atraso das pessoas com quem convivia:

> Os meus alunos chegam à escola de tamancos. Fui obrigada a repreender severamente os pais que impedem os filhos de frequentar as aulas para que cuidem das ovelhas.

> Para dizer a verdade, a vida aqui é dura. As noites de inverno são congelantes. Não há água corrente nem eletricidade. As mulheres lavam as roupas no rio com cinzas da lareira.

Há algumas páginas em branco no meio, e depois, de trás para a frente, contas domésticas, páginas e páginas de meticulosos registros dos francos que pagou por pão, açúcar, chá e banha.

Nada sugere que ela vivia uma vida dupla como *agent de liaison* para os Maquis.

Freya faz novos movimentos durante as convulsões. Suas pernas batem em um nado grotesco, e os braços golpeiam de direita e de esquerda como um boxeador. São contorções compassadas e extravagantes. Os músculos se contraem a cada dois segundos e se descontraem alguns minutos depois. Mal consigo acreditar que esse corpinho aguente.

– Tobias... ela está ausente de novo. Acabei de alimentá-la e ela entra em convulsão cada vez que precisa arrotar. Por favor, ligue para a dra. Fernandez e pergunte o que podemos fazer.

Sento-me com Freya e cronometro as convulsões.

– A médica não pareceu preocupada – relata Tobias. – Negou-se a aumentar a dose de fenobarbital novamente. Sugeriu que levássemos Freya na próxima vez que fôssemos para Londres. E disse para usarmos o supositório de Valium ou chamarmos uma ambulância, se alguma convulsão durar mais de cinco minutos.

– A de agora já está em quatro minutos e meio. Vou desembrulhar o Valium.

– Acho que a convulsão acabou. Ela está tomando fôlego.

– Mas continua ausente.

– Bem, outra convulsão... conte novamente a partir de agora.

– Será?

– Claro que sim.

Depois de todos esses anos, ainda me deixo levar pelo tom confiante dele.

– Acorde, meu amor – digo. – Mamãe está aqui.

Os movimentos bruscos de Freya diminuem gradualmente, e ela passa ao atordoado estado pós-convulsivo. De manhã, estou angustiada, exausta e vazia. Pego o caderno de Rose.

"Os frutos da roseira são ricos em vitamina C", ela diz. *"Remova as sementes com cuidado e ferva a polpa para um tônico. Para manter a saúde da criança, dê-lhe um copo diluído em três partes de água diariamente."*

Não há qualquer mal em experimentar algumas receitas do livro de Rose. Logo, corro até a cidade, atrás de vidros para compotas e açúcar.

Acordo esta manhã sob uma deliciosa fragrância. Olho pela janela do quarto e a paisagem está coberta de rosas cor-de-rosa. Mal posso esperar para fazer a compota.

"Não lave os morangos silvestres antes de fazer a compota", aconselha Rose. *"Isso altera seu suave sabor. Ferva três partes de frutos para duas partes de açúcar com uma colher de suco de limão para dar consistência de geleia."*

Armazeno meu estoque de conservas nos impecáveis potes com rótulos informativos. Alinho-os em fileiras simétricas nas prateleiras. Já fiz geleias e mais geleias, além de xaropes e temperos em quantidades que nunca seremos capazes de consumir.

– Você precisa diminuir o ritmo – diz Julien. – A temporada de frutas está apenas começando. Quando o outono chegar, estará morta de exaustão.

Nem me preocupo em dizer alguma coisa. A cozinha é meu estúdio de arte, meu laboratório de ciência. E agora, Rose manda nela.

Talvez para compensar a austeridade da guerra, ela melancolicamente anotou algumas receitas generosas do pré-guerra.

"Fazer conservas de flores comestíveis requer paciência, mas não é difícil e, quando se consegue açúcar, obtém-se uma especialidade regional."

Sob a orientação de Rose, fiz uma experiência com rosas damascenas rubras fervendo-as com açúcar e obtendo uma compota rosada, enjoativa, impregnada do clima quente e dos encantos turcos. Já consegui capturar a cor e o odor das violetas, pintando as tênues pétalas com uma mistura conservante de clara de ovo e açúcar. Transformei as flores de dente-de-leão em um espesso tônico amarelado.

– Geleia de morango, lote dois, quarenta por cento de açúcar – lê Julien. – Tônico de dente-de-leão. Champanhe de flor de sabugueiro. Que rótulos mais entediantes.

– Entediantes? O que quer dizer?

– Bem... se você está fazendo um trabalho de conservação de coisas, é melhor conservar o que essas coisas significam para você.

Ele corta tiras de papel compridas com uma tesoura.

– Dê-me uma caneta. Vou lhe mostrar.

Olho por cima do seu ombro enquanto ele escreve.

– Geleia de morango feita na bela manhã de maio em que Anna usava um vestido azul.

Sorrio. Ele me entrega a caneta.

– Sua vez.

– Eu não sei. O que escrevo?

– Qualquer coisa... o que é mais importante para você exatamente aqui e agora.

Pego a caneta e escrevo: *"Tônico de dente-de-leão feito por Anna no dia em que Freya a agarrou pelo cabelo pela primeira vez."*

Ele sorri.

– Olhe só... já está pegando o jeito.

– Estou engarrafando memórias – digo. – Para me lembrar de como estava aqui e agora, quando abrirmos o frasco daqui a seis meses.

– Hoje é o Dia da Vitória na Europa – diz Ludovic. – Vocês deviam dar uma passada no memorial.

Caminho com Freya no canguru junto a Tobias até Aigues. Usamos roupa de trabalho e galochas, mas, assim que avistamos a multidão no memorial, nos damos conta de que cometemos um erro: todos trajam ternos escuros e vestidos sombrios. Yvonne decorou o memorial com flores vermelhas, brancas e azuis – na verdade, ela usou flores alaranjadas para o vermelho e turquesa para o azul.

– As cores brilhantes são mais exóticas – ela sussurra no meu ouvido. – Erga *la petite* para que possa vê-las.

A maioria das aldeias francesas tem um memorial com uma longa lista dos que morreram na Primeira Guerra Mundial. Aigues não é exceção. Excepcionalmente, a vila também exibe uma longa lista de combatentes da Resistência mortos na Segunda Guerra Mundial.

Ludovic já está presente, com suas medalhas.

– Aquele lá era um sedutor – diz Yvonne. – Sempre de olho nas mulheres... e, pelo visto, continua assim.

O prefeito saúda a multidão.

– Este é o sexagésimo terceiro ano que celebramos a nossa vitória – diz. – E é nosso dever continuar fazendo-o enquanto for possível. Portanto, passemos para as gerações mais jovens a história do que aconteceu...

– Cheguei ferido ao hospital, nas Ardenas, no dia 8 de maio de 1945 – Ludovic me confidencia. – Eles me encontraram e me carregaram nos ombros. Eu só tinha dezesseis anos, mas fiz minha parte. Sou um herói da Resistência.

As palavras do prefeito chegam ao fim e ocorre uma breve pausa enquanto ele lida com um antiquado gravador de fita cassete.

– Como é que Rose morreu? – pergunto. – O nome dela está no memorial na floresta.

Ludovic, geralmente tagarela, ignora a pergunta.

– Todo ano esse gravador quebra. É uma vergonha – diz. – É melhor fazer uma *loteria* para arrecadar dinheiro para um gravador novo.

O gravador vem à vida com um toque de clarim para os mortos. São cerimoniosamente hasteadas as bandeiras da França e da Resistência.

Canta-se a "Marselhesa", seguida por "Le Chant des Partisans", o hino da Resistência. É curiosamente comovente, as bandeiras suavemente agitadas pela brisa, os moradores da região em roupas elegantes, Ludovic com ar choroso, o gravador claudicante, como se a voz do cantor estivesse rachada.

O prefeito retira a fita cassete um momento antes do fim da música. Desenrola uma follha de papel com determinação e começa seu discurso:

– Durante a Segunda Guerra Mundial, a França teve a honra resguardada por uma minoria que a cada dia se tornava mais numerosa. Lembremos que a França foi o único país, além da Grã-Bretanha, a declarar guerra à Alemanha após a invasão da Polônia. Depois da ocupação, tivemos a honra resguardada pela Resistência. É importante reconhecer e transmitir isso para nossos filhos.

– Onde estava o prefeito durante a guerra? – grita Ludovic no meu ouvido. – Ele não estava na Resistência, embora seja um ano mais velho que eu.

O prefeito dobra a folha de papel.

– Este memorial está terminado – diz. – Como de costume, a *mairie* convida agora a todos para uma *verre de l'amitié* no café de Yvonne.

O amontoado de gente se dispersa e atravessa a praça. Ludovic e eu seguimos logo atrás do prefeito.

– Meu amigo Roland é um excelente carpinteiro – diz Ludovic. – Fazia caixões em miniatura para nós. Eu saía no meio da noite e os deixava na porta das pessoas que falavam demais. Com um recado dentro: "Feche o bico, senão..." Isso funcionava muito bem. Foi o meu primeiro emprego de verdade com os Maquis. Maravilhosos caixões... mas não acredito que alguém que o tenha recebido o tenha preservado. – Fixa os olhos nas costas do prefeito. – Sabe, uma vez mandei um para o pai dele.

No café, Yvonne serve *pastis* para todos, e a atmosfera fica agradável. Ludovic bate nas costas do prefeito e o felicita pelo discurso.

O *potager* está repleto de enguias. Uma praga de proporções bíblicas. No meu elevado estado de alerta, me parece um aviso de que a condição de Freya está piorando.

– Elas devem ter nadado pelo *béal* na noite passada – diz Tobias.

– Acho que estão em perigo.

– Bem, estas daqui estão.

Encontramos uma ou duas ainda vivas e as jogamos de volta ao rio. Fico mortificada só de pensar nas pobrezinhas nadando pelo *béal*, em busca da liberdade na vastidão do mar, e acabando aqui, aprisionadas nessa lama.

Freya tem sofrido dois ou três ataques por noite. Ainda vou vê-la, porém sem tanta pressa. Nem sempre a pego no colo. Às vezes, fico ali, de pé, enquanto ela azula. Observo-a durante a convulsão, na esperança de que recupere o fôlego. Não quero que sobreviva até a meia-idade porque, a essa altura, estaremos velhos. Obviamente, isso significa que quero que ela morra antes de mim.

Mas não agora, não agora: uma oração involuntária escapa do meu peito.

Ela fica deitada de barriga para cima o dia inteiro, de modo que o cabelo da parte de trás da cabeça praticamente sumiu. Às vezes, viro-a de barriga para baixo, talvez isso seja bom para ela. Embora se esforce para coordenar os braços e as pernas a fim de rastejar, isso não funciona. Ela se esquece de usar um braço, chuta as pernas desesperadamente para trás, faz de tudo para levantar a cabeça e tomba exausta. Geme de frustração e raiva.

Não agora, não agora.

Não tenho tempo para ela. Ou melhor, *não farei* tempo para ela. As cerejas estão amadurecendo. É tão curto o tempo entre elas aparecerem e depois tombarem imprestáveis e murchas no solo. Preciso conservá-las em compotas.

Geleia de cerejas, minha favorita, espessa como o melado, escura como o vinho, com pedaços substanciais do fruto para degustar. Fiz a geleia com pétalas de rosas da jardineira de minha janela, uma receita de Rose. Suas instruções são precisas, seguras e meticulosas. *"Use uma panela de cobre e uma colher de pau. Se não tiver açúcar disponível, use o xarope produzido a partir de uvas cozidas. Adicione as pétalas de rosa exatamente quatro minutos e meio antes de terminar a fervura das cerejas."*

Lanço as pétalas na panela e se espraia por todos os lados uma nuvem de inefável fragrância. Talvez Rose fizesse essa mesma coisa nessa mesma cozinha alguns anos atrás. O aroma da rosa se dissipa aos poucos e se mescla a uma nota mais baixa da cereja. Só retorna quando se abre o vidro, como se o verão tivesse sido capturado.

As cerejas se proliferam sem nenhuma trégua, uma investida ininterrupta, um bombardeio, um *tour de force*.

São colhidas aos montes por Kerim e Gustav no pomar. Eles as acomodam em caixas e carregam no carrinho de mão. Amadurecem em ondas, segundo a variedade. Primeiro, as vermelho-brilhantes, em seguida as muito pretas, e depois a especialidade local, as amarelo-escarlates, como maçãs em miniatura.

Comprei um removedor de caroço de cereja. Passo horas fazendo isso. Se deixadas por conta da natureza, as cerejas apodrecem em questão de dias. Para transformá-las em compota, preciso trabalhar rapidamente.

Mãos e braços até os cotovelos manchados de suco de cereja. Unhas e cutículas tingidas de preto. Com Rose como guia, fiz cerejas cristalizadas, conservas de cerejas em rum, cerejas em vinagre, cerejas secas, *sorbet* de cereja. Elas continuam chegando. Ninguém comeria tantas cerejas em milhares de vidas.

Continuo dizendo para mim mesma que o trabalho de envasamento faz parte do nosso futuro. E que um dia ministrarei cursos de conservas feitas em casa e venderei minhas próprias conservas para os clientes. Mas, na verdade, me sinto oprimida pela abundância da natureza. Já estou acumulando.

Por onde quer que a gente passe, as cerejeiras abandonadas espalham tesouros à frente. São irregulares e quase mortas, mas com o mesmo ímpeto de reproduzir.

Faço uma descoberta em meio ao preparo das conservas. Os ratos roeram a tampa plástica da Nutella. Lamberam meticulosamente o recipiente que estava cheio quando nos mudamos. Encontro o disco de plástico que o fecha hermeticamente deitado no fundo.

Isso levanta uma questão angustiante: será que eles podem roer os tupperwares?

– Tobias, olhe só o que os ratos fizeram. Acha que devo colocar tudo em potes de vidro com tampas que vedem bem? Será que conseguiriam roê-las?

Tobias, o amor de minha vida, sempre tão calmo e tão bem-humorado, acaba impelido por uma fúria inexplicável.

– É só parar com esse seu negócio de potes e caixas! Já não aguento mais todos esses seus esquemas de deslocamento maciço. Anna, pelo amor de Deus, será que você não vê? Por mais que você encha potes e potes de geleia, por mais que você esteja obcecada por essa Rose e todas essas coisas do passado, nossa filha continuará fodida. E se você não se afastar dela logo, ficará igual.

Entro na cozinha para descobrir que minha mãe encurralou Kerim e está lhe dando um sermão:

– Você tem que entender, meu querido, que você não é homossexual. Não de verdade.

– Amelia – responde Kerim –, eu sei que é difícil para você compreender, mas...

Percebo que estou mordendo os lábios, torcendo para que ele se imponha a ela, que a force, pela primeira vez na vida, a enxergar as coisas como realmente são, não como ela gostaria que fossem.

– Eu amo Gustav – diz Kerim, mas sua voz estremece e faz com que pareça uma pergunta.

Ela o interrompe com um choro que parece quase um ataque de pânico. Lágrimas brotam de seus olhos.

E, de repente, ele começa a recuar. Ele continua, num sussurro:

– Nós frequentamos a escola juntos. Éramos muito amigos...

Ela nota imediatamente a posição de vantagem:

– Mas é claro – diz, consoladora –, isso é perfeitamente normal. Vocês eram jovens e estavam confusos. Estavam experimentando. Provavelmente, ele o induziu a isso. – Ela põe as mãos nos quadris esguios e o encara da mesma forma que costumava me encarar quando eu era adolescente e ela queria discutir sobre o que chamava Fatos da Vida. – Essa briga boba que você teve com sua mãe – continua –, aposto que isso tem a ver com ela ter descoberto sobre Gustav.

Há um momento de silêncio; o olhar de Kerim dá uma leve sugestão de consentimento.

– Você precisa ver isso do ponto de vista dela, querido. Ela provavelmente está magoada e confusa. Mas você não pode se esquecer de que ela ainda o ama. E vai ficar tudo bem quando ela perceber que isso foi só... um acidente de percurso.

De vez em quando minha mãe me surpreende com sua capacidade de ignorar fatos inconvenientes. Mas ao negar a realidade gritante que está diante de si, ela se superou:

– Por que você não me dá o endereço dela? Eu vou escrever para ela. Se for preciso, eu faço uma visita e explico tudo. Seja onde for. Mesmo na Argélia. Você sabe, querido, tenho certeza de que nós duas podemos resolver esse desentendimento bobo, de mãe para mãe.

Mas nem mesmo Kerim consegue ir tão longe a ponto de admitir isso.

– Não vou pressioná-lo, querido – diz. – Vou deixar que você pense um pouco sobre o assunto.

Ao sair, ela me fulmina com um olhar triunfante. Dou uma olhada em Kerim. Ele continua sentado à mesa da cozinha, onde ela o deixou, completamente imóvel, fitando a paisagem pela janela com olhos amendoados vacilantes.

Gustav deve amar demais Kerim. Atreve-se a se dirigir a mamãe com um inglês lento e curiosamente doce:

– Madame, qualquer dia desses a senhora me permitiria pentear o seu maravilhoso cabelo? Fiz minha *formation* no melhor *salon de coiffure* de Toulouse.

Ela hesita por um instante. Em outro universo, no qual desmonta do alto de seu cavalo, talvez Kerim possa fazer as tarefas domésticas e Gustav pentear os cabelos dela. De antemão, sei que descartará a pergunta com um gesto ao mesmo tempo de repulsa e atração, como um planeta na órbita de um sol.

É meio-dia. Toda a família se reuniu ansiosa na cozinha. Seguro o batedor sobre uma panela fumegante e Freya está no carrinho de bebê ao meu lado. Planejei fazer uma *bouillabaisse,* mas não tenho tempo para fazer o molho e muito menos para esperar uma fervura de horas, conforme recomendado por René Lecomte. Então, recorri ao caderno de Rose.

Encontrei uma receita de *bourride*, de Sète, na costa do Languedoc, um prato mais simples que a *bouillabaisse*. Em vez de caldo de peixe, apenas um *court bouillon* com ervas e vegetais. Em vez de quatro tipos de peixes, apenas um: tamboril. É só ferver o tamboril no caldo, bater o *aïoli* em uma tigela e emulsificá-lo no caldo onde o peixe foi cozido.

A simplicidade dos modestos pratos do Languedoc preparados por Rose é libertadora. Na mistura de ingredientes frescos, percebo as origens de muitos pratos da *haute cuisine* dos quais me tornei escrava no passado. Cozinhar com o livro de Rose é como voltar aos fundamentos.

– Querida, Freya está tendo uma convulsão – diz mamãe, abruptamente.

– Está bem... Só um minuto. Isso não pode ferver, senão coalha. Já está engrossando.

– Ela está respirando, querida?

– Ela está bem – respondo prontamente.

– Bem, ela parece um pouco azul.

– Ela não está azul. – Nem sequer olho para o carrinho.

– Bem, você sabe melhor que eu, querida – ela diz. – Você é a mãe dela. Sempre fará o que é melhor para ela.

E é exatamente nessa hora que explodo:

– Estou cansada desse seu maldito culto à maternidade. Não sou dotada sobrenaturalmente de uma capacidade mística para fazer o que é melhor para minha filha. Faz uma semana que não durmo. Você faz alguma ideia do que é vigiá-la noite após noite? Sem saber se ela vai sair dessa?

Mamãe aperta os olhos em minha direção.

– Você não parece bem, querida. Deixe-me sentir sua testa. – Ela estende a mão.

– Pelo amor de Deus, não estou doente... só tenho uma filha totalmente incapaz. Estou farta de ouvir que somos fantásticos com ela e que ela sempre será linda para nós. Ela não é sempre linda e não estou nada bem. Só sigo em frente porque estou exausta demais para planejar outra coisa. Se ela vai morrer um dia, por que não agora? De qualquer forma, ela não tem importância.

– Acho que você realmente não quis dizer isso, não é mesmo, querida?

– Diga-me, então... vamos lá, diga-me. Por que devo continuar me esforçando tanto? Qual é a importância dela?

Mamãe se esforça a olhos vistos para encontrar um argumento.

– Bem, ela sente calor e frio, ela se sente feliz e triste. – Um pensamento parece passar pela cabeça dela. – E nunca se sabe. Talvez seja possível treiná-la.

– Treiná-la?

Ela se anima.

– Sim, claro que podemos treiná-la. Afinal, até as *lesmas* são treinadas.

– Pelo amor de Deus – digo. – Essa é sua sugestão?

– É apenas uma fase complicada, querida, você vai ver. Todas as mães de primeira viagem passam por isso. Você vai ficar bem. E ela também. – Ela faz uma pausa e finjo não notar que seu lábio inferior está tremendo. Então desabafa: – Você *tem* que estar bem, querida. Não suportarei se não estiver.

Desde os meus dezesseis anos mamãe planejava e ansiava pelo dia em que seria avó. Talvez esse desejo sufocante para que eu tivesse um bebê seja a verdadeira razão pela qual deixei para tê-lo tão tarde. Não me preocupei em perguntar, mas talvez ela também esteja sofrendo por Freya.

Quando abro a boca para tentar fazê-la se sentir melhor, Tobias entra na conversa.

– Anna está certa, Amelia – diz. – Precisamos ser realistas. Nunca se supera algo assim. Nunca se consegue isso.

– Pois minha filha vai superar – ela diz. – Isso é uma ordem, Anna.

– Não, ela não vai superar – retruca Tobias. – Pelo simples fato de que esse bebê está nos destruindo. E quanto mais a amarmos, mais estaremos destruídos. Não sei por que você está defendendo tanto Freya, já que esse... esse *tamagotchi* está arruinando a vida de sua filha.

Mamãe olha para Freya e para mim, prestes a entrar em pânico, com um pensamento tão claro quanto se o tivesse dito. Como ela poderá escolher entre nós? Por um segundo, vislumbro a maquiagem e a echarpe Hermès do passado e todo o edifício que mamãe construiu em torno de si. Parece que estou assistindo a um acidente de trem em câmera lenta, onde os rostos aflitos dos passageiros nos vagões condenados a descarrilar dizem que não há absolutamente nada a fazer.

Então, Kerim entra com passos diretos até os trilhos.

– Não diga bobagem, Tobias – diz Kerim. – Vocês não estão destruídos.

A voz dele soa irreconhecível, autoconfiante e com serena autoridade. Sem nenhum traço de nervosismo.

– Não vejo o que o faz pensar assim – diz Tobias, obstinado.

– É porque não permitirei isso – explica Kerim.

Tobias lança-lhe um olhar beligerante, mas Kerim se mantém firme. Ele sempre teve uma boa aparência, mas agora se mostra viril.

Faz-se silêncio. Então, com um simulacro de suspiro, Amelia desaba nos braços de Kerim. Antes que ela se dê conta do que está acontecendo, Gustav precipita-se em direção a eles. Por uma fração de segundo, ela parece pensar em fazer seu número de estátua implacável. Mas logo os três estão abraçados na cozinha.

– Estive pensando – ela diz, esquivando-se imperceptivelmente do abraço de Gustav. – Já que estou bronzeada, quem sabe meu cabelo não ficaria melhor apenas um tom mais claro que esse. Acha que podemos tentar?

Freya está resfriada e febril. As narinas entupidas dificultam a respiração, o que torna a falta de oxigênio nas convulsões ainda pior.

Sento-me no sofá com ela no colo. Passo uma esponja pelo corpinho quente enquanto ela desliza em outro ataque. Não aguento ficar sozinha com ela nesse estado.

– Tobias! – chamo.

Ele não responde. De novo fazendo-se de surdo. Isso me deixa louca, literalmente louca. Ajo irracionalmente. Chamo duas vezes mais e solto um grito:

– Depressa... ela não está respirando!

Ele chega correndo e me olha zangado.

– Ela está respirando bem.

Ela ainda está com o corpo retesado, os olhos virados para cima, a cabeça jogada para a direita, um braço para cima e uma perna para baixo, rígida como um cão *pointer*. Viro-a e ela se mantém na mesma posição. Sai da crise lentamente e com estalidos de boca.

– Vou para a cama – diz Tobias. – É sua *vez*. Ela teve três convulsões tão ruins quanto essa depois que você foi se deitar na noite passada, e a levei lá para baixo sem acordar você.

Fico sozinha com Freya. Dou-lhe um beijinho e ela abre um sorriso repentino e cúmplice. Sei que é um sorriso porque, além de ser apropriado para o momento, é diferente de quando ela sopra com uma careta.

Dou um banho nela, e o milagre acontece novamente: um sorriso de dentro, um sorriso secreto, acanhado e fugaz.

Coloco-a no berço e subitamente penso que ela pode ser levada facilmente. Não apenas a vida dela, mas sua essência. Raramente penso isso, nem minha mente me permite o acesso a esse conhecimento.

– Tobias.

– Humm.

– Tobias, por favor, acorde.

Mas ele continua roncando. Fico acordada, ouvindo a laboriosa respiração de minha filha. Prendo a respiração cada vez que ela para de respirar. Não me atrevo a dormir porque tudo pode acontecer outra vez.

Freya está no centro de nossas muitas brigas. Proponho algo, ele se opõe. Que tal o supositório de Valium? Qual é a utilidade dessa merda? Chamamos a ambulância? O hospital fica a duas horas de distância. Não posso enfrentar outra internação. Pode chamar a dra. Fernandez? Não, fui eu que liguei para ela na última vez. Bem, estou cansado, não vou telefonar para ela. E por que deveria?

Freya está sempre saindo de uma crise. Seria mais fácil deixá-la de lado. Já é quase uma questão de honra deixá-la de lado. Ela é a bola de um perigoso jogo de provocações. E lá no fundo persiste o medo – ou a esperança – de que desta vez ela não sobreviva.

– Tobias, eu vi Freya dar... bem, foi só um vislumbre... não propriamente... mas, sim, acho realmente que ela sorriu. Um ar de *satisfação*.

– Besteira – ele diz. – Ela não está sorrindo. É só um sopro.

Penso: ele nunca se atreve a ter esperança de um prognóstico melhor.

A casa está cheia de mosquitos, moscas e insetos que picam. Isso está me enlouquecendo. Precisamos de telas com malhas nas janelas. Precisamos de mosquiteiros nas camas. Já perdi o controle das coisas de que precisamos.

O rosto de Freya está coberto de picadas, mas ela nem percebe: deitada no sofá da sala, está em meio a uma convulsão. Chega a ter entre seis e oito convulsões por dia. Já não nos preocupamos em cronometrá-las.

Em plena convulsão, ela chuta um brinquedinho macio para o chão. Curvo-me para pegá-lo e noto um buraco irregular numa tábua solta do rodapé com alguma coisa lá dentro. Puxo pela ponta, e a tábua retesa e resiste. Puxo com mais força, e a tábua cede com um rangido de unhas arranhando.

Sou jogada para trás, e uma coisa faz uma parábola por cima de mim. Caio de costas, e a coisa bate no meu peito. Amarelecida, ressecada, longos dentes, careca e barbuda. Levo um instante para perceber que é o corpo mumificado de um roedor. Grande demais para ser um rato.

Ouço o meu próprio grito.

– Kerim! Preciso daqueles armários com telas. Não são ratinhos! São ratazanas! Já não me espanta que façam tanto barulho. Já não me espanta que a merda seja tão grande. Já não me espanta que o cheiro seja tão esquisito.

Ele chega esbaforido e gentilmente me levanta do chão.

– Oh, Anna. Eu não quis lhe dizer. Sinto muito.

– Kerim, você precisa fazer os armários agora mesmo. Pode substituir o rodapé? De maneira que não possam mais entrar?

Ele abre a boca. Fecha. Faz uma pausa. Ouço o sangue contra minhas têmporas. Ele abre a boca novamente. Quando fala, a nota de comando retorna à voz:

– Anna, você já não consegue mais enxergar o que está debaixo do seu nariz. É melhor parar com essa mania maluca de coisas à prova de ratos e passar a cuidar de Freya. Chame o serviço de emergência. Faça isso agora. Sinto muito dizer isto, mas você e Tobias estão matando o bebê.

Junho

O interessante em fazer uma chamada de emergência é que isso fossiliza aquele determinado instante de crise em um ponto. Discutimos durante semanas se Freya estava mal a ponto de precisar de um hospital. E agora, a partir do momento em que pronuncio as palavras "bebê" e "convulsões", estamos em um mundo diferente.

– Quantos anos ela tem? Quanto tempo durou a convulsão? Mandaremos uma ambulância dos bombeiros. É mais rápida e dispõe de melhor aparelhagem respiratória.

Preparo uma mala de mão para Freya e para mim. Ainda nem terminei e a sirene dos bombeiros soa estridente na montanha.

– É um carro de bombeiros vermelho de verdade – diz Tobias, que parece considerar necessário mostrar-se indiferente. – Claro que o equipamento respiratório é para inalação de fumaça. O serviço francês é bem coordenado.

Seis bombeiros corpulentos rapidamente transferem Freya para a maca e a colocam na ambulância.

– Entre – me diz um deles. Tobias perde o sangue-frio e também pula para dentro.

Se um minuto antes me sentia bem, agora me sinto devastada pelo drama do momento: um bebê deitado nessa maca de adulto, uma máscara de oxigênio cobrindo-lhe o rosto, um monitor bipando por cima da sua cabeça. Agarro-me a Tobias e choro.

A ambulância desce a toda nas curvas fechadas em direção ao vale. As vinhas e as imaculadas lavouras desaparecem ao longe pela janelinha no alto da porta traseira, enquanto os populares da região se detêm, apoiados nas enxadas, para nos verem passar.

O vale do rio Aigues situa-se no Alto Languedoc. À medida que descemos, as colinas suavizam e se arredondam até se achatarem por inteiro. Estico-me e pelo para-brisa aparece uma ampla planície que reluz sob o calor, com o brilho do Mediterrâneo como pano de fundo mais além. Continuamos em alta velocidade ao longo de uma paisagem dourada.

– Tudo estará seco como poeira até o final do verão – comenta o oficial dos bombeiros. – As árvores arderão em fogo à menor faísca. E quando fizerem fogueiras em dias de vento, aí... – Ele faz uma careta. Não parece um herói. Um tipo robusto e compacto, talvez um dos *chasseurs*. É bem provável que enfrente o inferno dos incêndios florestais com seus homens simplesmente porque alguém precisa debelá-los. Talvez os Maquis tivessem muitos homens assim.

No setor de emergência do Hospital Geral de Montpellier, nos despedimos. O oficial dos bombeiros bate em nossas costas, com um discurso de improviso:

– *De l'avant! Il faut toujours aller de l'avant! Bon courage!* – Eles se revezam para apertar nossas mãos.

– Bem – diz Tobias –, você ouviu o que o homem disse. É melhor seguirmos em frente.

Esperamos no setor de emergência. Acabou de ocorrer um acidente numa autoestrada. O que estamos fazendo aqui, em meio a pessoas com lesões de verdade e sangue escorrendo pelo rosto? Logo Freya entra em convulsão de novo.

Puxo-a para fora da maca e corro até uma enfermeira, segurando seu corpinho enrijecido nos braços como oferenda. Ela a rouba de mim. Os médicos acorrem e, enquanto encaixam a máscara de oxigênio no rosto de Freya, também tentam introduzir uma cânula. Eles não encontram uma veia adequada e a espetam repetidas vezes. Ela sai da crise e grita a plenos pulmões. Um estagiário crava uma agulha no pé dela. O sangue jorra em cima dele.

Ela é levada ao longo de um corredor por essas pessoas de jaleco branco, que a farão passar por procedimentos misteriosos.

– E de novo ela se torna uma cobaia – diz Tobias. – Agora, ela só pertence a eles.

O hospital só permite a presença de um dos pais durante a noite, de modo que nos registramos num hotel sujo da vizinhança. Os lençóis parecem limpos, mas à noite exala do colchão um fedor quente de animal, que nos meus sonhos assume a forma de braços grossos e suados que me arrastam para o fundo de um pântano.

Acordo e os braços desaparecem, mas o fedor de suor persiste. Este quarto de hotel é insuportavelmente abafado. Às três da madrugada, me levanto e me visto silenciosamente, pensando em sair para tomar ar fresco.

Quando vejo, estou atravessando a recepção abandonada do hospital e pego o elevador até o andar de Freya. A enfermeira da noite não mostra surpresa ou interesse quando me vê.

– Ela tem crises mais ou menos de hora em hora – diz. – Já que está aqui, anote o tempo que dura cada convulsão. Ficarei no monitor e, se alguma passar de cinco minutos, virei correndo. – Aponta para uma porta. – Entre sem fazer barulho... tem outra criança lá dentro.

No quarto de Freya, somente dois berços, ladeados por camas de adulto, uma delas ocupada. Freya está deitada e dormindo profundamente sobre travesseiros, a respiração arquejante. Ela tem um tubo no nariz e outro na boca.

Deito-me enrijecida na cama e observo o brilho do monitor acima da cama de minha filha, cujo coração mais parece uma cadeia de montanhas. Uma linha fina e esverdeada escala incansavelmente cada montanha e desce pelo outro lado. Na linha abaixo, sua respiração, mais irregular, porém também ágil – o zigue-zague de uma aranha ocupada. As duas linhas atingem o lado direito da tela exatamente no mesmo instante, e derivam para fora da borda. Ambas recomeçam à esquerda, sem um momento de pausa.

Freya solta um gemido. A linha da aranha se detém. Soa um alarme.

Chego ao berço, e ela está fazendo o movimento familiar de bombeamento com o braço. Anoto o tempo no pedaço de papel ao lado do berço: 3,45. Acaricio a testa de minha filhinha e me contenho para não pegá-la e levá-la embora daqui. Após três minutos, a convulsão termina sem alarmar a enfermeira. O monitor de respiração se detém e recomeça a rabiscar ao som de bipes implacáveis e apáticos.

De repente, a necessidade de tirar Freya daqui me domina. Fico colada no berço congelado pelo ar-condicionado do hospital. Como poderei tirá-la sem disparar o alarme? Começo a tremer. Reparo, afinal, na frase sobre um botão: "Suprimir alarme por dois minutos." Pressiono-o e desembaraço Freya. Levo-a para minha cama. Adormeço olhando para um rostinho fungador e sentindo uma respiração tênue na bochecha.

A enfermeira do dia me acorda às seis. Abro os olhos, que de repente parecem sugados por uma mangueira. Nenhum comentário a respeito de Freya na minha cama.

A mulher na outra cama se levanta com a cara amassada e o cabelo preto emaranhado ao redor dos ombros. Ela o enrola para trás, e a gloriosa juba dá lugar a um coque elegante que lhe cai bem, o rosto magro tornando-se subitamente austero. Amarra um lenço no coque.

– Eu sou Najla. Você é inglesa? Também somos estrangeiros de origem. Se bem que já somos franceses, claro.

Seu filho grita do berço ao lado, e ela se inclina para pegá-lo.

– Este é Sami. Tem dezenove meses de idade.

Sami é extremamente magro. Seus membros pálidos e longos são como varas de bambu, e as articulações proeminentes são como nós. Ele me olha com grandes olhos negros.

Najla se justifica.

– Nós tentamos alimentá-lo, mas ele não aceitou – diz com profunda tristeza na voz. – Ele teve convulsões, muitas convulsões, e está cansado. Lá em casa, fizemos de tudo para alimentá-lo. Só amanhã é que iremos aprender como colocar uma sonda no nariz dele.

Às oito horas, Tobias aparece com uma xícara de café para mim.

– Oh – diz Najla. – Seu marido. Meu marido não gosta muito de vir. Saiu para trabalhar e deixou a mãe em casa para cuidar dos meus outros filhos.

Pelo visto, Freya não é o pior caso da história.

– Você vai conhecer o meu marido amanhã – ela continua. – Eles querem que ele esteja aqui para aprender a colocar a sonda no nariz.

Começa a ronda. Uma jovem médica com ar profissional e preocupado apresenta-se como dra. Dupont. Usa um jaleco branco e sandálias de tiras de prata. É seguida por dois estagiários de jaleco branco com prancheta na mão. E por um turbilhão de enfermeiros mais atrás.

– Freya está bastante sedada – diz a dra. Dupont em excelente inglês. – Já teve diversos ataques na admissão e durante a noite. Recebeu uma alta dose de fenobarbital.

– E ela ficará bem? Poderá estabilizá-la?

– Poderíamos tentar um tratamento especial. Com corticosteroides. Ninguém sabe como funciona, mas talvez amenize as convulsões. Não é fácil; a criança pode ficar, por exemplo, irritadiça e insone durante a noite e sonolenta durante o dia. E também pode chorar muito e reter líquidos. Pensem com cuidado. Vocês contam com uma especialista do Reino Unido que a conhece bem. Seus amigos e familiares estão lá, e vocês não conhecem o sistema francês. Seria melhor para nós providenciar para que ela fosse para casa sob supervisão. Ficar aqui por conta própria e submetê-la a esse tratamento... Bem, preparem-se para tempos difíceis pela frente.

Saímos do hospital nos sentindo rejeitados. Pelo que parece, todos tentam nos descartar. Tobias me enlaça pelos ombros.

– Até que as coisas não estão muito ruins – diz. – Uma creche por vinte e quatro horas. Encaremos isso como umas férias na cidade.

Pelo resto do dia, perambulamos por Montpellier. Uma grande cidade; cada rua parece se abrir em uma praça medieval com muitos bares e restaurantes. Ao anoitecer, alunos da universidade saem para se divertir. A música flutua pelas portas e janelas abertas. Sentamos na calçada de um café e nos fartamos com uma deliciosa refeição que na Grã-Bretanha só é encontrada nos mais luxuosos estabelecimentos: ostras frescas, tutano com caldo de carne, bacalhau. Tomamos uma garrafa de vinho branco gelado.

– Não quero voltar para Londres – diz Tobias.

Sinto o mesmo. A essa altura, Londres representa a morte e a derrota. A vida e a esperança estão aqui, na França.

– Tudo bem – digo. – Vamos nessa. *De l'avant.*

Os pais de Sami estão recebendo orientação de como colocar a sonda para alimentá-lo. Nos últimos trinta minutos, eles permaneceram impotentes e silenciosos, observando a enfermeira que tentava introduzir a sonda no nariz do filho, enquanto ele gritava e gritava e gritava.

O pai de Sami é um homenzinho rechonchudo e agitado. Antes dessa prova, mostrou-se expansivo e com ar importante, apresentando-se de maneira enfática e formal.

– Fico encantado por conhecê-la. Sou o *monsieur* Hakim. Já conheceu minha esposa, Najla, e meu filho mais novo, Sami. As crianças são bênçãos de Alá. Em nossa religião, crianças como Sami são especialmente abençoadas.

Najla cede em tudo para o marido. Pede a opinião dele para coisas que certamente sabe mais que ele, como, por exemplo, o que Sami prefere comer ou o que deve vestir para a visita da enfermeira.

Quando a enfermeira chega, ele faz um novo discurso sobre Alá e as crianças como Sami.

– Preste atenção – interrompe a enfermeira. – Terá de fazer isso na próxima vez.

Assim que vê o tubo, Sami se debate com seus membros esquálidos. Com um esforço gigantesco, a enfermeira lhe introduz a ponta da sonda no nariz. Abraça o corpo esquelético do menino e empurra a sonda para dentro. Ele engasga ruidosamente.

– Quando ele engasgar, pare um pouco e depois siga em frente – diz a enfermeira. – Abra a boca do menino e veja se a sonda está enrolada no palato. Faço isso com uma lanterna. Olhe só.

Ela continua a empurrar a sonda mais do que parece possível, até o estômago. Os gritos de Sami soam desesperados e em seguida borbulhantes e abafados enquanto forçam passagem por entre o objeto introduzido na sua traqueia.

Eu não conseguiria fazer isso. Bem, talvez conseguisse, mas *não* precisarei.

– É preciso verificar se a sonda está no estômago e não nos pulmões – continua a enfermeira. – Injete um pouco de ar na sonda dessa maneira e ouça o som com um estetoscópio. Depois, puxe o êmbolo e retire um pouco de fluido... teste o pH para ver se é ácido estomacal.

A cor desaparece do rosto de *monsieur* Hakim. Ele inclina a cabeça e olha fixamente para um ponto inferior à esquerda para não encarar o sofrimento de Sami.

– Está tudo bem, Sami – diz Najla, acariciando a mão do filho, que a repele.

– Eles não poderiam abandoná-lo nessa idade, mesmo que quisessem – sussurra Tobias. – Já está bem grandinho. Ficou apavorado por conta própria. E dá para ver que já conhece os pais.

A enfermeira retira a sonda e se volta para *monsieur* Hakim.

– Agora é a sua vez – diz.

Ele recua um passo.

– Não, não. Minha esposa fará isso.

– Nada disso – insiste a enfermeira, em tom pausado e claro, como se falasse com um idiota. – Você também precisa aprender. E se sua esposa ficar doente? É muito importante que aprenda.

Monsieur Hakim pega a sonda, com relutância.

– Isto é apenas uma solução de curto prazo – incentiva a enfermeira. – Caso ele se negue a comer outra vez, vocês poderão usar uma sonda no estômago. Será mais fácil.

Sami fixa os olhos negros como carvão na bolsa de alimento agora na mão do sr. Hakim. Logo se dá conta de que está prestes a ser traído e crispa o rosto todo com um novo surto de gritos.

– Precisamos nos livrar de Freya enquanto ela ainda está novinha – diz Tobias no meu ouvido. – Faça logo isso ou... ficará apegada. As coisas estão cada vez piores e talvez seja tarde demais quando estiverem realmente terríveis. Não seremos mais capazes de explicar as coisas depois que ela confiar em nós e ficaremos nisso pelo resto da vida. E de qualquer maneira ela acabará numa instituição depois que morrermos. Isso será bem pior, porque ela não estará acostumada.

O sr. Hakim se inclina até o filho.

– Eu o seguro – diz a enfermeira, empregando toda a força para imobilizar os membros frágeis do menino.

– Os serviços sociais franceses são brilhantes – diz Tobias, persuasivo. – E não se deixe enganar... não há diferença entre aqui e o Reino Unido. Eles *terão* de encontrar uma opção, se não a levarmos para casa.

Não consigo desgrudar os olhos do menino retesado sob o apertão da enfermeira. Ele atira a cabeça para trás, tentando se afastar da sonda. Parece um potro em pânico, com suas longas pernas e grandes olhos negros.

O pai faz um movimento inútil com a sonda perto do nariz. O menino já não consegue se debater, mas geme baixinho e aterrorizado.

O homem larga a sonda abruptamente.

– Preciso voltar para a loja – diz. – Minha esposa fará isso.

A porta se fecha com um estrondo atrás dele. A enfermeira murmura exasperada e deixa Sami de lado. Pega a sonda e a estende para a mãe.

– Está bem. Ele tenta mais tarde. Agora é a sua vez.

Najla olha para a porta fechada. Abre a boca. Fecha a boca com cara de choro.

– Olhe – diz Tobias –, cuidar de uma criança como Freya é um trabalho que requer tempo integral. Um trabalho para profissionais. Não é justo forçar os pais a fazer isso.

Ele estende as duas mãos com os dedos ligeiramente abertos para mim, como se para me tirar de uma piscina. Ele sempre teve mãos encantadoras, mãos de músico: longas, alinhadas e competentes. Conheço essas mãos muito bem.

Assume um ar suplicante.

– Eu amo você. Preciso de você. Sinto muito por colocá-la nesta situação, mas você precisa escolher. Ou eu ou ela. Vou voltar para as montanhas.

Será que tenho mesmo uma escolha?

Sem dizer nada, deslizo minhas mãos até as dele, nos viramos e saímos.

É temporada de figo verde. *La fleur de figue* – a flor do figo – segundo Rose. Um florescimento precoce das frutas, menos abundante que a safra principal do outono. Mas uma doçura total e uma promessa de *largesse* por vir.

O hospital nos telefona e pergunta rudemente pelo nosso paradeiro. Sei que preciso vê-la, meu bebezinho, sei que preciso abraçá-la, mas também preciso colocar as frutas nos potes.

Colheita de figos. Que trabalho reconfortante. Árvores abertas e generosas. Folhas largas como palmas de mãos estendidas que oferecem alimento e sombra. Folhas que vazam um leite branco viscoso quando retiradas. Sei muito bem o que é isso. Também estou tentando secar o meu leite materno. Isso me deixa dependente de Freya, entrelaçada a ela.

Não há nada de absurdo em fazer isso. Ela tem seis meses de idade agora. Grande parte das mães profissionais de Londres faz o mesmo. Além do mais, a cada dia ela está com mais fome e já comecei a completar sua dieta com fórmulas especiais.

Durante a amamentação, o bebê e os seios fazem uma estranha aliança e dão as ordens. Você tem de estar pronta para deixar de lado as outras tarefas a qualquer momento. Geralmente a amamentação e a continuidade de um outro trabalho também de qualidade não são compatíveis, ao contrário do que muitas vezes se diz.

Claro, não tenho mais um bom trabalho, o que não quer dizer que não tenha compromissos. *"Os figos devem ser colhidos no 'bon moment'"*, escreve Rose no caderno.

Gosto desse conceito. Sem prazos frenéticos, sem primeiros e últimos momentos possíveis. Apenas o momento perfeito. E isso depende de inúmeros fatores: clima, inclinação do vale, posição de uma única fruta no galho. Logo, logo a fruta perde o sabor. Tarde demais, e ela murcha ao sol.

– Rose costumava me pedir que colhesse figos duas ou três vezes por dia – diz Ludovic. – Só para ter certeza de que cada fruta era colhida no *bon moment.*

"Adicionar um pouco de vinho tinto apura o sabor e a cor da compota de figo", escreve Rose. *"Açúcar é desnecessário, mas pode-se adicionar mel quando se tem uma colmeia. O método mais simples de preservação de figos é secá-los ao sol. Amarre um barbante no raminho e pendure-os em árvores. Se houver uvas*

disponíveis, vale a pena colocá-las com os figos dentro de um grande vasilhame de louça selado."

– Não consigo alcançar os frutos no alto da árvore – digo.

– Retire-os com uma lata vazia atada na ponta de uma vara – aconselha Ludovic. – Os frutos caem na lata. Ou então puxe os galhos para baixo com um gancho... as figueiras são flexíveis. Posso ajudar.

Colhemos juntos durante mais ou menos meia hora. Ludovic puxa os galhos para baixo e deixa os frutos ao meu alcance. Fico feliz em aceitar ajuda de qualquer direção. Tobias está permanentemente indisponível. E mamãe sempre ocupada passando roupa. Gustav partiu para o colégio inglês enquanto estávamos no hospital, e Kerim está restaurando os quartos. Lizzy se ocupa em fazer o que bem entende.

– Como está *la petite*? – pergunta Ludovic.

Suponho que ele esteja sendo um bom e educado vizinho. Respondo então, espontaneamente, que ela está recebendo um excelente atendimento no hospital. Mas ele me pressiona: "E que emergência foi essa? Uma convulsão? Uma infecção no peito? Em que hospital ela está? Ela vai se recuperar? O que dizem os médicos? Quem é o especialista dela?"

Ele foi mais longe do que o interesse geral exige. Além do que seria educado. Suas perguntas me arrastam para longe dos figos maduros e suculentos que se estatelam na cesta, levando-me de volta à estéril enfermaria com monitores de respiração.

– Você conhece bem o hospital – digo por fim.

Ele solta um galho lentamente. Ambos o observamos pular para trás, liberto do peso dos frutos.

– Trinta anos atrás, Thérèse e eu tivemos um bebê – ele diz. – Um menino. Nós o chamamos de Thomas. Levamos meses para reconhecer que ele tinha síndrome de Down. Thérèse já tinha passado da idade para ser mãe, e não pôde mais ter outro filho. Ela sempre o amou incondicionalmente. Mas, para mim, não era tão simples.

Nunca pensei em Ludovic como pai, embora ele já tivesse insinuado.

– Para ser honesto – ele continua –, eu queria que Thomas desaparecesse. Mas o estranho é que me senti agoniado quando ele morreu.

– Faz uma pausa enquanto puxa outro ramo para baixo. O galho se dobra quase todo, oferecendo-me os frutos. – Acho que o amei sem saber – acrescenta. – Acho que o amei o tempo todo.

Os ratos estão ocupados em fazer ninhos. Puxaram os fios de lã do material de construção de Kerim e das roupas dos armários e as fibras de vidro do telhado.

– As armadilhas comuns não vão funcionar – diz Ludovic. – Os ratos são sociáveis. Falam uns com os outros. Misture gesso seco com parmesão. Deixe-o em tigelas ao redor da casa. Um rato vai ingerir o gesso, que se transformará em pedra no estômago. Ele vai morrer lentamente e soltará o guincho de morte do rato. Os outros vão se apavorar. Fugirão da casa e não voltarão mais.

– Pelo amor de Deus, já basta o assobio fantasmagórico desta casa – diz Tobias. – Não quero conviver também com o guincho de morte do rato.

Ultimamente, ele está sempre com os nervos à flor da pele. Considera opressora a presença de mamãe. E, para ser honesta, também a minha. Passa o tempo no estúdio de gravação forrado de caixas de ovos. Seu agente mandou um monte de pedidos de documentários, e ele não se atreveu a recusar porque não faz ideia de quando será pago pelo trabalho de *Madame Bovary*, se é que será pago.

– Eles sempre querem tudo para ontem – resmunga. – Acabei de receber um telefonema do diretor de um programa do Discovery sobre vida selvagem. Pediu música para tubarões e ursos para seis da tarde de hoje e para enguias e texugos até amanhã.

Tobias sempre foge para o rio quando não está trabalhando. Geralmente se encontra com Lizzy.

A casa está cheia de gente que me solicita uma coisa ou outra. Preciso que ele se envolva mais. No entanto, tentar encostá-lo contra a parede é como prender o mar. Ele não se opõe, mas simplesmente flui pelas lacunas.

– Querido, Kerim quer saber o que deve fazer a seguir. Você poderia dizer a ele? Eu mesma faria isso, mas estou muito ocupada com os figos.

– Claro – diz Tobias distraidamente, servindo-se de uma colher de compota de figo. – Acho que você colocou um pouco de açúcar demais nessa.

– Mamãe comentou que há ruídos no quarto dela. Falei que eram apenas esquilos na figueira lá fora, mas temo que seja você sabe o quê. Você poderia ver se os roedores estão passando por algum lugar no rodapé?

– Claro.

– Talvez Julien venha para o almoço. Fico pensando em como um frango pode servir seis pessoas. *Poulet à la Sainte-Ménéhould*, talvez, com batatas assadas e salada verde da horta. Ontem você pegou o frango no açougue do pai de Yvonne?

– Claro.

– Onde está então?

Tobias me lança um olhar vazio.

– O frango. Do pai de Yvonne.

Ele dá uma palmada na testa.

– Merda. Eu sabia que tinha esquecido alguma coisa.

– Tobias – digo, tentando conter a nota ríspida de minha voz. – Você poderia sair e pegar o frango agora, por favor, ou não haverá almoço... e só Deus sabe o que essa turma poderá comer.

– Claro – ele diz. – Primeiro vou tomar um café. E também uma chuveirada.

– São onze e vinte. O açougue fecha ao meio-dia. Ou o café ou a chuveirada, mas não ambos.

Tobias me lança os seus olhos azuis feridos e põe a chaleira para ferver. Então segue em direção ao banheiro. Ouço o barulho do chuveiro.

– Até pareço uma megera – reclamo para mamãe. – Isso é tão injusto. Tobias me *obriga* a importuná-lo. Nunca fui mandona, não como você. Odeio ser assim.

Mamãe me olha espantada.

– Mas *é claro* que você precisa aborrecer Tobias – diz. – De que outra forma ele saberia que você o ama?

– Vou parar com isso. Agora. Não vale a pena. Não quero me tornar uma esposa irritante.

– Estive pensando, querida – diz mamãe –, se está sendo difícil encontrar tempo para visitar Freya no hospital, que tal se eu fosse em seu lugar?

– Não acho que...

– Posso pegar o ônibus, e acredito que eles tenham alguma cama de sobra na enfermaria. Sei que aceitarão a avó quase da mesma forma que aceitam a mãe.

– Realmente não quero...

– Posso dizer que você tem outros filhos em casa para cuidar. Claro que isso é permitido. Como você poderia deixar de lado os outros filhos?

– Mãe! Não!

Grito novamente com ela. Por que sempre acabo gritando?

– Tudo bem, tudo bem, querida – ela diz, no tom de quem finge que não se magoou. – Foi apenas uma ideia. Eu só queria ser útil. Não ligo se não puder ver Freya. Verdade. Vim à França para visitar *você*.

Enquanto faço compotas, gosto de pensar que de alguma forma estou salvando as frutas do inevitável processo de ruína e decadência. Sem mim, elas só viveriam por mais uns poucos dias. Dentro dos potes selados, conservam as formas perfeitas por um ano ou mais.

Acho que os figos dos potes me saúdam como uma salvadora, e que os que ainda estão na árvore me imploram para pegá-los. Odeio perder figos. Hoje à tarde embalei cinquenta potes de meio litro de figos em *marc*.

– Não esperava encontrá-la aqui – diz Julien. – Me disseram que Freya está no hospital.

– Sim, está.

– Ambulância dos bombeiros. É o assunto do vale. Quando ela volta?

– Ainda está lá. Nós... nós precisávamos de uma trégua.

Olho automaticamente para baixo quando digo isso. Mas de repente sinto necessidade de olhar nos olhos dele. Ele sustenta o olhar mais do que o confortável. E depois sorri secamente.

– Então, está preparando compotas com os figos.

Não sei por que me sinto na defensiva.

– Talvez a gente possa fazer uns rótulos e vendê-las aos turistas. Só Deus sabe o que poderíamos fazer se entrar algum dinheiro.

– Escreverei uns rótulos para você. Mas não para os turistas. Com quantos potes quer ficar?

– Uns vinte.

Trabalhamos juntos por um tempo. Sem conversa fiada. Gosto disso em Julien; ele não tem medo do silêncio. Ouço o riscar da caneta hidrográfica enquanto ele escreve os rótulos.

– Espero que Freya melhore logo.

Giro o corpo, e ele já se foi.

Fico trabalhando até quase meia-noite. Só leio os rótulos depois que levo uma braçada de potes para a prateleira.

Figos feitos enquanto a nossa pequena Freya estava no hospital. Que ela esteja de volta com a mãe para o lugar ao qual pertence quando estes figos estiverem abertos.

Meus seios começam a vazar leite. Não suporto a ideia de desistir de Freya. Jamais.

Faltam dez para as seis da manhã e espero o ônibus para Montpellier. Tobias se recusou a me acompanhar e disse que precisa do carro. Ainda me fez prometer que eu voltaria de ônibus à tarde.

Chego ao hospital por volta das nove. Ver Freya ligada aos monitores, tubos e eletrodos não me horroriza mais. Sou como uma parte sobressalente de minha filha.

Ligada aos esteroides, em vez de se enrolar no meu corpo, ela se enrijece enquanto me bate espasmodicamente com os punhos e solta gritos de protesto. Queixo irrequieto, olhos arregalados e corpo a toda velocidade indicam que ela não dormiu.

Seguro-a nos braços e desisto dos meus bons propósitos, deixando-a apertar a boca no meu mamilo. Ela suga ritmicamente e sem prazer.

Sami está dormindo no berço ao lado, com rastros de lágrimas secas no rosto. Najla o segura pela mão.

– Como vão as coisas? – pergunto.

Ela faz um delicado gesto de desespero.

– Ele não gosta disso. Nem eu. Mas o que posso fazer? Sou a mãe dele.

Acordo esta manhã com o sol esparramado nas cortinas limpas. Os galhos da figueira acenam uma preguiçosa saudação. Uma cacofonia selvagem aflora da árvore: pássaros pequenininhos rasgam os figos com o bico. Eles os destroem. Fim do *bon moment*. Perdi um único dia no preparo das compotas, e os figos acabaram.

Mas agora descobri um sabugueiro ainda em flor no alto da montanha, cujo aroma é intenso e viciante. É possível capturá-lo no ar, esse espírito do início do verão. Pode-se engarrafá-lo com açúcar e raspas de limão. Efervesce após vinte e quatro horas. Converte-se na essência de si mesmo.

Amo essa alquimia, essa certeza. Ingredientes que moldam regras conhecidas e compreendidas. Comportam-se de certas maneiras sob determinadas condições. Há limites para o meu amor. Preciso riscar uma linha na areia.

Sacudo Tobias e o acordo.

– Tobias, você está certo.

– Hein?

– Já decidi. Não passarei pela experiência que aquela família está passando. Não posso. Simplesmente não posso.

– Certo – diz Tobias. – Estou com você. Cem por cento com você. Quer dizer que não vai mais voltar para o hospital?

– Bem, não é exatamente o que quero dizer. Na verdade, nem sei o que estou tentando dizer.

– Acho que você está sendo puxada para duas direções diferentes – ele diz. – É como se a força de ser mãe a puxasse para Freya e o instinto de autopreservação a puxasse para longe dela.

– Talvez você esteja certo – digo. – E no fim... um anula o outro. Fazem geleia de mim. Não consigo pensar nem mesmo sentir. Fico obcecada em manter tudo sob controle.

Afasto-me com um suspiro depois de um longo beijo.

– É melhor levantarmos e providenciarmos o café da manhã para o povo.

Chego à cozinha e abro a geladeira. Em vez de uma recepção explosiva de frio, uma lufada de ar quente e pantanoso contra o meu rosto.

– Não acredito nisso – digo. – A geladeira quebrou. Acabamos de comprar.

– Ora, talvez só esteja fora da tomada – diz Tobias.

Juntos, afastamos a geladeira da parede. Atrás, encontramos o cadáver de um rato gorducho com os dentes ainda cravados no fio que o eletrocutou.

Esta manhã Tobias me permite levar o Astra até Montpellier. Ele me dá um beijo de despedida fora da casa. Mas não vai comigo, por mais que lhe suplique. Sigo pela autoestrada com a familiar sensação de raiva e vazio no estômago. O que me vem à mente é que pareço um ioiô. Não importa o quanto eu me desdobre, nenhum dos meus esforços de manter a família unida tem chance de vingar se ele não pegar minha ponta solta e me ajudar a retomar o rumo.

Chego à enfermaria e encontro as enfermeiras empurrando Freya no carrinho de bebê.

Mas ela me parece estranha. Onde está minha linda e frágil elfinha? Quem é essa criancinha corada e gorda com olhinhos de porquinho? Os esteroides fizeram o seu trabalho. Pego-a no colo. Ela cheira a hospital. Já sei por que os animais abandonam a cria que é muito mexida. Ela também *está* diferente... mais pesada, mais dura, com um jeito novo de arquear a cabeça para trás. Quero levá-la para casa e dar banho nela, depois aninhá-la nos braços para que volte a ser minha. Mas há também um lado meu que quer sair daqui enquanto pode e nunca mais voltar.

Quando afinal chego em casa, encontro Tobias e Lizzy debruçados sobre o computador na sala de estar.

– Estou ensinando Lizzy a pesquisar na internet – diz Tobias. – Ela poderá mudar de vida se adquirir mais conhecimentos de informática.

– Acabo de descobrir este novo e maravilhoso sistema profético – ela diz. – Os incas colocaram tudo isso gratuitamente na internet. Anna, você se lembra do dia, hora e minutos do nascimento de Freya? Estou fazendo o horóscopo dela.

– Lizzy – digo –, talvez outra hora. Estou muito cansada. Além do mais, não eram os incas que arrancavam o coração das pessoas?

– Ora, vamos lá, Anna, só um pouco de diversão – diz Tobias.

Lizzy me olha com olhos redondos e apaixonados. Penso: por que ela ainda está aqui? Preciso convencer Tobias a despachá-la. *Agora*. Mas estou muito cansada para enfrentar a discussão que isso deve provocar.

– Vamos lá, só a data de nascimento já serve. – Os dedos voam sobre o teclado ao mesmo tempo que rabisca freneticamente sobre um bloco de notas. De repente exclama: – Mas isso explica tudo!

– Ótimo – digo.

Ela não se abala com meu sarcasmo.

– Freya não *faz*, Freya *é* – diz triunfante. – Freya influencia a vida de todos ao redor. E provoca mudanças.

– Lizzy! – digo rispidamente. – Nunca se atreva a inventar bobagens como essa sobre minha filha.

Mas Lizzy não me ouve. Com seus cabelos longos e pretos sobre os ombros, parece um xamã sul-americano.

– Ela veio à Terra para evocar emoção, especialmente o amor – diz. – Ela está aqui para isso. Para atrair as pessoas e abri-las para o amor.

Freya deve receber alta hoje.

Se os esteroides a transformaram em miniatura de lutador de sumô, por outro lado controlaram os ataques. Também provocaram um apetite feroz. Suas bochechas agora estão gordinhas e rosadas. Ela parece robusta.

Visto-a com uma roupa que mamãe fez para ela: um vestidinho de algodão azul e branco com um bordado no peito. Ela fica adorável. Melhor ainda, se parece com qualquer outro bebê. É sempre fácil trazer a esperança de volta.

Tobias ainda quer deixá-la no hospital. Mas sinto que já está cedendo. Apesar de todo o papo dogmático, ele tem coração mole. Aceitou conhecer a médica com certa relutância.

De início, uma exposição interminável sobre medicamentos. Freya precisa ingerir uma quantidade assustadora: três tipos diferentes de anticonvulsivos, dois remédios para proteger o estômago dos efeitos colaterais dos medicamentos para epilepsia e uma bateria de vitaminas e sais minerais. Será necessário verificar a pressão arterial e a urina duas vezes por dia. E ainda sessões de fisioterapia três vezes por semana. Além de compromissos com um exército de profissionais de saúde e de funcionários dos serviços sociais, sem mencionar a meia dúzia de outros especialistas.

As contas acumuladas no hospital chegam a trinta mil euros.

Felizmente, no âmbito dos acordos recíprocos que cobrem os países da União Europeia, será possível reivindicar de volta os gastos médicos. Infelizmente, ainda não estamos qualificados na França para atendimento de creche ou para benefício por incapacidade. Privada de sono como estou, soa incrivelmente assustadora a mera ideia de lidar com as burocracias inglesa e francesa relativas à demanda de um cronograma de cuidados para Freya.

– Aqui na França – resmunga Tobias –, tudo bem se você não tem cérebro, mas você está ferrado se não tem a *carte d'identité*.

Para piorar as coisas, a bem-intencionada dra. Dupont diz em tom de palestrante:

– Vocês dois devem trabalhar muito para ajudar Freya a realizar o potencial dela.

– Por que, exatamente? – pergunta Tobias.

Ela não capta o tom de advertência.

– É natural que queiram isso. Vocês a amam porque são os pais.

– Na verdade – diz Tobias –, estamos pensando seriamente em deixá-la aos cuidados profissionais. E não gostamos que nos digam quanto amamos ou se amamos nossa filha.

A dra. Dupont parece assustada e muda de tom:

– Claro que é difícil. É o tipo da coisa que separa muitos casais. O importante é que fiquem juntos e que se amem.

– E se não a levarmos para casa? – pergunta Tobias corajosamente.

– Nós teríamos que chamar o serviço social. Mas vocês sabem que na França existe um grande apoio às famílias de crianças deficientes. E sempre há a possibilidade de *un établissement*, uma instituição, durante uns quatro ou cinco anos.

– Gostaríamos de saber o que esperar em termos médicos para os próximos meses – diz Tobias. – Assim, poderemos tomar uma decisão melhor sobre o futuro dela.

– Bem, no momento Freya passa por um período delicado, um período muito difícil que se estende de quatro a oito meses, durante os quais o cérebro amadurece. Ela tem a estrutura básica do cérebro anormal e provavelmente isso afetará o processo. Talvez nunca sejamos capazes de deter as crises completamente. O que faremos é administrá-las com medicamentos. Mas vocês também precisam fazer a sua parte. É um regime complicado, mas de importância vital. Será necessário que mantenham um cronograma de medicamentos e que nunca se esqueçam disso. Uma interrupção poderia desencadear um ataque violento, e isso a faria perder as capacidades já desenvolvidas.

– Que capacidades? – pergunto.

– Ela poderia perder a capacidade de sugar ou respirar por si própria.

Sinto um soco na boca do estômago.

– Você nos dá licença por um momento? – diz Tobias.

Saímos da sala, e ele começa a chorar. Só então me dou conta de que a indiferença anterior simplesmente encobria o pavor que ele sentia.

Abraço-o, sentindo seus ombros tremerem, e o conforto.

– Ela é tão doce – choraminga. – E tão fodida.

– Se a médica o visse agora – digo. – Ela o achou um horror. Você foi franco demais. São coisas que se pensa, mas que não se diz.

– Foda-se a médica. Fodam-se todos eles – diz Tobias. – Prefiro que pensem que sou um idiota completo a sentirem pena de mim. Olhe... A mim coube dizer o indizível e fazer a parte difícil. Talvez esta seja a nossa última chance de sair antes que seja tarde demais.

– Não será assim – afirmo. – Eu só quis dizer que não iria passar pela mesma merda que passa a família de Sami. Faremos um pacto. Riscaremos uma linha na areia. Dessa maneira, saberemos exatamente até que ponto estamos preparados para aguentar.

– E até que ponto exatamente é isso? Para eu saber...

– Por exemplo, o tubo de alimentação e a ventilação. Ao primeiro sinal de necessidade disso, a entregamos imediatamente para o serviço social. Combinado?

– Acha mesmo que será capaz de fazer isso? Porque você sabe que esse momento vai chegar. A médica foi bem clara. Acha que poderá levá-la para casa, sabendo que será por pouco tempo? Acha que será forte o bastante quando esse momento chegar?

– Acredite em mim, serei forte o bastante. Eu terei que ser.

É o que quero dizer. Nunca passarei por isso de novo. Não sou capaz de amar Freya incondicionalmente. Preciso ter alguma coisa de volta.

Julho

Decidi guardar as roupas boas de Freya. Quase todas elas presentes de amigos e familiares que ainda não faziam ideia de que Freya era um caso perdido. Além de umas poucas muito caras, presenteadas depois que a notícia se espalhou.

As coisas que me são mais queridas: uma manta de lã que comprei durante a gravidez. O vestido azul e branco com bordado à mão que mamãe fez. Camisetinhas indianas de batique, de Martha. Meias de algodão bordadas. Calcinhas de bordado inglês. Lençóis de linho para cama com iniciais bordadas. Que utilidade essas coisas têm para um bebê de sete meses de idade que nem consegue sustentar o pescoço? Talvez um dia possa utilizá-las em outro bebê.

Ultimamente, cada vez mais me deixo levar por um sonho feliz. Estou grávida de novo. Sem nenhum dos males, desconfortos e sofrimentos que tive com Freya. Dessa vez são gêmeos: um sobressalente, caso os demônios ainda estejam nos perseguindo. Finalmente, aprendi a me desapegar – talvez Freya tenha servido para isso. Os gêmeos nascem sem dificuldade, e Tobias chora como se fossem os primeiros filhos, e compartilhamos um momento mágico, sem pesadelos à espreita.

Fantasia louca. Mas preciso acreditar nisso. Conto com meus gêmeos para me manter ocupada e sem tempo para me preocupar quando tirarem Freya de mim. Quando a colocarem em uma instituição, estarei lavando à mão roupinhas bordadas para crianças que podem andar e falar. Isso é melhor que agonizar na dúvida de se ela está sozinha e coberta pelo próprio vômito.

Olho para Tobias, que ainda está dormindo na cama. Freya está deitada ao lado, e as duas cabeças apontam para a mesma direção. Ambos com um dos braços jogado para cima. Ambos roncam. Duas ervilhas em uma vagem. Calmos e bonitos. Os dois. E, antes que possa me preparar, o amor se aproxima furtivamente e me apunhala.

Puxo pilhas de roupinhas para fora da prateleira e seleciono-as rapidamente. Coloco de volta o que é facilmente lavável à máquina: macacõezinhos de malha, suéteres de acrílico, coletes de algodão. Lã pura, babados, bordados e roupinhas brancas direto para um saco plástico lacrado. Ponho o saco no fundo da prateleira de cima, pronto para o dia em que minha vida estiver de volta aos trilhos.

Lizzy tomou-se de uma energia estranha.

– Uma nova era está chegando! – insiste em nos dizer. – Tempos de abundância!

De certa forma, talvez ela tenha razão. Lá embaixo, no vale, as terras à beira do rio florescem. Tomates vermelho-escuros escorrem em pencas; alcachofras equilibram suas enormes cabeças; os impecáveis canteiros estão viçosos com vagens, abobrinhas, pimentões e berinjelas.

As linguiças de Yvonne estão penduradas no gancho de açougueiro, na despensa da cozinha de caça, em profusão gloriosa e desenfreada.

– Uau! – exclamo quando ela me permite uma espiada. – Mas estão um pouco úmidas.

– Faz parte do processo – ela diz. – Só restará carne depois que a água escorrer. A umidade ajuda a aumentar a fermentação. Em breve, estarão cobertas de mofo branco.

– Adorável.

– É como fazer um bom vinho ou um bom queijo. Precisam ficar expostos ao ar em ambiente fresco para envelhecer lentamente e com amor.

– O que está cozinhando aqui? – pergunto.

– *Fricandeau* – responde Yvonne. – Feito de algumas partes magras e algumas partes de gordura da carne de porco. E de *abats*, vísceras, claro. É cozido lentamente na *crépine de porc*, a gordura que envolve o estômago do porco. Delicioso. Oh, Anna, se eu ganhar a competição, talvez possa ter o meu próprio *laboratoire* como este.

– Você pode ter este, Yvonne, dando aulas para os meus alunos. Não vejo um chamariz melhor para minha escola de culinária do que ter minha própria *charcutière*.

– Ainda mais se eu ganhar a *médaille d'or* – ela diz, sonhadora. – Talvez seja melhor me dedicar à charcutaria e não me casar. Julien não se importa mesmo comigo.

– Ora, Yvonne, ele se importa com você.

– Se ele se importasse, aprenderia uma profissão adequada. Açougueiro, por exemplo. Poderia se casar comigo. Mas ele diz que não acredita em casamento. – Os olhos claros de Yvonne se detêm em Freya, no canguru contra o meu peito. – Meu medo é que eu já esteja perdendo a chance de ser *maman*.

– Você sabe que Julien adora festas – digo. – Talvez ele aceite a ideia, se você concordar em ter um casamento extraoficial lá na clareira.

– Não serei a concubina dele – diz Yvonne. – Não vou passar vergonha diante de todo o vale.

– Ou talvez ele aceite um casamento oficial, se você concordar em realizá-lo na casa da árvore.

Mas a sempre dócil Yvonne se mantém irredutível em relação à questão.

– Eu sempre quis um casamento na igreja. Com vestido branco. *Papa* pagaria tudo.

O único vislumbre de esperança à vista é que agora Julien é depositário dos *saucissons*. Só ele pode entrar no santuário sem supervisão, só ele pode testemunhar os processos secretos e só ele possui a chave que sempre carrega em uma corrente ao redor do pescoço, como uma espécie de emblema hierofante.

Suspeito de que Yvonne não perdeu inteiramente a esperança de que um dia ele seja persuadido a se tornar aprendiz de açougueiro.

O sol inunda o quarto às seis e meia desta manhã. Seus raios roçam no corpo de Freya, que murmura "uááá!" e me esmurra com o punho. Sua mãozinha está molhada de tanto que ela a chupou. Depois de me acertar o rosto, ela desliza a mão pelo meu nariz até os lábios, deixando um rastro quente e pegajoso.

Abro os olhos e observo os dela. Não são mais cinza-ardósia. Um deles é cor de avelã, como os meus, e o outro, o da mancha na pupila, é azul como os de Tobias. Continuo deitada, observando-a e pensando em como é inusitado e interessante ter um bebê com olhos de duas cores diferentes.

Tobias acorda e sorri espontaneamente ao se inclinar sobre ela.

Freya, no mesmo instante e de maneira inequívoca, sorri de volta.

– Uau – ele suspira.

Olha para Freya de um jeito que nunca o tinha visto olhar. Extasiado, como se tivesse acabado de presenciar o nascimento de um novo planeta.

Penso: isso está acontecendo; finalmente, isso está acontecendo. Ele está baratinado. Qualquer que seja a química mágica dos bebês para seduzir os pais e as mães, isso finalmente entrou em ação.

– Seu primeiro sorriso – ele diz. – E para mim... o papai.

Passam-se os minutos. O mundo se encolhe apenas para nós três. A cama nos aninha juntinhos, com a suavidade e a infinitude do mar. Ambos somos escravos devotos de Freya. Ela olha para mim e para Tobias, e depois abre um sorriso enviesado. Ainda entre nós dois, ela dá pontapés de sapo em mim e nele. Olha para a própria mão estendida e, com infinita concentração, a traz de volta até o rosto e enfia a parte posterior da junta na boca depois de uma ou duas tentativas. Emite sons, como se em busca de reconhecimento pela ação inteligente.

– Saiu um dentinho – diz Tobias. – Olhe... na parte inferior da frente. Pequenininho. Não é um docinho?

Arrulhamos por causa do dentinho, apreciando ser uma família comum, orgulhosa do progresso dela, feliz com as coisas mais normais.

– Isso exige uma celebração – digo. – Café na cama para dois.

Na cozinha, cubro uma bandeja com um pano de linho e coloco uma rosa num vaso de vidro lapidado junto com a melhor louça de café. Ponho uma mamadeira em banho-maria e levo tudo para o andar de cima.

– Vamos logo – digo enquanto estendo um café para ele. – É um dia especial, mas temos tarefas a fazer.

Tobias deixa o café na mesa de cabeceira, enrola Freya numa pele de carneiro e a coloca no chão. Em seguida, tira a xícara de minha mão e me puxa para a cama, onde me dá um abraço sincero e passional. Sorrio de felicidade. Penso: tudo tão inesperado. Levou um tempinho até conseguirmos pôr os pés no chão. Tudo ficará bem.

Sempre me dizem que Tobias é atraente, sobretudo as mulheres. Falam dos ombros largos, dos olhos azuis e dos cabelos negros e fartos. Mas o amo por outras razões. Mesmo quando ele está sério, os vincos nas extremidades dos olhos parecem indicar que estão permanentemente à beira do riso. Ele se amofina com a covinha no meio do queixo quando faz a barba. E nem desconfia de que é bonito.

Ele então me olha de relance com ar autodepreciativo e retribuo com uma careta. Acanhados e com um sentimento de estranheza, nos aproximamos e nos aconchegamos com cautela, como se nos colocando à prova, como se atravessando uma grande distância para retomar o convívio após um longo tempo de separação.

Por fim, caímos um nos braços do outro, oscilando dentro e fora de um sono quase sensual. Sentimos o dia avançar e o quarto se aquecer.

Soam cânticos da sala de estar.

– Lizzy – digo. – Já estou de saco cheio dessa moça.

Tobias me olha com ar inocente, como se fosse uma novidade para ele.

– Cheia de não ter privacidade – prossigo. – De ser obrigada a pagar para ela, mesmo *sendo* uma ninharia. De propiciar comida e alojamento. E o fato de tê-la atrás de mim em todos os compromissos sociais é tão louco quanto ela própria. Para isso, uma empregada faria um trabalho de cinco horas por dia. Tobias, por favor, nós precisamos mandá-la embora.

– Hummm! – ele exclama, subitamente irritado. – Maldito calor. Isso tira qualquer um do sério.

Levanta-se e remexe no guarda-roupa.

Continuo deitada na cama e fecho os olhos.

– Tudo bem... sinto muito. Definitivamente, é o momento errado para trazer isso à tona. Será que posso ter o Tobias sexy de volta, por favor? – Mas o momento já evaporou.

– O equipamento de música não se adapta a esse calor – ele diz, ainda remexendo no armário. – Se bem que, para ser franco, o financiamento para *Madame Bovary* estagnou de novo e não há outros documentários à vista. Um bom momento para uma pausa. Posso me sentar na beira do rio junto com Freya, se você quiser.

– Tudo bem. Mas acho que está muito quente lá fora para ela.

– Melhor que este forno aqui dentro.

– Há mosquitos no rio. Fico com ela.

– Você que sabe.

O calor sempre o deixa mal-humorado. Quando ele sai de casa batendo a porta, me pergunto por que diabos preferi mudar para um país quente.

O quarto é sufocante. Freya dá umas fungadas de protesto e fixa os olhos no teto branco. Continua de rosto enviesado – o próprio espelho de Tobias –, enquanto lhe passo uma esponja. Estico a mão para pegar uma roupa mais leve no guarda-roupa e paraliso de olho na prateleira.

As roupas bonitas de Freya estão novamente dobradas e arrumadas com esmero lá dentro. Tobias. Só pode ter sido ele. Nada do saco de plástico impermeável.

Os dias são pontuados de reuniões, agora que Freya recebeu alta. Um batalhão de funcionários da saúde e assistentes sociais exige nossa presença. Eles se horrorizam com o longo sumiço de Freya do radar.

Fiquei aliviada a princípio. Como não percebi a existência de uma estrita rede de segurança para casos especiais? Mas aos poucos me sinto exausta e anestesiada pela provação de contar a longa e terrível história de Freya inúmeras vezes.

Tobias sempre arruma um jeito de se ausentar das reuniões.

– Seu francês é bem melhor que o meu – diz enquanto se afasta às pressas para o trabalho. – E além do mais você sempre chora. Isso torna tudo *muito* mais poderoso.

Não ajuda em nada que ele esteja certo a respeito do choro. Logo que começo a contar a história do nascimento de Freya, me derreto em um mar de lágrimas: justamente quando tento parecer equilibrada e razoável. Os funcionários me olham com ar de bons entendedores e anotam nos formidáveis arquivos de nossa história, com reconfortantes promessas de ajuda doméstica e assistencial.

Mas, antes, cada funcionário faz acréscimos em francês nos intimidantes documentos, que não faço ideia de como preencher, e que levarão, no mínimo, seis meses para serem processados pelas autoridades competentes nos dois países. Uma oscilante montanha de papeladas já ocupa metade do espaço na mesa da sala de estar, a ponto de superar os documentos exigidos para montar uma escola de culinária residencial.

Até que tais documentos sejam processados, daqui a alguns meses a partir de agora, esses mesmos funcionários que dizem que o meu caso é prioritário também dizem "*Mais vous n'avez pas le droit...*" e assim por diante. "Você não tem o direito..." se juntou ao "*mal fait*" como a expressão mais terrível da língua francesa.

Tobias e eu acordamos preocupados nas primeiras horas do dia.

– *Ouvi* os ratos roendo as vigas – sussurro.

– Por que está sussurrando? – sussurra Tobias para mim.

– Shh! Já ouviu? Uma mastigação intermitente. Eles podem derrubar o telhado.

– Bem, não sei o que fazer quanto a isso.

Suspiro.

– Eu sei. É só... – Calo.

– Só o quê?

– Sei que não é justo lhe pedir para fazer esse tipo de coisa. Mas... bem, isso é trabalho de *homem*. Pelo menos todos aqui pensam assim.

– Oh, Deus... não isso novamente. Nada *a* impede de fazer alguma coisa com esses ratos das vigas.

– Mas não sei como. De qualquer maneira, já faço trabalho pesado o suficiente. São cinco horas da manhã e daqui a duas horas terei que preparar o remédio de Freya da parte da manhã. E depois terei que conseguir uma consulta oftalmológica; não posso deixar de lado o cronograma do hospital. Sem falar que passarei mais um dia infeliz em reuniões e tentando resolver a papelada dela. Será que não podemos traçar um rumo e dividir as tarefas entre nós dois?

– Não comece a me pressionar de novo! Você parece uma professora de escola primária. Em vez de dizer "Faça alguma coisa, droga!", você diz "Vamos estabelecer uma regra para isso...". Bem, já estou de saco cheio!

– Ela precisa de consultas de acompanhamento para tudo, desde a dieta até a formação genética. A maioria dos profissionais está em Montpellier, ou seja, a quase duas horas de distância daqui. E eu é que sempre a levo.

– E por falar nisso, o que é que isso tudo tem a ver com os ratos?

– Sem mencionar a mistura de cinco tipos diferentes de medicamentos. Administrar doses mais altas e mais baixas. Checar a pressão arterial duas vezes ao dia quando ela tem uma ab-reação. Testar a urina. É muita responsabilidade.

– Por que essas discussões sempre acontecem no meio da noite?

– Tobias, preciso que você entenda. Todo dia me sinto... numa corda bamba. Estou sempre balançando com Freya em cima de uma corda bamba de remédios. Uma dose exagerada, o fígado e sabe Deus que outros órgãos mais podem ser prejudicados; uma dose insuficiente, ela entra em convulsões. É uma delicada operação de equilíbrio. E está funcionando; está estabilizando os ataques. É o que lhe permite expressar sua personalidade. Por isso ela agora sorri para nós. Enfim, não posso parar. Se falharmos... você não vê que tenho medo de errar?

Tobias acede:

– Está bem. Que tarefas estão te apavorando mais?

– Bem, suponho que as papeladas para obter o SNS, o seguro-saúde, e para reembolsar as contas médicas francesas. No momento, gastamos duzentas libras por mês em medicamentos, sem mencionar o que devemos ao hospital. Não podemos arcar com essas despesas.

Os cartões de crédito estão no limite. Fico muito preocupada com o dinheiro. O tempo todo.

– Vou dormir mais um pouco e ajudo você quando acordar. Prometo.

Olho para ele, com desconfiança.

– Sério? Sem falta?

– Palavra de escoteiro.

– A que horas?

– Anna... sempre uma coisa a mais para ajeitar. Digamos que nove e meia.

– Ah, Tobias, que alívio.

Um abraço me faz sentir que ainda existe amor entre nós. Preciso me agarrar a isso.

Adormeço e acordo seguidas vezes. Amanhece. Às sete da manhã, tonta de sono, dou o remédio de Freya. Coloco-a na cama comigo para dormir mais um pouco. Ela se aconchega e se aloja debaixo de minha axila. Logo me empurra para a beira da cama. Aparentemente, alguns minutos depois já são nove horas. O lugar de Tobias na cama está vazio.

Pulo da cama e corro até o térreo. Lizzy já está na sala, teclando no laptop de Tobias.

– Lizzy, o que está fazendo? – pergunto.

– O horóscopo inca de vocês dois.

– Não acreditamos nessas coisas, não é, Tobias?

– Foi o Tobias que me pediu – diz Lizzy, com ar inocente. – Não foi, Tobias?

Ele faz a gentileza de me olhar envergonhado.

– Não faz mal nenhum – murmura, mas sei muito bem que ele considera as ideias de Lizzy idiotas. Olho para as datas dos nossos aniversários escritas com a letra de Tobias num pedaço de papel.

– Tobias é uma serpente branca; isso tem a ver com coisas físicas. Você é um cachorro vermelho, Anna; sua vida gira em torno de encontrar o equilíbrio entre coração e cabeça.

– Lizzy...

– Seu poder inesperado se dá por meio de brincadeiras – ela diz.

– Já estou de saco cheio dessa besteirada toda.

– Seu relacionamento é a águia dourada.

– Não importa nosso relacionamento.

– A águia dourada é importante. Significa que, quando estão juntos, você e Tobias podem ver as coisas claramente.

– Tobias, quer uma xícara de café antes de começar a mexer na papelada francesa?

– Ah, sim, por favor – ele diz.

Mas antes mesmo de a água ferver, Lizzy diz:

– E então, ainda quer fazer aquela caminhada?

– Claro que quero – responde Tobias.

– Ele não pode ir. Vamos trabalhar na papelada esta manhã.

– Nós temos que ir. Hoje é um dia galáctico de ventania azul – diz Lizzy. – Isso tem a ver com liberar energia e devolvê-la ao cosmos.

– Por que você não vem também? – pergunta Tobias.

– Não posso. Essa papelada precisa ser resolvida. Você prometeu que ajudaria.

– Bem... é dia de ativação galáctica, Anna – diz Tobias. – Você não ouviu?

Sinto uma raiva descomunal. Ative isso, penso soturna, enraiveça ao máximo, porque senão depois estará ainda mais furiosa e impotente. Isso é próprio do vício.

– Tudo bem – resmungo. – Ficarei aqui e farei isso sozinha. Como sempre.

– Lembre-se, Anna – diz Lizzy enquanto estão saindo –, faça isso com espírito de brincadeira.

Sem dúvida alguma, Freya está se tornando uma filhinha do papai. Abre os maiores e melhores sorrisos para Tobias e olha com adoração nos olhos dele. Ele retribui o olhar em estado de choque.

Nesta manhã, ela olha fixamente para nosso travesseiro listrado.

– Você está absolutamente encantada, não é? – diz Tobias. – Achou que teria que esperar algumas horas até que levantássemos.

Freya estende a mão – não apenas o punho, mas a mão aberta – e toca suavemente no travesseiro.

– É sua hora favorita do dia, não é? – A frase de Tobias chega aos meus ouvidos quando saio para fazer o café. – Seu papai e seu travesseiro listrado. É uma festa.

Paro na soleira do quarto, observando-os. Tobias põe o travesseiro listrado sobre a cabeça e faz caretas para que Freya sorria. Ele se detém assim que me vê.

A lavanda silvestre secou; as flores se foram rapidamente ao primeiro calor do verão. Mas é uma planta tenaz – não se pode andar pela encosta sem que as folhas secas deixem rastros do óleo aromático nas mãos e nas roupas.

E agora é a vez de a lavanda cultivada florescer. As abelhas zumbem de alegria nos potes colocados ao longo da ponte de madeira que serve de sacada ao lado do nosso quarto. Foi o único lugar que não me pareceu ameaçador quando cheguei a Les Rajons pela primeira vez. Pensava em torná-lo um recanto particular quando coloquei duas cadeiras na esperança de que me sentaria ali à noite, junto com Tobias.

Mas ele o transformou em quartel-general de verão e senta com Lizzy nas duas cadeiras para aulas de internet. Pelo estardalhaço das risadas, sem dúvida alguma são aulas divertidas.

– Você precisa ficar de olho no seu marido – diz mamãe. – Os homens são todos uns tolos. E aquela garota hippie é uma oferecida, qualquer um vê isso.

– Tobias sempre gostou de flertar – retruco. – Mas confio nele.

Estamos sentadas no frescor da sala de estar. Mamãe costura e tento alimentar Freya. Ecoa um longo vendaval de risos da varanda, acompanhado de batidas de pés.

Mamãe se levanta e agarra uma vassoura.

– Farei uma investida por lá – diz.

Luto comigo mesma por uns três segundos antes de colocar Freya no bebê-conforto e segui-la.

Lizzy está de gatinhas ao lado de Tobias. Observam o piso da varanda.

– Uma invasão de formigas gigantes! – ele exclama. – Olhem isso! Cada formiga tem quase um centímetro de comprimento.

Uma fileira de formigas gigantes marcha da varanda em direção ao nosso quarto. Mamãe saca um spray de inseticida do bolso do avental.

– Toda vez que rezo, prometo que serei gentil com todas as criaturas vivas, mas sempre excluo as formigas. Costumo dizer: "*Quase* todos os seres vivos."

Desfere nelas algumas rajadas certeiras.

– Também não gosto muito de vespas.

Tobias observa com tristeza enquanto as formigas cambaleiam e morrem.

– Vocês dois não têm nada para fazer? – pergunta mamãe. – Tobias, é dessa maneira que sustenta minha filha e minha neta? Ou você está esperando, meu jovem, que *elas o* sustentem?

– Estou dando aula de computador para Lizzy – ele diz. – Acho que é hora de alguém dar uma chance a ela. Essa pobre garota quase não teve educação.

Mamãe põe as mãos nos quadris.

– Essa pobre garota está sendo paga para trabalhar um pouquinho aqui. Lizzy, tem ameixas maduras no pomar. Você pode, por favor, ir lá agora para colhê-las? Quero fazer uma torta.

Tobias abre a boca para protestar, mas Lizzy o impede.

– Tudo bem – diz animada. – Farei a meditação da colheita de ameixas.

Mamãe a segue pela escada abaixo. Fico sozinha com Tobias na varanda. Sento-me ao lado dele. Ficamos em silêncio por alguns minutos. Observamos as abelhas que se fartam nas lavandas.

Ele rompe o silêncio.

– Olhe aquela, Anna – diz. – Parece um beija-flor parado em cima da flor. Mas é um inseto. Olhe só a probóscide. Podemos chamá-la de beija-flor-abelha?

– Você não teria um caso com ela, não é? – pergunto. – Não se apaixonaria por ela. Se fizesse isso, partiria meu coração.

Sou capaz de jurar que ele está prestes a me enrolar. Falei sem pensar, mas de repente imagino o que seria a vida sem Tobias. Insuportável. Contrabalanço o que acabo de dizer com uma careta irônica e sofisticada, mas não dá certo e creio que meus lábios estão tremendo.

– Anna, o que posso dizer? Não está acontecendo nada, juro. Só que de vez em quando é bom sentar aqui ao sol e dar umas risadas sem me preocupar se já cumpri todas as tarefas de sua lista ou se nossa filha tem um cérebro.

– Não é culpa minha – digo – se algumas coisas precisam ser feitas. A casa está caindo... literalmente.

– É exatamente o que estou dizendo – ele explode. – Não me casei com sua mãe, você sabe. Já é ruim o bastante *tê-la* aqui em casa talvez para sempre, sem que você precise virar uma réplica dela. Todas essas coisas. A rotina, o dever, o trabalho penoso. Parece que minha vida acabou. Lizzy é apenas uma menina com ideias loucas, para dizer o mínimo. Mas ela é *divertida*. É cheia... de energia e entusiasmo. E no momento isso parece importante.

– Então... você gosta dela?

– Não! Quer dizer, eu *gosto* dela... mas não estou apaixonado por ela! Não seja ridícula.

Pergunto-me se ele respondeu com muita rapidez. Ele me lança um olhar direto, há um apelo em seus olhos.

– Alguma vez você já teve a sensação de querer se sentir vivo... custe o que custar?

– Tobias, você é o meu oposto de muitas maneiras – digo. – Se eu tenho que trabalhar muito em cada coisa, você é naturalmente talentoso. Sua música é muito bonita e comovente, mesmo quando você compõe para algum documentário ruim. Mas o seu enorme talento o faz pensar que você pode se dar ao luxo de ser preguiçoso. Pois não pode. Não neste lugar. É preciso tanta energia só para trazer água aqui para cima. Neste lugar ninguém consegue nada de mão beijada.

Aguardo seu revide, mas ele oferece uma súbita e total capitulação.

– Sei disso, sinto muito. A verdade é que estou me escondendo aqui. É como se eu fosse a pessoa errada para este lugar.

– Você não é a pessoa errada coisa nenhuma – rebato. – Talvez o lugar seja errado.

Ele desvia os olhos para o rebuliço das abelhas nas lavandas dos vasos, balançando a cabeça negativamente.

– Nada disso... Amo este lugar. Amo desde a primeira vez que o vimos. A coisa é pior ainda; sinto como se eu fosse a pessoa errada para um lugar *certo*. Os ratos nas vigas, a casa caindo... não consigo fazer nada do que precisa ser feito.

– Também me sinto assim – admito. – Indefesa e... impotente. Nó dois temos as características erradas para este lugar.

– Com a partida de Kerim no final do mês, as coisas só tendem a piorar ainda mais. Ficaremos sozinhos aqui com sua mãe.

Estico-me ainda sentada e dou um abraço desengonçado em Tobias.

– Prometo que pedirei a mamãe para sair daqui. De um jeito ou de outro, o mais cedo possível. Prometo de verdade.

– Todos os homens daqui conseguem construir suas próprias casas, plantar seus próprios campos e cuidar dos animais – ele diz. – E tudo que consigo fazer é compor e dar grandes festas.

– Eu não trocaria nada pelos seus olhos azuis e sua afiada sagacidade. – Enquanto descemos pela escada, me pergunto se isso é estritamente verdadeiro.

Julien está à nossa espera.

– Olá, Tobias – diz.

– Oi, Julien – Tobias responde, enrijecendo o corpo. Parece grande e desajeitado, se comparado à constituição física de Julien.

– Só vim para lembrá-lo sobre a água potável – diz Julien. – Já pararam as chuvas de verão. Precisa verificar sua cisterna.

– A cisterna de água. Claro.

– Posso ajudá-lo a cuidar disso, se quiser.

– Desculpe, não posso parar. Estou correndo com o trabalho e contra o tempo. E ainda por cima eles fizeram um outro corte. Estou com um prazo apertado.

Julien e eu o observamos sair de fininho.

– Julien, muita gentileza de sua parte – digo. – Estou aqui, se quiser me mostrar o que fazer.

Julien abre seu sorriso enigmático.

– Bem, a primeira coisa a fazer é verificar se não há vazamentos no tanque ou no encanamento da casa. Uma torneira pingando desperdiça milhares de litros de água. – Ele se detém e me olha sério. Absurdamente, observo as manchas cinzentas nos olhos dele.

– Anna, você sabe que talvez não chova aqui por uns dois meses. Até três meses, num ano mais seco. Seu tanque tem dez mil litros. Vocês precisam acumular cada gota de água a partir de agora. Nada de torneiras abertas, nada de banhos demorados, e sempre que puder lave as coisas no rio lá embaixo. Será que Tobias entende que isso é muito sério?

– Claro que sim. Sei que ele entende. É que... ele tem um monte de trabalho a fazer. Alguém tem que pagar as contas.

– Bem, é melhor revestir a cisterna. Frestas de luz aquecem a água e podem estragá-la. E é preciso se assegurar de que nenhuma larva de mosquito possa entrar. Você tem um filtro?

– Humm... não. Tobias ainda não pôde sair para encomendar um filtro. Fervo a água para mim e Freya.

– De agora em diante, precisa fervê-la pelo menos durante vinte minutos. E lavar frutas e verduras com água fervida até colocar um filtro na cozinha.

Passamos o dia fazendo exatamente o que ele disse. Admiro a segurança e as mãos finas de Julien, que mexem no encanamento e consertam o vazamento de cada torneira, fazendo com que as coisas funcionem.

Ele não diz nada, mas sinto que desaprova a ausência de Tobias, a quem cabia fazer tudo isso. É mais fácil para mim, uma mulher, me adaptar a esse lugar. Aprendo a fazer conservas e cultivar legumes. Mas a Tobias cabe realizar uma grande variedade de tarefas masculinas. Não é à toa que ele se sente intimidado.

Lizzy chega do pomar, com um pequeno punhado de ameixas.

– Isso é tudo que havia? – pergunto.

– Eu realmente acho que devemos dividir as ameixas com os vermes e os pássaros – ela responde.

– Lizzy precisa de mais amigos – digo para Julien depois que ela se vai. – Será que poderia apresentá-la para os hippies? Aqueles pagãos e os outros que estavam na sua festa? Ela se divertiria com eles.

– Os hippies daqui trabalham demais – diz Julien, em tom severo. – Lavram a terra, trabalham com os animais, fazem artesanato para vender aos turistas, cultivam drogas e educam os filhos. Lizzy só fala coisas absurdas e navega na internet.

Essas palavras ecoam a descrição autodepreciativa que Tobias fez de si mesmo. Talvez também seja isso que ele vê nela. Ambos estão em luta aqui, à procura de um lugar onde se encaixar.

– Tenha cuidado – diz Julien ao sair. – Até que volte a chover, a água é muito preciosa. Irrigue o *potager*. – Olha para Freya, que dorme no bebê-conforto. – Lembre-se: tudo que é negligenciado morre.

Estou levando a cadeirinha dela para um ponto mais fresco da sala de estar quando ouço as marteladas características de Ludovic na porta da frente.

– Ludovic, veio trabalhar no seu *potager*? Aceita um café?

Ele parece transtornado. Sufoca as lágrimas. Não entra na sala de estar como de costume. Limita-se a tirar o chapéu de caça e mantém-se no limiar da porta, torcendo-o com as mãos.

– O que há de errado, Ludovic?

– Thérèse. Desmaiou esta manhã. Está inconsciente. Os médicos dizem que é um aneurisma.

Não sei o que dizer. Então me dou conta do desconforto que os outros sentem quando contamos as vicissitudes de Freya – ultimamente, com uma brutalidade quase sádica.

– Oh, Ludovic. Será que podemos ajudar em alguma coisa? Não quer entrar e se sentar um pouco?

Ele continua com o olhar perdido à soleira da porta. Por fim, sacode a cabeça.

– Preciso voltar ao hospital. Só queria informá-los. Afinal de contas, vocês são meus vizinhos.

Yvonne telefona e nos diz que Thérèse faleceu nas primeiras horas da manhã de ontem.

– É o costume – diz – prestar suas homenagens ao morto antes do funeral. Pensei em irmos juntas. Encontro você na frente do bangalô de Ludovic em meia hora.

Sigo morro abaixo com Freya no canguru e juntas atravessamos o jardim de concreto da frente e a porta de PVC do bangalô de tijolos alaranjados de Ludovic.

– É uma bela casa – sussurra Yvonne. – Sabe, ele construiu tudo sozinho, tudo *comme il faut*.

O interior da casa é tão imaculado e esterilizado quanto o *potager* de Ludovic. Cada superfície brilha de limpeza. Os sofás estão embalados em plástico transparente. Um micro-ondas se destaca na cozinha, e uma enorme televisão domina a sala de estar.

Encolhido no canto de um sofá, Ludovic recebe um abraço formal de um casal de enlutados já de saída. Fazem ofertas de ajuda prática. Não é tão ruim envelhecer na aldeia, penso. As pessoas brigam, mas se reúnem quando alguém sofre uma perda real.

O corpo de Thérèse jaz num caixão aberto e forrado de cetim azul-ferrete. Sua maquiagem exagerada se deve ao maquiador da funerária, que, para melhorar a natureza, desenhou as sobrancelhas com um lápis preto grosso e coloriu as bochechas com ruge. Ela veste um casaco e uma saia de poliéster rosa. Sabe-se lá se durante sua vida de labuta chegou a ter a oportunidade de vestir essa roupa. Talvez tenha sido comprada especialmente para a ocasião.

Estou louca para escapar desse ambiente estéril, mas Ludovic diz:

– Sentem-se um minuto. – O tom é de tanta súplica que Yvonne e eu nos apertamos desajeitadas ao lado dele, no sofá coberto de plástico. Seus ombros começam a tremer silenciosamente.

– *Pauvre* – murmura Yvonne, enlaçando-o com o braço.

– Todo mundo se foi – diz Ludovic. – Meu pai, Rose e meu filho. E agora Thérèse. Estou sozinho.

– Não diga isso! – retruca Yvonne. – Nós estamos aqui. Seus amigos estão aqui.

– Meus amigos estão mortos – ele explode. – Dezessete amigos entre os Maquis baleados naquele único dia. Todos contemporâneos meus. Deveríamos ter amadurecido juntos. Eles deveriam estar de luto aqui comigo hoje.

Ele aperta a mão fechada contra a boca, como se para evitar que a dor se vá. Faz-se um longo silêncio. Ouço o constante tique-taque do relógio de plástico em cima da televisão, observando o ponteiro branco dos minutos girar ao longo do mostrador laranja, tentando me esquivar do corpo de Ludovic, que estremece no esforço de conter as lágrimas.

Ele olha para Freya no meu colo.

– Thérèse sempre quis ter outro filho. – Faz um movimento involuntário com as mãos nodosas em direção a ela.

Ofereço-a, e ele a pega no colo e a embala. Isso parece confortá-lo.

– Thomas – diz. – Meu Thomas.

Faço menção de pegá-la, mas ele se agarra a ela por um tempo que parece uma eternidade. Chora pelo filho perdido.

À noite, enquanto nos preparamos para dormir, Tobias não passa nem perto dos movimentos de evitar ter Freya conosco.

– Você pode dormir na cama com a gente hoje – ele fala para ela. – Acho que gosto disso, agora.

Freya fica deitada entre nós dois como uma bonequinha, sorrindo e dando piscadelas. Quando Tobias apaga a luz, ela chora em protesto por quase vinte minutos.

– Eu tenho uma sensação maravilhosa quando olho para Freya ultimamente – sussurra Tobias em meio à escuridão. – É a mesma sensação de quando me apaixonei por você pela primeira vez. Eu olho nos olhos dela e penso: eu faria qualquer coisa, absolutamente qualquer coisa, por você.

– Acho que descobri uma solução para os ratos – diz Julien. – Mas levará algum tempo.

Estamos no sótão, observando o ponto onde os ratos roeram uma viga.

– Olhe, há um ninho aqui. Os ratos não destroem vigas por destruir. Só estavam fazendo caminhos para entrar.

– E se colocarem o telhado abaixo em cima de Freya?

– Passe-me uma Accro.

Entrego-lhe uma viga de metal e, com torções, ele a põe no lugar.

– Bem, já está seguro. Essa Accro servirá de apoio ao telhado até que o conserte. Mas, de qualquer maneira, os roedores daqui não são ratos em sua maioria.

– Não são ratos? Graças a Deus. O que são então?

– Larvas de broca. – Ele sorri perante minha perplexidade. – Não se preocupe... não atravessam vigas maciças como esta. Os cupins são os únicos que merecem atenção. Corroem a estrutura interna sem deixar vestígios, até que um dia a casa cai.

– Meu Deus! Outra coisa para me preocupar.

– Anna, você já se preocupa demais – diz Julien. – Precisa relaxar.

Retiro a mecha úmida de cabelo da testa.

– Gostaria que não estivesse tão quente. Não consigo acreditar que é o mesmo lugar. Tudo está tão desgastado.

Ele toca no meu ombro desnudo de um modo simpático e confiante.

– E vai piorar – diz. – Vai se tornar um segundo inverno. Por isso as plantas crescem tão rapidamente na primavera e no verão tudo fenece. Sabe que Freud tinha uma teoria de que existem duas forças conflitantes, nomeadas por ele de Eros e Tânatos, em homenagem aos deuses gregos. Amor e Morte. Aqui nesta região parece que gastamos a vida na passagem entre as duas forças. Ficamos simultaneamente sob o domínio de um e outro. Claro que a primavera é Eros. Mas o verão... bem, aqui o verão é Tânatos.

– Julien, como é que você pensa em todas essas coisas?

Ele ignora minha pergunta.

– Anna, parece que você levou um choque. Toda essa organização, essa caça aos ratos, essas barreiras na vida... Tudo isso é Tânatos. Você precisa voltar ao domínio da vida.

Trouxe Freya no Astra para uma consulta de acompanhamento neurológico em Montpellier. A dra. Dupont parece séria e preocupada, como de costume.

– Ela engordou – digo.

A médica balança a cabeça.

– São os esteroides.

– Ela está tendo menos convulsões.

Mas a dra. Dupont se limita a perguntar:

– Ela está sempre assim sonolenta?

Pede-me todos os detalhes das crises de Freya. São diferentes? Mais longas? Mais de um lado que de outro? Meu otimismo se esvai enquanto descrevo tudo.

– Ela continua tendo convulsões de mais de vinte minutos? – pergunta. – Imagino que você saiba que elas são extremamente perigosas. Uma convulsão mais grave pode provocar sério danos ou até a morte. Espero que vocês sejam rígidos quanto à medicação: doses, horários são fatores críticos. Uma retirada brusca pode causar um ataque violento.

– Sou extremamente cuidadosa – respondo.

– Acha que ela está fazendo progressos, se desenvolvendo?

– Ah, sim – respondo. – Já está sorrindo e olhando para as próprias mãos.

– Hmmm – murmura a dra. Dupont. – Passemos então aos marcos de desenvolvimento. Ela já começou a engatinhar?

– Não.

– Já reconhece o próprio nome?

– Não.

– Já é capaz de se sentar?

– Oh, não.

– Passa objetos para você?

– Bem... não.

– Segura objetos?

– Não.

– Balbucia ou combina sílabas?

– Não.

– Imita sons, como "babá" ou "dadá"?

– Oh, Deus, não.

– Vira a cabeça em direção a ruídos altos?

– Não.

– Joga o peso nas pernas quando a segura?

– Não.

– Rola sozinha?

– Não.

– Sustenta a própria cabeça?

– Não.

A dra. Dupont suspira.

– Temo que isso confirme o prognóstico já feito para ela – diz enquanto escreve um bilhete. – Há uma casa de cuidados especiais em Montpellier que recebe crianças de dois anos de idade. Se vamos mesmo arranjar um lugar para ela, precisamos começar a providenciar a papelada agora.

De volta a casa, entrego a Tobias o relatório da dra. Dupont, que começa:

– "Muito pouco progresso pode ser observado..."

– Ela quer que a gente dê início à papelada para colocá-la em uma instituição – digo. – O que você acha?

– Em condições normais, eu ficaria triste – ele responde. – Mas Freya está sorrindo para mim agora e parece que nada mais tem importância.

Queria ser tão descomplicada quanto ele. É muito fácil ficar com Freya, amá-la, mas só até o momento em que você começa a pensar sobre o futuro. Porque tudo o que se sabe sobre o futuro é sombrio. Não há dúvida de que ela continuará a ser imprevisível, incapaz de falar, de se movimentar livremente, ficando a maior parte do tempo deitada, tendo que ser alimentada, vestida, limpa e medicada – maior e mais pesada, mas não mais desenvolvida do que é hoje.

Enfim, já sei o pior de tudo: uma instituição em Montpellier é onde ela provavelmente terminará os seus dias.

Subo as escadas, fecho as cortinas contra a luz e me deito na cama junto com Freya.

Em Montpellier, ninguém se deitará na cama com ela. O que ela pensará a respeito? Será que se sentirá confusa e abandonada? Será que devo acostumá-la a viver do jeito que terá de viver? Abandoná-la na própria cama? Só tocá-la rápida e profissionalmente? Ou procuro recompensá-la com valores por uma vida inteira e com afagos e abraços por horas a fio enquanto tenho uma chance? Devo permitir o fluxo do amor entre nós duas, como uma corrente elétrica?

Freya joga a cabeça para trás e me olha com seu sorriso torto. Aperto-a junto ao meu corpo.

– Nunca a mandarei para longe. Nunca – sussurro.

Isso ajuda por um momento. Mas sei que, se ela piorar, teremos de mandá-la para Montpellier de qualquer maneira. E também sei que essas promessas que faço para mim e para ela são condicionais, e, portanto, sem valor.

Preciso voltar aos meus afazeres. Levo-a para o térreo, e ela começa a chorar. Será que em Montpellier eles irão confortá-la se ela chorar? Talvez seja melhor que ela se habitue a isso.

Coloco-a no carrinho e reorganizo as prateleiras da cozinha para apagar os gritos enfurecidos e a imagem desse rostinho amassado e arroxeado.

– Meu Deus, querida, por que não pega esse bebê?

Mamãe a pega no colo. Freya soluça e de repente silencia, como se alguém tivesse apertado um botão de desligar.

– Precisa de uma mãozinha, querida? Com Freya ou para organizar as coisas?

– Não... estou muito bem, obrigada, mãe.

– Só sugiro isso porque você sempre está muito ocupada. Posso ver que tem muita coisa a fazer. Você sabe que sou muito boa em organizar prateleiras. Entenda que eu quero me sentir útil.

Balanço a cabeça em negativa.

– Eu sou sua mãe, querida. Conheço minha menina. Finge que é durona, mas no fundo é muito frágil.

– Não sou frágil. Não posso me dar ao luxo de ser.

Mamãe suspira.

– Estou preocupada com Gustav e Kerim – diz. – Eles tiveram uma desavença. Receio que por nossa causa. Kerim pensou em ficar aqui para ajudar um pouco mais. Injusto da parte dele, acho eu. Afinal, encorajou Gustav a ir para a Ilha de Wight com a *promessa* de que se juntaria a ele.

Faz uma pausa, à espera de uma réplica. Continuo a trabalhar ostensivamente.

– Enfim, o que estou dizendo, querida, é que adoraria ficar aqui com você, mas só se você *precisar* de mim.

Penso na promessa que fiz a Tobias. Eis o momento oportuno para esclarecer que ela não pode ficar.

– Posso cuidar de tudo sozinha – digo.

Ela suspira novamente.

– Bem... Se realmente não precisa mesmo de mim aqui, acho que vou aproveitar a oportunidade de voltar para a Inglaterra com Kerim. Talvez permaneça com ele e Gustav por uma semana ou mais, só para ficar de olho neles. – A voz baixa para um sussurro penetrante: – Muito cá entre nós, na verdade, acho o pobre Gustav meio dominado por Kerim. – A voz retoma o tom habitual, na verdade, mais firme e mais decidido que nunca. – Mas, apesar disso, já tomei uma decisão. Meu lugar é na minha própria casa; preciso me acostumar a ficar sozinha.

Minha capacidade de organização melhorou, finalmente. Mas não estou nem perto de ser capaz de confessar a ela como me sinto subitamente desprotegida diante da ideia de sua partida.

Decidi fazer de Lizzy a babá que se espera que ela seja. Isso faz parte do elaborado jogo que estou jogando com Tobias. Preciso que ele se envolva. E se isso significa empurrar as coisas para uma crise, que assim seja.

– Lizzy – digo –, você pode sair da frente do computador e cuidar de Freya?

Ela balança a cabeça convulsivamente e se debruça no laptop de Tobias, como se para protegê-lo de danos.

– Sabe aquelas trilhas brancas atrás dos aviões? – diz. – São chamadas de rastros químicos e a CIA coloca veneno nelas.

– Não vejo por que isso a livra do seu trabalho de babá – digo. – Preciso ir até Aigues.

– Eu posso tomar conta de Freya – diz Kerim. – Geralmente...

– Não, preciso que venha comigo para me ajudar a colocar as coisas no carro. Encontrei uma excelente mesa para carne na *brocante* e não sei como colocá-la dentro do Astra.

– Mas Freya está com fome – diz Kerim. – Não tenho certeza se Lizzy já...

– Bem, que Lizzy então aprenda – digo, acrescentando impiedosamente: – Você não vai ficar aqui por muito tempo, Kerim. Não podemos mais depender de você para tudo.

Pego a mamadeira e fico atrás da cadeira de Lizzy, sacudindo-a em frente a ela.

– É seu *trabalho* – digo. Lizzy continua mexendo no computador, aparentemente surda. – O que está fazendo, afinal? Salvando o mundo?

– Bem, sim – ela diz – Pelo menos, tenho dado alguns passos para salvar o mundo. – Afasta-se do computador e puxa a mamadeira de minha mão.

Kerim aponta para a cozinha.

– Acha que ela está tendo algum tipo de surto psicótico? – sussurra.

– Sei lá como poderíamos chamar isso – retruco, aborrecida.

Mas é visível que há algo errado com Lizzy. Os olhos brilham com uma energia reprimida, e as olheiras sugerem que ela não está dormindo bem. E tenho certeza de que ela está perdendo peso.

Na sala de estar, Lizzy começa a alimentar Freya, segurando-a no ângulo errado: sua cabeça está muito inclinada para trás, e a mamadeira, muito na vertical. Freya está faminta e engole o leite com muita rapidez, ao mesmo tempo que contorce o corpinho na inútil tentativa de afastar a mamadeira com as mãos. Isso a faz arquear ainda mais para trás.

Preparo-me para assumir a tarefa, mas Lizzy, muda e surda, se curva para mais perto de Freya. O conteúdo da mamadeira desce com muita rapidez, e de repente me vejo assolada por uma onda incontrolável de raiva. Por que tenho que tomar conta de todo mundo o tempo todo?

– Vamos – digo com ar triste para Kerim. – Vamos para a cidade.

Ficamos fora mais ou menos uma hora. Quando paramos diante da porta da frente, com a mesa de carne presa à traseira do carro, ouço Freya gemer.

Ela não é de chorar como os outros bebês, muitas vezes não chora nem mesmo quando está com fome. Nunca se vale das lágrimas como instrumento para obter o que deseja; nunca faz jogos mentais. Um cínico diria que isso é pela falta da mente, mas prefiro pensar que ela é estoica. E agora ela emite um som que associo a dor, uma onomatopeia, "oww, oww, oww".

– Tudo bem – diz Kerim, notando meu olhar alarmado. – Se ainda está chorando, ela está bem – acrescenta de cara séria.

– É cólica – digo. – Engoliu ar ao mamar e não consegue se livrar disso.

Corremos até a sala. Lizzy está de novo em frente ao computador, com os fones de ouvido presos à cabeça, provavelmente para bloquear os uivos ao seu lado.

Freya se contorce de gases. Não consegue se virar para encontrar uma posição que alivie a dor. Corro para resgatá-la, mas Kerim passa a frente e a coloca com a barriga comprimida contra o próprio ombro, a cabeça pendendo atrás dele. Massageia-lhe as costas, tentando fazê-la arrotar.

– Anna! – ele explode, exasperado. – Gostaria muito de ficar aqui para cuidar de você, mas não posso... Gustav precisa de mim, e não posso me arriscar a perdê-lo. Sinto muito, mas preciso ir embora, entende?

Aceno arrasada, enquanto Freya solta um arroto alto e satisfeito de alívio.

– Veja – ele continua. – Entendo por que às vezes você fecha os olhos para coisas que dizem respeito aos cuidados com ela ou ao seu futuro. Sei que para você é doloroso pensar sobre essas coisas. Mas você precisa enfrentar isso. Não estarei aqui para cuidar de vocês, Anna.

Não sei o que dizer; não há nada a dizer. Sinto-me incapaz de ser mãe. É o sentimento mais baixo do mundo, como se eu tivesse sido reduzida a zero. Sacudo a cabeça e murmuro alguma coisa sobre o jantar. Ele continua com Freya nos braços enquanto me refugio na cozinha.

Ocupo-me cortando cebolas para acobertar as lágrimas, quando Julien abre a porta. Não se preocupa em dizer olá. Aparentemente, não repara nos meus olhos vermelhos e na coriza que escorre do nariz. Começa a falar assim que me vê:

– Sabe o que ela fez? Ela me deu um ultimato. Se a amo, tenho que casar com ela. Da maneira correta. Na igreja. E tenho que arranjar o que ela chama de trabalho de verdade. Só me diga como é que eu poderia viver numa casa moderna na cidade e trabalhar para o pai dela? Prefiro estar morto.

– Julien – digo –, por que não se casa com ela? É só um pedaço de papel. Talvez assim ela largue do seu pé em outras questões.

Mas Julien, sempre tão disposto a me dar conselhos sobre o que é melhor para mim, parece ter um bloqueio no próprio caso.

– Isso nunca vai dar certo – vocifera. – Falei isso para ela e terminamos tudo. Não estou mais ligado a ela. Optei por não ser escravo.

Ele anda de um lado para o outro na cozinha.

– Tudo se resume ao seguinte: prefiro ser livre a ter amor. *Isso* é o mais importante para mim.

Fim de mês. Kerim e mamãe carregam as malas até o Astra. Para a minha surpresa, nenhum sinal de Tobias ou de Lizzy.

– Tudo bem, Anna. Eles já se despediram – diz Kerim, em um tom que me faz suspeitar de que está inventando desculpas para os dois. – Acreditou realmente que eles adiariam a caminhada até que saíssemos? Felizmente, eu mesmo os convenci a deixar de lado essa bobagem.

– Estou surpresa de que não tenham vindo para vê-lo partir.

– Não haveria lugar no carro – argumenta Kerim. – Não, Amelia, nada disso, *eu* é que sento atrás.

De qualquer forma, ele está certo sobre o espaço. Espreme-se entre a cadeirinha de carro de Freya e a gigantesca mala de mamãe, e partimos para a estação.

Esperamos na plataforma, como de costume.

– Bem, adeus, querida – diz mamãe. Olha para Freya, mas fala para mim. Ou talvez para nós duas. Inclina-se com cautela e beija Freya duas vezes.

– Então, o médico afirmou que ela não vai mesmo se desenvolver? – pergunta.

– Temo que sim.

– Nunca vai andar ou falar?

– Não.

– Será sempre um bebê?

– Sim.

– Nunca vai sair de casa?

– Não.

– Vai depender de você pelo resto da vida?

– Sim.

Ela assume um ar sério, como se processando alguma coisa importante.

– Sob muitos aspectos – diz lentamente –, ela é o bebê perfeito. Você poderá ser mãe para sempre.

Mexe na bolsa.

– De qualquer forma, queria que ela ficasse com isso. Pensei em dar uma outra vez, mas não era um bom momento e acabei esquecendo.

O trem chega à plataforma.

– Oh, bem, preciso ir.

Ela enfia alguma coisa na minha mão. Nem tenta me beijar, porque sempre entra em pânico com trens. Já está correndo pela plataforma.

Kerim me abraça e sussurra no meu ouvido:

– Você vai ficar bem, você vai ver. E lembre-se do que lhe disse. – Então sai correndo para ajudar mamãe no trem.

Continuo na plataforma, segurando meu ursinho. Reviro-o nas mãos. Bernie, o urso. Companheiro querido da infância. Perdeu um olho, e o pescoço se inclina torto, como o de Freya; sua pelúcia está desgastada e macia de tanto amor.

Mamãe acena freneticamente e manda beijinhos da porta do trem. Desaparece e surge logo depois, acenando da janela do vagão. Ergo Bernie acima da cabeça e aceno de volta com ele. E continuo acenando depois que o trem se afasta da estação, até se tornar um pontinho ao longe de onde eles não podem mais me ver. Queria me livrar de mamãe há um bom tempo, mas agora que ela se foi me sinto terrivelmente sozinha.

Retorno para casa e nenhum sinal de Tobias e Lizzy. Encontro Yvonne na cozinha de caça.

– Você viu Tobias? – pergunto, acrescentando em tom suave: – Ou Lizzy?

– Acabaram de sair... eles voltaram, mas saíram de novo. Foram para o Col des Treize Vents – ela diz.

– É melhor eu achá-los – digo. – Preciso conversar com ele.

Ela me lança um olhar de compreensão.

– Quer que eu cuide de Freya? Estarei aqui a tarde toda. Você e Tobias podem aproveitar um tempo juntos, talvez...

– Oh, Yvonne – digo –, quanta gentileza. Há duas mamadeiras prontas na geladeira.

– Não se apresse em voltar. Sei como cuidar dessa *petite puce*. Tenho certeza de que poderá encontrar Tobias, se sair agora.

Caminho pela encosta e me dou conta de que não estou à procura de Tobias. Só consigo pensar em Eros e Tânatos e no desejo de me sentir viva, custe o que custar.

Já estou quase correndo quando passo pela espinha do dragão e atravesso a piscina de borda infinita e a clareira em direção à casa da árvore de Julien.

Subo apressada a escada em espiral e nem percebo que os últimos vestígios de flor nos pés das glicínias já se foram e que as folhas já perderam a qualidade etérea e assumiram densidade e dureza.

Bato com tanta força na porta que ele a abre assustado.

Beijo-o nos lábios finos e rijos, com gosto de fumaça de lenha. Ele olha ao longe, por cima de mim. Penso por um segundo: ele não quer. Morro só de pensar em ser repelida por ele. Enlaço-o pelo pescoço, com braços firmes como heras.

Ele vacila e depois me puxa para dentro do coração da árvore. Ouço o rangido sutil do tronco e os sussurros secretos das folhas enquanto nos movemos.

Lá dentro, nada, a não ser os murmúrios dos galhos, da brisa, da coruja e da própria árvore. Nada, a não ser o toque da madeira viva e da cama dependurada que nos embala em seu abraço.

Agosto

Um clima escaldante. Um dia perfeito de sol após outro dia igual. Conforme previu Julien, é como um segundo inverno. O que não é regado, fenece.

Julien não para mais aqui em casa no percurso que faz até a vila. Acho que está me evitando. Não faço ideia de por que fiz o que fiz, ou mesmo do que sinto por ele. Quem me dera simplesmente chorar por ele, ou pelo menos sentir a emoção que deveria estar sentindo, ao contrário dessa estranha sensação de alijamento de tudo, que às vezes transborda em raiva sem direção e confusa.

Há uma grande caixa escura em minha mente e tornei-me perita em enfiar ali tudo que possa me causar danos. O singular episódio com Julien está escondido lá dentro, ao lado dos pensamentos indesejados sobre o futuro de Freya.

Sinto falta de mamãe e de Kerim. E não apenas porque minhas duas fontes mais confiáveis de cuidados com uma criança desapareceram. Foram duas influências benévolas – despercebidas e não reconhecidas – que cuidaram de nós por meses a fio.

O clima perfeito parece atrair quase todos os conhecidos ingleses que nos visitam e perguntam se podemos hospedá-los por alguns dias. Tobias se extasia em passar o verão como guia turístico não remunerado. Pega grupos de amigos no aeroporto e organiza festas à beira do rio e dos lagos da região.

Passei as duas últimas semanas preparando cestas de piquenique. Faço saladas de beldroega silvestre e azedinha misturadas a folhas tenras de alface, ou a favas e alcachofras do *potager* regadas com o espesso azeite local, com um pouco de alho e suco de limão. Encho jarras térmicas de *gazpacho* feito com nossos próprios tomates ou com *velouté de concombre*, uma sopa fria de pepinos. Arrumo cestas de vime com suculentas fatias de presunto e o patê recheado de castanhas de Yvonne; com *tielles sétoises*, um pastel local recheado de polvo; com ostras frescas das *étangs* no gelo, a serem abertas com canivete e engolidas com Tabasco e uma pitada de limão; com tortas de damasco; com *crumbles* de amora e maçã; com quiches feitas de alho-poró da horta, refogados em manteiga, e truta do nosso rio; com *ratatouille* de legumes, colhidos uma hora antes; com minha *confiture d'oignons doux* caseira, a ser passada às colheradas no pão francês. E tudo isso regado a geladas taças de Picpoul de Pinet, o vinho branco regional.

– Sua cozinha está mudando, Anna – ele diz, enquanto enche a boca de *caviar d'aubergine*, uma pasta de berinjela assada e defumada, caprichada no alho.

Fico surpresa e um tanto assustada.

– Você não gostou?

– Adorei isso. – Ele exibe um curioso olhar com segundas intenções. – Só que... sempre achei que existissem dois tipos de chef: os como Nicolas, que treinam e seguem as regras e que estão nisso pela perfeição. E depois os que assumem riscos, misturando ingredientes pelo prazer de propiciar alimento para os outros. Não me interprete mal, mas você sempre foi muito controlada, embora fazendo uma cozinha sublime. E, de repente, se atreve a deixar rolar.

Olho para ele, surpreendida por ter parado para pensar na minha cozinha, e ainda mais por ter construído uma elaborada teoria sobre isso.

– Talvez seja o caderno de Rose – digo. Mas uma vozinha dentro de mim se pergunta se a mudança também não está ligada a Julien.

Misteriosamente, eu e Tobias estamos sendo mais gentis um com o outro. Ao mesmo tempo, a *joie de vivre* de Lizzy evapora diante de nossos olhos. Para começar, ela está visivelmente perdendo peso.

– Delicioso – diz Tobias, lançando-se sobre o *seiche à la rouille*, sépias com molho de tomate, célebre prato de Sète, na costa do Languedoc. Como muitos dos meus novos pratos, uma receita do livro de Rose. – Lizzy, deixe-me servir um pouco de *seiche* para você.

– Não, obrigada.

– Vamos lá. Você vai sumir. É hora de começar a se alimentar.

– Virei vegetariana.

– Está bem, então um pouco de pudim.

– Virar vegetariano é apenas o primeiro passo – ela argumenta. – Encontrei um site onde você pode ter o DNA alterado para poder viver de luz.

– De luz? – diz Tobias. – Nada além de luz?

Lizzy parece mal-humorada.

– E alimentos leves – acrescenta.

Estou ficando realmente preocupada com ela. Olho para Tobias e murmuro "internet" e "sua culpa", mas ele se limita a encolher os ombros.

– Lizzy, você não acredita de verdade em tudo isso, não é? – digo. – Nessas coisas que lê na internet?

Para a minha surpresa, um meneio de cabeça afirmativo e desafiador em minha direção.

– Anna, não sei por que você se sente tão ameaçada. É só um pouco de espírito de comunidade, só isso. Afinal, não tenho ninguém. Isso é só da minha conta.

Ela se levanta abruptamente e sai da mesa. Bate a porta atrás de si.

– Vou atrás dela – aviso.

Chego lá fora e ela atravessa o pátio apressada, distanciando-se em direção ao contêiner. Posso ver claramente por trás que está muito magra. Quando a chamo, seus ombros saltam, como se minha voz a tivesse golpeado. Por um momento, penso que vai se afastar de vez, mas de repente gira o corpo com raiva e me olha com lágrimas escorrendo no rosto.

Dou alguns passos cautelosos em direção a ela. Já que ela não se afasta, sigo em frente até alcançá-la.

– Lizzy – digo –, qual é o problema? Por favor, me conte. Sei que há algo errado.

– Você não entenderia. – Ela soa como a adolescente que realmente é.

– Tente me explicar – insisto o mais suavemente possível.

– Claro. Agora você está sendo compreensiva. Isso é tudo que preciso. Na verdade, só vim para a Europa para fugir disso. Pessoas compreensivas.

– Tudo bem – digo. Mas só para manter a conversa. Não tenho a menor pista do que devo dizer.

– Você *não pode* entender. Porque nunca foi sacaneada. Pela vida.

Mal posso acreditar no que ela acabou de dizer. Conseguiu me alfinetar, apesar de minhas boas intenções.

– Você está se esquecendo da grande deficiência da minha filha – retruco. Ainda não estou preparada para o vigor do seu desprezo a esse fato.

– Claro. Está com muita pena de si mesma. Então, sua filha é deficiente. Grande coisa.

Abro a boca para replicar, mas Lizzy continua falando:

– Pelo menos ela ama você. E *ele* também. Você reclama de sua mãe, mas pelo menos *tem* uma.

O sarcasmo adolescente começa a se dissipar. Ela já soa como uma criancinha.

– Minha mãe me largou num orfanato. Agora até *ele* acha que estou me tornando uma chata. Sei que ele acha isso. Vejo nos olhos dele.

Subitamente surpreendida, penso que ela não diz isso por dizer – ela está apaixonada por ele.

Faz todo sentido. Ninguém nunca foi gentil assim com ela.

– Ele acha que sou apenas uma criança – ela acrescenta. – Ele ama *você*.

Ela não está propriamente chorando; não soluça, mas as lágrimas escorrem silenciosas pelo rosto. Sem pensar, dou um passo à frente e faço o que agora sei que era a única coisa – além de lhe dar umas palmadas – a se fazer. Pego Lizzy pelo braço e lhe dou um abraço apertado.

– Não conte para ele, por favor. Eu não suportaria – ela diz.

– Claro que não vou contar. – Juro que não o farei porque não vejo sentido algum em humilhá-la. – Oh, Cristo – digo. – Que confusão.

Martha chega a Aigues no trem da tarde. Avisto-a saindo do vagão. Mais magra e uma década mais jovem que eu. Há semanas que espero ansiosa por ela. Mas estou muito nervosa. Sempre trocávamos confidências e sei que temos uma chance de retomar a proximidade perdida desde o nascimento de Freya.

Ela me olha com um ar de reprovação.

– Fico feliz por ver que está *viva,* Anna. Para ser honesta, estava muito preocupada com você. Quase não respondia os meus e-mails e quando os respondia nunca *dizia* nada.

– Era você que tinha as novidades da vida na cidade – digo já na defensiva. – E eu não tinha nada a dizer, a não ser quantas fraldas sujas trocava.

Ela franze os lábios e me abraça com força. Ainda sinto certa reprovação no abraço.

Mais tarde, colocamos Freya na cama juntas.

– Aqui, querida, um presente – diz Martha. – Pensei que seria interessante porque ela não é de se mexer muito. É só prendê-lo no lado do berço.

É uma caixa que projeta fotos coloridas no teto e toca a canção do Ursinho Pooh. Há um sensor de movimento que muda a imagem cada vez que Freya se move. Luto inexplicavelmente contra as lágrimas. Tanto as tranquilizadoras fotos de Pooh e seus amigos como a canção reconfortante pertencem ao mundo das crianças normais e com futuros felizes à frente. Isso parece hipócrita aqui no quarto de Freya.

– Qual é o problema? – pergunta Martha.

Como sempre fomos capazes de explicar as coisas uma para a outra, deixo escapar:

– Oh, Martha, é que... ela não sente como os outros bebês *de verdade*. Eu a acarinho, me dedico totalmente a ela, mas lá no fundo me sinto uma fraude. Como se não fosse mãe de verdade e todos me propiciassem a realização de um estranho desejo. Como se todos, menos eu, soubessem que ela é... um faz de conta. Uma espécie de brinquedo.

– Não seja boba – diz Martha.

– Claro que teria preferido um modelo com mãos que seguram de verdade – brinco, amarga.

– Não importa o que disser para me chocar, sei muito bem que você morreria para proteger sua filha.

Minha tristeza se dissolve em uma furiosa raiva. Sempre sou acometida por mudança de emoções.

– Jamais faria isso! – Quase grito. – Não posso me dar ao luxo de amar Freya incondicionalmente. Não ouso fazer isso. Só posso lidar com... outro tipo de amor. Dia a dia. O amor que se dá a uma criança que não se comporta como criança e que pode ser levada a qualquer momento.

Preparo *travers de porc aux navets noirs de Pardailhan*, do livro de Rose, para o jantar. Ninguém come. Não me sinto bem. Tobias não está com fome. Lizzy parece que desistiu de comer. Martha estava com dor de cabeça e foi cedo para a cama.

Sozinha no quarto, me olho no espelho. Depois que tive Freya, costumo inchar ao longo do dia, e essa noite minha barriga está enorme.

Uma batida leve na porta, que se abre em seguida.

– Estive pensando no que você falou – diz Martha. – Não posso fingir que entendo o que isso significa para você. Eu não tinha o direito de me ofender.

Uma bandeira branca. Sei lá por que não consigo aceitá-la de boa vontade. Em vez disso, sorrio com dureza para o nosso reflexo no espelho.

– Que ironia *parecer* constantemente grávida – digo.

– Já fez um teste? – ela pergunta.

– Ora, não seja boba.

– Bem, a menstruação está atrasada?

– Umas duas semanas. Perdi a conta.

– Tem usado anticoncepcional?

– Não.

– Então, faça um teste.

Sentindo-me um tanto estúpida, acho um teste de gravidez que sobrou dos meses de espera de Freya. Levo-o para o banheiro. Assisto perplexa quando uma segunda linha azul se junta à primeira.

Corro de volta ao quarto e o balanço na frente dos olhos de Martha. Ela toma-o de mim, gritando:

– Vamos contar a Tobias! Ele vai ficar muito feliz!

– Ainda não quero dizer nada a ele – retruco. – É complicado.

Ela me olha com ar restritivo.

– Complicado?

– Tive uma espécie de caso. Menos que isso. Um caso de uma noite. Um caso estranho. Com Julien.

– Um caso estranho de uma noite?

– Não significou nada. Quer dizer, talvez tenha significado *alguma coisa*... mas a respeito de Freya e de me sentir viva. Nada a ver com Julien. Ou Tobias.

– Deus, não posso acreditar que estou ouvindo isso.

– Talvez seja de Tobias. Se eu estiver com mais de duas semanas de gravidez, certamente é dele. – Acrescento pausadamente: – Mas também é possível que seja de Julien.

– É isso que está preocupando você?

– Definitivamente, não posso contar para Tobias. Nem para Julien.

– E como está se sentindo? – ela pergunta.

– Ótima – respondo. Será um segredo, uma semente que cresce no meu ventre.

Martha explode, como uma dinamite de pavio tardio:

– Você teve um caso? Sem me dizer. Sem me contar nada! E está grávida? E não faço ideia de como você se sente?

Enquanto ela fala, os lados da caixa escura do meu cérebro se expandem e se chocam contra o meu crânio. Se a caixa abrir, juro que minha cabeça explodirá.

– Não posso me permitir tais sentimentos – digo. – Nem em relação a Julien, nem a Freya, nem a nada. Os sentimentos se interligam, como raízes de mato. Os sentimentos se trançam sob o solo. Se me abro para um, todos... escapam. Preciso mantê-los sob controle.

– Sob controle? Tarde demais para isso. Já está totalmente *fora* de controle. Não conheço mais você. Isso desde que Freya nasceu.

Exaurida, ela faz uma breve pausa, mas um segundo depois se recompõe.

– Tenho trinta e oito anos e sou solteira. É provável que nunca tenha um bebê. Então pensei... Talvez tenha sido presunção de minha parte, mas *achei* que seria convidada para ser madrinha de Freya.

– E seria mesmo – digo com ar infeliz. – Só que do jeito que Freya é... achamos que talvez você não quisesse...

– Pelo menos deveria ter deixado a escolha para mim! Anna... Falávamos ao telefone todo dia nos últimos meses de sua gravidez.

Muitas vezes duas vezes por dia. Tobias não se importava com o enxoval do bebê. Coube a mim procurar o moisés com você. Nós é que decidimos sobre as *compressas de mama*, pelo amor de Deus! E quando ela nasceu, tudo isso acabou. Passei um inferno quando você esteve no hospital. E depois você fugiu com ela aqui para a França. Nem sequer me deu a chance de conhecê-la.

Sei que ela está certa. Mas mal tenho conseguido me manter de pé. Não posso me dar ao luxo de deixar passar.

– Sinto muito – digo. – Só fiz o que tinha que ser feito. Para sobreviver.

Ela balança a cabeça em rejeição a qualquer pedido de desculpas que não saia do coração.

– Essa não é você, Anna. Você se preocupa com seus amigos. E você não é o tipo de mulher que não sabe quem é o pai do seu filho.

Acordo esta manhã e, para o meu espanto, Freya olha fascinada para a caixa do Ursinho Pooh no berço. Ainda não se deu conta de que, se sacudir o punho, o brinquedo volta a funcionar. Mas, quando a canção termina, ela emite um "uá" bem alto e, acredito, um tanto indignado, olhando para o teto vazio, como se à procura de luzes coloridas.

Desço as escadas correndo para contar tudo para Martha no café da manhã, na esperança de que isso ajude a reparar as coisas da noite passada. Ela concordou pelo menos em não mencionar minha gravidez para Tobias.

– Não preguei o olho – diz. – Muita correria no teto. Sabe o que pode ter sido?

– Talvez esquilos – digo. – Há os vermelhos por aqui, você sabe.

Tobias desce as escadas.

– Dormiu bem, Martha? Aquele quarto que Anna arrumou para você é a central dos ratos – diz. – E cuidado com o canto da cozinha... tem uma ratoeira armada.

Martha olha para mim e depois, abruptamente, quase contra a vontade, abre o seu velho sorriso.

– Esta casa tem uma energia ruim – diz Lizzy. – Nunca passei uma noite aqui dentro, nem quando estava sozinha na propriedade. Um dia desses saio daqui com meu contêiner.

Ela se mostra tão solene que Martha me chama a atenção com um olhar e faço uma força danada para conter o riso. Não me sinto bem em relação à pobre Lizzy, mas não posso negar que é ótimo ter novamente alguém para compartilhar uma brincadeira.

Depois do café da manhã, vamos ao mercado de Aigues. Os turistas de verão chegam como bandos de pássaros exóticos que arrulham sobre as edificações medievais e a pitoresca pobreza do *paysan*. É uma corrida para ganhar dinheiro com eles antes que abandonem o vale, em setembro.

Os vendedores das barracas do mercado descartaram o estoque de inverno de panelas velhas e roupas de segunda mão em troca de iguarias regionais: vinhos *vintage*, queijos de cabra envoltos em cinzas, linguiças curadas aromatizadas com ervas da montanha, sépias do Mediterrâneo, mel perfumado de *garrigue* e trufas negras extraídas de lugares recônditos nas florestas verdes de carvalhos. E também o artesanato berrante dos hippies, que trabalharam pesado durante os longos meses de inverno.

Sob os plátanos, Yvonne dispôs mesas e cadeiras, com toalhas quadriculadas em vermelho e branco. Sentado a uma delas, com um guardanapo preso ao pescoço, Ludovic degusta com satisfação uma papa pegajosa.

– Vocês estão a fim de comer? – pergunta Yvonne. – O *plat de jour* é *pieds de cochon*: pés de porco. Com pão.

– Não, obrigada – diz Martha às pressas.

Estão erguendo um grande palco na praça. Julien está nas proximidades, mas não me vê.

– É a festa de Aigues, no último dia do mês – explica Yvonne. – Precisam vir. Haverá uma discoteca com show iluminado a laser e com mais de trinta bailarinos profissionais. E também uma orquestra executando *chansons*. E uma cantora, do top de Lady Gaga, que veio de Toulouse.

Ludovic faz uma pausa na refeição e balança a cabeça em nossa direção.

– Yvonne está certa em participar da festa de Aigues porque ela é do vale – diz com ar solene. – Mas vocês devem participar da festa de Rieu. Já que são dos montes.

Martha se dirige a uma barraca carregada de azeitonas verdes da região, chamadas *Lucqes*. Enquanto estamos na fila, um menino à frente abaixa a cabeça e ofensivamente cheira uma travessa cheia de azeitonas. Enfia as mãos lá dentro e pega um bom punhado para comer.

Os fregueses à espera emitem um murmúrio coletivo de desaprovação. Para piorar a situação, os pais do menino cinicamente olham para a frente, como se não tivessem percebido o que ocorrera. O irmão mais velho se contorce de vergonha.

– *C'est juste pour goûter pas pour manger!* – diz.

O menino enfia a mão na travessa de novo e só então eu e os outros fregueses percebemos que ele tem síndrome de Down.

Na mesma hora, todos olham para o lado, menos eu. Observo-o hipnotizada; se os médicos estão certos, este menino será um gênio em comparação com Freya. Mas é meio estrábico, assim como ela.

Ele passa a enfiar a mão nas outras travessas de azeitonas. O vendedor sorri e tenta ajeitar a bagunça.

– *Mais ce n'est qu'un enfant* – diz para o irmão mais velho. – *Ce n'est pas grave...*

Segue-se uma onda educada de concordância por parte dos fregueses, agora determinados a achá-lo uma gracinha.

As pessoas já estão começando a se comportar dessa mesma maneira com Freya. Claro que os bebês são doces, mas, quando percebem sua deficiência, Freya se torna o bebê mais doce do mundo. Isso quando não podem se esquivar e apenas ignorá-la.

Um indício de putrefação no ar. Ou talvez seja apenas o fedor exalando de um ponto na encosta, onde deveria estar a fossa séptica. O pomar está entupido de frutas maduras. Uma fartura para as vespas gigantescas, que devoram a polpa das ameixas, deixando para trás cascas sem peles em formato de frutas. Claro que não restou mais nada para fazer compotas.

A aparência do *potager* é de exagerada decadência. Tudo sutilmente errado. As abobrinhas amarelas estão ficando marrons. Os tomates sofrem de podridão apical. Os pimentões escureceram por dentro. Os repolhos estão bolorentos. O funcho brotou cedo demais. Já não sei ao certo se colhemos mais batatas do que plantamos, sem falar nas lesmas brancas e macias que se enrolam dentro de cada tubérculo. Embora com sabor intenso, as cenouras estão minúsculas e retorcidas de tanto forçar passagem por entre o solo pedregoso.

Há uma praga de insetos. Alguns vermelhos com listras pretas, outros marrons e ainda outros que mais parecem selos verdes de promoção. São lerdos e tudo que lhes diz respeito é de segunda categoria. Se tocados, deixam um odor desagradável, como o das loções pós-barba dos anos 1970. São capazes de voar, mas aparentemente não se preocupam em fazer isso. Não correm nem se escondem. A segurança do grupo se dá pelo número assustadoramente grande de que é composto, nunca se pode pegá-los de uma só vez. Não exterminam diretamente os vegetais, mas chupam-lhes a seiva, injetando-lhes a mediocridade que lhes é característica. Tudo o que tocam apresenta uma aparência cansada e mastigada.

Se os problemas de Freya se devem a um gene recessivo ainda não descoberto pelos médicos, existe uma chance em quatro de que o bebê que carrego no ventre nasça com o mesmo defeito.

Preciso afastar esses pensamentos. Também têm de ser enfiados na caixa escura de minha cabeça. Eu me pergunto que dimensão infinitamente extensa tem essa caixa. E se esses pensamentos indesejados também apodrecerão, se privados de luz e ar.

As salsichas de Yvonne estão cobertas de uma camada fina e branca. Chego com Tobias e Lizzy para inspecioná-las.

– Estão apodrecendo – diz Lizzy, enojada. – Argh! Um monte de tripas de porco supuradas.

– Não seja boba – digo de imediato para que não machuque os sentimentos de Yvonne.

Mas Yvonne é imperturbável.

– Ora, a decadência faz parte do processo – diz.

Sem a minha naturalidade habitual com Yvonne, tento poupá-la de uma dor sequer imaginada. Ainda que o relacionamento dela com Julien tenha terminado, é como se eu tivesse traído a nossa amizade. Julien participou de bom grado, e certamente Tobias é culpado de um comportamento ruim. Mas Yvonne é totalmente inocente e sempre demonstrou apenas bom coração e sinceridade.

– O ralo da pia se estende até aquela caixa construída debaixo da janela do lado de fora deste cômodo – diz Tobias. – Ficamos intrigados com a utilidade disso.

Yvonne dá uma olhada.

– É para o *foie gras*. Você coloca o ganso na caixa e puxa o pescoço pelo buraco da pia de pedra para alimentá-lo. Isso o deixa gordo a ponto de não poder se mover. O fígado incha dez vezes mais que o tamanho normal. Então o matamos. Minha avó sempre fazia assim, mas quase não se faz mais isso em casa.

– Isso – diz Lizzy, empalidecendo – é uma coisa horrível de se fazer com qualquer criatura.

– Ora, acha mesmo? – diz Yvonne. – Na verdade, estou querendo manter o *foie gras* de gansos. Isso porque gosto muito dos animais.

– Como se mata um ganso? – pergunta Tobias.

– É difícil. Se você for bem forte, pode balançá-lo pela cabeça até quebrar o pescoço. E depois dá um golpe na parte de trás do pescoço para soltar e arrancar as penas.

– Este lugar é diabólico. Já estou me sentindo mal – diz Lizzy.

– Não seja boba – diz Tobias. – É só o cheiro da linhaça daqui.

Abalada, como se esbofeteada por ele, Lizzy olha para mim. Desde nossa última conversa, parece que me transformou em uma espécie de mãe substituta. Faz de tudo para me agradar e tem até se esforçado para aprender como cuidar de Freya. Achei uma boa ideia incentivá-la e tenho passado um tempo com ela, supervisionando com paciência a maneira com que dá a mamadeira e mostrando-lhe repetidas vezes como trocar uma fralda. Mas não confio nela a ponto de deixá-la sozinha com Freya.

Uma hora da manhã. Freya não consegue respirar. Seu peito arfa para cima e para baixo, enquanto ela solta murmúrios ásperos e alarmantes na batalha pelo ar.

Balanço Tobias e o acordo.

– Humm?

– Ela está sufocando. Não é convulsão. Ela não consegue respirar. Não sei o que fazer. Vou chamar uma ambulância.

Pela primeira vez, Tobias não diz que estou exagerando.

– Meu Deus, Anna, ela parece mal. Merda, ela pode morrer. Apresse-se.

Disco o número de emergência. A operadora me coloca em contato com um médico que ouve a respiração de Freya pelo telefone.

– Leve-a para o *médecin de garde*, o médico de plantão em Aigues – ele diz. – Vou avisar que vocês estão chegando.

Saímos de carro em disparada pelo morro abaixo. Enquanto dirijo, Tobias tenta manter as vias aéreas de Freya desobstruídas.

Em frente ao consultório médico, ela espirra forte, e a respiração e a cor retomam a normalidade.

O médico não se afoba. Diz que ela não tem nada nos pulmões, mas que está com uma infecção no ouvido. Ele nos dá um vidro de antibiótico cuja validade venceu dois anos antes e uma receita com uma lista enorme de medicamentos que só poderemos pegar quando a farmácia abrir. Por fim, nos cobra setenta euros.

Eu e Tobias dormimos além da conta. Quando acordo, Freya dorme serena, e a aventura da noite se dissipou como um sonho ruim.

– Preciso correr para pegar os medicamentos – digo sonolenta. – Hoje a farmácia só fica aberta na parte da manhã.

– Tudo bem – diz Tobias. – Levamos Martha para conhecer alguns lugares e pegamos os medicamentos no caminho.

Eu o deixo cochilando e vou à cozinha perguntar a Martha do que ela gostaria para o café da manhã.

– Torradas, por favor – ela diz. Mas logo percebo que os ratos roeram a embalagem e abriram buracos no pão dourado.

– Esquece – digo, e ela me lança um dos seus olhares estranhos. – Por que não fazemos panquecas? Podemos ir a Aigues mais tarde e pegamos mais pão. De qualquer maneira, preciso ir à farmácia.

Tobias se junta a nós. Conversamos e rimos, nos divertindo com as panquecas como crianças.

Lizzy chega tarde para o café da manhã, com os cabelos despenteados.

– Ei – diz Tobias –, acabou de sair da cama? Foram os fantasmas que bagunçaram o seu cabelo?

Mas se ele esperava por uma brincadeira, se desapontou. Ela não lhe dá atenção.

– Quem comeu minha sandália? – pergunta Martha. De fato, há um buraco do tamanho de uma bola de tênis numa das solas de borracha das sandálias de dedos que deixou à noite na porta da cozinha. – Anna, quanto a esses ratos...

– Aonde vamos hoje? – interrompe Tobias. – Anna, você escolhe. Qualquer lugar que lhe agrade.

– Vamos ao *étang* – digo. – Lá tem flamingos.

– Que tal fazer um piquenique mais tarde? – pergunta Tobias.

– Preciso passar na farmácia antes que feche – digo, lembrando dos remédios de Freya.

– Tobias está certo – diz Martha. – Se você tenta almoçar muito depois de meio-dia, os franceses ficam magoados e se recusam a lhe servir.

Olho para o relógio: quase meio-dia.

– Não dá mais tempo – digo.

– Estou de férias, Anna – diz Martha. – Seus ratos comeram minha sandália e terá que esperar enquanto calço outras.

– Vamos lá, Anna... Por que você não nos surpreende com uma de suas especialidades de piquenique? – Chantagem de Tobias.

Sinto uma onda de desespero.

– Não! Temos que sair *agora*! – grito alto e bom som.

Martha me encara como se eu tivesse sido muito rude.

– Essa noite tivemos que levar Freya ao médico em uma emergência – explico. – Ela não conseguia respirar. A farmácia fecha ao meio-dia. Preciso pegar os medicamentos agora!

Faz-se um breve silêncio atordoado. Martha parece horrorizada e irritada.

– Anna, o que há de errado com você? Por que não me disse? Preparou o café da manhã! Brincou comigo! Até sugeriu um *passeio*! Não podemos ir a lugar nenhum com um bebê doente. Você já devia ter saído para pegar os remédios assim que a farmácia abriu.

O que ela diz faz sentido. E de repente Freya ergue outra barreira à minha volta. Martha nunca entenderá que deixamos as coisas normais aqui em casa porque temos de agir assim. Nunca saímos por aí dizendo aos outros que Freya está doente, porque Freya está *sempre* doente e nós sempre estamos à beira de uma emergência.

Cada instante de tempo é dividido por muitos outros, como se cada segmento individual estivesse envolvido em uma película aderente. Isso acaba parecendo uma criancice. Da mesma forma que eu nunca contava para os adultos quando implicavam comigo no jardim de infância, pois os momentos em que me sentia fortalecida para contar eram irremediavelmente cortados dos momentos em que me sentia intimidada. Talvez seja isso que o pessoal da Nova Era, como Lizzy, por exemplo, chama de "viver no presente". Mas o fato é que realmente faço isso e não recomendo a ninguém.

O termômetro continua subindo. Parece que todo o mundo natural está prendendo a respiração. O ar está cada vez mais pesado, como se cada molécula estivesse saturada de água, como se mais cedo ou mais tarde fosse estourar.

Só agora entendemos o valor do *béal*. Fornece um fluxo constante da água do rio até o *potager*. Isso enriqueceu o solo de esterco de cavalo, que adquiriu um tom acastanhado escuro. Melões e abóboras brotam da putrefação com luxúria.

Ludovic me dá uma lição de como fazer compostagem.

– É exatamente como a culinária – diz. – Precisa haver equilíbrio entre os ingredientes, misturados à maneira certa, aquecidos à temperatura certa e no tempo certo. Chegue mais perto e veja. Não ligue para o cheiro.

Sorrio diante da imagem da sujeira incrustada em Ludovic, agora na minha cozinha. Mas ele está com a cara séria.

– A decomposição é um fenômeno natural. Você só ajuda um pouquinho.

Como tudo no *potager* de Ludovic, o composto está sob estrito controle em três grandes caixas plásticas.

– Pode-se obtê-las de graça, da *mairie* – ele continua. – Plástico é bem melhor que madeira. Não apodrece. Mas ainda faço do jeito que meu pai me ensinou.

Ele pega o forcado de três pontas e transfere o material de uma das caixas de plástico para outra.

– Pode trazer alguns dos pés de batata mortos, por favor? Coloque-os aqui. É preciso equilibrar os ingredientes marrons, como plantas mortas, galhos, folhas secas e palha, com os ingredientes verdes, como aparas de grama, ervas daninhas recentes, frutas podres e cascas de legumes da cozinha. Se exagerar no verde, o composto se tornará viscoso. Se exagerar no marrom, não servirá para nada.

Ele entusiasticamente remexe a mistura com o ancinho.

– Se você errar na mistura, o composto perderá o equilíbrio, tornando-se azedo.

– É nojento. Fede mesmo.

– Não é nojento... é apenas o processo de transição. Há decadência e decomposição. Se você conseguir a mistura certa, isso será o início de algo novo. Se triturar aquelas cascas de ovos e colocá-las aqui dentro, isso estimulará o crescimento das minhocas. São as minhocas que farão o trabalho para você.

Ludovic revira o composto uma vez e mais outra.

– O ar precisa circular. Revire-o com um forcado regularmente, pelo menos duas vezes por mês. Faço isso toda semana. Quanto mais o revira, mais rapidamente o transforma.

Ele revira o composto até se dar por satisfeito, depois o cobre com uma tampa de palha e olha para o céu em chamas.

– Claro que tem que colocar a quantidade certa de água, de modo que não fique muito seco. Mas se deixá-lo descoberto durante uma tempestade, acabará encharcado. Procure irrigar suavemente.

Saio com uma braçada de alface e, ao me virar, surpreendo Ludovic, a camisa aberta, irrigando o composto à maneira tradicional. Se isso o incomoda, ele simplesmente dá de ombros com ar despreocupado.

– Algumas pessoas têm ideias ultramodernas sobre a compostagem. Mas prefiro a maneira antiga. É preciso quebrar as coisas para criar algo novo. É como já lhe disse: exatamente como na cozinha.

As refeições daqui estão ficando cada vez mais estranhas. Achei que pedir a Lizzy para cozinhar a estimularia a se alimentar, mas foi um desastre.

– Ah, não – gemo baixinho para Tobias. – Ensopado de lagarta de novo, não.

– De *couve-flor* – ele diz. – Esqueceu que ela é vegetariana?

– Talvez seja por isso que não toque nas lagartas – sussurro, pensando no acumulado dos últimos três dias e nas lagartas não removidas pela força de trabalho desmoralizada.

Estou cada vez mais convencida de que Lizzy continua com muita energia reprimida. Não sorri e não flerta mais com Tobias. Fala constantemente de uma presença maligna na casa, sobretudo na cozinha de caça. Levou a coleção de cristais mágicos e inúmeras estatuetas de santos católicos para lá. Yvonne é *croyante* e, portanto, alegra-se em dividir o *laboratoire* com os santos, mas não consigo entender como se encaixam no espectro extraordinário das outras crenças de Lizzy.

O tempo continua abafado e opressivo. Forma-se uma gigantesca tempestade, mas, por enquanto, ainda ao longe. Tudo continua acossado pela seca.

Freya está com muitas brotoejas, de tanto calor que faz. Para atenuar esse sofrimento, banho-a com algodão embebido em água de rosas ladeada por Martha, quando Tobias aparece.

– Vamos até a piscina de borda infinita, por favor – ele insiste. – Preciso nadar.

– Vai chover em breve. Tem que chover – digo.

– Você sabe como é a chuva daqui. Às vezes ela dura semanas. Talvez seja nossa última chance de nadar. Ainda nem sequer mostramos a piscina para Martha.

– Não posso – digo. – Está muito quente para levar Freya conosco, e Yvonne não está aqui hoje. Agora que mamãe e Kerim se foram, não é nada fácil achar uma babá disponível como era antes.

– Peça para Lizzy, então – diz Tobias.

– Não acho aconselhável que ela tome conta de Freya sozinha.

– Não seja boba – ele diz. – Lizzy pode ser meio maluquinha, mas é dedicada a Freya.

– Ela agora está bem melhor para fazer isso – diz Martha. – Talvez seja bom para a autoestima dela, se você confiar nela para cuidar de Freya por algumas horas.

Quando a encontro à espreita no escaldante contêiner, fico chocada com sua aparência doentia. Está um milhão de quilômetros distante da garota confiante e enérgica de algumas semanas atrás. Seus olhos brilham quando peço que fique de babá de Freya. Parece tão feliz com meu pedido, tão entusiasmada.

Penso: Tobias e Martha estão certos, Lizzy não representa perigo. Dar alguma responsabilidade a ela, mostrar que confiamos nela, talvez precise mesmo disso. Procuro fingir que não há uma vozinha dentro de mim dizendo que posso me permitir correr riscos com Freya porque agora uma outra criança cresce no meu ventre.

Caminhamos em direção à piscina. O caminho passa perto da casa na árvore de Julien, e Tobias insiste em ver se ele gostaria de se juntar a nós. Retorna balançando a cabeça em negativa e de novo me pergunto se Julien está me evitando.

– Eu o convidei para nos acompanhar na refeição da festa de Rieu, no sábado – diz Tobias. – Por nossa conta.

A água clara da montanha na piscina reconforta e alivia. Mergulho como se para um batizado, pensando que estou grávida e que a partir de agora tudo será diferente. Realmente posso sentir meus temores e preocupações se dissipando e meu eu renascido se encher de otimismo. Chapinhamos sob a água gelada da cachoeira natural que jorra da rocha. Depois, nadar no frio costumeiro da piscina é como se deleitar num banho tépido.

Algumas crianças do vilarejo, que também nadam na piscina, correm aos gritos para olhar por cima da borda de pedra. Nós nos juntamos a elas e vemos quatro jovens javalis que bebem no rio abaixo. Eles nos ignoram com a obstinação própria da juventude e depois partem pelas águas rasas afora, com a cauda reta e o longo focinho trêmulo: selvagens, pré-históricos e livres.

Tobias e eu nos entreolhamos e sorrimos. Num impulso, aperto a mão dele e sussurro:

– Estou grávida.

Ele arregala os olhos azuis de surpresa. Aproxima-se e me abraça e compartilhamos uma risada secreta de pura felicidade. Um momento de epifania para mim. Este bebê é um presente. Vou desfrutar minha gravidez, e confiar.

O sentimento de alegria persiste na caminhada de volta.

– Vamos cortar caminho ao redor de Rieu e seguir por aí até Les Rajons – diz Tobias. – Martha terá uma boa vista da casa por entre as videiras lá debaixo.

As vinhas de Ludovic estão carregadas de folhas luxuriantes e frutos amadurecidos, como promessas de Baco.

– Não é à toa que estão melhores que as nossas. Ele está irrigando a terra – digo. – Olhe só o fluxo de água naquelas fileiras. – Já estamos habituados com os sulcos empedrados e poeirentos desta época do ano, mas esses cintilam de umidade.

– Como é que ele consegue trazer água até aqui? Acima da casa dele. E não em toda a vinha, apenas em algumas fileiras do meio. Até parece uma inundação – diz Tobias.

Olhamos um para o outro, subitamente alarmados.

– Nossa cisterna – ele diz.

– Freya – digo, com um aperto na garganta, de medo.

Corremos colina acima por entre as videiras, seguindo o curso da água.

Les Rajons surge, mas não temos tempo para desfrutar a vista. Uma espécie de lamento ecoa do pátio.

A tampa da cisterna aberta deixa um buraco feio e escuro no pátio, como um túmulo recém-cavado. Próximo ao buraco, o carrinho de bebê de Freya envolto pela musselina. Silencioso como a morte.

Minha garganta está tão apertada que sufoco, como nos pesadelos onde se tenta falar e as palavras não saem.

– Freya! Freya! – finalmente consigo dizer. – Oh, Deus, Freya, o que fiz? – Saio cambaleando com pernas que não se sustentam até o carrinho e arranco a musselina.

Freya está dormindo tranquilamente. Pego-a no colo e aperto-a contra o meu corpo. Ela acorda e agita os braços e as pernas, irritada pela perturbação.

Tobias olha para a cisterna com ar melancólico.

– Está vazia – diz. – A tampa do ralo foi aberta.

– Tobias – diz Martha calmamente. – Há alguém lá em cima, lá na varanda. Em pé no parapeito.

Lizzy. Seus cabelos longos e negros se espraiam selvagens. Oscila no parapeito, como se tomando coragem para saltar.

Tobias vocifera alguma coisa e dispara em direção a casa.

– Ele chegará tarde demais! – Martha soluça.

Corro para debaixo da varanda e olho para ela, absurdamente pálida e pequena, oscilando à beira do parapeito.

– Lizzy! – grito. – Fique onde está! Não se mexa! Tobias está chegando para pegar você!

– Tobias – ela murmura com o rosto encharcado de lágrimas e levanta os braços acima da cabeça. Parece se inclinar ainda mais em minha direção.

De repente, Tobias surge por trás e a puxa com braços fortes para dentro.

Quando os alcançamos, ele a está embalando nos braços. Murmura como se para acalmar uma criança. Ela está chorando. É a primeira emoção genuína que vejo em Lizzy em muitos dias.

– Falhei – ela repete. – Não tive coragem de pular.

Ocorre-me que eu e Tobias temos nossas próprias rotas de fuga:

> Eu: Exterminar os ratos. Culinária. Jardinagem. Preparar compotas e colocá-las em vidros.
>
> Tobias: Ficar no estúdio de gravação. Compor sua música. Até recentemente, flertar com Lizzy.
>
> Nós dois juntos: Humor negro. Fingir que não há nada de errado com nossa filha. Deixar a loucura à deriva.

Eu me pergunto se as crises de Freya também não seriam uma forma de fuga. Notei que pioram quando ela está estressada ou sobrecarregada; talvez isso atue como uma válvula de segurança, permitindo que o cérebro se feche quando não aguenta mais.

Neste verão, chamamos a ambulância dos bombeiros uma segunda vez. Agora, para Lizzy. Fiquei preocupada a princípio, temendo que não levassem a sério o nosso chamado. Mas, depois de avaliá-la pelo telefone, o serviço de emergência francês entrou em ação novamente.

Junto aos paramédicos, veio uma assistente social, uma mulher maternal com quem Lizzy se relacionou de imediato. Segundo ela, Lizzy tinha sido avaliada com um alto risco de suicídio e por isso receberia atendimento clínico apropriado em uma unidade especializada, ligada ao Hospital Geral de Montpellier.

Na minha última visão de Lizzy, ela estava enrolada num cobertor e, agarrada à assistente social, explicava entre soluços o motivo que a tinha levado a esvaziar a cisterna. Uma história muito incoerente – algo a ver com fazer um sacrifício –, mas tudo parecia se resumir num simples grito por socorro. Ela nunca teve a intenção de ferir Freya.

– Ela deve ter *alguém*. Amigos, se não tem uma família – diz Martha sempre prática. – Anna, é melhor verificar isso nas coisas dela.

– Parece uma invasão de privacidade – digo. – Ela é tão reservada. – Faz meses que Lizzy está conosco e não sabemos nada sobre ela. Olho para trás e me espanto por nunca ter reparado na cortina de fumaça que escondia uma *persona* excêntrica e supostamente transparente.

Então, cheia de culpa, inicio com Martha uma busca no contêiner de Lizzy, remexendo incensos, cristais mágicos, contas de oração e pacotes de sal da montanha do Himalaia. No entanto, não há nenhuma fotografia de família e nenhum endereço.

Tobias se sai um pouco melhor ao rastrear o e-mail dela – chega a uma carta de uma agência de adoção nos Estados Unidos que solicita um contato com ela. Depois de muita discussão, enviamos uma breve resposta na qual indicamos o hospital onde ela está internada.

– Me sinto tão culpada por não ter ido junto com ela na ambulância – digo. – Isso só confirma o que ela diz, que ninguém se preocupa com ela.

– Nem pense nisso – diz Martha. – Você não pode assumir responsabilidade por toda criança abandonada e perdida.

– Pelo menos poderia visitá-la. Mas não suporto a ideia de uma outra série de deslocamentos entre este lugar e Montpellier.

– Para ser honesta, você já está tendo muita dificuldade para lidar com a própria vida – diz Martha. – Além do mais, Freya precisa de você aqui.

É incrivelmente difícil sobreviver neste lugar sem água corrente em pleno agosto. Martha é uma guerreira. Leva os pratos sujos para lavá-los no rio e finge que não se importa de não poder lavar os cabelos direito. Tobias traz latas de vinte litros de água potável da torneira comunitária de Rieu. Nós nos banhamos diariamente no rio e utilizo nossa preciosa água potável nos frequentes banhos de esponja em Freya, já que ela pode ter um resfriado ou problemas gastrointestinais se tomar banho no rio. Uma chuva nos libertaria.

É o dia da festa de Rieu. O dia mais quente e mais pesado do ano até agora, sufocante e quase insuportável. O céu não está azul agora; mostra um branco seco e raivoso. A tempestade está a caminho, mas parece que nunca vai chegar.

Passo pelo *potager* e não resisto a uma olhadela na compostagem. Cautelosamente, levanto a tampa de palha com um gancho e irrompem milhares e milhares de larvas. Nasce uma vida nova na matéria em decomposição de Ludovic, mas a aparência não me agrada.

No início da noite, nos reunimos na porta da frente da casa enquanto as andorinhas sobrevoam em bandos para pegar insetos no ar. Elas adoram os mosquitos e acho que temos de agradecer aos insetos por essa exposição aérea.

Caminhamos até o ponto de onde se avista Rieu, dependurada no lado da colina. Paramos por um momento e admiramos o brilho vermelho-dourado das casas de pedra ao pôr do sol. Longas sombras no vale abaixo se esticam como dedos negros em direção às casas.

Quando chegamos, as sombras já engolfam Rieu. Agora a vila se ilumina de luzes coloridas. Na praça, um sanfoneiro de boina e lenço vermelho amarrado ao pescoço executa *chansons* tradicionais. Casais dançam sob as copas das árvores. Dois homens remexem uma pá dentro de um grande recipiente de ferro com *moules* que assam sobre uma fogueira. Um porco inteiro roda no espeto, e alguns homens observam enquanto bebem *pastis* e trocam conselhos.

Paramos acanhados ao lado da churrasqueira.

– Que estranho. Nenhum sinal de Julien – diz Tobias. – Nem de Ludovic.

Sinto uma pontada de decepção. Não por Julien, convenço a mim mesma.

Nenhum conhecido à vista. Somos ignorados e nos sentimos como turistas.

– Será que é só para convidados? – pergunto para Tobias. – Será que somos mesmo convidados especiais de Ludovic? Sei lá se devíamos estar aqui... parece muito íntimo.

– Olhe – ele diz. – Eles estão vendendo bilhetes.

Eu me aproximo e impetuosamente peço bilhetes para três adultos.

– Mas quem são vocês? – eles perguntam. – De onde vêm?

– Les Rajons – respondo, e todos se reúnem em volta de nós para nos beijar e dar as boas-vindas; uma recepção especial, no fim das contas.

Só depois Ludovic aparece, ao menos uma vez de banho tomado e de roupas limpas. Sorri quando nos vê.

– Ah, então preferiram estar com o pessoal dos morros – diz. – Resistiram às dançarinas do vale.

– Não vi Julien – diz Tobias.

Ludovic sorri.

– Julien já teve a comemoração de maio. São poucos os *soixante-huitards* ou seus filhos que vêm a esta festa; isto aqui é organizado pelos *paysans*, famílias que estão aqui há muitas gerações.

Somos colocados ao lado de um punhado de outros estrangeiros em uma longa mesa de cavaletes. Surgem pratos e mais pratos, com tanta rapidez e com porções tão abundantes que talvez estejamos mesmo recebendo uma atenção especial. Primeiro, enchem e voltam a encher nossos pratos de *moules* assados, até nos sentirmos a ponto de morrer só de olhar um mexilhão outra vez, então trazem nacos de pão cobertos generosamente de patê, depois grandes porções de porco assado com feijão-branco, nadando em gordura.

Colocam-me ao lado de um sanfoneiro, um amistoso homem de meia-idade, com um brilho nos olhos, que se revelou alemão.

– Quando se mudou para este lugar? – pergunto.

– Ah – ele diz –, ali pela década de 1970. Era para ser uma estada de um mês, mas me apaixonei por uma moça e escrevi para o meu patrão pedindo demissão.

– O que houve com a moça?

– Casou com um banqueiro, no Norte – ele diz. Nós todos rimos, e ele faz uma careta irônica e nos brinda com vinho tinto seco. Do meu outro lado, uma holandesa jovem que mudou recentemente para cá começa a reclamar da vida. Ela tem uma menina de sete anos... e sente-se tolhida por causa dela. Quer ir para Goa durante o inverno, mas a menina está na escola. Olho para a expressão aflita da holandesa e depois para o feliz e rejeitado alemão e me surpreendo com o fato de que às vezes os seres humanos são tão resistentes, outras vezes tão facilmente derrubados.

Lembro-me do momento em que a pobre Lizzy me disse que nunca fui sacaneada pela vida. Só agora entendo que o que ela quis dizer é que sempre fui amada – ao menos por mamãe, se não por mais ninguém. O amor é a terra que mantém nossas raízes no lugar. Sem amor, nada nos impede de cair.

Irrompe uma tempestade com relâmpagos que rasgam o céu. Mas os velhos *paysans* continuam sentados sob a chuva torrencial enquanto terminam as refeições. Ninguém sai apressado para se proteger, desperdiçando assim quinze euros.

– Uau! – exclamo, olhando para as colinas distantes, enquanto a água escorre em nossos pratos. – Aigues pagou uma grana alta pelos fogos de artifício.

– E como puderam pagar por tudo isso? – pergunta Tobias.

– Meu Deus, não são fogos de artifício... são raios – digo.

A tempestade castiga as colinas. Os relâmpagos parecem um tiroteio de fogo travado no céu e ricocheteando na terra. Sinal de que caminhamos para o outono e depois para o inverno, e assim todas as coisas que agora brotam com exuberância fenecerão. Mas, depois do inverno, vem a primavera, e quando as coisas estiverem destroçadas, outras irão brotar.

Bebemos um café bem forte e *digestifs*, sob a chuva quente de verão. Freya, agora enrolada em uma capa de chuva, é passada de mão em mão e efusivamente paparicada.

Todos se mostram interessados em saber o que aconteceu quando chamamos a ambulância para ela. Todos contam onde estavam quando os *sapeurs-pompiers* chegaram aos nossos montes, do mesmo modo que se supõe que as pessoas são capazes de fazer quando se trata do assassinato de JFK. E de repente me dou conta de que nossas vidas começam a se entrelaçar com as deles – pequenos brotos de vidas que se entrelaçam como videiras.

Setembro

A tempestade trouxe um clima frio. Uma friagem expurgadora que nos convida a fazer um balanço, levar a vida adiante, reverter a loucura das últimas semanas.

Já de manhãzinha, comecei a trabalhar na colheita das abóboras que cresceram no *potager*. A chuva da noite as fez inchar, atingindo um tamanho e um peso que me obrigaram a utilizar um carrinho de mão para transportá-las.

Sou tomada por uma súbita onda de náusea. Corro até o banheiro e vomito. Fico com um estranho gosto metálico na boca; meus seios estão doloridos; me sinto totalmente exaurida. Mas isso não é nada se comparado com minha última gravidez, quando me sentia como se tivessem aumentado o volume de todas as sensações físicas. Fico preocupada tão logo me debruço na beira da pia: será que deveria estar me sentindo mais doente?

A polpa da abóbora é de um suculento e intenso tom de laranja; cortá-la é como cortar a carne de um bicho. Enterra-se a faca nas entranhas, e os sucos afloram e mancham a lâmina. Um odor indescritível que oscila entre o pepino e o melão. Seremos mantidos pelas abóboras durante todo o inverno, caso encontre um jeito de conservá-las.

Esterilizar legumes de baixa acidez, como a abóbora, é mais complicado do que esterilizar os frutos altamente ácidos que tentei até agora. Carregam riscos particulares: eles podem provocar botulismo, causado por uma bactéria letal capaz de se multiplicar mesmo no ambiente hermético dos potes de vidro. Para ficar realmente seguro, seria preciso uma autoclave, um tipo de equipamento que não se acha na França.

Passei a manhã na cozinha, lendo e matutando. Duas cepas de botulismo só podem ser destruídas sob alta temperatura: acima dos 121 graus centígrados. Mas essas cepas produzem mau cheiro. Duas cepas podem matar, sem odor e sem sabor, mas a simples ebulição pode destruí-las. Portanto, em teoria, não haverá perigo se eu ferver os potes normalmente e descartar os que têm mau cheiro quando abri-los.

Mas tudo muda quando você está grávida. Você não pode se dar ao luxo de correr riscos. Odeio a ideia de que os germes possam se multiplicar, sem serem vistos, dentro dos potes. Ficaria mais segura se tivesse a certeza de que todas as bactérias foram erradicadas.

Penso que deveria confiar na natureza. Se o embrião é bom, a natureza o protege. Se não é bom, nada se pode fazer a respeito. Não há garantias, tanto na gravidez como na preservação de alimentos.

Hoje à tarde, me deparei com uma gota de sangue. O teste de gravidez continua positivo. Também tive um pouco de sangramento com Freya, mas não posso me arriscar. Telefono para o médico em Aigues, que se mostra bem simpático.

– Falsos positivos são muito raros. Você se sente grávida? Vá para a cama agora e amanhã à tarde faremos um ultrassom.

Acordo pensando no ultrassom. Tobias traz o café na cama.

– Prefiro chá-verde, menos cafeína – digo.

– Não seja ridícula.

Tem início então uma sucessão de gritos.

– Por que não posso beber o que quero? – reclamo.

– Vamos ter mais nove malditos meses dessa loucura? – berra Tobias.

Respiro fundo e digo:

– Eles não excluem a possibilidade de que nós dois carregamos um gene defeituoso. Se for assim, o bebê terá uma chance em quatro de nascer com o mesmo problema de Freya. Tobias, não consegue ver que estou mortificada?

A raiva dele se dissipa.

– Não se trata de gene defeituoso. Eles não encontraram nenhum. E, mesmo que seja esse o caso, o bebê terá setenta e cinco por cento de chance de nascer saudável. Anna, quando acontece alguma coisa ruim, é normal procurar descobrir o que deu errado e por quê. Mas às vezes é preciso aceitar que aconteceu sem motivo ou que nunca se saberá a causa. Lidar com a incerteza é sempre mais difícil.

Passei a manhã inteira terminando um pedido formal de permissão para iniciar uma escola de culinária residencial em Les Rajons, um dossiê de espessura impressionante que ficou largado pela metade em cima da mesa da sala de estar por semanas. Finalmente concluí-lo é meu empurrãozinho no carma para que tudo saia bem no ultrassom.

Concordamos em não deixar Freya com Martha e levá-la conosco para o ultrassom, e em almoçarmos no caminho de Aigues.

– Deixarei a requisição na *mairie* antes que feche para o almoço – estou dizendo, quando Ludovic se aproxima de nós na praça, com um ramalhete de cravos na mão. Com um novo elã nos passos, ele parece mais asseado e suspeito de que o chapéu de caçador tenha sido escovado.

– Estou a caminho do café da Yvonne – diz. – Espero que ela seja *gentille*.

– Ludovic... você está querendo dizer que...?

– Escrevi uma carta para ela. Posso estar velho, mas sou um soldado. Sei como concluir uma campanha.

– Vamos lá – diz Tobias para mim –, você pode entregar esse dossiê mais tarde. Nesse momento a coisa mais importante em nossa vida é descobrir o que ele escreveu na carta.

Seguimos Ludovic até Yvonne. Ele estende os cravos com uma reverência e acomoda-se na velha mesa de Julien, a mais próxima do bar.

– O prato especial de hoje é *museau de porc*. Nariz de porco – diz Yvonne, visivelmente perturbada.

Neste mesmo instante, Julien entra no bar. Olha para mim e hesita, como se prestes a sair. Mas, quando vê Ludovic, muda de ideia. Senta-se o mais longe possível de nós. Yvonne o ignora.

– Yvonne – ele diz –, poderia, por favor, vir até aqui e me servir?

– Recebi uma carta de um admirador – ela diz, sem o menor pudor, para nós. – Lerei para vocês: "Você é uma boa cozinheira. Você é muito bonita. Nós dois estamos sozinhos. Ofereço-lhe então casamento, minhas vinhas e uma casa."

Ludovic dá um sorriso amarelo e levanta o chapéu.

– Bem, Yvonne – diz –, o estilo pode não ser perfeito, mas pelo menos vai direto ao assunto. Ao contrário de alguns.

Durante a refeição, acontece mais uma briga entre mim e Tobias. O ultrassom será no Hospital Geral de Montpellier e quero visitar Lizzy enquanto estivermos lá.

Sinto-me culpada por não ter contado para Tobias a última crise nervosa de Lizzy e que não fiz nada de concreto para ajudá-la. Acredito que é nosso dever apoiá-la. Mas, para minha surpresa e raiva, Tobias se opõe à visita. Não consigo atinar as razões disso. Ele se mostra estranhamente contido em relação a ela, como se ela o oprimisse. Talvez, penso com maldade, seu orgulho masculino tenha ficado ferido ao descobrir que a adolescente sedutora que lhe deu tanta atenção tenha se mostrado, no fim das contas, uma desequilibrada.

Quando chega o café, damos uma pausa em nossa discussão. Olho pela janela e me aflijo ao ver o prefeito caminhando pela praça. A prefeitura já fechou para o almoço, mas, se me apressar, poderei lhe entregar o dossiê pessoalmente. Alcanço-o perto do memorial de guerra.

– Ah, a inglesa que está dando vida a Les Rajons – ele diz. – Já estão com bastante água agora?

Mexo a cabeça e armo um sorriso, imaginando que fofocas chegaram aos ouvidos dele a respeito dos acontecimentos em Les Rajons.

– Fiquei sabendo que você está iniciando uma escola de culinária. Rose gostaria disso. Era uma excelente cozinheira.

– Você conheceu Rose?

– Claro. Todo mundo da minha idade a conheceu. Foi minha professora no *maternelle*.

Ambos nos voltamos automaticamente para o memorial, onde também se leem o nome de Rose e uma frase a ela dedicada, logo abaixo da lista dos *maquisards* que morreram no ataque alemão: "Rose Donnadieu, heroína da Resistência. 1944."

– Não acredite em todas as lendas sobre os Maquis – diz o prefeito. – Claro que as coisas se tornam idealizadas através do filtro do tempo.

Mas, já que você é estrangeira, posso lhe assegurar que no final tudo ficou muito confuso. Toda a ralé se juntou no último minuto para provar que tinha estado no lado certo durante a guerra. E com isso houve informantes, denúncias. E houve incidentes...

– Incidentes?

– Um sujeito de Aigues, meio *bavard*. Ele deixou escapar para os alemães que havia Maquis na região. Não acho que fez por mal, mas alguém ficou sabendo por acaso. Os Maquis o pegaram e o levaram para a floresta. Enfiaram lascas de bambu às marteladas sob as unhas dele.

– Oh, Deus... Rose teve alguma coisa a ver com isso?

Prendo a respiração e só percebo isso quando ele responde:

– Oh, não, não. Ela era uma mulher extraordinária. – Solto um suspiro de alívio. – Melhor que o filho – ele acrescenta.

– Mas Ludovic também não foi herói da Resistência? Pelo menos ele tem medalhas.

– Ganhou-as quando foi lutar no Norte, ali pelo final de 1944. Depois... – O prefeito interrompe a frase e assume um ar inescrutável. – Mas não gosto de falar de coisas desagradáveis. São muitos rumores. Da próxima vez que encontrá-lo, pergunte como a mãe dele morreu.

Por mais que tente sondar, não consigo extrair outras palavras do prefeito.

– Eu trouxe o dossiê para a escola – digo. – Mas confesso que estou um pouco preocupada de não obter a permissão. Isso porque não temos água canalizada.

– Por aqui procuramos manter os assuntos locais como estritamente locais – ele diz. – Se o Departamento de Planejamento não pede informações sobre a água, não seremos nós que chamaremos a atenção deles para isso. Farei uma nota pessoal, acentuando que uma escola de culinária poderá incrementar o turismo. Isso será bom para a região.

Na estrada para Montpellier, Tobias e eu voltamos a discutir a respeito de Lizzy. Isso persiste de maneira enfadonha e repetitiva até chegarmos a um pedágio, onde uma mulher jovem, magra e um tanto curvada se aproxima de nós. Presumo que seja uma pedinte, mas ela simplesmente pergunta:

– Podem me levar até Montpellier?

– Claro – responde Tobias, sem hesitar. – Será um prazer lhe dar uma carona. O que a leva até lá?

– Minha avó. Está numa casa. Vou visitá-la.

Ela parece consumida pelo nervosismo. Mostra a mesma estranheza de quem tenta conseguir dinheiro para drogas: eles realmente estão ansiosos, mas não pelo motivo que apresentam. Ela, no entanto, não nos pede dinheiro.

Ofereço-lhe o banco da frente enquanto me coloco ao lado de Freya na parte de trás, segurando uma garrafa de vinho como uma arma. Tobias, por outro lado, parece calmo e relaxado, e ela logo começa a contar a história de sua vida.

– Trabalho num escritório para deficientes – diz. – Para dizer a verdade, também sou deficiente. Tenho dificuldades. Meu cérebro não funciona como o das outras pessoas.

Talvez a França seja um bom lugar para pessoas com deficiência, reflito. Essa moça tem um emprego e uma vida. Na Inglaterra, provavelmente estaria vivendo nas ruas.

Tobias lança um sorriso encorajador a ela e sinto que põe o seu charme em ação. Ela se revela diante dos nossos olhos, abre-se para nós.

– Já disse a vocês que sou viúva? – continua. – Meu marido também era deficiente. Eu o conheci no meu trabalho. Morreu há oito semanas. – Sem transição, começa a chorar, e Tobias acaricia a mão dela.

Nós a deixamos numa casa de idosos, no centro de Montpellier. Sua figura torta segue em direção à porta aos tropeções.

– Coitadinha – digo.

– Olhe – diz Tobias, com ar cansado –, tudo bem se quiser visitar Lizzy após o ultrassom. Você está certa. Também somos responsáveis por ela. Mas não acho uma boa ideia eu ir com você. Na verdade, estive pensando e fiquei preocupado com minha... conduta.

– Foi muito ruim – digo abruptamente. – Claro, ela flertou com você; grande coisa. É apenas uma adolescente. Mas você não deveria ter correspondido ao flerte. Que diabos deu em você?

– É difícil explicar – ele diz. – Sabe quando você está cozinhando... Você já teve a sensação de que está fazendo o que sabe fazer melhor na vida? Está fazendo seu trabalho e tudo parece fluir?

Mexo a cabeça, com relutância.

– Sempre senti isso ao compor uma música. Mas com minha música meio travada só me resta fazer com que as pessoas gostem de mim. Acabei de fazer isso com aquela mulher. Eu a incentivei para que saísse de sua concha.

Faz muitos anos que convivo com as consequências do charme espontâneo de Tobias. Em certo sentido, também sou uma vítima desse charme. Mas ele parece genuinamente abalado pela experiência que teve com Lizzy.

– Pensei que Lizzy e eu estávamos nos divertindo, mas agora, olhando para trás, percebo que ela não estava nada bem. Achei que a estava ajudando, mas agora sinto como se tivesse usado aquela pobre garota. Não fui um bom amigo para ela. – Uma pausa de um segundo. – Estou com medo de vê-la novamente. Estou com medo de que ela me veja e tente o suicídio de novo ou alguma outra coisa terrível.

– Não seja bobo – digo.

Mas ele balança a cabeça em negativa.

– É melhor ir vê-la sozinha. Cuido de Freya e espero você na cafeteria.

O médico que me examina se mostra interessado por Freya. Olha sério quando dizemos que o ultrassom na Inglaterra não detectou deficiência alguma durante a minha gravidez.

– Sempre detecto a ausência de um corpo caloso. Talvez seja sorte minha – diz. Mostra uma imagem na capa de um livro. – Isto é ausência de um corpo caloso.

– Como podemos ter certeza de que não é um gene recessivo? De que não vai acontecer o mesmo com meu novo bebê?

– Receio não podermos garantir nada com certeza até o final da gravidez. Vou encaminhá-la a um geneticista, que fará um exame minucioso. Talvez tenha que passar por uma ressonância magnética fetal, ali pela vigésima sexta semana ou mais. Mas levando em conta que não conseguiram detectar esse gene na Inglaterra, é pouco provável que seja um problema recorrente. O que lhe aconselho é que relaxe e desfrute a gravidez.

Enfim, hora do ultrassom.

– Aí está! – diz o médico, de imediato. De fato, ali está uma pequena bolha. Só uma, mas no lugar certo. Observamos uma pulsação... leve e cintilante. – Os batimentos cardíacos – ele acrescenta, com um murmúrio de satisfação.

– Qual teria sido... a data exata da concepção? Só para saber se errei a conta – pergunto da maneira mais casual possível. – Pode ter sido há umas cinco semanas, e não há sete...

– Oh, querida – diz Tobias. – Você está misturando tudo.

Sinto que estou ruborizando; talvez seja imaginação minha achar que o médico está olhando fixamente para mim.

– Nesta fase, já é possível determinar a data com precisão – ele diz. – A julgar pelos batimentos cardíacos, a concepção se deu umas sete semanas atrás. Não pode ser menos que isso.

O bebê é de Tobias. Sou tomada por uma onda irracional de alegria. Afinal, minha vida volta aos trilhos.

Lizzy está na unidade especial para jovens com problemas psiquiátricos do Hospital Geral de Montpellier. Atravesso os corredores, cobertos de fotos gigantescas de cenas do Ártico com ursos-polares e icebergs. Os pacientes possuem quartos individuais, cujos cartões de identificação nas portas apresentam diferentes animais. No quarto de Lizzy, um pinguim. Bato na porta e, após um momento de hesitação, uma voz abafada diz:

– *Entrez.*

Ela parece pior do que estava e pior do que eu poderia imaginar: pele esticada sobre os ossos; contornos do crânio à vista nas bochechas; sombras escuras engolfando os olhos. O tremor anterior agora permeia sua estrutura física, a voz e a maneira de se mover.

A princípio, parece não me reconhecer. Quando finalmente me reconhece, lágrimas silenciosas rolam pelo seu rosto encovado. Isso me enche de piedade por essa garota que devia estar florescendo, e só agora me convenço de que a tratamos com mais rigor do que ela merecia.

– Anna – ela diz, com a voz embargada. – Você veio. – Estende os braços esquálidos para mim. Aproximo-me e abraço-a suavemente, temendo quebrar alguma coisa dentro dela. Fico com o estômago revirado de aflição, dor e remorso. Ela é uma criança. Não tem absolutamente ninguém. Mas Tobias e eu somos *in loco parentis*, mesmo não sendo uma escolha nossa. Nenhum sofrimento ou problema pessoal nos desculpa por não termos tido a decência de estar aqui com ela.

– Sinto muito – digo. – Sinto muito, Lizzy. Eu devia ter vindo antes.

A voz abafada ecoa em mim.

– Sinto muito, sinto muito... – As lágrimas escorrem em silêncio quando a voz engasga. Ela retoma a palavra tão baixinho que mal posso ouvi-la.

– Eu não tentei me matar, você sabe.

Não faço ideia se isso é verdade.

– Nem precisava falar – digo. – Eu sei.

– Eu só... precisava que *acontecesse* alguma coisa. Alguma coisa que mudasse a minha vida.

– Claro que fez isso, querida. – Flagro-me recorrendo ao vernáculo de mamãe. Sigo um modelo adquirido na infância: abraço-a, aliso seu cabelo, abafo ruídos e comentários inúteis, dou um tempo para que as lágrimas escorram, deixo-a divagar.

– Recebi uma carta da agência de adoção – ela diz. – Minha mãe biológica quer retomar o contato, mas... estou muito fragilizada agora. Não seria uma boa ideia.

– Sua mãe?

Sua voz débil se transforma em soluços arfantes.

– Por que ela não me deixou ficar com ela? O que havia de tão errado comigo?

Se eu entregasse Freya a uma instituição, ela nunca seria capaz de articular a mesma coisa. Sequer seria capaz de pensar a mesma coisa;

não com palavras, claro. Mas será que ela poderia *se sentir* abandonada? Isso a prejudicaria da mesma forma que prejudicou a pobre Lizzy?

– Tenho certeza de que houve razões para isso – digo de maneira inadequada. – Tenho certeza de que ela teve razões muito fortes que até podem ter sido... erradas, mas que na época a pressionaram. Lizzy, por favor, entre em contato com sua mãe. Pelo menos para tentar descobrir o que realmente aconteceu.

– Mas e se foi por *minha* causa? – Nenhum vestígio da lontra no olhar dela, nenhuma alegria ou jovialidade. Apenas um olhar de completo e sincero terror.

– Claro que não teve nada a ver com *você*. Lizzy, muita gente a ama. Nós... Tobias e eu... nós dois temos muito carinho por você.

– Sério? Vocês dois?

– Claro que sim – afirmo. – E é bom se apressar e tratar de ficar melhor para poder voltar para nós. Freya sente sua falta, sabia?

– Sente mesmo?

– *Claro* que sente. E Tobias também. – Respiro fundo. – Lizzy, desde a última vez que viu sua mãe, ela passou todos os dias sentindo saudades, e pensando em você, e se preocupando se você estava bem.

– Você acha mesmo isso?

– Eu *sei* disso. Se entrar em contato com ela, você também saberá.

– Será que posso arriscar?

– Lizzy, talvez seja uma oportunidade. Você sabe, uma coisa do destino ou algo assim. Uma chance de você restabelecer contato com sua mãe.

Ela parece hesitar por um momento. O corpo esquálido se inclina. Então, ela se enrijece e sei que a perdi novamente.

– Eu não tenho mãe – ela diz.

Quando retornamos, Martha está esperando por mim. Estende os olhos em direção à porta de maneira significativa. Com elaborada casualidade, vamos para o pátio conversar.

– O bebê é do Tobias – digo.

Ela me abraça.

– É mais do que você merece, por conta da escapadinha suja. – Ela esboça um sorriso repreensivo.

E, agora que tenho todos os motivos para ser feliz, constato que, afinal, estou chorando. Porque, mesmo que o novo bebê seja maravilhoso, sempre haverá perdas. De Julien, que nunca mais me tratará como amiga. Do bebê dele, que nunca existirá. De Freya, que nunca será a pessoa que deveria ser.

– Oh, Deus, Martha. Fui uma idiota. – Soluço. – Magoei as pessoas que amo. É uma sensação muito ruim.

Ela me abraça, acaricia meu cabelo e fica repetindo "Tudo bem, tudo bem", até eu entender que, em meio a todas essas perdas e confusão, de alguma forma mantive a minha melhor amiga.

– Acho que estou quase gostando da nova Anna – ela diz quando paro de soluçar. – É um pouco mais estranha que a antiga, mas é muito mais divertida.

– Gostaria de ser a madrinha? – pergunto. – Do novo bebê?

– Obrigada, mas serei madrinha de Freya. Estou mais envolvida com ela. Desde o início.

Não posso acreditar que hoje é o último dia da estada de Martha na casa. Desperdiçamos essas últimas e preciosas horas discutindo com Tobias o que fazer com Lizzy. Ele se mostra irredutível quando afirma que o melhor para ela não é voltar para cá. Mas estou igualmente convencida de que não temos outra escolha senão trazê-la. Martha me apoia porque é minha amiga, apesar de no fundo achar que não estou em condições mentais de assumir outra criança carente.

Concordamos em arquivar o assunto. Coloco uma mesa de cavaletes debaixo de uma árvore no pátio para o almoço de despedida de Martha. Um banquete de pão fresco, queijo Lacaune da serra e salada com os últimos tomates suculentos da temporada, que são tão bons quanto um filé, tudo regado a taças de St. Chinian. Freya dorme no meu colo durante a refeição. Sua doçura me impele a beijar suas mãos com covinhas, e ela então acorda sorrindo para mim, um bebê feliz pelo simples fato de estar vivo.

Aperto a mão de Tobias e penso no bebê normal que cresce com segurança no meu ventre. O bebê normal que finalmente me leva a aceitar o destino de Freya.

Após a refeição, descemos pela colina em direção à estação de Aigues, onde mais uma vez me despeço de alguém que amo. Depois seguimos pela colina acima, de volta a casa, onde pela primeira vez Tobias, Freya e eu passamos a viver por nossa própria conta.

Claro que Yvonne continua indo e vindo durante o dia, sempre seguida em qualquer lugar em que esteja pelos mesmos admiradores inconvenientes. Ultimamente, Ludovic está o tempo todo por perto; não posso impedi-lo, porque ele tem o direito de cultivar a metade do *potager* até o final do ano. Julien trabalha assiduamente na nossa metade, e eles trocam olhares furiosos sobre as enxadas.

O *pulvérisateur* de Roundup escorrega da mão de Ludovic e borrifa uma fileira de abobrinhas que Julien tem tentado proteger dos fungos. Quando saio, a fim de pegar alface para o almoço, flagro Julien jogando caracóis no lado de Ludovic.

Yvonne se diverte inocentemente com essa rivalidade.

Comprei uma pequena escova de dentes para o novo dentinho de Freya. É ridículo, mas me animo toda antes de escovar o dentinho pela primeira vez. Não faço ideia se ela vai gostar ou mesmo se vai abrir a boca. Nunca tentei escovar os dentes de um bebê antes.

Levo-a para o quarto e coloco-a em cima de uma toalha na cama. Já com uma pequena quantidade de pasta de dentes para bebês na escova, faço-a espumar com um pouco d'água. Passo a escova pelos lábios de Freya com todo cuidado. Ela sorri e abre a boca para mim. Parece interessada no sabor da pasta de dentes. Penso com assombro que é a primeira vez que prova hortelã. Ela aperta as cerdas da escova com a mandíbula e mastiga com avidez. Noto que há mais dentes a caminho.

Os pais dos bebês normais sempre fazem alarde sobre o milagre do desenvolvimento que ocorre a cada dia. Mas com Freya o extraordinário é que tudo permanece o mesmo. Só precisamos sintonizar os graus mínimos de alteração. Pois qualquer descoberta nova é uma preciosa pepita a ser guardada como um tesouro.

Escovo o único dentinho com cuidado e puxo a escova de dente. Ela me dá um sorriso completamente melado. Por um momento, sorrimos uma para a outra. Então, ela solta um gemido, o ruído que precede um novo ataque. Começa o conhecido ritmo de espasmos e arquejos. Ela trinca a mandíbula e o primeiro dentinho corta a língua e a faz sangrar.

Observo a mandíbula cerrada. Posiciono-a de lado para ajudá-la a respirar. O sangue escorre da boca até a toalha. Ajeito-a na cama com uma almofada. Ela resfolega levemente. Recobra a consciência por um instante e geme.

Freya está sofrendo e não há nada que eu possa fazer para ajudá-la.

Penso subitamente e com total clareza: não consigo suportar isso.

Saio do quarto em direção à passarela coberta. Fecho a porta atrás de mim sem fazer barulho. Atravesso a ponte e chego à extensa construção do celeiro. Isso tudo para fugir do alcance de outros possíveis gemidos.

Estou no pequeno quarto com piso coberto de palha, de onde avistamos a coruja do celeiro quando vimos a casa pela primeira vez. Talvez ela já esteja com filhotes. Caminho sem fazer barulho, para não perturbar o ninho. Observo por uma pequena abertura a grande extensão do celeiro. Será que ele estará terminado algum dia, repleto de clientes, risos e normalidade? Ou acabaremos como os loucos que vivem em ruínas para sempre?

O que me parece importante é me concentrar minuciosamente nos detalhes. Ocupar-me com o ambiente circundante de maneira a não deixar espaço para um só pensamento indesejado na mente. Esquadrinho um pedaço de madeira à frente, um guincho rudimentar que talvez tenha sido usado para deslocar fardos de feno. Em algum momento de sua trajetória, o agarraram e o fixaram com um pedaço de pano colorido e sujo. Imagino o estampado debaixo da sujeira. Uma rosa.

Aos poucos me imbuo da ideia de que estou olhando para um pedaço do lenço favorito de Rose. Reciclado e reutilizado por quem não podia se dar ao luxo de se apegar às coisas sentimentais.

De repente, a raiva se volta contra mim. Como pude deixar Freya em meio a uma convulsão? Como ouso decidir que há algo em relação ao meu bebê que não consigo suportar?

Corro até o quarto, e Freya agora está aturdida no estado de pós-convulsão. O sangue escorre em duas longas trilhas pela boca abaixo, até o macacãozinho branco. Já começa a secar sobre o queixo. Quando me aproximo, ela geme. Pego-a no colo e a mantenho contra o peito. Ela solta um gemido baixinho e trêmulo. Calmamente desço com ela, e a coloco sobre o forro da mesa.

Ela tem um corte triangular na parte externa da língua, bem onde o dente está saindo. Sinto muita pena dela. Ficará com uma cicatriz para sempre.

Somente Tobias poderá me confortar. Pego-a ainda com o macacãozinho manchado de sangue e adentro abruptamente pelo estúdio de gravação.

Ele está caído sobre o teclado, com a cabeça entre as mãos.

– O que houve? – pergunto.

– Um outro possível financiador acaba de cair fora. Se não aparecer outro, vão me dispensar. Tenho certeza de que vão. Passei meses assistindo àquelas malditas cenas... e logo que saía alguma música eles a trocavam de lugar ou a cortavam toda. Fui estúpido em acreditar que poderia fazer isso. Está muito além de mim. Estou decepcionando Sally e todo mundo.

– Você é um músico maravilhoso – digo. – Só perdeu a perspectiva, só isso. Você está exaurido.

Ele me olha desesperançado.

– Anna, posso tocar uma coisa para você? Faz tempo que estou com vontade de fazer isso. Só que estava com medo ou coisa parecida.

Balanço a cabeça e não ouso respirar, caso ele mude de ideia. Ele mexe no equipamento, e a música ocupa o pequeno estúdio de gravação.

Tobias sempre foi bom em evocar humores. Não é por acaso que os diretores de documentários gostam dele. Ele é capaz de pegar a imagem mais banal e criar uma música que vai transformá-la em qualquer coisa entre o ameaçador e o cômico.

Mas a peça de agora é mais que isso. A melodia é pura saudade e sei que foi arrancada de dentro dele.

– É a coisa mais triste que já ouvi – digo.

– Eu lhe disse que o sentimento de asfixia repercutia na minha música – ele diz.

– E também disse que sua música o ajuda a escapar. – Faço-o lembrar.

– Sabe que quando Freya ainda era bebezinho, às vezes a colocava no canguru e passeava pelas redondezas fingindo que ela era normal – ele continua. – E agora que já está mais crescidinha, ainda mantenho uma criança paralela na cabeça, que se desenvolve normalmente e faz tudo o que deveria estar fazendo. Quase sempre sobreponho uma à outra para fingir melhor. Mas a real situação de Freya continua a mesma de sempre; ela não está indo a nenhum lugar; não há qualquer esperança de normalidade ou de progresso no sentido usual. Apenas os meus sentimentos estão alterados. Isso torna a minha vida irreal.

Aperto a mão dele.

– Nós teremos outro bebê – digo. – Um bebê normal. Sinto isso. Seremos salvos por ele.

– Oh, Anna, você não vê? Não importa se o próximo será normal ou não. Nós amamos Freya, é ela que nos interessa. Ninguém pode nos salvar. Já estamos mesmo fodidos.

Tobias acomoda Freya no canguru e saímos para uma longa caminhada. É dia de caça, mas já conhecemos os caçadores. Já aprendemos as regras.

As nuvens jazem quentes e espessas por sobre as colinas. Uma acolhedora sensação de fechamento.

– Parece uma floresta enevoada – digo.

– Ou um verão britânico – ele diz.

Enquanto atravessamos a espinha do dragão, apreciamos os pequenos detalhes da rocha sob nossos pés que nunca tínhamos notado. Isso porque a paisagem aberta sempre rouba a atenção.

– Li que esse caminho remonta ao período neolítico – diz Tobias. – Na Idade Média, isto aqui ficava apinhado de mulas, com muitas barracas alinhadas, e gente negociando seus produtos.

– Um lugar mágico – digo, esperando não soar como Lizzy.

Lá no alto, as nuvens se movimentam e deixam vislumbres de um intenso céu azul por trás. Apreciamos a vista das montanhas que aparecem e desaparecem, e encontramos lugares secretos de onde brotam enormes cogumelos guarda-sol e anéis de fadas. Que esplendor o rio nesta época do ano: largo, veloz e brilhante. Um abraço nos faz lembrar por que estamos aqui.

– Venha ver isto – diz Tobias no caminho de volta.

Sigo-o na expectativa de nova beleza. É um jovem javali selvagem deitado de lado – mais ou menos a metade do tamanho de um adulto e já sem a pele sarapintada de bebê. Semimorto e com olhos vítreos e semiabertos, seu flanco oscila para cima e para baixo. As moscas já se agrupam em torno da boca e dos olhos.

Tobias o cutuca com um pedaço de pau e lentamente o pobre coitado cambaleia num passo trêmulo e infinitamente lento. Há algo doentio em seu passo vagaroso. Seu focinho arrasta no solo; já não tem forças para erguê-lo, e forma-se ali um pequeno e grotesco amontoado de feno. Cambaleia o tempo todo em desvario, como se prestes a tombar. Isso me faz mal e me desespera.

– Ele está com a mandíbula quebrada – diz Tobias.

Noto que a boca resfolega com um ângulo anormal e muito aberto.

– Essa pobre criatura deve estar em grande sofrimento.

– Está esquálido – diz Tobias. – Deve estar vagando assim há muitos dias. Precisamos encontrar alguém para terminar com a agonia desse animal.

– Vou procurar o Julien – digo. – Estamos bem perto da casa dele.

Julien está no jardim. Sinto uma pontada de constrangimento. Seus olhos se desviam de mim e é como se ele todo desejasse fazer o mesmo.

– Julien! Precisamos de você... é uma emergência, um javali está agonizando em terrível sofrimento. Precisamos de alguém para matá-lo.

– Anna, matar não tem nada a ver comigo.

– Mas o que faremos em relação a isso? Não podemos deixá-lo sofrendo.

– Um javali ferido pode ser perigoso. É melhor deixá-lo sozinho. Nunca mexa com a natureza. – Ele se vira, um tanto rápido demais.

Fico subitamente furiosa. Sei por instinto que devemos intervir. Só que Julien não tem coragem para isso, não tem coragem nem mesmo para me olhar nos olhos.

– Preciso lhe dizer algo – digo de maneira acintosa. – Estou grávida.

Ele faz meia-volta, os ombros magros levemente curvados para a frente, como se preparando-se para enfrentar um vendaval.

– Diga alguma coisa. Ao menos diga alguma coisa!

Ele desvia os olhos novamente.

– Anna – diz –, não é uma boa hora para um confronto. No momento, só preciso de algum espaço para mim. Espero que entenda.

Observo enquanto o corpo magro de Julien se afasta de mim. Como pude pensar que ele era melhor ou mais sábio que qualquer outra pessoa? Como pude imaginar que tinha todas as respostas para mim? A absurda atração que eu sentia se foi.

A *chasse* soa ao longe. Corro até encontrar Ludovic com a arma de caça.

– Um javali... está ferido! Está sofrendo muito!

Depois de tudo que já testemunhou da miséria humana, talvez Ludovic não considere o sofrimento de um mero javali como algo sério. Mas ele entende a minha agonia e sai correndo ao meu lado.

– Anna, não se preocupe. Darei um fim ao sofrimento dele.

Caminhamos em silêncio por algum tempo.

Chegamos e, sem precisar deter o passo, Ludovic aponta a arma para a cabeça do javali com um único e hábil movimento e atira. As pernas traseiras do animal se convulsionam para a frente com um derradeiro pontapé, o corpo todo estremece, e ele morre.

– Um jovem macho – ele diz. – Talvez atingido de maneira errada por um dos caçadores. Nem todos são bons atiradores.

– Ludovic – digo de repente –, como foi que Rose morreu?

– *La drôle de guerre* – ele responde, dando de ombros.

Não permitirei que me deixe sem resposta de novo, como fez no memorial do Dia da Vitória.

– O que quer dizer exatamente com isso?

Olhamos um para o outro por um momento.

– Ela saiu para alertar os homens sobre a operação no acampamento alemão – ele diz, por fim. – Mas chegou tarde demais. Não conseguiu atravessar a cerca. Foi alvejada por um franco-atirador quando voltava para casa. Como lhe disse: *la drôle de guerre*.

No quadro que imagino, Rose bravamente se dirige ao acampamento para alertar os homens; perde a vida pelo estúpido acidente de estar no lugar errado e na hora errada; morre sabendo que seu heroísmo não conseguiu salvar ninguém.

Ludovic hesita por um segundo e continua com um tom diferente:

– Eu não devia ter deixado que ela subisse até lá. Convivi com essa... culpa... por mais de sessenta anos. E por muitos anos me convenci de que o pobre Thomas era minha punição.

Começo a balançar a cabeça, mas ele me silencia:

– Passei a ver as coisas de maneira diferente depois da morte de Thérèse. Achávamos que nunca teríamos um filho. Talvez Thomas não tenha sido um castigo. Talvez simplesmente fôssemos bons o bastante para merecermos um milagre... um *pequeno* milagre.

A boca do javali continua aberta, deixando à vista parte do longo dente que teria se tornado uma presa majestosa na maturidade. Só uma pontinha do dente.

– Será que ocorre o mesmo com *la petite*? – acrescenta Ludovic. – Será que ela é um *pequeno* milagre?

Fim do meu bom humor. Minha cabeça lateja. Estou exausta, alquebrada e com os membros doloridos.

– Tobias, devagar. Estou muito cansada.

– Sente-se, então. Preciso caminhar um pouco. Volto logo.

Sento-me no urzal. Um dia isto aqui foi um campo. A natureza o tomou de volta, como disse Ludovic. No início, a urze, a vassoura e as silvas. Sufocam as plantas menores e formam um emaranhado impenetrável. Nem os animais conseguem entrar. As mudas proliferam e brotam. Passados alguns anos, árvores altas e finas, que por sua vez sufocam as silvas. Passados trinta ou quarenta anos, uma nova e incontrolável floresta, com solo delgado de onde aflora o cerrado chamado *maquis* de xisto e *garrigue* de calcário.

Olho para baixo. Há manchas vermelhas de sangue no arroxeado da urze. Minhas.

Tudo que vive sufoca uma outra vida. Tudo que morre abre caminho para uma vida nova.

Talvez ainda haja uma chance para o bebê. Sei que devo sentar e esperar por Tobias. Sei que devo me acalmar e pensar em coisas boas. Mas não posso – preciso muito dele comigo.

Levanto e saio correndo.

– Tobias!

Ele se vira e acena para mim, novamente feliz.

– Estou sangrando! – grito. Ele não entende a princípio e sai caminhando em minha direção, com o canguru de Freya aos solavancos contra o próprio corpo.

– Já aconteceram tantas coisas ruins. – Choro. – Não sobreviverei a essa.

Ele se agarra em mim por um instante, sem dizer nada, como se a simples força dos seus braços pudesse evitar que me despedace. E depois entra em ação, levando-nos de volta para casa, onde embala os remédios anticonvulsivos de Freya, pega o carrinho, coloca-nos no carro e dirige até o pronto-socorro de Montpellier.

Mesmo em alta velocidade, um trajeto de uma hora e meia. Observo o mar que bate de modo pouco mediterrânico. Meu sangue flui, na velocidade dos pingos de uma torneira. Sinto alfinetes e agulhas ao longo dos meus braços. Divago sobre o tempo que levará para que todo o meu sangue acabe.

Tobias estaciona em frente ao hospital, sai em disparada e retorna com uma cadeira de rodas. Ele me puxa de lado, me acomoda na cadeira e sabe-se lá como sai puxando o carrinho de Freya e empurrando a cadeira de rodas.

Na recepção de emergência, uma enfermeira oficiosa nos coloca atrás de uma mulher agressiva e a filha. Ambas conseguem se pôr de pé, de modo que elas estão em melhores condições que eu.

Quando a enfermeira afinal percebe a enorme piscina vermelha em torno do meu corpo, ela recua. Empurra a minha cadeira de rodas por entre os pacientes deitados em macas nos corredores. Seu pânico me contagia.

Ela se depara com um primeiro médico que nos descarta sem sequer me olhar.

– Não estou de plantão – diz.

Uma jovem residente olha para mim.

– Desculpe-me – diz às pressas. Ela sai ao encontro do médico que nos descartou alguns segundos antes. O mundo agora parece distorcido e estranho. Surge uma equipe de emergência que me liga a uma parafernália de máquinas.

Ouço quando um médico diz para um colega:

– Esta mulher chegou à emergência e nem sequer fizeram um hemograma ou a colocaram no soro. – Depois, sou levada ao centro cirúrgico e anestesiada.

Acordo com Tobias sorrindo para mim. Ainda estou ligada ao soro e tremo de frio debaixo do cobertor. Ele coloca Freya na cama, e seu corpo me aquece como um forno, dissipando o frio. Ele levanta a grade cromada da cama, e isso a deixa hipnotizada. Passados alguns minutos, ela estica o braço e tenta tocar a grade.

Logo é hora de eles saírem. Quando Tobias se inclina para pegar Freya no colo, ela começa a berrar.

Caio em prantos diante de seu rostinho transtornado de fúria.

– Freya, você parte o meu coração. – Choro ainda mais.

Tobias a retira da cama e, quando o corpinho quente se afasta do meu, sinto frio outra vez.

Outubro

Tenho sentido um tédio terrível. Cometemos um grave erro em vir para este lugar. Anseio pelo mar azul e faiscante e pelos pomares cítricos e a falta de vento e outros lugares interessantes e aprazíveis – não esse mau humor do povo francês, cuja terrível burocracia insiste com grosseria que os meios do país são os únicos existentes. Também me sinto culpada em relação a Lizzy. Não voltei a visitá-la e tacitamente joguei por terra a questão de ela morar conosco quando saísse do hospital.

De manhã, após uma breve explosão de energia, me visto e reorganizo a mobília na sala de estar. Faço isso sozinha, porque sei que Tobias vai se opor a qualquer mudança – se bem que a preguiça não o deixaria tomar qualquer providência a respeito. A reorganização implica arrastar o pesado aparador e outros objetos grandes. Minha barriga dói. Mas o bebê se foi; que mal isso pode fazer agora?

Não há nada no *potager*, a não ser couve-flor. Levo uma para a cozinha e durante meia hora retiro as minúsculas lagartas presas nas frestas por entre as florzinhas. Cato mais de cinquenta lagartas. Sou obrigada a romper a couve-flor em pequenos ramos para retirar todas. Depois dessa árdua tarefa, faço um suflê de couve-flor.

Nenhum sinal de Tobias. Soam batidas em algum lugar lá fora.

– Vem comer! – grito pela porta da frente. – É um suflê!

– Já estou indo – ele diz, mas claro que ele não vem.

– Vem comer, seu filho da mãe! – me pego aos gritos com ele. – Vem AGORA mesmo!

Desta vez, nenhuma resposta. O suflê começa a murchar e imagino a bagunça que faria se ousasse atirá-lo contra a parede.

Passados exatamente cinco minutos, Tobias aparece. Não me contenho:

– Você não dá a mínima para qualquer maldita coisa que lhe digo, não é?

Só então percebo que ele está pálido e com a mão sangrando.

– Afinal, onde é que você estava?

– No alto da escada. Consertando as goteiras, como você me pediu dois dias atrás. Eu lhe disse que faria esta manhã. – Ele não resiste e acrescenta: – Mas obviamente você não ouviu.

De algum modo, me enfurece ainda mais a sensação de que ele tomou de mim o papel de guardião moral.

– Talvez por estar acostumada a vê-lo fugir das tarefas – digo aos grunhidos.

– Você está determinada a me colocar pra baixo – ele diz com ar triste. – Que tipo de mundo seria este se eu pulasse toda vez que você me pedisse para pular? Em quanto tempo você se cansaria de mim?

Por uma fração de segundo, me vejo pelos olhos dele: implicando e o intimidando, enlouquecendo-o cada vez mais.

Mais tarde, Tobias vem à cozinha (onde mais uma vez me absorvo em lavar alguma coisa) e diz:

– Sinto muito, me desculpe, sinto muito mesmo. Eu te amo tanto.

Claro que ele diz que está tudo bem. Mas sei que na verdade nada está bem e que minha raiva eclodirá de novo. E que finalmente isso poderá nos arruinar.

Quando alguém era desagradável comigo e não havia nada que eu pudesse fazer, costumava dizer: "Bem, pelo menos não *sou* essa pessoa." Mas agora não digo mais isso. Simplesmente porque *me tornei* essa pessoa. Estou aprisionada dentro de uma pessoa horrível, e isso é uma espécie de inferno.

Depois de ter conseguido esticar a estada dela com Kerim e Gustav por quase um mês, mamãe está sozinha e de volta a sua casa. Já começou a me bombardear com telefonemas ridículos.

– Querida.

– Sim, mamãe.

– Acho que existe um departamento responsável pela supervisão do conteúdo de televisão. Certo?

– Bem, sim.

– Ah, bem. Escute, querida, você poderia telefonar para eles e dizer que minha imagem não está nítida?

– É melhor chamar um técnico. Deve ser o aparelho.

– Não, não é isso. Já estiveram aqui e disseram que não há nada de errado com o aparelho. Acho que é alguma desgraça.

Bato o telefone.

– Estou farta dessa loucura dela – esbravejo. – É *intencional*. Delinquente. Pura chantagem. Ela absolutamente não pensa em mais ninguém, a não ser nela mesma.

– E você? – pergunta Tobias.

– O que quer dizer?

– Você também era assim, tão absorta na própria miséria que não dava a mínima para as pessoas ao redor. Ouça o que ela *não* está dizendo.

– Como o quê? Pelo visto, de repente você se tornou muito compreensivo.

– "Estou apavorada por você viver na França com uma filha deficiente", para começar. E depois: "Preciso encontrar uma maneira de chegar até você, mas sou orgulhosa demais para pedir."

Claro que, no fundo, sei que ele está certo; mamãe quer é alguma resposta emocional de minha parte. Mas os anos que não falamos uma com a outra são como um deserto congelado. Não consigo atravessá-lo. E não quero nem tentar.

Hoje de manhã passaram um gordo envelope branco debaixo da porta. Abro e descubro que já estou oficialmente autorizada a estabelecer uma escola residencial de culinária na minha propriedade.

Em vez de me alegrar, olho para Freya, deitada na esteira de bebê, e desato a chorar.

Ansiei por este dia durante meses. Fiz muitos planos na esperança de que seria um marco histórico. Cada vez que esmorecia e achava que não podia continuar, dizia para mim mesma que nossa vida mudaria quando esta carta chegasse. E agora a carta está aqui e me dou conta de que estava enganada. Nossa vida não pode mudar.

Continuo me impondo pequenos objetivos, mas, cada vez que os realizo, sou forçada a enfrentar o fato de que nada se alterou. Só uma coisa está errada e continuará errada para sempre. Mas isso é difícil de enfrentar, de modo que só me resta escolher outro objetivo e começar tudo de novo.

Lá fora, as castanheiras estão douradas. Seus ouriços se abriram e de repente irrompe uma outra grande festa nas estradas. As castanhas maduras são brilhantes e lisas e o tom amarronzado de cacau torna-as sedutoras como um tesouro.

Na época de Rose, as castanhas eram a principal colheita do ano, a diferença entre a abundância e a fome. Segundo Ludovic, as castanhas eram desidratadas pelos *paysans* em *seccadous*, construções especiais de pedra que ainda existem em grande número no campo. As castanhas é que permitiram a presença da remota aldeia de Rose na montanha.

"A terra aqui é muito pobre para o trigo", ela escreve. *"O povo confia nas castanhas para se manter vivo. Toda noite, após a colheita, catam castanhas à luz de velas. Removem as peles e, depois de moídas, obtêm uma farinha."*

Poderíamos colhê-las. Eu faria *marrons glacés* e *purée de châtaigne*. Mas a previsão de Julien na primavera tornou-se uma realidade: eu estou exausta.

Fico exaurida só de alimentar o bebê. Às vezes, não tenho forças nem para amamentar. Cada mamadeira é uma luta. Na maioria das vezes, Freya não se alimenta o suficiente e, quando se alimenta, vomita. Dou um pulo ao menor sinal de fome que ela demonstra, mas geralmente ela cai no sono quando acabo de preparar a mamadeira ou a ponho para mamar. Duas horas por mamadeira, quatro mamadeiras por dia; ou seja, um total de oito horas por dia para alimentá-la. Isso sem acrescentar o tempo para limpá-la quando ela vomita.

As castanhas terão que esperar. Me falta energia para preparar mais conservas. E o quadro seria o mesmo se pudesse convencer Tobias a me ajudar a colhê-las.

Passamos por um dos melhores climas do ano. A chuva inusitada impeliu as flores silvestres e fez brotar uma suave grama cor de esmeralda da terra de um marrom queimado. É uma segunda chance, um novo começo. Prefiro essa beleza sutil ao frenético crescimento da primavera; é mais comedido, como se o mundo avaliasse e considerasse a próxima jogada.

Alimento Freya rápido demais na hora do almoço. Ela vomita em cima de mim. Li que um bebê nessa idade precisa de 1.300 calorias por dia. Teremos sorte se ela aceitar 700. Já está emagrecendo. Por enquanto, talvez ainda esteja tudo bem, mas ela não tem mais peso a perder.

Cada criatura que planeja sobreviver ao inverno já está estocando alimentos. No alto das nogueiras, os esquilos vermelhos colhem as nozes um dia antes de nós. O sótão está repleto de pequenos estoques de castanhas; os ratos também estão recolhendo suprimentos.

Ainda está quente demais para querer me arriscar ao ar livre, mas ao mesmo tempo paira uma sensação de *fin de siècle* nesta adorável estação. Metade do mundo natural está batendo à nossa porta em busca de um lugar para hibernar.

Uma vespa gigantesca entra e pousa ao lado de Freya e sacode o traseiro em uma dança peculiar. Fico com medo de tentar espantá-la e ela atacar.

– Tobias! – chamo. – Tobias... pode me ajudar com uma vespa aqui?

Mas ele já está de volta a sua habitual posição na sala de estar: sentado ao computador e alheio a tudo que digo.

Umas quatro ou cinco vespas estão circulando lá fora; esta é a vespa rainha e tenta persuadi-las a entrar. Pego uma vassoura e parto para o ataque. Ela voa descontroladamente e sai porta afora.

Freya vomita a mamadeira da noite, como de costume. De novo, as noites estão repletas de mariposas, e as cigarras nos armários cantam seu último canto.

– Oh, alô, querida, só pensei em lhe dar um alô.

– Mãe, você está bem? São cinco horas.

– Sério? Não parece tão tarde. Acho que cochilei novamente.

– Cinco *da manhã*.

– Sim, querida. Eu ouvi. Não sou surda. O que está fazendo?

– Estava dormindo. O que está acontecendo, mãe? Não estava dormindo?

– Claro que não. Já dei minha caminhada. Que lua linda.

– Sua caminhada?

– Bem, sim, gosto de caminhar depois do almoço.

– A que horas você almoça?

– À meia-noite, querida.

– Mas... está dizendo que passou o dia inteiro sem o almoço?

– Ora, não seja boba, querida. Foi o almoço de *amanhã*.

– Mãe, por favor, não faça disso um motivo para que eu também tenha de me preocupar com você.

– Está tudo bem, querida, é muito simples. Decidi que o almoço será a principal refeição do dia. A noite é a pior parte do dia quando se está sozinha. E essa parte melhora um pouco quando se tem a principal refeição no meio do dia.

– Você quer dizer no meio da noite.

– Noite, dia – continua mamãe –, tudo acaba se misturando.

Não consigo pegar no sono depois do telefonema. Freya se mexe ao lado e começa a soluçar.

Sacolejo Tobias. Ele murmura semiadormecido.

– Preciso preparar a mamadeira dela – digo. – Pode mantê-la acordada enquanto faço isso?

Na cozinha, encontro um momento de paz, solitária. Será por isso que mamãe se tornou notívaga? Isso é uma felicidade atenuada, apreciar as coisas triviais sob controle e que funcionam bem. O tique-taque do relógio da cozinha. O zumbido da geladeira. A limpeza cintilante das lajotas do piso da cozinha. Os potes de vidro alinhados nas prateleiras.

Enquanto preparo a mamadeira, me preocupo com uma questão que me persegue desde o nascimento de Freya. O que me torna mãe? É descer e preparar a mamadeira quando ela precisa? Lembrar obsessivamente os medicamentos? Satisfazer as necessidades dela, por mais cansada ou ressentida que eu me sinta?

Subo de volta, e Tobias e Freya dormem a sono solto, envoltos nos braços um do outro. Puxo-a suavemente do abraço dele e tento dar a mamadeira. Ela não aceita. Em vez disso, arqueia o corpo para trás e empurra a língua até o céu da boca, como fazia quando era recém-nascida. Cada vez que me olha, contorce o rosto de censura, abre a boca e uiva.

Tobias acorda novamente.

– Deixe-me pegá-la – diz. – Você precisa de um arroto? Arroto maroto.

Freya, que cumpre o papel de filhinha do papai, silencia e sorri para ele.

– Anna, eu não teria perdido esta experiência por nada – ele diz. – Não queremos essa mamadeira velha e boba, não é, Freya? Tente o peito.

Sinto um beliscão de lábios no meu mamilo, seguido por um puxão inconsequente. Uma sensação agradável para mim e presumo que para ela também. Mas isso não é o bastante para ancorá-la na vida.

Por esses dias, Tobias passou a conversar com Freya quando ela entra em convulsão.

– Oh, querida. Não! Não! Oh, por favor, não...

Ele nunca se acostuma com isso e sempre reage como se fosse a primeira vez. Parece acreditar que, se encontrar as palavras certas, será capaz de cortar a crise antes mesmo de começar. Não sei se conversar com ela ajuda, mas parece que ajuda. Ele sempre segura a mão dela e diz que isso ajuda também, mas só Deus sabe.

Procuro me evadir da visão de seu corpinho em convulsão, porque muitas outras coisas me preocupam. E se os ratos, por exemplo, invadirem as prateleiras e jogarem todos os potes de vidro no chão?

Amanhã irei até Aigues para comprar alguns metros de cavilha. Colocarei ao longo da beira das prateleiras para manter os potes no lugar. Assim, meu sistema estará completo.

Sonhar com gêmeos é o que torna minha vida suportável. Às vezes, uma menina e um menino; outras vezes, duas meninas. Geralmente são parecidos com Freya. Versões vibrantes e cintilantes de Freya. Ao contrário dela, em pleno desenvolvimento. Decido quais serão suas primeiras palavras e suas comidas preferidas. Escolho os nomes e os menus das refeições dos gêmeos. Chego a sentir como seria um bebê normal e com tônus muscular saudável nos meus braços.

Sinto que é necessário me apegar às pessoas que mais amo no mundo.

– Tobias, estive pensando. Quem você gostaria de ter na sua cama?

Um sorriso lânguido se espraia pelo rosto dele.

– Anna... você está dando em cima de mim?

– Não foi isso que eu quis dizer. Imagine uma perfeita manhã de domingo. Chá no bule de prata, torradas integrais, compotas caseiras e jornais. Então, se você pudesse ter apenas as pessoas que realmente ama se espreguiçando ao lado... quem você gostaria de ter na sua cama?

– Bem, você e Freya, claro, e também... é uma festa, certo? Então, acho que gostaria de ter os meus amigos de Londres. E as pessoas que conheci aqui: Yvonne, Julien, Kerim, até o pobre Ludovic tem um lado bom. Lizzy talvez não, mesmo achando que você devia visitá-la no hospital novamente o mais rápido possível. E também os meus amigos de faculdade; faz tempo que não vejo alguns deles. E minha família, claro. É uma pena mamãe morar tão longe. Ei, talvez até a sua mãe.

Essa é a diferença fundamental entre nós. Tobias gostaria de ter o mundo inteiro na cama com ele. Claro que sobra espaço para um bebezinho molenga nesse círculo íntimo que abriga o mundo inteiro.

Quanto a mim, só quero ele e os meus gêmeos perfeitamente normais.

– Você não ligou para me desejar feliz aniversário.

Mamãe realmente está chorando ao telefone.

– Oh, Deus, sinto muito – digo.

– Esperei o dia todo. Deixou de me amar?

– Sinto muito... esqueci. Tivemos muitos problemas aqui.

– Que tipo de problemas? O que poderia ser tão importante para que se esquecesse de mim?

A dor crua na voz a faz soar como uma menininha. Já estou acostumada com as maneiras indiretas de mamãe exigir a minha atenção, mas desta vez a franqueza dela me deixa desarmada.

Desde a adolescência tenho uma regra dura e certeira: impedir que mamãe invada o meu mundo interior. Então, por mais que ela me instigue, procuro não revidar e dizer como me sinto.

Respiro fundo.

– Tive um aborto espontâneo duas semanas atrás – digo. – Parece que... me atingiu em algum órgão vital. Isso teve um efeito estranho em mim.

Assim, conversamos com naturalidade e claro que isso não a machuca tanto, a verdade que alego ter ocultado dela para protegê-la, mas que, na realidade, escondi para me proteger e puni-la.

Faz um dia lindo. Saio pela porta da frente e observo o pátio. Às vezes, a grama cravejada de flores e o excêntrico conjunto de edificações de pedra me parecem pitorescos. Mas, hoje, tudo que consigo ver é que um outro fragmento de alvenaria caiu, uma pilha de lixo precisa ser levada para o despejo, e os anexos contêm milhares de ratos que seguem em direção a nossa casa. Nem em um milhão de vidas conseguiremos afastar os ratos daqui.

Penso que perdi o controle do mundo. Não consigo lidar com o meu marido nem fazer os grandes reparos estruturais de que precisamos. E nem sequer sei por quanto tempo poderei cuidar de minha filha.

Esse pensamento me leva de volta ao cantinho da vida onde ganho a batalha contra o caos: a cozinha.

Já garanti a segurança dos potes de vidro com as hastes de cavilha. Observo os ratos pouco se lixando para mim se estão bisbilhotando o lugar. Os potes não estariam mais intocáveis se estivessem expostos no Museu Britânico. Gosto da imagem de um mundo do qual elimino a desordem e a sujeira. Isso me torna uma curadora.

Tobias entra na cozinha e examina a minha obra com um desgosto que não consigo entender: afinal de contas, ter um sistema em vigor contra os ratos é perfeitamente razoável.

– Você e esses seus potes de vidro! – ele explode. – Sinto como se eu também fosse acabar num desses potes.

Enquanto raspo a mancha de ovo grudada numa panela na pia, me imagino olhando através dos potes de vidro com ar complacente para um Tobias e uma Freya perfeitos e engarrafados em segurança lá dentro.

Freya praticamente não aceitou qualquer alimento hoje. Esqueço os meus princípios e adiciono uma colher de açúcar na mamadeira. A princípio, ela se alimenta com avidez, mas logo começa a se contorcer e a chorar e cerca de uma hora depois vomita toda a mamadeira. Presumo que também todos os remédios.

Se os vomitou, corre o risco de uma crise séria. Mas se lhe der mais remédio, poderá ter uma overdose.

Pego a mamadeira e alimento-a novamente. Isso leva duas horas. Depois de lhe dar meia dose do remédio, coloco-a na cama.

Quatro da madrugada. Acordo preocupada. Tobias me ignora cada vez mais. Está surdo para mim e temo o longo inverno com sua surdez e com meus gritos cada vez mais altos, importunando-o para ser ouvida. Nos meus pesadelos, ele está com os fones de ouvido à cabeça e dentro de uma caverna profunda aonde não chegam os meus gritos por mais altos que sejam. Ele se foi para sempre e não consigo mais alcançá-lo.

Prefiro me levantar a continuar deitada e acordada por horas a fio. Freya está dormindo no berço, toda molhada; ficou deitada sobre uma poça de vômito a noite toda. Deve ter vomitado a maior parte da segunda mamadeira também.

Limpo-a sem acordá-la. Depois arrumo o estúdio de gravação de Tobias, arquivo os papéis e empilho as coisas que ele tem a fazer sobre o teclado. Faço uma lista das finanças da casa e calculo os dias que poderemos nos dar ao luxo de continuar aqui.

Quando Freya acorda, alimento-a com todo cuidado. Ela vomita mais ou menos meia hora depois.

Ela não aceitou nada praticamente o dia inteiro.

Freya gritou sem parar durante oito horas. Gritou a noite inteira. Às sete da manhã, também tenho uma crise de gritos tão horríveis que, ao ouvi-los saindo da boca, me pergunto se sou eu mesma que vocifero essas coisas.

– Não suporto mais! Não suporto mais esta vida! Preferia estar morta. Por favor, por favor, que eu tenha câncer e morra de uma vez! Se não posso cometer suicídio porque não posso te desapontar... que me deixe morrer. Que miserável que eu sou!

Tudo isso é dirigido a Tobias, mas ele continua dormindo; está com tampões de ouvido.

Às oito horas, ele acorda e diz baixinho da cama:

– Querida... se importa de me fazer um café?

Olho para um retrato de Freya de três meses atrás na porta da geladeira, enquanto ligo a chaleira. É chocante o quanto ela emagreceu.

Ponho o pó de café e o leite dentro de uma caneca e espero a chaleira ferver, e depois coloco a água fervida na caneca.

– O café está pronto! – grito.

– Ah, que bom. Pode trazê-lo aqui?

– Não. Trate de descer até aqui. Estou preparando o café da manhã!

Tobias aparece dez minutos depois, limpando o sono dos olhos.

Coloco o café à sua frente. Ele toma um gole e me olha com ar de censura.

– Instantâneo? Ora, Anna.

– Pode alimentar a sua filha depois que eu acabar de fazer a mamadeira?

– Olha, Anna, desculpe. Preciso enviar uns e-mails. Sobre o acerto de contas. Talvez o financiamento já esteja saindo. Alguma chance de um café de verdade?

Coloco pão na torradeira, ponho a mesa do café, retorno à cozinha, empilho os pratos sujos do jantar na pia e os lavo. Limpo todas as superfícies de trabalho, areio a pia, dou um polimento nas torneiras. Misturo os medicamentos do bebê, adiciono uma colher de mel à mistura e transfiro para uma seringa. Organizo os medicamentos e um medidor de pressão sanguínea sobre uma bandeja. Preparo a mamadeira e também a coloco na bandeja.

Estou indo para a sala, para outra desalentadora tentativa de alimentar Freya, quando Tobias entra na cozinha e larga a caneca de café na pia.

– O que há de errado em você mesmo lavá-la?

– Desculpe. – Ele deixa a caneca na pia, vai até a torradeira, pega uma torrada fria e faz uma careta. Em seguida, examina os potes de vidro e pega um. Retira a tampa e o agita para que os biscoitos caseiros caiam na bancada. Pega um, e caminha a passos largos para a porta, deixando o pote aberto, caído ao lado dos biscoitos.

– Tobias! – Meu tom é suficientemente cortante para arranhar a superfície da atenção dele.

– Humm?

– Já estou farta de você não fazer a sua parte. Sempre pronto para a diversão, mas não é você que passa horas lutando para alimentar Freya e que mistura os medicamentos e que faz de tudo para que ela os receba a tempo. Você nunca divide comigo o trabalho *penoso*. A cada manhã me esforço para levantar e tentar e tentar, mas você nunca me apoia. Você parece areia, se bem que às vezes também parece um bloco de granito, mas não a pedra sólida que eu preciso. Já estou farta de não poder contar com você. Já estou farta de viver esta vida. Eu *não quero* abandoná-lo, mas não acho que possa ficar aqui e manter a sanidade.

É a deixa para que ele me abrace e me acalme.

Em vez disso, Tobias pega um copo da prateleira – noto que é um copo lascado – e o joga contra a parede.

– Anna! Chega de ser irritante! Olhe para si mesma! De onde vem todo esse trabalho penoso? Você dedicou sua vida a isso. Você mesma o criou. E depois me culpa porque não está se divertindo.

Solto um grito que explode de alguma fonte reprimida de fúria. Parece que estou de fora, observando algo arrebentar dentro de mim e jorrar descontroladamente.

Grito e grito. Às vezes, palavras, outras vezes, não. Ouço tudo, mas não tenho controle de nada.

– Saia daqui e vá se sentar em alguma pedra com seus amigos lagartos. Não estou nem aí. Estou pulando fora. Não quero mais fazer isso.

Começo a quebrar as coisas. Faz alguns meses que fantasio quebrar tudo, mas a realidade é bem melhor. Isso dura algum tempo. Observo que Tobias se sente castigado e que o estado de divertimento cede lugar ao de horror. Que sensação gratificante. Entrego-me a ela e grito sem palavras e sem parar durante algum tempo.

Tobias tenta se colocar entre mim e as coisas que estou quebrando. Mas sou mais rápida e me esquivo dos braços dele.

– Pelo amor de Deus, Anna! Ficou louca?

Olho em volta à procura de mais coisas para quebrar. As louças já se foram. Arrasto meus preciosos potes das prateleiras e jogo tudo para baixo. Eles se espatifam nas lajotas de pedra em uma orgia de vidro quebrado, farinha italiana 00, açúcar mascavo, lentilhas de Puy, amêndoas e chocolate Valrhona.

É assustadora essa força que vem de dentro de mim, ainda que separada de mim. No coração, um poço profundo de raiva, uma piscina de magma borbulhante com poder de explodir e destruir tudo que construí.

– Vou sair! – grito.

– Não, você não pode; *eu* é que vou sair... você não pode deixar a bebê sozinha – retruca Tobias.

De repente eu sei que, diabos, eu posso sim.

– Não estou nem aí pra essa maldita bebê. Quero que ela morra!

Saio sem olhar para trás.

Lá fora, a serenidade do mundo que precede as verdadeiras tempestades. O ar parece sugado e prestes a ser soprado de volta em velocidade terminal.

Caminho automaticamente pela espinha do dragão em direção à próxima colina. Seus flancos agora nus me deixam ver que a pedra aqui é diferente do resto das colinas. Mais dura. O rio cortou o desfiladeiro ao longo de milhões de anos, mas não neste trecho. Será que no passado conseguiam prever quais rochas romperiam e quais rochas suportariam a pressão?

Atravesso o memorial aos Maquis e passo pelo esconderijo dos caçadores. Às vezes, em prantos; outras vezes, calma. Talvez esteja caminhando há horas.

O vento começa a fustigar. Observo do cume de uma colina que ele já se aproxima, açoitando as árvores na floresta. Ruge cada vez mais perto, até que me atinge e segue adiante, com uma rajada atrás da outra em alta velocidade.

Começa a chover e me abrigo debaixo dos pinheiros. Como é que os Maquis viveram aqui por anos a fio, expostos ao frio e à umidade? Será que Rose vinha aqui durante as tempestades? Imagino-a em marcha veloz e destemida até a colina, com o cabelo preso sob o lenço cor-de-rosa estampado na cabeça, um pedaço de pão debaixo do braço e um pouco de manteiga caseira embrulhada em papel gorduroso dentro da cesta.

Acabo de lembrar. Oh, Deus, esqueci de dar o remédio de Freya esta manhã.

Talvez Tobias tenha dado. É mais provável que o remédio ainda esteja onde o deixei, na bandeja na cozinha.

Digo a mim mesma que preciso voltar para casa. Freya tem vomitado muito, e isso significa que há dias recebe menos medicamento do que precisa. Talvez tenha uma convulsão muito forte, se perder essa dose. Mas já não posso voltar, as pernas se recusam a me levar para casa.

Freya continua sendo uma parte de mim, mas sinto como se fosse uma espécie de escara, grudada à minha pele. Está se soltando nas pontas. Se arrancá-la, vai doer como o inferno, mas depois passa. A chuva termina, e o vento se intensifica. Enquanto os pinheiros gemem, me encolho debaixo de uma árvore à procura de um abrigo inexistente. Um vento como esse pode arrancar os pinheiros como palitos de fósforo. Saio caminhando outra vez depois que o vento abranda.

Não consigo encontrar o caminho para fora da floresta. Forço passagem por entre as árvores úmidas e me esgueiro pela margem pantanosa de um rio. De depente, me deparo com a clareira onde fica a casa de Julien. Paro um momento para observar as folhas murchas e amareladas da glicínia, e logo em seguida já estou subindo as escadas e batendo em sua porta. Uma fresta de abre.

– Anna! – Ele parece chocado em me ver.

– Posso entrar?

– Olha, Anna, gosto muito do fato de você vir aqui me visitar. Você é incrível. É uma mulher sensacional. É só que acho que não é justo...

– Julien, eu não quero trepar com você, seu bobo. Só preciso me esconder da tempestade!

Mas Julien não está prestando atenção; está muito enrolado com o que está tentando dizer.

– Ah, Anna, eu lhe devo enormes desculpas. Algumas semanas atrás eu a deixei entrar. Eu lhe dei falsos sonhos e esperanças; não tinha esse direito. Eu era livre, mas, ao mesmo tempo, não era. Desde então, tenho me mantido afastado para tentar demonstrar isso a você. Sei que houve... consequências indesejadas... e me sinto péssimo em relação a isso. Foi preciso uma mulher como você, espontânea, livre, capaz de aparecer aqui como agora, no meio de uma tempestade, para me fazer perceber que eu estava enganando a mim mesmo. Que sentido faz viver numa árvore? Preservar minha suposta independência, se o preço disso é a única pessoa...? O que eu estou tentando dizer é que eu preciso de um compromisso. E de sacrifícios. Preciso ir em frente e fazer tudo o que for preciso... – A porta vai se fechando cada vez mais conforme ele fala. – Ah, Anna, você é corajosa, você é esperta, você é bonita; mas não é *ela*. Isso não está claro? Estou apaixonado por outra pessoa.

Ele fecha a porta de Hobbit na minha cara. Continuo olhando para ela por um momento, exasperada.

– Eu também – sussurro. – Eu também.

A porta se abre novamente.

– Anna. Que ridículo eu sou – ele diz. – Tem uma tempestade vindo. Entre.

Mas subitamente percebo que preciso voltar e me desculpar com Tobias, dar os remédios a Freya e me dedicar aos dois incansavelmente pelo resto da minha vida, antes que seja tarde demais.

– Não – digo. – Preciso ir. – Eu me viro e disparo pela *piste*. Devo ter pegado algum desvio errado, porque chego a uma outra clareira. Um grupo de caçadores abrigados sob um toldo queimam os pelos da carcaça de um javali com isqueiros. Já tinha esquecido que hoje é dia de caça. Ludovic acena para que me junte a eles, mas não quero que me vejam no estado em que estou. Balanço a cabeça e continuo caminhando em passo acelerado.

– Anna. Qual é o problema? – Ludovic surge atrás de mim. – Você está chorando. O que aconteceu?

Não consigo responder. Limito-me a balançar a cabeça. Ele me abraça pelos ombros. O vento açoita novamente, e ele mal consegue me ouvir. É um vento estrondoso que me traz a liberdade de dizer o que bem entendo.

– Oh, Ludovic... isso tem me torturado – desabafo. – Sou uma aberração? Como mãe? O que Rose teria feito?

Não espero pela resposta porque estou pensando alto. Finalmente, meus pés me levam de volta para casa. Avançamos contra o vento, depois mergulhamos no paredão de nossa própria colina, e o rugido enfraquece.

Ludovic me olha com uma intensidade significativa.

– Anna, talvez você já tenha ouvido um boato... Sei que as pessoas fofocam, mas é difícil para mim...

Olho para ele sem entender nada.

– Eu ainda era menino... só tinha quinze anos. Era muito fanfarrão e me orgulhava dos Maquis. Enfim, é tão fácil deixar escapar informações por acaso. E logo os alemães acabaram sabendo da existência do acampamento perto da aldeia das castanheiras. Isso resultou na operação. Rose sabia que se os Maquis soubessem do que eu tinha feito eles iriam... bem, eram tempos difíceis. Aconteciam coisas ruins. Foi por isso que ela não me deixou ir avisá-los. Foi por isso que ela foi no meu lugar. Foi por isso que ela morreu e foi por isso que eu ainda estava escondido na cozinha de caça, onde ela me deixou enquanto meus companheiros eram mortos na batalha.

Alcançamos o cume da colina de nossa casa e entramos no Col des treize vents. O vento se lança contra nós como um animal, enorme e invisível – vemos as árvores se agitarem no sopé da colina e o rugido se aproximar cada vez mais. Então ele passa por nós e dá uma guinada. Alguma coisa na virada, na velocidade e na misteriosa materialidade dos movimentos do vento liberta um som jamais ouvido. Um gemido tridimensional que vem de toda parte, das próprias rochas, da terra e do céu.

– Não ouço isso desde que era menino – diz Ludovic. – Dizem que é um augúrio.

Um terror gelado se apossa de mim.

– Os remédios de Freya – digo. – Fiz uma coisa estúpida, Ludovic. Preciso voltar rápido.

Corremos pela colina. O gemido nos segue. Parece que o vento encontrou a própria voz, e essa voz é um lamento.

Vejo a ambulância dos bombeiros subindo a colina em alta velocidade. A luz azul brilha, a sirene mescla-se ao gemido do vento. Apertamos o passo, gritando para que não saiam sem mim. O gemido do vento abafa nossos gritos. A ambulância faz uma manobra e desce a colina.

Finalmente, chego ao hospital e encontro Freya deitada no berço, os lindos cachinhos empapados de gosma. Está usando um capacete de plástico cor-de-rosa ligado a centenas de eletrodos. Saem fios dos eletrodos que levam a um monitor. As ondas cerebrais são rabiscos na tela. Um criptograma. Se pudesse encontrar a chave, entraria no mundo de Freya. Mas nunca a encontrarei. Estou trancada do lado de fora.

Tobias está sentado à sua cabeceira. Não se levanta. Não nos abraçamos.

– Foi culpa minha – digo. – Eu me esqueci do remédio dela.

Ele balança a cabeça e se volta para Freya, para que eu saiba que ele me culpa por tudo.

Ficamos em silêncio por alguns instantes, ouvindo a respiração de Freya, que borbulha da garganta.

– Estou exausto – diz Tobias. – Fique aqui com ela. Preciso de um tempo.

Quando ele sai, os pulmões de Freya emitem um ruído intenso e chocante. O alarme de saturação de oxigênio começa a brilhar. Uma enfermeira entra e o desliga.

– Mandarei a fisioterapeuta para aspirá-la – diz.

– Você pode me explicar essas ondas cerebrais? – pergunto. – Na máquina?

Ela olha para a tela.

– Segundo a máquina, há uma anomalia no desenvolvimento das ondas alfa.

O que *realmente* significa uma anomalia no desenvolvimento das ondas alfa? É um conceito muito estranho. Não faço a menor ideia do que seja.

Freya acorda e me olha quase alarmada. Depois, revira os olhos. A cabeça tomba para trás. Escorre uma trilha de baba pelo canto da boca. A própria imagem da deficiência mental que eu repelia com culpa antes do nascimento de Freya.

Em que ponto o amor se detém? Se a amo quando ela está de olhos abertos para mim, como posso deixar de amá-la quando ela revira os olhinhos e perde o foco? Se a amo quando ela está de boca fechada, como posso deixar de amá-la quando ela está de boquinha aberta e babando? Seria o amor como uma pedra preciosa, que temos que lapidar constantemente para esconder cada novo problema ou defeito? Fazemos algum cálculo interno para saber se algum bebê não vale mais a pena?

A fisioterapeuta entra no quarto.

– Vou colocar um tubo no nariz dela para sugar o fluido dos pulmões – diz. – É bom observar para estar preparada para fazer isso na próxima vez.

Faço um movimento instintivo de negação.

– Você tem que aprender.

– Por quê?

– Porque Freya é sua filha. Não estarei aqui para fazer isso por você toda vez que acontecer.

– Então, não a quero como filha.

A fisioterapeuta balança o dedo indicador de lado a lado como um metrônomo e ao mesmo tempo estala a língua contra os dentes. Um irritante gesto francês de censura.

– Tudo bem para você – digo. – Imagino que tenha filhos normais.

– A vida de sua filha é tão valiosa quanto a de qualquer outro bebê. Olhe, é fácil, é só colocar o tubo aqui.

– Não... não quero aprender. *Je refuse! Je refuse!*

A fisioterapeuta se enfurece. Enfia o tubo atabalhoadamente no nariz de Freya, que por sua vez solta um débil gemido de dor. Acho que a machucou de propósito de tão irritada que está. Ela não é melhor que eu.

Tobias vem e vai. Apenas um dos pais pode permanecer com Freya durante a noite. Ninguém pergunta qual de nós será. É um direito e um dever automático da mãe.

Freya é desligada do aparelho de eletroencefalograma, mas continuam monitorando o coração, a respiração e a saturação de oxigênio. Ela continua com o cabelo empapado de gosma.

As enfermeiras são hostis. Talvez a fisioterapeuta tenha fofocado sobre a minha conduta antinatural.

– É bom para ela saber que você está aqui – diz uma delas.

Acabo explodindo:

– Ela NÃO sabe! Não faz diferença se estou aqui ou não.

Mas o que temo, e o que também espero, é que realmente faça diferença. E que terei um vínculo real com ela, e que isso será a melhor coisa em minha vida, e que serei uma prisioneira, acorrentada a ela para sempre.

Ela se torna de novo real quando a enfermeira a coloca nos meus braços para mamar. Minha pequena Freya está sob os fios e tubos.

– Seu marido disse que ela está tendo dificuldade para se alimentar. É isso mesmo?

– Bem, sim. Ela sempre foi difícil para se alimentar, mas piorou nas últimas semanas.

– Como ela está sendo alimentada? Já entrou na alimentação sólida?

– Oh, não... ela não sabe o que fazer com uma colher. Alimento-a com uma fórmula enriquecida na mamadeira ou então amamento-a.

– Por ora, introduziremos um tubo pelo nariz e a ligaremos a um saco de alimentação para que ela não se enfraqueça. Não se preocupe, porque você também poderá tentar alimentá-la.

Procuro dormir, sem êxito, porque o alarme de saturação de oxigênio continua soando. E os zumbidos do alarme do fluxo de alimento também. Suponho que a alimentação terminou e a desligo. Passado algum tempo, a enfermeira da noite chega com uma lanterna.

– Você desligou o alarme? Por quê?

Gaguejo para explicar em um francês sonolento:

– Não tinha terminado. Nós estamos fazendo de tudo para alimentá-la por causa... dessas tentativas para fazê-la sugar. – Ela remexe no saco de alimentação, irritada, e sai batendo a porta atrás de si.

Uma profunda inquietação se insinua dentro de mim.

Por fim, cochilo sob o piscar dos monitores. Sonho que os nazistas retornam à região. Recolhem todas as crianças. Então nos perguntam qual criança nós, como grupo, queremos sacrificar. Enfermeiras, médicos e assistentes sociais mudam de opinião e tentam me persuadir de que Freya é a vítima óbvia para salvar seus filhos normais. No sonho, me oponho com veemência a todos.

– Ela é minha filha! – grito. – Vocês me disseram que a vida dela é tão valiosa quanto a de qualquer outro bebê. Vocês *me disseram* isso!

Amanhece e Freya me olha totalmente desperta do berço. Dou bom-dia a ela. Um momento doce, só nosso.

Então, a porta é aberta. A banheira é trazida e aparentemente para isso são necessárias duas assistentes, que fuçam ao redor enquanto a encho.

Tiro as roupas de Freya, tentando ter algum tempo de silêncio enquanto elas limpam o quarto. Tiro os três eletrodos do peito que medem o coração e também o monitor de saturação de oxigênio do pé. Tenho que manter o tubo do nariz sobre sua cabeça enquanto dou banho nela. Ela abre os olhos depois de alguns pontapés. Passo óleo em seu corpinho e a visto. Uma assistente coloca de volta os eletrodos.

A ronda médica aparece antes de Tobias. Que reconfortante ver a dra. Dupont novamente.

– Como Freya passou a noite? – ela pergunta.

– Está um pouco mais esperta esta manhã – respondo. – Menos congestionada.

– Já mamou no peito? – ela pergunta abruptamente.

– Não. Ainda não.

– Foi somente nas últimas semanas que ela apresentou problemas para mamar?

Eu tinha mencionado isso de passagem para uma enfermeira, que retransmitiu para a especialista. Isso era algo importante. Sinto-me cada vez mais desconfortável.

– Ela está muito sonolenta para mamar – digo.

– Na realidade, parte da sonolência talvez se deva à medicação – diz a dra. Dupont. – Quando ela chegou aqui, administramos uma dose forte de fenobarbital, e agora começamos a administrar Sabril, um medicamento que também causa sonolência. Só daqui a uma semana as coisas devem se equilibrar. Então, não devemos nos preocupar, por enquanto.

– Por enquanto?

– Preciso ser honesta com você. Ela teve uma convulsão mais intensa. Isso privou o cérebro de oxigênio por um período prolongado. Ainda não sabemos quais foram os danos disso.

Tobias aparece e saímos para tomar café.

Quando retorno, Freya está pior. Suga debilmente o meu dedo, mas não faz qualquer tentativa de engolir a própria saliva que a está sufocando. Segundo a enfermeira, a fisioterapeuta acabou de aspirá-la.

– Você quis dizer que ela ainda vai aspirá-la?

– Não, ela já fez isso, mas precisa ser feito de novo.

E quem o faz é um residente. Leva um tempão nisso. Não assisto. A frase "*Je n'accepte pas de faire ça*" não sai da minha cabeça.

Se ela não conseguir engolir, talvez inale a própria saliva e contraia infecções pulmonares. E se ela não conseguir mamar, terá de ser alimentada por meio de um tubo.

Já decidi que não ajudarei na aspiração, aconteça o que acontecer. E que honrarei o acordo com Tobias de não levá-la para casa se tivermos de aspirá-la ou manipular o tubo de alimentação. Ambos são horríveis.

A rapidez com que se entra na rotina de um hospital é muito estúpida. A porta é escancarada a partir das seis da manhã. Xícara de café instantâneo e croissant já passado. O vozerio da ronda médica às oito da manhã no corredor. A agradável visão de Tobias, aparecendo sem fôlego e com a barba por fazer cinco minutos antes dos médicos. A dra. Dupont, com ar profissional e preocupado, com seu jaleco branco e sapatos elegantes. Dois residentes com pranchetas. Três ou quatro enfermeiras e curiosos.

Geralmente a dra. Dupont começa por uma série de perguntas: Como foi a noite? Freya teve quantas crises?

Mas não hoje. Ela franze a testa diante do gráfico de Freya, e fala com tanta rapidez que perco o início do que falou antes de me dar conta de que é importante.

– ... embora talvez não seja importante, duvido que isso seja um efeito da crise. Os bebês perdem o reflexo de impulso da língua aproximadamente aos seis meses de idade. Isto é, quando assumem o controle consciente da alimentação e aprendem a mastigar e a engolir.

– Desculpe-me, o que você disse antes?

– Inserir um tubo gástrico é uma operação menor. Não muito significante.

– *Je refuse.*

– Tudo bem. Alguns pais não gostam nem de ouvir a expressão "tubo gástrico". Tudo bem. Há outras coisas que podemos fazer. Se você recusa o tubo gástrico, podemos inserir uma sonda nasogástrica... para alimentá-la pelo nariz.

Olho para Tobias. Até agora ele sempre saía de fininho quando precisávamos dizer alguma coisa desagradável sobre Freya para uma autoridade. Mas agora ele mostra reprovação com os olhos e pergunta:

– Quando ela poderá voltar para casa?

– Não tenha muita esperança de alta em curto prazo. Precisamos monitorar que outra função ela perdeu. Mas, enquanto isso, achamos que não vai doer se vocês receberem lições sobre o tubo de alimentação.

Respiro fundo.

– Já discutimos isso como casal – digo. – Já temos uma opinião formada e nem tente mudá-la. Determinamos o nosso limite. Concordamos que não somos capazes de lidar com o tubo de alimentação. Queremos que ela fique sob custódia até que tenha idade para uma instituição.

Faz-se um profundo silêncio.

– Não me importo com o tubo de alimentação – diz Tobias.

Olho para ele, com incredulidade. De repente, a dor dessa traição é tão forte quanto um soco no estômago. Mal consigo recuperar o fôlego.

– Mas... nós tínhamos um acordo – consigo sussurrar.

Tobias me olha furioso.

– Você não entende. Não sou como você. Não posso dar e tirar amor... por capricho. Antes não queria amá-la, mas agora a amo. Fui pego.

O mundo, o meu mundo, se distancia.

– É uma oportunidade para deixá-la – ouço-me dizendo.

Mas Tobias não escuta. Já está absorto nas explicações dos médicos sobre tubos de alimentação.

E nem sequer me vê passar. Saio do saguão do hospital e atravesso o pátio rumo ao ônibus para o aeroporto. O ar fresco no rosto é revigorante. A dor se dissipa. Estou livre. Sinto-me solta. Enfim, solta e desconectada.

Novembro

Um lado meu espera que Tobias esteja aqui no aeroporto para me deter. Deve ter desconfiado para onde estou indo. Afinal, ele está com o carro e poderá me alcançar.

Não sei o que faria se ele estivesse aqui. Afasto essa ideia. Mas não encontro a figura familiar e esguia de Tobias à minha espera.

Sinto uma pontada de angústia. E de novo entorpeço e sou impelida a seguir em frente, sem escolha.

Compro uma passagem, mas, quando chego ao portão de embarque, os passageiros já embarcaram. Observo a mim mesma enquanto argumento com uma funcionária enfadada para me deixar passar. Talvez ela não deixe; geralmente não deixam. Então, serei obrigada a parar e pensar. E se fizer isso, certamente voltarei. O que faço agora só pode ser feito sem pensar.

Ouço o meu pranto: *"Mon bébé, l'hôpital..."* As lágrimas são reais. A funcionária cede e diz algo apressado ao rádio. Uma corrida pela pista. Sou a última a embarcar.

Há um lugar vazio no meio da primeira fileira. Afundo nele, e o avião taxia. Agora, mesmo se quisesse, não poderia sair. Já está feito.

– Foi por pouco que não perdeu o voo – diz o homem ao lado.

– Por muito pouco – suspiro.

O avião se move. O solo empoeirado passa rapidamente pela janela e em seguida estamos no ar. Estico-me sobre o homem para ver meu passado desaparecer. É um homem idoso, nascido no tempo do cavalheirismo. Em vez de se ofender, sorri e se inclina para trás para que eu possa olhar. Os suaves retalhos dos campos se enrugam e se trançam e logo a terra se torna mais íngreme. De repente, um vislumbre de minhas próprias colinas, onde em algum lugar lá embaixo está Les Rajons, e todos agora vivem a vida sem mim.

Mesmo depois que a paisagem desaparece, permaneço com a cabeça sobre o vizinho, observando a terra que some lá embaixo. Logo estamos em meio às nuvens e sem nenhum ponto visível.

– Você mora aqui? – pergunta o homem.

– Eu... ahnn... – Não faço ideia de como responder a essa pergunta. – Mais ou menos.

– Ah... ainda está se mudando?

– Sim, é isso.

– Também levei muito tempo. Eu sempre vinha de férias com minha esposa, mas nunca decidíamos se queríamos morar aqui em tempo integral. Creio que ela teria gostado. Mas parecia um passo grande demais. Então, quando ela morreu, de repente me pareceu a coisa mais natural a fazer. Realmente irônico. Qual é a sua região?

– Acabamos de passar por cima dela. Avants-Monts.

– Você tem família?

– Um bebê, uma menina.

– Seu primeiro? Quantos anos ela tem?

– Quase um ano.

– Eu e Annabel, minha esposa, estivemos no primeiro aniversário do nosso neto, pouco antes da morte dela. Esse neto deu os primeiros passos ao redor de uma mesa de chá em frente a todos os avós. Foi um momento maravilhoso.

Seu rosto enrugado, amável e bronzeado o faz parecer um avô perfeito, ágil para brincadeiras mais pesadas, solidário com joelhos ralados. Sinto falta do meu pai. Gostaria que estivesse aqui para ver Freya. Para amá-la, para me guiar.

– Passa muito rápido – diz o homem. – Parece que foi ontem que carreguei a mãe dele no colo... minha filha mais nova. Fizemos isso por muito tempo... ela nasceu sem um dos ilíacos. Passou por uma cirurgia e depois permaneceu engessada por catorze meses. Eu a levava para toda parte dentro de uma mochila. Em caminhadas de férias e em tudo o mais. Até que ela tirou o gesso e, antes que nos déssemos conta, já estava andando sozinha. Me senti meio desolado.

Não digo nada.

– Sua filha já está andando? – ele pergunta.

– Não, ainda não.

– Então, logo ela estará de pé.

– Bem... ahnn... não.

– Ora, não se preocupe com isso. Alguns levam mais tempo que outros, mas no fim todos chegam lá. – Ele sorri com ar tranquilizador.

Abro a boca e de repente desando a falar:

– Acho que ela não vai chegar lá. Nasceu com uma deficiência profunda. Foi descoberta logo após o nascimento. Nos primeiros dias, os médicos disseram que talvez tivesse um problema de visão; ao fim de uma semana, nos pediram para delimitar o ponto de "não ressuscitação".

– E como ela está agora? Como ela é?

– Bem, na verdade ela é muito doce. Não consegue sustentar a cabeça nem rolar, nem dizer nada, a não ser "uááá". Mas sorri, e é, bem, ela é flexível, e isso a torna muito fofa, e se você a pega no colo, ela se enrosca no seu corpo e deita a cabeça no seu ombro; à noite ela desliza na cama e se gruda em quem está ao lado. Ama as pessoas, ama... bem, adora amar e ser amada. Isso é tudo que ela realmente faz. Um futuro assustador. Um cenário de respiradores, sondas de alimentação e gruas. Fiquei bem durante um tempo, sem encarar o futuro, mas agora esse futuro vem ao nosso encontro. Eles acham que ela perdeu a capacidade de se alimentar por conta própria. E temo que isso seja só o começo. Porque não suportarei se um dia eu sorrir para ela e ela tiver esquecido como sorrir de volta. Teria sido mais fácil se a tivéssemos deixado no hospital após o nascimento, porque agora que a conhecemos, você sabe.

– Se quer saber, sempre amei a minha filha caçula mais que os outros filhos, isso porque tive que carregá-la por catorze meses. E a deficiência dela me ensinou que o amor cresce. Você terá outros filhos, tenho certeza; mas, secretamente, sempre a amará mais que os outros, porque terá que fazer muito mais por ela do que pelos outros. Você tem uma foto dela?

Retiro da carteira uma foto de Freya nos braços de Tobias.

– Ela é linda – diz o homem. – Perfeita.

Digo adeus a ele no terminal. Não trocamos endereços.

Como não tenho mais uma base em Londres, telefono para mamãe e, sem explicar por quê, pergunto se posso ficar com ela em Sevenoaks.

– Oh, querida... a casa não está arrumada. Seu quarto não está arejado. Nem sequer fui às compras.

– Sem problemas, posso fazer as compras.

Ela parece nervosa. Percebo que ela está envelhecendo, não tem mais o mesmo pique.

– Bem – diz –, pelo menos pode esperar até o fim de semana? Fique esse tempo em Londres com Martha.

Não posso enfrentar Martha ou qualquer outro amigo com vida normal e regulada. Hospedo-me num hotel.

Um quarto diminuto com uma chaleira de plástico pequenininha, uma caneca grosseira de porcelana, sachês de imitação de leite, saquinhos de chá velhos com cordinhas e um secador de cabelo preso à parede. Um espaço minúsculo que me custa os olhos da cara.

Não tenho absolutamente nada para fazer.

É extraordinário como quase não sinto falta de Freya. Ela se reduziu a uma sombra. Será que aconteceria isso se a deixasse? Ou apenas me engano porque sei que ela está em segurança com Tobias e que sempre que quiser estarei com aquelas mãozinhas de samambaia a me puxar e a se enrolar no meu pescoço?

Em Londres, o rugido do tráfego é constante e abafado. E aqui não há seres humanos e sim pedestres que se deslocam pelas ruas com guarda-chuvas. Ou acenam para os táxis ou esperam nos pontos de ônibus.

Fico um longo tempo de nariz pressionado contra a janela, observando os pingos da chuva que rolam pela vidraça. Às vezes abrem pequenos caminhos tortuosos por conta própria, outras vezes juntam-se inexplicavelmente aos outros pingos da chuva. Todos acabam na base da vidraça.

O sofrimento se insinua de volta à medida que a sensação de estar anestesiada se dissipa. Pego o telefone e arranjo alguns compromissos. Se não posso ser feliz, pelo menos posso tentar organizar as coisas.

De manhã, às nove horas em ponto, saio à rua chuvosa e faço sinal para um táxi preto.

Seguimos em direção ao centro de Londres e cruzamos com parques encharcados e entupidos de pombos e estátuas vitorianas. Desço do táxi em frente a um alto e imponente prédio com grades de ferro escuras e uma discreta placa de bronze.

Ontem marquei uma reunião com uma advogada de direitos de família. Uma profissional extremamente elegante. Suponho que a trezentas libras por hora ninguém se dá ao luxo de não prestar atenção.

– Seu casamento acabou, e você não pode cuidar de sua filha deficiente? O que quer exatamente que façamos por você?

– Definitivamente, não posso ficar com ela. Mas... mas não quero perdê-la de vista. No sistema. Quero saber quais são meus direitos parentais sob a lei.

– Colocar uma filha sob custódia é um grande passo – ela diz. – De início, encontra-se uma família de acolhimento. Mas a custódia não é uma solução permanente. Os serviços sociais irão se esforçar ao máximo para reconciliá-la com sua filha, mas ela será colocada para adoção assim que se determinar a relação como irremediavelmente rompida.

Começo a chorar baixinho. Ela empurra uma caixa de lenços de papel para mim e continua:

– Procura-se um ambiente estável e tudo o mais; é simples pragmatismo. As autoridades têm que pagar à família adotiva, a adoção é gratuita. Se encontrarem uma família adotiva, você deixará de ser a mãe legal de sua filha. Terá o direito de visitá-la, mas também terá de entender que ela poderá ser mandada para qualquer parte do país.

– Deve haver algo mais. Ela é muito doente. Precisa de cuidados especializados. Por profissionais – digo.

A advogada balança a cabeça.

– Se está se referindo a uma instituição, saiba que hoje existem muito poucas casas para crianças e menos ainda para bebês na Grã-Bretanha. Geralmente não são consideradas as melhores opções para as crianças.

– Bem, como *eu* poderia ser a melhor opção? Não conseguíamos lidar com ela quando estávamos juntos e certamente eu não conseguiria lidar com ela sozinha. Além do mais, preciso trabalhar. Sou chef de cozinha. Sou autônoma.

– Pois é, infelizmente é uma situação que vemos com frequência. O pai cai fora, e a mãe que segure a barra. Onde a criança está agora?

Faço uma pausa.

– Com o pai. Na França. Mas não acredito que queira ficar com ela.

A advogada me lança um olhar penetrante.

– Mas se você não tem a custódia e se ela nem mesmo está neste país, não há nada que possamos fazer. Seria preciso que a trouxesse de volta e que fixasse residência aqui com ela. Só depois poderíamos reconsiderar a situação.

E eu que achava que poderia resolver tudo quando estivesse de volta à Inglaterra. Mas por aqui as coisas são ainda piores.

A advogada assume um ar piedoso.

– Olhe só, isso não é um parecer jurídico, mas o meu palpite é que você está exausta e confusa. É um momento horrível para tomar decisões de longo prazo sobre o futuro de sua filha. Se quiser, posso ligar para um hospital local. Uma sondagem para ter uma ideia do tipo de apoio que você pode receber. E depois converse com seu marido e pergunte o que ele quer fazer... talvez ele a surpreenda.

A instituição fica apenas a alguns quarteirões de distância. Saio caminhando de olho nas lajotas molhadas da calçada, como fazia quando era pequena. Naquele tempo, era porque tinha medo de caminhar sobre as rachaduras. E agora simplesmente não vejo sentido algum em olhar para o alto.

A enfermeira me atende à porta com gentileza. Talvez porque esteja acostumada com pais chorosos que chegam com pedidos incoerentes.

– Somos um centro para crianças com riscos de vida ou com condições limitadas de vida. Pelo que entendi, Freya estaria qualificada, se você estivesse vivendo em nossa área de atuação. Olhe, sei que agora as coisas podem parecer assustadoras. Mas estamos aqui para ajudar. Deixe eu lhe mostrar o local.

Entramos numa sala iluminada e com muitos brinquedos. Apenas um menino está ali, sentado numa cadeira de rodas. Impossível adivinhar a idade, pois é careca e enrugado como um velho de oitenta anos. Uma enfermeira o incentiva a brincar com pintura a dedo. Ele olha hesitante para os frascos de tinta abertos. Ela pega a mão magra dele e suavemente a mergulha no frasco de um azul berrante. O menino aperta os dedos e os fita por um segundo. Em seguida, se lança sobre ela e lambuza seu nariz de tinta. Ela olha para ele fixamente. Ambos sorriem. A boca e os dentes do menino se afiguram enormes no rosto atrofiado.

Sinto vontade de chorar novamente.

– É tranquilo aqui – digo.

– Sim, estamos no período escolar. Sem instalações educacionais, não estamos autorizados a receber crianças em idade escolar durante esse período. A menos que sejam terminais, claro.

– Vocês têm muitos casos terminais?

– Alguns. Mas a maior parte é de crianças como Freya, com necessidades muito complexas. Precisam ser alimentadas por sonda, por exemplo, e a sonda é operada por uma bomba. Outras precisam de cilindros de oxigênio. A maioria precisa de cadeiras de rodas. E evidentemente todas recebem coquetéis de medicamentos. A primeira coisa que fazemos é conhecer a rotina das crianças com os pais.

Vislumbro o futuro de Freya.

– É muito cansativo – digo. – Como as famílias lidam com isso?

– Reagem de formas diferentes. Claro que algumas chegam aqui desesperadas para despejar os filhos e sumir. Mas outras não suportam a separação dos filhos deficientes, mesmo durante as férias. Temos quartos onde eles podem ficar e fazemos o trabalho pesado enquanto eles relaxam. Somos muito flexíveis.

– Vocês ficariam com Freya? Em tempo integral? – Não pensei que a pergunta soaria tão abrupta.

Uma breve pausa.

– Não sei se fui clara – ela diz. – Só cuidamos temporariamente das crianças. Enquanto as famílias tiram férias.

– Existe algum lugar que a acolheria em tempo integral?

– O melhor ambiente de tempo integral para essas crianças é o seio da própria família – ela diz, como se recitando um manual.

– Mas sou mãe solteira.

– Como muitas outras clientes nossas. E geralmente têm outros filhos para cuidar.

Olho para ela subitamente desamparada. Ela se torna mais branda e sorri.

– Mas todo mundo merece uma pausa de vez em quando – diz. – Freya teria direito a duas semanas de cuidados temporários por ano.

Meu último encontro é na Harley Street. Não faço ideia de como poderei bancar isso, mas não suporto a ideia de me separar de Freya sem um substituto. Preciso dos meus gêmeos. Preciso torná-los reais.

Tentei engravidar naturalmente e isso se revelou um desastre.

Já estou convencida de que os problemas de Freya e o aborto decorreram de um gene defeituoso que eu e Tobias possuímos.

Tento me convencer de que estou aqui porque já não tenho chance de voltar com Tobias, mas a verdade é que não confio na natureza. Desta vez, quero tudo regulado e sob controle.

Outro prédio imperial. Outra placa de bronze. Chego à imponente porta da frente e sou recebida numa clínica particular de fertilização.

Todos os pacientes na sala de espera são mulheres: profissionais, bem-vestidas e um pouco mais velhas do que se espera para as mães. Fotos de inúmeros bebês concebidos na clínica nos olham das paredes cobertas de colagens emolduradas. Sentamos uma ao lado da outra sob os olhos dos bebês em meio a um silêncio imperturbável de biblioteca. Olho ao redor em busca de um rosto amigável. Ninguém sorri de volta.

Já espero um julgamento moral implícito do consultor, sobretudo quando preencher minha condição civil como solteira e sem parceiro. Mas, ao que parece, a inseminação artificial é mais uma transação comercial que um procedimento médico.

– Podemos colocá-la na lista de doação de esperma – ele diz. – Evidentemente, um parceiro diferente poderá eliminar o risco, se a condição de sua filha se deveu a um gene recessivo transmitido por você e pelo seu ex-marido.

"Legalmente, você terá que passar por uma triagem para testar para HIV e hepatite C. Talvez seja uma boa ideia obter a taxa de FSH; isso nos dirá se você está em boas condições de ovulação. Se a reserva ovariana permitir, sugiro começarmos com inseminação intrauterina. Simplesmente injetamos o esperma no útero. É mais barato e menos invasivo. Se isso não funcionar, o passo seguinte é a completa inseminação *in vitro*. E, claro, se houver algum indício de que a qualidade do seu óvulo contribuiu para o aborto, poderemos considerar a doação de óvulo."

Ele olha para o seu elegante relógio de ouro.

– Você pode fazer os exames de sangue agora. As enfermeiras lhe darão alguns formulários para preencher. Será chamada daqui a alguns dias para os resultados.

Finalmente, entreguei os pontos e telefonei para Martha. Ela está com prazo de entrega para um trabalho, mas vai se apressar para me encontrar em Shoreditch, perto da firma de arquitetura onde trabalha.

A garçonete me faz sentar ao lado de duas garotas com roupas de grife. Os anos 1980 estão de volta, ou talvez seja apenas uma moda passageira entre os jovens. São garotas que mal saíram da adolescência. Talvez tenham estudado na mesma escola, como Martha e eu, e estejam se encontrando pela primeira vez aqui na cidade grande.

É assim que começa: preocupando-se com o que vestem, com sua aparência, com muitas inseguranças e embaraços mesquinhos. Depois, são golpeadas algumas vezes pela vida e alguns amigos caem fora – mas outros continuam juntos. Até que elas estejam com muitas rugas e cicatrizes, tanto físicas como metafóricas. E então elas param de fingir. Tenho amigos que estiveram comigo durante os meus quase trinta e oito anos – e se eu chegar aos oitenta, talvez os mesmos amigos continuem comigo por esses oitenta anos.

Martha chega e me abraça.

– Você está muito bem – digo. – Está de franja. Combina com você.

Além do novo penteado, ela usa um vestido de lã cor-de-rosa, botas pretas de couro e uma jaqueta de motoqueiro de couro preto. Um vestuário urbano.

– Que surpresa fantástica vê-la aqui – diz. – Veio para compras ou algo assim? O que houve?

– Você primeiro.

Às vezes Martha é discreta quando a ocasião requer.

– Trabalhando muito, como sempre – diz pausadamente. – Assistindo a alguns filmes muito bons. E ainda não encontrei um parceiro ideal. Alguns encontros pareceram promissores, mas não dei sorte. Os homens daqui são... não sei, tão egoístas. Só olham para o próprio umbigo. Enfim, muitas mulheres incríveis de Londres disputam a tapa os poucos homens interessantes que existem. Isso os torna complacentes. Os homens, claro. Para ser honesta, gostaria de uma vida mais interessante. Agora é sua vez.

Procuro manter o mesmo tom casual dela.

– Bem... finalmente tornou-se claro para mim que não podemos manter Freya em nossa casa. E agora Tobias parece discordar disso. Então, vim para cá a fim de colocá-la sob custódia. E para fazer uma inseminação artificial para ter meus gêmeos. Um parceiro diferente, claro. Banco de esperma.

Martha me lança um dos seus olhares penetrantes.

– Quando eu disse que queria uma vida mais interessante, não quis dizer que quero uma vida tão interessante quanto a *sua*. – Ela se detém por um segundo. – Anna, você enlouqueceu de vez?

– Não, absolutamente. É tudo verdade. Freya está no hospital. Tobias não pretende deixá-la. Então, deixei os dois. Na verdade, é o melhor. Só agora tenho certeza disso.

– Você está de brincadeira? Abandonou sua própria filha?

– Martha, isso teria que ser feito mais cedo ou mais tarde. Faz muito tempo que estou de cabeça enfiada na areia. Não há sentido algum em fingir que as coisas ficarão bem, porque não ficarão. Tive uma súbita visão da realidade. Graças a Deus. Muito tarde, mas está feito.

– E seu marido? Tobias?

– Martha, para ser honesta, há meses que nossa relação vai de mal a pior.

– Agora, realmente sei que você pirou. Saiba que você e Tobias talvez sejam os responsáveis por eu não ter encontrado o cara perfeito. Eu não podia me contentar com qualquer um... menos apaixonado, divertido e carinhoso. Afora as coisas impossíveis que vocês dois fazem sem esforço algum.

– Ora, nunca é sem esforço. Afinal, consegui a permissão para iniciar a escola de culinária, mas tudo parece atrapalhar: o bebê, Tobias, a terra, a casa caindo aos pedaços, as frutas para compotas e o lugar infestado de ratos. E, para completar, o tempo. Ventos que parecem furacões, secas ou inundações, temperaturas abaixo de zero ou calor infernal. Sem mencionar os personagens bizarros que fazem as coisas de um jeito que, francamente, sai do controle. E a bagunça. Não consigo concluir nada. É muita perturbação. A vida fica no meio do caminho, atrapalhando.

– Anna – diz Martha –, eu tenho um bom trabalho. Uma carreira que me mantém ocupada o tempo todo. Qualquer um pode trabalhar até morrer. Só *quero* um pouco de vida.

Desde a morte de papai, não retorno à casa onde cresci. E tudo continua do mesmo jeito. O caminho curto do jardim. Porta da frente pintada com esmero e maçaneta de bronze. Porta-guarda-chuva e saguão impregnado do cheiro do piso encerado. Casaco de pele de mamãe e casaco de lã de papai pendurados nos ganchos. Sala de estar com janelas de sacada e confortáveis poltronas estofadas com o mesmo tecido da Liberty, como as cortinas. Mesinhas de carvalho. Elegante vaso azul e branco com flores frescas. Gravuras emolduradas de cavalos. Todas essas coisas me são familiares como o meu próprio rosto. E cada uma evoca uma memória de infância.

Embora sejam onze horas da manhã, mamãe me recebe à porta com um elegante vestido preto, muita maquiagem e um colar de pérolas. E de cabelo feito. Suspeito que para mim.

– Você deve estar morrendo de fome, querida. Sente-se na sala de estar. Podemos almoçar mais cedo.

– Ajudo você.

Na geladeira, uma quantidade absurda de alimentos.

– Mamãe, você não devia ter feito isso. Nem sei quanto tempo vou ficar aqui.

– Quero muito que esta visita seja um sucesso – ela diz, com uma sinceridade comovente. – Alimentos saudáveis, pelo menos.

Comemos na cozinha. A deliciosa sopa de legumes de mamãe, e ainda salmão defumado com pimenta-do-reino e fatias de limão, pão integral e salada.

– Pensei em darmos uma voltinha – ela diz.

Andamos uns dez minutos pela colina acima, até a curva da esquina com vista para os campos de Kentish.

– Só lhe direi o que tenho a dizer depois de voltarmos – ela diz.

Então, claro que voltamos.

– Não quero nenhuma discussão por isso – ela continua. – Em novembro passado, antes do nascimento de minha neta, percebi que tinha me tornado uma gastadora compulsiva depois da morte do seu pai. Comecei a economizar e, sem muito esforço, fiz uma poupança. Quando Freya nasceu, eu queria um objetivo, um motivo para economizar, então reservei o dinheiro para ela. Agora quero abrir um fundo adequado para ela, mas preciso da permissão dos pais para isso.

– Isso não é necessário.

Mamãe me olha com uma ferocidade incomum até mesmo para ela.

– Freya não é só *sua*, sabe, ela pertence a todos nós... eu, Tobias, seu pai, Martha e até mesmo Kerim e Gustav e aquela hippie que anda por lá. Não pense que só você é dona dela.

– Estou muito tocada – digo –, mas...

– Tocada! Tocada? Como *ousa* estar tocada! – grita mamãe. – Nós constituímos uma família!

A casa de minha infância não está tão intacta quanto pensei a princípio. Só agora percebo a bagunça sob a aparência impecável. Garfos e facas guardados com desleixo nas gavetas da cozinha; armário da cozinha transbordando. Abro um armário e descubro que mamãe é uma acumuladora de jornais velhos.

– Por que precisa disso? – pergunto.

– Porque sim – ela responde, com ar petulante.

A cômoda do meu quarto está cheia de traças que rastejam às cegas, como larvas, por entre minhas roupas. Comem minhas meias de lã.

Recolho tudo, lavo o que é aproveitável e ponho tudo em sacos plásticos hermeticamente fechados. Nos dias seguintes, passo em revista todos os outros armários da casa.

No fundo do guarda-roupa de mamãe encontro um portfólio com seus antigos desenhos.

– Mãe... são lindos – digo.

– São da época do vestibular para a faculdade de arte – ela diz. – A Slade School. Consegui uma vaga lá, você sabe.

– Por que nunca me contou? O que aconteceu?

– Fui criada para me estabelecer respeitavelmente, casar e ter filhos. Meus pais pensavam que a ciência doméstica era de longe a mais apropriada. E já conhecia o seu pai nessa época.

– Por que nunca mais pintou depois disso? Quer dizer, apenas para o seu próprio prazer.

– Acho que por medo, querida. Quando você coloca alguma coisa no papel, você se categoriza. Até então você poderia ser um gênio desconhecido. Durante muitos anos, pensei que um dia mostraria ao mundo que eu era uma grande artista, mas acabei envelhecendo e me dei conta de que nunca seria.

Ela recoloca os desenhos cuidadosamente no portfólio.

– Sabe que tenho muito orgulho de você ter uma carreira. Sou uma boa cozinheira, mas você... você é uma profissional. E de alguma forma acabou sendo a artista que não consegui ser.

Então, cozinho para ela.

Abro uma toalha de linho branco em cima da mesa da cozinha e pego as melhores louças e talheres. Ela protesta sem convicção. Na verdade, até gosta.

Preparo filé-mignon com molho de pimenta-do-reino, o prato favorito de papai. Apesar das objeções de mamãe, abro uma garrafa de um bom vinho Borgonha.

– Quando me tornei mãe – ela diz –, achei que não seria capaz de dar conta. Seu pai contratou uma daquelas enfermeiras da maternidade. Era um pesadelo completo; ela sempre arrancava o bebê de mim, alegando que tinha que seguir uma programação. Não aprovava o peito. Ah, quantas horas de lágrimas porque o bebê chorava de fome no quarto ao lado e eu nem podia me aproximar. Um dia, não suportei. Entrei no quarto na ponta dos pés. Irmã Poe estava dormindo, roncando. Furtivamente, retornei à minha cama, e o bebê aceitou mamar no meu peito. Foi quando me apaixonei por você. Seus olhos eram tão adoráveis... como lagos, tão profundos que se podia mergulhar neles. Assim como os de Freya. Eu nunca tinha sentido um amor igual na vida. E nunca sentirei outro igual. No dia seguinte, arrumei coragem e demiti a enfermeira.

Fazemos um brinde.

– Você foi o único amor da minha vida – ela continua. – Eu conhecia cada detalhe seu. E por isso quero que saiba como é maravilhoso ser mãe.

– Oh, mãe – digo –, não é maravilhoso. Não sou uma boa mãe e estou arruinando a minha vida na tentativa de ser. Estou farta, irritada e ressentida. Parece que todos chegaram a um acordo a respeito de Freya, menos eu. Até Tobias. Mas não consigo. Olho as menininhas na rua com as mães e só sinto... uma saudade que não sei como descrever. Retiraram alguém de mim que nem ao menos conheço. É bem pior que o luto; não tenho sequer uma lembrança. Ela não é o que deveria ser e nunca será. E isso não vai melhorar, garanto que não vai. Porque estou ligada a ela. Vou acabar sofrendo tudo o que ela sofre. Ela nunca me deixará partir. Mas ela é incompleta.

Mamãe me dá um abraço apertado, como fazia quando eu era pequena. E soluço da mesma maneira incontrolável. Faço um esforço danado para achar as palavras:

– Os bebês devem ser pequenas... cápsulas... de esperanças e sonhos. Você olha para eles e imagina... você divaga... como será o primeiro dia na escola, na faculdade, o casamento. Eles a mantêm acordada a noite toda, mas tudo bem, porque você pensa que talvez venham a ter uma vida melhor que a sua. Você olha para o rostinho que chora aos berros e vislumbra... um futuro primeiro-ministro, ou apenas um ser humano feliz. Eles tornam toleráveis a privação de sono, a ansiedade, a dor nas costas e a dor de cabeça, porque são a esperança, são o futuro. Freya é uma doçura, mas é apenas o presente. Ela não vai para lugar nenhum; a não ser, provavelmente, para trás. Não me sinto como mãe de verdade. Nem mesmo sei se a amo.

– Preste atenção agora: você está se portando como uma tola. Não se preocupe com *isso*. – O abraço da mamãe é como um vício. – Seu amor por ela se reflete em tudo que você diz e em tudo que você faz. Sinto orgulho de você pelo que já fez por ela. Você recebe do bebê aquilo que você dá. Isso é ser mãe. Não é fazer a coisa certa o tempo todo, não é ser necessariamente uma maldita santa.

Ela me empurra para trás, estende os braços e me segura pelos ombros para me recompor.

– Não acho que me saí muito mal a esse respeito.

No granulado do Super 8, deslizo de volta às memórias de infância. Estou sentada à mesa desta cozinha, e mamãe, uma jovem e linda versão de si mesma, está diante de uma frigideira no fogão.

– Ah, bolinhos de peixe não... – Lamento. – Não gosto de bolinho de peixe.

– Tudo bem, então. Pode pegar o seu dinheiro de volta.

Fico intrigada.

– Mas... não *paguei* nada!

Mamãe faz uma triunfante virada dupla com a espátula.

– *Essa*, querida, é exatamente a questão. Agora, aceite o que estou lhe dando e fique quieta.

Onde é que eu e mamãe erramos? O que ela fez para me tornar tão ressentida em relação a ela? Ela me amava de um modo claustrofóbico. Gritava de vez em quando. Mas fez o melhor que pôde. Nada que se compare ao que estou pensando em fazer: desistir de minha filha. Se houver uma premiação para a pior mãe da história, preciso me candidatar. Aqui estou eu com a filha que sempre quis ter e quero o meu dinheiro de volta.

Tobias não é capaz de cozinhar um simples ovo. E o que dizer de minha pequena Freya sozinha no hospital? Deus sabe como ela está mal agora.

– Preciso voltar – digo.

No aeroporto, aguardo o avião para Montpellier. Evitei a lanchonete e tomo um café na cafeteria de uma rede da moda. Nas paredes, cartazes de bandas e cantores populares e mesas de plástico ao estilo retrô.

Ao meu redor, o mesmo tipo de mulheres executivas bem-vestidas que outro dia estavam na clínica de fertilização *in vitro*, exceto algumas que dão papinha caseira para os bebês ou tentam impedir os filhos de três anos de idade de correr descontroladamente pelo lugar. Mas eu também poderia estar agindo assim, apesar de Freya ser o que é.

Embora nas primeiras horas da manhã, essas mulheres estão com roupas de grife e sombra nos olhos. Ainda se preocupam com o que os outros pensam delas. Nunca tiveram a estrutura pessoal derrubada nem foram desafiadas internamente, a ponto de serem forçadas a entender o que constitui a entranha humana.

Sento e observo essas mulheres que tomam cappuccinos enquanto conversam trivialidades à espera dos seus voos de férias. A vida delas parece superficial e maçante; seus bebês, normais, saudáveis, grotescos e pesados.

Minha vida e minha filha são ambas extraordinárias.

Toca o celular. É da clínica de fertilização *in vitro*.

– Seus exames estão prontos – diz a enfermeira. – Pode vir amanhã para saber como prosseguir com o tratamento.

– Tudo bem, muito obrigada – digo. – Mas não preciso mais de um bebê. Descobri que já tenho um.

Saguão do Hospital Geral de Montpellier. Uma sensação pavloviana de mau presságio, igual àquela que sentimos no primeiro dia de escola. Conheço de cor o caminho para a ala das crianças. Viro à direita e pego o elevador. Mas como estará Freya? Talvez inconsciente. Sem outro som que não o do respirador que a mantém viva. E Tobias irritado e ainda me culpando.

No último momento, me dou conta de que perderei a cabeça novamente. E me odeio por isso.

Dou meia-volta e saio do hospital.

Não consigo suportar a ideia de enfrentar o que quer que seja a ser enfrentado. Mas também não consigo cair fora.

Perambulo pelos jardins bem cuidados por algum tempo. Atravesso uma grama espessa e resistente à seca e depois canteiros de flores exuberantes.

Não sei como cheguei à entrada da unidade psiquiátrica onde está Lizzy. Consegui visitá-la algumas vezes em minha última estada aqui. Ela parecia estar melhorando e chegou a mencionar que queria visitar Freya.

Subo três degraus até a porta da unidade e atravesso os seus corredores gelados. Bato timidamente à porta.

– Entre – soa a voz familiar de Lizzy.

Ao entrar, uma mulher baixinha de cabelo escuro, estriado com mechas grisalhas, cruza comigo. Lizzy está sentada na poltrona próxima à janela. Ficamos abraçadas por um longo tempo. Apesar de pálida, parece mais robusta. Sento diante dela e seguro sua mão.

– Lizzy, você está bem melhor – digo.

Ela sorri timidamente.

– Tenho coisas importantes para lhe falar – diz. – Primeiro, sei que agi estupidamente. Pelo menos é o que todo mundo diz.

– E acha mesmo isso? – pergunto.

– Acho. É como se o que aconteceu comigo servisse *para* algum propósito. Logo que aceitei isso, começaram a acontecer coisas engraçadas a minha volta.

Apesar de minhas preocupações, sorrio por ver a velha Lizzy esvoaçando de volta à vida.

– Não é brincadeira, Anna – ela continua, com ar sincero. – Acabei recebendo permissão para visitar Freya. Ela própria pegou a mamadeira enquanto eu estava lá... e começou a mamar. Foi uma espécie de milagre.

– Freya não precisa mais de sonda de alimentação, afinal?

– Não precisa não, era o que eu estava querendo dizer para você. Foi esse um dos milagres.

– Lizzy, tem certeza disso? É muito importante para mim.

– Claro, esse foi o *pequeno* milagre. O *grande* milagre é que entrei em contato com minha mãe.

– Verdade? – O rosto radiante de Lizzy me encoraja a acrescentar: – Pensei que você não tinha mãe.

– Ora, Anna, *todo mundo* tem mãe. Eu achava que ela me odiava. Mas, por alguma razão, resolvi telefonar para ela. Ela agora tem uma vida muito melhor.

Em seguida, a porta se abre, e a mulher de cabelo escuro retorna com duas xícaras de chá de ervas.

– Olá – diz com um sorriso brilhante que revela perfeitos dentes californianos. – Sou Barbie. Você deve ser Anna. Lizzy já me falou de você.

– Mamãe veio diretamente para a França – diz Lizzy em êxtase. – Fez isso de avião. Para me ver.

Percorro com os olhos a palidez radiante de Lizzy e os dentes demasiado perfeitos de Barbie, mas estou com maus presságios. Lizzy é tão terrivelmente frágil. Um outro abandono seria fatal para ela.

– Ficarei aqui dessa vez – diz Barbie para mim, como se lendo a dúvida no meu rosto. – Achei que tinha estragado tudo. Achei que tinha perdido a minha filha para sempre. Não deixarei que isso aconteça outra vez de jeito nenhum.

Por um momento, Barbie fixa os seus olhos redondos e apaixonados nos meus. Então, o sorriso perfeito retorna, e a máscara está de volta.

– Faremos uma conexão com uma comunidade de tempo natural 13/28 depois que sairmos daqui – diz animada.

– Tempo natural? – pergunto.

Lizzy dá uma risadinha.

– Ora, Anna. O tempo não é linear. É fractal e multidimensional. Nosso calendário é completamente antinatural.

Barbie concorda:

– Em todos os sistemas espirituais, o doze é o número da perfeição, da conclusão... e o treze é a sequência de Fibonacci, o que nos leva a uma nova dimensão. Afora isso, na maioria das comunidades intencionais você precisa pagar para se tornar membro, mas nessa comunidade você entra sem pagar.

– Preciso ir – digo. – Estou a caminho da enfermaria de neurologia pediátrica para ver Freya. Humm... sabe se Tobias está lá com ela hoje?

Lizzy e a mãe olham fixamente para mim.

– Era o que eu estava dizendo. Foi um milagre. Tobias já saiu daqui. Freya recebeu alta – diz Lizzy por fim.

Eu, que suspeitava de um caso mantido por Tobias, acabei sendo a traidora.

Eu, que o culpava por não se comprometer com Freya, acabei sendo quem caiu fora.

É como se estivéssemos separados por meses e anos, e não apenas por uma semana. Fico nervosa só de pensar que nos encontraremos de novo; meu estômago dá voltas como se fosse um primeiro encontro.

Pego o ônibus de Montpellier. Não telefono antes, para que Tobias não me impeça de ir.

Ele está sentado próximo ao fogão na sala de estar, com Freya dormindo no colo e uma mamadeira vazia ao lado. Parece mais sério do que me lembro. Além dos pés de galinha nos cantos dos olhos, há outras rugas agora, de tristeza e preocupação. Claro que está com ar cansado, porém é mais do que isso. Algo mudou em seu rosto. Ele agora tem responsabilidade.

– Olá.

Ele sorri ao me ver e por um instante o velho Tobias despreocupado está de volta.

– Enfim, você voltou.

– Soube de Lizzy... Fui visitá-la no hospital. Resolvi dar um pulinho aqui para ver como você está indo.

Ele amarra a cara novamente.

– Ora, você me conhece... como pode ver, estive sentado nas rochas, tomando sol com os lagartos.

Por um momento, hesitamos, à beira de outra briga, de outro mal-entendido. Sei que é nossa última chance. Aqui e agora nosso amor despencará no abismo e se estilhaçará em fragmentos irreparáveis se não me dispuser a mergulhar de cabeça e salvá-lo. E de repente me dou conta de que o meu amor por Tobias e por minha filha é o que tenho de mais precioso na vida. Um amor para além do orgulho, para além da felicidade e para além da esperança e do medo. Um amor que não pode ser comparado a qualquer outra coisa da minha vida. Um amor que transcende tudo.

Mergulho de cabeça. As palavras saem de chofre.

– Não voltei por isso. Não pude me manter afastada. Minha família está aqui. Errei... em sair... daqui. Sinto muito. Eu estava confusa...

Uma vez começado, é fácil seguir adiante.

– Senti sua falta. Senti muita falta de vocês dois. Foi como estar morta, entorpecida, incapaz de sentir qualquer coisa. Quer dizer... antes de partir eu *pensei* que fazia muito tempo que estava entorpecida, mas, quando me afastei de vocês, foi como se o sol desaparecesse. Só então percebi que o sol tinha brilhado imperceptível o tempo todo lá no alto e que eu tinha virado de costas e o desligado de uma vez por todas. Foi insuportável. Não quero mais outro bebê. Só quero Freya e você.

Tobias se levanta suavemente com Freya nos braços e vem em minha direção. E ainda com Freya nos braços me envolve com um abraço atrapalhado. Coloco um braço em torno dele e outro em torno dela. Ficamos os três assim por uma eternidade. Sinto que nossas respirações entram em sincronia.

– Não precisa se desculpar – ele sussurra. – Nós dois agimos de maneira abominável. Paramos de conversar e nos resguardamos em bolhas de sofrimento separadas. Só pensávamos em nós mesmos.

– Agi pior. Fugi da minha própria filha. O tempo todo achando que a superioridade moral era minha e o culpando por não segurar a barra. E no fim, quem errou fui eu.

Ele retruca:

– Errou coisa nenhuma. Foi você que nos aguentou ao longo de semanas e meses e não fiz nada para apoiá-la. Não é de espantar que tenha se esgotado.

Ele se afasta suavemente e coloca Freya nos meus braços. Abraço-a tão apertado que meu ombro marca seu rostinho. Ela se aconchega, fungando no meu corpo. Giro a cabeça e tenho uma imagem desfocada de uma orelhinha e uma boquinha semiaberta.

– Ela parece ser a única realidade no mundo.

– No começo, tive medo de amá-la e de me machucar – diz Tobias. – Mas o engraçado é que era muito pior não amá-la. E agora a amo tanto que é quase impossível suportar; porque sei que um dia ela vai partir nosso coração. Mas pelo menos assim me sinto ligado à vida, como se estivéssemos no meio das coisas. Isso não é fácil, mas é a nossa realidade.

– Eu te amo – digo. – E tenho muita sorte de ter vocês dois. Agora vou me agarrar a vocês.

– Adivinhe só – ele continua. – Finalmente *Madame Bovary* recebeu financiamento. Segundo os executivos de Sally, a minha música ajudou muito na negociação; ou seja, virei o menino de ouro. Vou esperar pela edição sem sequer pensar em continuar com a pontuação. Mas agora tudo deve correr relativamente rápido. Talvez precise ir a Londres no próximo mês para a gravação e depois serei pago.

Ele sorri. O velho Tobias continua aqui, não desapareceu debaixo das preocupações.

– Aposto que você não se preocupou em preparar uma boa refeição enquanto estive fora – digo. – Pois bem, farei isso agora mesmo.

– Ahnn! – ele exclama. – Anna, talvez seja melhor você simplesmente não...

Tarde demais. Já estou indo em direção à cozinha e a rapidez não me impede de entrever três ou quatro silhuetas escuras familiares em disparada pelo lugar.

– Ai, meu Deus, desculpe-me, Anna, faz só um minuto que voltamos... quer dizer, alguns dias. Não tive tempo de limpar.

Os potes quebrados continuam no mesmo lugar. A cozinha é um território desolado de vidros quebrados, feijão, farinha de milho, macarrão e mel de manuka.

Os ratos que transitaram por entre os destroços nos últimos dias fizeram cocô por toda parte e construíram ninhos de papelão picado. Um dos ratos se apossa de um pote de Nutella e, em vez de fugir com os outros, se empina sobre as pernas e arreganha os dentes para mim. Fico paralisada, incapaz de me mover ou falar.

Tobias começa a tagarelar:

– Anna... sei que devia ter limpado e estou muito arrependido, de verdade. Mas, mesmo que você não acredite, lidei muito bem com Freya enquanto estive sozinho. Ela tomou todas as mamadeiras nos horários certos. E os remédios também. Não baguncei nada. Só não fui capaz de arrumar... mas podemos refazer tudo. Providenciarei outros potes de vidro e poderemos refazer a coisa toda. Seu sistema funciona. Eles não podem passar pelo vidro. Por favor, não vá embora.

O rato que se apossou da Nutella ergue o nariz e range uma sequência de sons agudos e irritados.

Meus olhos se enchem de lágrimas mais uma vez, e fico impotente.

– Tudo bem – digo. – Eu me rendo. Vamos pensar em nomes para eles e os manteremos como animais de estimação. – Avançamos pela cozinha e começamos a arrumar a bagunça.

– Anna, você é uma doida varrida, mas fez algum tipo de mágica que não nos deixou desistir e sucumbir – ele diz. – Trouxe-nos para cá. Complicou tanto a nossa vida que... bem, suponho que você a chamaria de vida plena.

– Não sou eu – digo. – É este lugar. Percebi isso quando voltei para Londres. As pessoas de lá são mais... homogêneas. Aqui todos são indivíduos e há mais espaço para qualquer tipo de estranheza. Um bebê com deficiência completa o pano de fundo.

Enquanto arremesso os cacos de vidro quebrados na caixa de papelão que Tobias segura, penso: "Tivemos altos e baixos, mas revelamos o melhor de nós e somos uma equipe e tanto."

Talvez a gente consiga lidar com Freya, talvez não. Mas estamos aqui, na estrada, e só me resta agarrar a mão de Tobias com força e não olhar para a frente.

Epílogo

Caminhamos de mãos dadas ao longo da espinha do dragão, como costumávamos fazer, com Freya presa no canguru contra o meu peito. Cruzamos com a piscina de borda infinita rumo à casa na árvore de Julien.

Quando nos aproximamos, ouvimos débeis marteladas do alto da árvore.

– Oh! – exclamo, dando um passo para trás.

A casa parece diferente. Cortinas vermelhas e brancas nas janelas, uma turbina eólica, um gerador e uma bateria de energia solar com placas em diversos galhos.

– *Bonjour!* – grita uma voz em êxtase. – Anna! Estou muito feliz por vê-la de volta!

– Yvonne! – respondo. – Você está morando numa árvore?

Ela se debruça e exibe um cintilante anel de noivado.

– Digamos que chegamos a um acordo. Subam! Julien está fazendo outras reformas.

A sacada de madeira está "decorada" com roupas lavadas. Há uma antena de satélite presa sobre a porta da frente, um micro-ondas e uma geladeira à espera de serem içados para dentro.

– Depois que Julien terminar de ajeitar o encanamento e a fiação, instalaremos algumas balaustradas – diz Yvonne. – Concreto é muito pesado, claro. Mas encontramos uma fibra de vidro que surte o mesmo efeito.

Lá dentro, encontro Julien instalando um chuveiro.

– Anna. – Ele abre seu sorriso desconcertante. – Você voltou. Fez a escolha certa.

– E você também – digo. – Fez o que devia fazer para conquistar essa moça.

Ele dá uma risada que, em outra pessoa, eu interpretaria como embaraço.

– Alguém tem que se comprometer – diz. – A propósito, tenho uma coisa para você. A resposta para os seus problemas com os ratos. Falei para você que estava buscando uma solução; só precisava de um pouco de tempo.

Ele se dirige a um canto e procura alguma coisa dentro de uma caixa de papelão.

– Olhe só. Uma ratoeira. Infalível.

Coloca na minha mão um gatinho de pelo cinzento e arrepiado que ronrona como uma fornalha acesa. O bichano me olha com olhos redondos cor de âmbar.

– O melhor da ninhada – ele diz. – Se meu tino aguçado estiver certo, esse gato será um excelente caçador.

– Oh, Julien... por que não me disse isso antes? E eu com toda aquela confusão de ratoeiras e potes de vidro lá em casa.

– Eu quis fazer uma surpresa para você. Sei que precisava de um gato há tempos, Anna... mas não se pode apressar a natureza.

Ligo para Kerim e conto todas as novidades: minha fuga e meu retorno para casa, a melhora de Freya, os potes quebrados e os ratos, a residência de Julien e Yvonne na árvore, o gatinho e o encontro de Lizzy com a mãe.

– E como está Amelia? – ele pergunta.

– Na verdade, estou preocupada com ela. Está trocando a noite pelo dia e não sei se é uma boa ideia ela morar sozinha.

– Anna – ele diz –, se você quer um caçador de ratos, procure um gato. Se você quer alguém que cuide de uma criança a noite inteira, procure quem sofre de insônia.

Então, Kerim e Gustav empacotam todas as coisas da mamãe e a trazem para cá, e constroem para ela um apartamento de vovó no velho espaço dele, próximo à adega.

Ela continua me dando ordens e nunca me permite terminar uma frase. Mas cheguei à conclusão de que, quando me pede que ligue na BBC para saber notícias do estrangeiro ou que pergunte para os pensionistas sobre os aumentos nos subsídios de inverno, há algo mais que ela está tentando dizer ou ouvir. Que ela me ama e que eu a amo.

Acho que finalmente entendi o que é ser mãe. Não tem nada a ver com se seus filhos estão crescidos ou mortos, se partilham seus genes, se a odeiam ou se jamais saberão seu nome. Ser mãe tem a ver com estar conectada.

Preciso amar Freya aqui e agora, porque talvez não haja amanhã. Mas tudo bem com o aqui e agora. Pois quando nos deitamos juntinhas, somos mais íntimas que os amantes.

Então, quem eu gosto de ter na cama nas manhãs preguiçosas de domingo? O meu marido, claro, e Freya – agora maiorzinha, mas ainda encantadora –, que bate de mãozinhas fechadas em nosso corpo, deitada placidamente entre nós dois. Esparramado por cima, Ratter, o gato cinzento de olhos cor de âmbar. Acomodados um de cada lado, se revezando para gritar com os rostinhos amassados como ameixas secas, nossos gêmeos: eles acabaram chegando, justo quando desisti de esperá-los. E tudo bem, nos bons dias às vezes me espicho em direção a mamãe, que não está exatamente em nossa cama, mas enfiando o rosto pela porta do quarto, dando ordens.

E talvez até, suponho, para algum camundongo esquisito. Ou rato. E a vida segue.

Notas e agradecimentos

Escrevi este livro durante um período de insônia quase total. Aos poucos se desenvolveu e se tornou um mundo paralelo, onde eu me refugiava para subverter a realidade de uma vida que às vezes parecia insuportável.

Nenhum dos personagens destas páginas tem a menor semelhança com pessoas vivas ou mortas. Mas, como alguns poucos elementos da narrativa se baseiam em experiência pessoal, talvez seja melhor defini-los.

Os sintomas médicos e diagnósticos que aparecem no início do livro se referem aos da minha filha, Ailsa. Ela foi hospitalizada em diversas ocasiões, tanto no Reino Unido como na França, sendo que uma vez de emergência – no entanto, não nas condições dramáticas de Freya. Não seria preciso dizer que nem a minha conduta nem a do meu parceiro se assemelham às de Anna e Tobias, personagens que acabaram me confundindo e assumindo uma vida própria, com atitudes ultrajantes e inimagináveis.

O Parque Natural Regional do Alto Languedoc realmente existe na França, e temos a sorte de passar uma boa parte do tempo lá. Procurei ser fiel ao espírito dessa maravilhosa região, mas Les Rajons, o povoado de Rieu, o rio e vila de Aigues são todos fictícios, como também o Hospital Geral de Montpellier.

Em resposta às liberdades que a natureza tomou diante de nós na vida real, algumas vezes tomei liberdades também – fazendo plantas frutificarem e florescerem mais cedo ou mais tarde que de costume. Tenho como regra que nada é totalmente *impossível*, embora os interessados em horticultura mediterrânea possam se entreter com discussões do tipo "em um ano, ali pelo final de abril, com os campos ainda repletos de violetas da montanha, os primeiros figos estariam realmente maduros em junho?". Aos especialistas: por favor, lembrem-se de que a narrativa ocorre a quase cinquenta quilômetros interior adentro e em altitudes entre duzentos e mil metros... Sejam gentis!

Depois das explicações e desculpas, é hora de agradecer.

Muitos amigos generosos serviram de retaguarda ao abrirem espaço – no sentido literal e figurado – para a minha narrativa. Tenho uma grande dívida de gratidão com Alex MacGillivray, Lilli Matson, Megan e Alba pela linda casa que me emprestaram – e por não terem se importado com meus frequentes cochilos na sala de estar, na hora do trabalho. Também ofereço sinceros agradecimentos a Bernie Kramer, por ter aparecido secretamente e construído uma linda cabana onde pude ficar para escrever.

Kri Centofanti foi incansável em pressionar a burocracia francesa e de quando em quando nos carregava pela mão: limpando nossa casa, capinando nosso jardim e cozinhando para nós. Minha irmã, Safia, meu irmão, Tahir, e inúmeros amigos, que sabem quem são, todos me ofereceram amor e apoio prático, por e-mail e telefone.

Frédérique Beaufumé, além de ter sido um plácido oásis de amor para Ailsa, também corrigiu o francês no manuscrito – e apontou os erros na minha gramática inglesa.

Charlie Mole deu uma olhada crítica em minha concepção selvagem da vida de um compositor independente, e seus *insights* ajudaram a tornar mais plausível o trabalho de Tobias. Meus amigos músicos Mathew Priest e Dan Edge também contribuíram muito.

Ao meu maravilhoso agente Patrick Walsh, e à sua equipe, um agradecimento especial pela dedicação, pelo entusiasmo e o trabalho árduo – sem mencionar as divertidas festas que promoveram.

Devo agradecimentos especiais à lendária Rebecca Carter, antes na Harvill Secker e agora na Janklow & Nesbit, por ter acreditado em mim, por adquirir um primeiro esboço, sem mencionar os seus brilhantes comentários editoriais, que muitas vezes eram uma verdadeira aula de escrita.

Também agradeço a Liz Foley, Michal Shavit e a todos os outros da Harvill Secker pela publicação deste livro no Reino Unido, e a Emily Bestler e ao pessoal da Atria Books, por terem feito o mesmo nos EUA. Seus conselhos editoriais ajudaram o livro a se tornar realidade.

Todos os erros, incoerências e idiotices são, claro, de minha responsabilidade.

Acredito que a dedicatória na primeira página do livro esclarece as minhas três maiores dívidas.

A primeira, com minha mãe, pela vontade indomável da qual muitas vezes me vali para sobreviver às várias provações que a vida apresentou. Ela não tem qualquer semelhança com nenhuma das mães deste livro, mas confesso que aqui e ali utilizei suas sábias palavras.

A segunda com Scott, meu companheiro, que preparou deliciosas refeições sem reclamar e cujos atos heroicos de babá permitiram que eu pudesse escrever sobre uma mulher que passa o tempo cozinhando e trabalhando duro para o marido e a filha. Seu apoio, seu amor e seu incentivo nunca vacilaram.

Claro que a terceira e maior dívida é com Ailsa, nossa linda filha, uma fonte de alegria para nós. Ela me ensinou tudo que sei sobre o que significa ser mãe.

Este livro foi impresso na Intergraf Ind. Gráfica Eireli.
Rua André Rosa Coppini, 90 - São Bernardo do Campo - SP
para a Editora Rocco Ltda.